ZHONGGUOWENXUE
JINGDIANXUANDU

中国文学
经典选读

陈毓文◎主编

中国广播影视出版社

图书在版编目（CIP）数据

中国文学经典选读 / 陈毓文主编 . -- 北京 : 中国广播影视出版社，2022. 7

ISBN 978-7-5043-8870-4

Ⅰ.①中… Ⅱ.①陈… Ⅲ.①中国文学—古典文学—文学欣赏—高等学校—教材 Ⅳ.①I206.2

中国版本图书馆 CIP 数据核字（2022）第 110144 号

中国文学经典选读
陈毓文　主编

责任编辑　王　波
装帧设计　中北传媒

出版发行　中国广播影视出版社
电　　话　010-86093580　010-86093583
社　　址　北京市西城区真武庙二条 9 号
邮政编码　100045
网　　址　www.crtp.com.cn
电子邮箱　crtp8@sina.com

经　　销　全国各地新华书店
印　　刷　廊坊市海涛印刷有限公司

开　　本　710 毫米 ×1000 毫米　1/16
字　　数　430（千）字
印　　张　31.75
版　　次　2023 年 7 月第 1 版　2023 年 7 月第 1 次印刷

书　　号　978-7-5043-8870-4
定　　价　98. 00 元

编委会

前　言

什么是文学经典？简而言之，就是大多数人耳熟能详的作品，就是一读再读却百读不厌的作品，就是在不同历史时期都能唤起无数人共鸣的作品。文学经典的魅力并非仅仅来自于作品中蕴含的知识容量，也并不取决于内容是否深刻，而在于经典作品能启迪心性、感发意志的特性。比如《静夜思》《登鹳雀楼》等，文意浅显却能一直流传于久远的时空之中，为无数读者所激赏。在品读文学经典的过程中，人们自然而然地获得了对自然、社会、人生等方面的各种感悟，逐渐构建属于自己的思想体系。这正是我们提倡经典阅读、经典重读的意义所在。

2017 年 10 月 18 日，习近平总书记在中国共产党第十九次全国代表大会上的报告中提出："深入挖掘中华优秀传统文化蕴含的思想观念、人文精神、道德规范，结合时代要求继承创新，让中华文化展现出永久魅力和时代风采。"中国古代文学经典是经典作品殿堂中的重要成员，也肩负着传承中国优秀传统文化的重要使命。中国古代诗、词、文、赋、小说、戏曲之中所蕴涵的丰富的人文内涵，是新时期坚持"文化自信"的宝贵源泉。

通过阅读经典作品，感受先贤的人格魅力，有助于培养中华民族的文化认同感、民族自豪感，以塑造健康人格。如孔子"学而时习之，不亦乐乎"（《论语·学而》）的好学不厌；孟子"善养吾浩然之气"（《孟子·公孙丑》）的坦荡正直；屈原“路漫漫其修远兮，吾将上下而求索”（《离骚》）的积极进取；王徽之“乘兴而行，兴尽而返”（《晋书·王徽之传》）的潇洒脱俗；李白“安能摧眉折腰事权贵”（《梦游天姥吟留别》）的傲岸狂放；杜甫“大庇天下寒士俱欢颜”（《茅屋为秋风所破歌》）的博大胸怀；范仲淹“先天下之忧而忧，后天下之乐而乐”（《岳阳楼记》）的先人后己；于谦“粉身碎骨浑不怕，要留清白在人间”（《石灰吟》）的凛然正气；林则徐“苟利国家生死以，岂因祸福避趋之”（《赴戍登程口占示家人》）的不畏牺牲，等等，这些人性中的优秀品质通过一篇篇经典作品流淌于人们心间，化作激励中华儿女前行的巨大力量。

通过阅读经典作品，感受人与自然的和谐共生，有助于提高审美品位，提升文化品格。例如，“采菊东篱下，悠然见南山”（陶渊明《归园田居》）的闲适；“池塘生春草，园柳变鸣禽”（谢灵运《登池上楼》）的灵动；“忽如一夜春风来，千树万树梨花开”（岑参《白雪歌送武判官归京》）的奇伟；“气蒸云梦泽，波撼岳阳城”（孟浩然《临洞庭湖赠张丞相》）的壮阔；“春水碧于天，画船听雨眠”（韦庄《菩萨蛮》）的清丽；“黑云翻墨未遮山，白雨跳珠乱入船”（苏轼《八月二十七日望湖楼醉书》）的热闹；“要看银山拍天浪，开窗放入大江来”（曾公亮《宿甘露僧舍》）的奇想；“春色满园关不住”（叶绍翁《游园不值》）；“万紫千红总是春”（朱熹《春日》）的喜悦，等等，将大自然的美景投影于心灵世界，体现了“天人合一”的和谐无间。

通过阅读经典作品，感受书中人物的喜怒哀乐等各种情感，洞察复杂的人际关系，有助于感悟人生的价值和生活的意义。例如《论语》中对人生智慧的传达；曹操《短歌行》中对人才的渴慕；高适《燕歌行》中对军中苦乐不均的愤慨；冯梦龙《杜十娘怒沉百宝箱》中对丑陋人性的揭示；吴敬梓《马二先生游西湖》中对科举制度的讽刺；关汉卿《窦娥冤》中对黑暗现实的控诉；汤显祖《惊梦》中对封建礼教的抨击；曹雪芹《林黛玉进贾府》中对复杂人物关系的表现等。这些作品就像一面面镜子，照出了人世间的真善美与假丑恶，照出了人性、人心、人情……

基于以上认知，本书选编范围为我国先秦至近代文学经典作品，按照文体分成“诗国观潮”“文赋撷英”“轻吟浅唱”“雅俗共赏”四个部分进行介绍，以诗词文赋为主，戏曲小说为辅。选录标准以满足通识教育需求为主，兼涉中学古代文学作品教学内容。书中每篇作品内容包括原文、注释、导读三个部分：作品版本主要参照通行文本，结合善本或相关的整理、校对材料，有异文则在注释中随文注出；注释包括作者生平介绍（字、号、籍贯、著作等，一般置于注释第一条）和字词句释义，力求简洁、准确，尽量避免重复；导读基于古代文学教学的实际情况，不追求创见新意，但求明白晓畅，能对作品起到引导、启发的作用。

本书可做高校通识教育教材和中国古代文学史配套作品选，亦可作为中学古诗文教学参考用书及古代文学爱好者阅读使用。

陈毓文

2021.7.23

目录

中国文学经典选读

诗国观潮

文赋撷英

轻吟浅唱

雅俗共赏

诗国观潮

国风·周南·关雎

《诗经》[1]

关关雎鸠[2]，在河之洲[3]。窈窕淑女[4]，君子好逑[5]。
参差荇菜[6]，左右流之[7]。窈窕淑女，寤寐求之[8]。
求之不得，寤寐思服[9]。悠哉悠哉[10]，辗转反侧[11]。
参差荇菜，左右采之。窈窕淑女，琴瑟友之[12]。
参差荇菜，左右芼之[13]。窈窕淑女，钟鼓乐之[14]。

【注释】

[1]《诗经》：原称《诗》或《诗三百》，是我国最早的诗歌总集，相传经过孔子的编定，现存诗三百零五篇，其中六篇有目无辞。主要收录了西周初年至春秋中叶五百多年间的诗歌作品。《诗经》从内容上可分为“风”“雅”“颂”三个部分，艺术上主要运用赋、比、兴三种表现手法，此六种称为诗经“六义”。周南是十五国风中的一种，指周公所辖南方地区的民歌。《关雎》是《诗经》全书之首，也是周南中的第一首，故列为《诗经》“四始”之一。

[2]关关：二鸟和鸣之声。雎（jū）鸠（jiū）：朱熹认为是一种水鸟，又名王雎，“生有定偶而不相乱”。

[3] 洲：水中的陆地。

[4] 窈窕：女子身姿、心灵兼美的样子。淑女：贤淑美好的女子。

[5] 君子：原指君王之子，后来被赋予道德的含义，指道德品行好的人。逑（qiú）：伴侣，配偶。

[6] 荇（xìng）菜：一种浅水生植物，可食用、可入药。

[7] 流：寻求，择取。

[8] 寤：醒。寐：睡。寤寐：此处指日夜（思念）。

[9] 思服：想念，向往。

[10] 悠：忧思。哉：语气助词。悠哉：此处意为思念啊思念。

[11] 辗转："辗"古字作"展"。辗转反侧：指翻来覆去。

[12] 琴瑟：古人常用琴瑟之好比喻夫妻感情和谐。琴瑟友之：指以琴瑟作为结交淑女之径，有期待与淑女结为夫妇的美好愿景。

[13] 芼（mào）：择取，拔取。

[14] 乐（lè）：使……快乐。

【导读】

《关雎》作为《诗经》的第一首作品，其地位和意义是不同寻常的。《毛诗序》云："《关雎》，后妃之德也，《风》之始也，所以风天下而正夫妇也。"细读全诗，"后妃之德"未必恰切，"风天下而正夫妇"倒是值得琢磨。

诗篇由"关雎"起兴，引出男女主人公的出场。"窈窕淑女，君子好逑"，身姿与内心俱优美的淑女，可谓是君子的好伴侣。在古代，"君子"这一称呼意味着身份尊贵，后来又被赋予了品行好的涵义。而这位君子所中意的淑女同样兼具内外之美。君子对淑女的爱慕之情使君子日夜难眠。他希望借助琴瑟、借助钟鼓来让对方欢喜，以拉近彼此的关系。琴瑟、钟鼓一方面暗示了男女主人公的身份地位，另一方面似乎也与婚礼的热闹喜庆有着密切的关系，因而有研究者认为这是一首描述婚礼场景的作品。

这首诗运用了重章叠句、双声叠韵的手法，反反复复地吟唱传递了主人公缠绵不绝的思念之情。从情感上看，虽然君子对淑女有着浓烈的爱慕之情，但这份情感在总体上一直维持着温和的基调，少有冲动多为克制，没有愤怒多为恋慕，没有求而不得的怨怼，没有激烈的冲突，诗中的爱情故事是温馨而又缠绵的。开篇选用了成双成对的王雎起兴，篇末用钟鼓结篇，首尾形成呼应，暗示着男女主人公爱情故事的结局是颇为圆满的。

那么《关雎》为何会被安排在《诗经》的第一篇呢？我们来探究《毛诗序》"风天下而正夫妇"这句话，《关雎》有哪些特质让它能成为一篇被经学家们视为有风教作用的范文呢？首先，男女主人公不像《诗经》其他婚恋诗的主角，如《郑风·褰裳》中的"狂童"、《郑风·狡童》中的"狡童"等男主角那样，社会地位并不高。《关雎》的两位主角是身份地位、品行外貌都具备较高水准的君子与淑女，是形象较为完美的主人公。其次，男主人公不像《郑风·将仲子》中主人公有翻墙爬树的逾矩企图或是行为，也不像《王风·大车》中主人公邀约恋人去私奔。本诗篇中，君子虽然爱慕淑女，但他最反常、最激烈的表现也不过是"窈窕淑女，寤寐求之。求之不得，寤寐思服。悠哉游哉，辗转反侧"，昼思夜想导致无法安眠，此外也就没有其他过分的举动了。再次，从诗篇后面的"琴瑟""钟鼓"等含有浓厚伴侣意味的用词看，君子与淑女有极大可能最终会顺利结为夫妻。男女主人公身份匹配、品貌俱佳、恋爱过程节制温和、最终又成功结为夫妻的恋爱，是有关婚姻恋爱生活主题的一份完美答卷。中国历来是宗法社会，在这个社会结构里，家庭是最小单元，对整个社会的安宁与稳定发挥了重要的作用。所谓"家和万事兴""成家立业"，这些话语说明在传统观念里，家庭和谐、稳定才是事业成功的基础。从这个意义上说，儒学家们希望这首诗起到"风天下而正夫妇"的一个示范作用，也就不难理解了。

国风 · 卫风 · 伯兮

《诗经》

伯兮朅兮[1]，邦之桀兮[2]。伯也执殳[3]，为王前驱。
自伯之东，首如飞蓬[4]。岂无膏沐[5]，谁适为容[6]。
其雨其雨[7]，杲杲出日[8]。愿言思伯[9]，甘心首疾[10]。
焉得谖草[11]，言树之背[12]。愿言思伯，使我心痗[13]。

【注释】

［1］伯：兄弟姐妹中年长者，此处指女主人公的丈夫。朅（qiè）：勇武，健壮。

［2］邦：国家。桀：通“杰”，此处指才能出众的人。

［3］殳（shū）：古代兵器之一，用木或竹制成，有棱无刃。

［4］飞蓬：飞旋的蓬草，此句意为头发散乱得像杂草。

［5］膏沐：指古代妇女用来润发的油脂，如面膏、发油等。

［6］适（dí）：专主，顺从，也可读 shì，解释为喜悦。容：装饰，打扮。

［7］其：盼望。

［8］杲（gǎo）杲：（太阳）明亮的样子。此句意为盼望着下雨，但阳光很耀眼、明亮。此处可理解为女子盼望着丈夫回来，却总是失望。

［9］愿：思念的样子。

［10］甘心：乐意，情愿。首疾：头痛。此句可理解为“即使头痛也心甘情愿”，这是为了押韵采用的倒装手法。

［11］焉得：安得，哪得。谖（xuān）草：萱草，又称黄花菜、金针菜，古人以为可以忘忧，又叫忘忧草。

［12］言：句首语气助词，无实意。树：种植。背：北堂的正屋，后庭。此句意为把它种到北堂去。

［13］痗（mèi）：思念成疾，因忧思而患病。

【导读】

《诗经》里有许多反映战争主题的诗歌作品。战争对于人们来说意味着生活秩序完全被打破，意味着骨肉分离，意味着天人永隔，由此引发的离思之情在文学作品中也是很常见的主题。

诗歌开头“伯兮朅兮，邦之桀兮。伯也执殳，为王前驱”意为女子赞美了自己夫君的英武、优秀，对他能成为出征队伍的前驱者这一点表示骄傲与自豪。当祖国面临危难时机，总有许多中华儿女前仆后继地冲上前去，把个人的安危和小家的团圆抛诸脑后，这是一种感人至深的家国情怀。

但是，作为个人来说，这些将士和他们的家人就不得不忍受着思念的痛苦和对彼此的牵挂。自从丈夫出征，家中的妻子就再也没有精心打扮过自己，“自伯之东，首如飞蓬。岂无膏沐，谁适为容”，古语云“女为悦己者容”，丈夫在外作战，妻子打扮了给谁看呢？让自己蓬头垢面表明了自己对丈夫的情感是忠贞的。妻子的这种行为一方面可视为对维护小家的安宁做出的牺牲，另一方面换来的是丈夫在前线的安心奋战。如果后方的妻子能使自己的丈夫在前线安心作战，那么这种行为可视为对整个国家战事的一种贡献。

“其雨其雨，杲杲出日”，意为期待着下雨，偏偏艳阳高照。喻指女子思念着丈夫，盼望着丈夫早归的心思却总是落空。“愿言思伯，甘心首疾”，然而即便思念使她头痛不已，她也甘愿承受。从自豪骄傲、牵挂思念、盼归不得，直至忧思成疾，女子对丈夫的情感始终坚贞如一。

“焉得谖草，言树之背。愿言思伯，使我心痗”，她虽心甘情愿忍受这一切，但终究也盼望能得到传说中的忘忧草，将它种植在后庭中。因为这思念啊，着实让人不堪承受了！

战争对于国家来说，有时是必不可少的，无论是因为外敌入侵，还是为了平定内乱。对于正义的战争，百姓能够理解、支持，也愿意做出相应的牺牲，就像这诗中的女主人公，她虽为自己的丈夫出征战场感到骄傲自豪，但个人因此而承受的忧思成疾也是不容忽视的。自豪与痛苦都真实存在，这也客观反映了战争中人们的思想状态。

从艺术上看，该诗主要通过赋的表现手法，用质朴的语言将女子由骄傲自豪转为思念、盼归而忧思成疾等情感变化过程展现在读者面前。这种转变是自然而然的，并不让人觉得突兀。家国情怀与亲人牵念让这个女主人公显得可敬又可亲，在丈夫出征后让自己陷入“首如飞蓬”的细节描述使人物形象显得更为生动。“愿言思伯，甘心首疾”展现的矛盾心态，也使人物形象更加鲜明饱满。

国风·秦风·蒹葭

《诗经》

蒹葭苍苍[1]，白露为霜。所谓伊人[2]，在水一方[3]。遡洄从之[4]，道阻且长[5]。遡游从之[6]，宛在水中央[7]。

蒹葭萋萋[8]，白露未晞[9]。所谓伊人，在水之湄[10]。遡洄从之，道阻且跻[11]。遡游从之，宛在水中坻[12]。

蒹葭采采[13]，白露未已[14]。所谓伊人，在水之涘[15]。遡洄从之，道阻且右[16]。遡游从之，宛在水中沚[17]。

【注释】

［1］蒹（jiān）：没长穗的荻。葭（jiā）：初生的芦苇。苍苍：茂盛，茂密。

［2］所谓：所说，所念。伊人：那个人。

［3］一方：一侧，一边。

［4］遡（sù）：同“溯”，逆流。遡洄：逆流而上。之：代指“伊人”。

［5］阻：险要，艰难。

［6］遡游：顺流而下。

［7］宛：仿佛。

［8］萋萋（qī）：茂盛的样子。

[9] 晞（xī）：干，日晒使露水蒸发。

[10] 湄（méi）：岸边，水与草交接的地方。

[11] 跻（jī）：地势上升。

[12] 坻（chí）：水中的小洲、小岛。

[13] 采采：与“萋萋”同义，茂盛的样子。

[14] 已：停止，消失。未已：没有停止，没干。

[15] 涘（sì）：水边。

[16] 右：此处指弯曲、迂回曲折。

[17] 沚（zhǐ）：水中面积小的陆地。

【导读】

《毛诗序》云：“《蒹葭》，刺襄公也。未能用周礼，将无以固其国焉。”此说恐不恰切。从诗歌内容看，此诗歌的主旨是表达对恋人爱而不得的惆怅。

诗篇开头以“蒹葭”起兴，用“白露为霜”暗示秋意浓重。爱恋之人的身影出现在水边，让人不由自主地追寻而去。那路途艰难险阻又漫长，迂回曲折过后，却发现伊人又出现在水中的小洲上。诗作总共三章，仅个别词语出现变动，诸如由“白露为霜”变成“白露未晞”“白露未已”，分别表示露水凝成霜、霜融化为露水、露水在日光下快被晒干的不同状态，暗示时间的流逝变化。“在水之湄”“在水之涘”与“在水一方”的意思相似，都是指水岸边。“水中坻”“水中沚”与“水中央”一样，都是指水中的陆地。蒹葭是水边的芦苇，无论是露还是霜，都说明这是发生在清晨水边的故事，那里雾气笼罩，自然营造了一种朦胧之美。作者爱恋着、追寻着的人，时而出现在水边，时而又出现在水中的陆地，意指看似在眼前，却总也触碰不到。

诗篇吟唱了一个爱而不得、求而不获的略带伤感的故事。作者借助反复出现的蒹葭、白露、伊人等词，营造了一个缥缈朦胧的意境。从字面的意思去解读，我们可以解读为诗中表达了苦苦追寻所爱之人却不获成功的惆怅。那种忽远忽近、若有似无、不时给人期望但最终又总是差那么一点儿的感觉，不止会出现在爱情的领域，还有可能是对诸如功名、君王的信任、友情等的渴求。每个人的一生中都曾有过努力追求、失败、再努力的经历，也都感受过远望、接近、又远离的惆怅，从这个角度看，《蒹葭》营造的意境所能触发的共鸣共情覆盖面是很广阔的。追随着作者优美的文字，读者大都会不由自主地产生角色代入感，在脑海中浮现这样一幅画面：拂晓时分，一个美丽而又不可捉摸的伊人出现在清雅朦胧的水岸幽境中，她的身影若隐若现，岸边摇曳的芦苇、水中的小洲……那种不可触摸的美给人无尽的美感，也给人以无限的惆怅。

小雅·采薇

《诗经》

采薇采薇[1]，薇亦作止[2]。曰归曰归[3]，岁亦莫止[4]。靡室靡家[5]，猃狁之故[6]。不遑启居[7]，猃狁之故。

采薇采薇，薇亦柔止[8]。曰归曰归，心亦忧止。忧心烈烈[9]，载饥载渴[10]。我戍未定[11]，靡使归聘[12]。

采薇采薇，薇亦刚止[13]。曰归曰归，岁亦阳止[14]。王事靡盬[15]，不遑启处[16]。忧心孔疚[17]，我行不来！

彼尔维何[18]？维常之华[19]。彼路斯何[20]？君子之车[21]。戎车既驾[22]，四牡业业[23]。岂敢定居[24]？一月三捷[25]。

驾彼四牡，四牡骙骙[26]。君子所依，小人所腓[27]。四牡翼翼[28]，象弭鱼服[29]。岂不日戒[30]？猃狁孔棘[31]！

昔我往矣[32]，杨柳依依[33]。今我来思[34]，雨雪霏霏[35]。行道迟迟[36]，载渴载饥。我心伤悲，莫知我哀！

【注释】

[1] 薇：野生豌豆苗，种子、茎、叶均可食用。

[2] 作：初起，初生。止：句末助词。

［3］曰：说，声称。或者理解为句首助词。

［4］莫：通“暮”。岁暮：指年末。

［5］靡（mǐ）：无，没有。靡室靡家：意为顾不上家庭。

［6］猃（xiǎn）狁（yǔn）：北方的少数民族，春秋时期称之为狄，战国、秦、汉时期称之为匈奴。

［7］遑：空闲，闲暇。启：跪，跪坐。

［8］柔：指薇菜生长至叶片柔嫩的状态。

［9］烈烈：忧愁的样子。

［10］载（zài）：助词，“又”的意思。载饥载渴：又饥又渴。

［11］戍：驻守、防守的地方。定：安定。

［12］聘：探访，探问。

［13］刚：指薇菜茎叶更为成熟、坚硬的状态。

［14］阳：指农历十月。

［15］王事：国君、君王差遣的公事，一般指征伐、朝聘、会盟等，此处指征伐。盬（gǔ）：停止，休止。

［16］启处：安处，起居。

［17］孔：甚，很。疚：内心痛苦。

［18］尔：通“薾”，指花繁盛的样子。

［19］常：常棣，也叫郁李。

［20］路：车，此处指战车。

［21］君子：贵族，此处指将帅。

［22］戎车：兵车。

［23］牡：雄马。业业：膘肥体壮的样子。

［24］定居：安居。

［25］捷：胜利。三捷：多次取胜。

［26］骙（kuí）骙：马强壮的样子。

［27］小人：此处指普通的士兵。腓（féi）：庇护。

［28］翼（yì）翼：整齐有序的样子。

［29］弭（mǐ）：弓的两端。象弭：用象牙装饰的弓。服：装箭的器具。鱼服：用鱼皮制成的箭袋。

［30］戒：警戒。岂不日戒：怎能不每天警惕戒备。

［31］棘：通“亟”，危急。

［32］昔：从前，当初。往：指从军出征。

［33］依依：柳树轻摇的姿态，此处理解为依依不舍的样子。

［34］思：句末语气助词。

［35］雨（yù）：作动词用，下雨。霏霏：形容雨、雪等很大的样子。

［36］迟迟：迟缓的样子。

【导读】

《世说新语·文学》记载了这样一个故事：“谢公因子弟集聚，问毛诗何句最佳？遏称曰：‘昔我往矣，杨柳依依；今我来思，雨雪霏霏。’”这里的“谢公”指东晋的谢安，“遏”是指谢安的侄子谢玄，谢玄所说最欣赏的诗句就来自《采薇》。那么这首诗的魅力究竟在何处，为何能得到谢玄如此高的评价呢？《采薇》是一首反映战争的诗歌，一位士兵在经历了长久的征战之后，终于踏上归程，回想从前，遥望故乡，满心沧桑。

“采薇采薇，薇亦作止”，开篇就是一幅劳作的场景，主人公是谁呢？“曰归曰归，岁亦莫止”，显然这是一位远离家乡的游子。又至岁末，游子归乡的愿望愈发强烈起来。“靡室靡家，猃狁之故”，把家庭抛在脑后的原因是为了抵御北方民族的来犯。原来主人公是一位士兵，一切的奔劳和辛苦都是为了保家卫国，在平静的叙述中，虽有思乡愁，却无抱怨辞，体现了士兵对国家忧难的担当。

诗歌的第二章内容与第一章内容大体相似，“忧心烈烈，载饥载渴。我戍未定，靡使归聘”，由于战事频繁，主人公不得不忍受着肉体上的煎熬，他又饥又渴，与家中的联系变得更加困难，音讯难达，这让他牵念不已。

诗歌第三章的内容也没有太大变化，远征的士兵在为国分忧与不舍家人两种思绪中变换着、纠结着。他愿意保家卫国，也着实难忍对故乡和亲人的思念，心情变得越来越焦躁。“忧心孔疚，我行不来”，真是让人万分忧愁啊，我到现在还是不能回家。

无论多么忧伤，战争依然要继续，这位主人公又把思绪转回了战场上。虽然征战辛劳，但己方的军容、军威让他倍感自豪，“戎车既驾，四牡业业”“四牡翼翼，象弭鱼服”这些语句充分说明主人公为了国家乐于参与这场战事，哪怕是为国牺牲也心甘情愿。

前四章都是主人公的回忆，历历在目的往事让他的情绪忧喜参半。眼下他已然离开战场，踏上了归乡之途。“昔我往矣，杨柳依依。今我来思，雨雪霏霏”，这四句乍看上去是写景色，从前我离开的时候，正是杨柳依依、春光明媚的时节。如今我回来了，天上下着大雪，雨雪纷飞！离别的季节很美好，归乡的风雪很难熬。细细品来，这景色与人们经历的情感刚好形成了反差：与亲人的离别发生在那最美的时节，那本该是享受美好人生的岁月啊。如今回来了，本该是开心的事情，但天空中却飘起了大雪，返乡之途变得艰难，家中的亲人一切可还安好？想到这过去的岁月、那永远留在战场的战友、亏欠的家人，怎能不满心伤悲？

从主题上看，这首诗描述了战争对人们生活造成的破坏。主人公虽有身为男儿为国效忠的自觉，但与亲人的分离怎能不让人痛苦！“薇亦作止”“薇亦柔止”“薇亦刚止”三章通过“作”“柔”“刚”三个字展现了薇草初生、发芽直到成熟的过程，暗示时间的流逝。无论战争正义与否，它给整个国家和社会都带来了巨大的影响，尤其是亲历战争的将士们，他们冒着生命的危险在战场上厮杀，有人牺牲，有人受伤，有人幸存，即便能顺利从战场上回归到家中，其精神上的创伤也是不可避免的。宝贵的人生消耗在战场上，将士们怎么能不满心凄惶？前三章反复的吟唱把读者也带进了浓重的思乡情绪中，其后两个章节对军威、军容的夸赞稍微宕开了这种愁思。在最后一个章节里，主人公通过描述往昔离别与今日归来的不同景致，再次抒发了自己的忧伤——“我心伤悲，莫知我哀！”春日离思、冬日归乡两幅场景，王夫之《姜斋诗话》评曰“以乐景写哀，以哀景写乐，一倍增其哀乐”，道出了其中的真谛！

有所思

汉乐府民歌

有所思，乃在大海南。
何用问遗君[1]？双珠瑇瑁簪[2]，用玉绍缭之[3]。
闻君有他心[4]，拉杂摧烧之[5]。
摧烧之，当风扬其灰[6]。
从今以往，勿复相思！相思与君绝[7]！
鸡鸣狗吠[8]，兄嫂当知之。
妃呼豨[9]！秋风肃肃晨风飔[10]，东方须臾高知之[11]。

【注释】

[1] 遗（wèi）：给予，赠送。问遗：亲友相馈赠，此处指赠送给心爱的人。

[2] 瑇（dài）瑁（mào）：即玳瑁，一种像龟的动物，背面呈褐黄相间的花纹，甲片可作装饰品，也可入药。

[3] 绍缭：缠绕。

[4] 他心：异心，别的打算。

[5] 拉杂：拽拉，扯烂。摧烧：折断烧毁。

[6] 当风：正对着风，迎风。

［7］相思与君绝：与君断绝相思。

［8］鸡鸣狗吠：此处暗指男女约会。

［9］妃（bēi）呼（xū）狶（xī）：语气助词，无实义。

［10］肃肃：疾速。晨风：鸟名，鹯（zhān）鸟，一种猛禽。飔（sī）：凉风。

［11］须臾：片刻，很短的时间。高（hào）：通“皓”，天亮。东方须臾高知之：意指天快亮了，事情总能找到方法解决。

【导读】

《有所思》是汉乐府民歌中《铙歌十八曲》之一。铙歌本为军中乐歌，这18首曲子的内容比较复杂，涉及各个方面。这首《有所思》是一首以爱情为主题的诗歌。

开头五句是第一层，“有所思，乃在大海南”，女主人公爱恋着的人，他就在大海的南边！“何用问遗君？双珠瑇瑁簪，用玉绍缭之”，一想到自己的爱人，她的心思就全放在如何向对方表达自己的爱意上，她精心准备了一枚用玳瑁制成的簪子，两端还装饰了珍珠，最后再用玉石缠绕在上面，这枚精致的簪子正是她要赠送给爱人的礼物。

“闻君有他心，拉杂摧烧之。摧烧之，当风扬其灰。从今以往，勿复相思！相思与君绝”这是第二层。礼物尚未送出，噩耗先至，她爱恋的人已经变了心。火热的心头如同被浇了一盆冰水，女子立刻把眼前准备送出的礼物毁了，拆碎、砸烂、扬灰于空中方能解她心头之恨，她还恨恨许下誓言，从今往后再也不会思念那个负心人了。面对爱人的变心，此时的女子表现得非常果决。清代诗词评论家陈祚明《采菽堂古诗选》云：“从今以后，勿复相思！”一刀两断，又何等决绝！非如此，不足以状其“望之深，怨之切”。

“鸡鸣狗吠，兄嫂当知之”至文篇是最后一层。只是从前的约会啊，怕是兄嫂已知晓，如今这样的局面，她该怎样跟家人解释这一切呢？“秋风肃肃晨风飔，东方须臾高知之”，爱人的背叛使女子彻夜难眠，她的情绪也慢慢冷静了下来，眼看着天要亮了，之前果决地表示要与男子一刀两断的她陷入了纠结与迷茫中，也许天亮了，就能知道该怎么办了吧。

这首诗歌层次分明。第一章借一枚精美的玳瑁簪表达了女子浓烈、炽热的爱情，第二章通过果决的毁簪举动展现女子在爱情破灭后的愤怒，第三章通过对景物的渲染描述女子愤怒过后陷入了迷茫与失落的状态。诗篇主要通过对女主人公动作细节的描述，对节候、景物的渲染有序地推动了情节的发展。语言上采用了杂言体，与跌宕起伏的情节变化甚是合拍，其中情感有爱有恨，叙事节奏有张有弛，人物形象非常鲜明，女主人公的敢爱敢恨很真实，无奈和迷茫也让人为之叹息。

东门行[1]

汉乐府民歌

出东门[2]，不顾归[3]。
来入门，怅欲悲[4]。
盎中无斗米储[5]，还视架上无悬衣。
拔剑东门去，舍中儿母牵衣啼[6]：
“他家但愿富贵[7]，贱妾与君共餔糜[8]。
上用仓浪天故[9]，下当用此黄口儿[10]。今非[11]！”
“咄[12]，行[13]！吾去为迟[14]！白发时下难久居[15]。”

【注释】

[1] 本篇选自宋代郭茂倩编写的《乐府诗集·相和歌辞·瑟调曲》。

[2] 东门：主人公居住之城的东门。

[3] 顾：顾念，考虑。不顾归：不考虑是否回家的问题。

[4] 怅：不如意，伤感。

[5] 盎（àng)：一种腹大口小的容器。

[6] 儿母：孩子的母亲，主人公的妻子。

[7] 他家：别人的家。但愿：只愿，只希望。

［8］餔（bū）：吃。糜（mí）：粥。

［9］用：为，因。仓浪天：指苍天。

［10］黄口儿：幼儿。

［11］今非：现在的行为是不对的。

［12］咄（duō）：呵斥声。

［13］行：要走了。

［14］吾去为迟：我已经去得太晚了。

［15］下：此处指掉头发。

【导读】

两汉乐府民歌如班固所言，“感于哀乐，缘事而发”（《汉书·艺文志》），秉承《诗经》的现实主义精神，真实反映了当时百姓的生活状态。虽然同样是对现实生活的反映，汉乐府民歌与《诗经》有着一定的区别。《诗经》重在抒情，全篇叙事的作品较少，而汉乐府民歌则犹如一则则小故事，记录了当时百姓们的各种境遇：《有所思》中热恋的少女遭遇恋人变心，《平陵东》一位义公被官匪绑架勒索财物，《十五从军征》中一个士兵十五岁入伍，直到八十岁才得以返乡……《东门行》是汉乐府民歌中一首较为杰出的代表作，它记述了一位贫民是如何因穷困潦倒、无力维持家人生计，以至不得不拔刀而去的场景。

“出东门，不顾归”首二句，男主人公出场，从东城门出去了，原打算不再回来。那么他要去向何方？又是自何而来？为什么不愿再返回呢？这就调动起了读者的好奇心。

接下来，似乎带着决绝念头的主人公终究还是选择返回家中，“来入门，怅欲悲”，进门后目睹家中的窘状：“盎中无斗米储，还视架上无悬衣”。他悲从中来：人生在世，衣食的需求是最基本的，可家里没有一粒储粮，架上没有一件衣服。身为一家之主，此情此景，他岂能坐视而无动于衷呢？“拔剑东门去，舍中儿母牵衣啼”，他再度拔剑向着东城门而去，孩子的母亲知道丈夫此行必然不简单，急忙拉住丈夫，哭着求他“他家但愿富贵，贱妾与君共餔糜”，这是一位非常善良本分的女子，她对丈夫表示自己的物质要求很低，有口稀粥便可满足了。这个要求的确很低，但回想刚才的“盎中无斗米储”，如此低的要求对这个家庭而言依然是难上加难！家中早已断了粮！妻子生怕这不足以说服丈夫，于是又搬出老天爷和膝下幼儿来劝说，希望丈夫能敬天守德、顾念孩子而不去冲动犯法。她明确告诉丈夫，他想要去做的事情是不对的。

妻子的这番安抚与说理能奏效么？显然不能，主人公的生活已经沦落到连最简单的生存都不能保证的地步了，这样的苍天让他如何敬畏？没有粮食、衣物，他又如何抚养自己的幼儿呢？妻子的一番话在主人公听来，反倒更加坚定了其“拔剑”出门、孤注一掷的决心，“咄，行！吾去为迟！白发时下难久居”，主人公认为，之前的苦熬都是没有意义的，眼下自己的头发不仅变白还脱落了许多，再不行动，全家人的性命恐怕是都保不住了！故事写到这里戛然而止，最后的结局会怎样呢？恐怕不会乐观。

这首《东门行》的主人公原来也是个安分守己的老百姓，在拔剑而行之前，他几经挣扎、几番犹豫，但让人绝望的生存状态使他最终下定决心以暴力违法的方式来博求一条生路——不行动，他和家人迟早会因为冻饿而亡，行动了，或许能有一丝生机？

这首诗在形式上采用了杂言体，长短不一的句式使全诗的叙事节奏显得更为灵活，与主人公极力压抑、愤而拔剑等内在情感的抑扬也较为合拍。其语言风格质朴，对主人公的动作描写、与妻子的对话等用语都十分生活化，充分展示了乐府民歌贴近百姓生活、通俗易懂的特质。

上山采蘼芜[1]

汉乐府民歌

上山采蘼芜，下山逢故夫。

长跪问故夫[2]："新人复何如[3]？"

"新人虽言好，未若故人姝[4]。颜色类相似[5]，手爪不相如[6]。"

"新人从门入，故人从閤去[7]。"

"新人工织缣[8]，故人工织素[9]。织缣日一匹[10]，织素五丈余[11]。将缣来比素，新人不如故。"

【注释】

［1］本篇选自南朝徐陵编《玉台新咏》，题为《古诗》。蘼（mí）芜（wú）：即芎（xiōng）䓖（qióng）的苗，又名江蓠，可入药。

［2］跪：指两膝着地，伸直腰股。长跪：指直身而跪，表示庄重。故夫：前夫。

［3］新人：前夫新娶的妻子。

［4］姝：美好。

［5］颜色：容貌。类：类似，相似。

［6］手爪：手艺，技艺。相如：相同，类似。

［7］閤（gé）：门旁的小户，小门。

［8］工：长于，善于。缣（jiān）：双丝制织的略带黄色的细绢。

［9］素：白色的生绢。

［10］匹：古代的度量单位，布帛广二尺二寸为幅，长四丈为匹。

［11］丈：古代的度量单位，十尺为丈。

【导读】

汉乐府民歌中有不少反映婚恋主题的作品，这首《上山采蘼芜》的女主人公显然是一位弃妇。她前往山上采蘼芜，下山途中遇到了她的前夫，这是一个非常戏剧化的场面。面对抛弃自己的前夫，这位女子端端正正地给前夫行了跪礼，这个举动说明女子在仪礼方面是比较注重的，行事风格也较为大方。她对丈夫问候的内容是："你的新妻子如何呀？"这样的问话里我们不难读出她对前夫的怨气："你抛弃了我，那么你新娶的妻子有多好呢？"前夫的回答非常有意思："我现在的妻子虽然不错，但综合看来她不如你。她的长相跟你差不多，但是手脚没有你麻利。"听了这话，女主人公更加幽怨了："想当初，你从大门迎娶她的时候，我被你家从小门驱逐出去。"难道这是择劣去优的选择么？前夫没有回应女主人公的抱怨，继续赞美道："现在的妻子擅长织缣，你擅长织素。她每天只能织一匹缣，你每天能织五丈多素。两相对比，她不如你。"诗歌写到这里就结篇了，女主人公的心情如何我们不得而知，这位前夫先弃后赞的言行倒是值得我们琢磨一番。

相较男性而言，封建社会女性的社会地位是很低的，体现在婚姻家庭生活中，有"三从"之说——在家从父，出嫁从夫，夫死从子，人生的每一个阶段都已被规定好了，只是要听从指令的对象身份变了，依从男性的属性没变。"七出"则更为残酷，包括不孝、不育、淫乱、嫉妒、重病、多言、窃盗等，男方可以从中任选一条作为赶走妻子的理由。从诗文看，这位女主人公温柔知礼、聪明能干、美丽大方，但她依然无法摆脱被抛弃的命运。从她与前夫戏剧性的相遇及对话中我们可以看出，前夫对她的各方面是比较满意的，我们猜想，女子被弃的原因或许是不育，或许是婆媳不睦，男方因为喜新厌旧，随便找个理由抛弃她的可能性也是存在的。不管是什么原因，不管女子的前夫是被动或是主动，这些都不重要，重要的是这个婚姻悲剧的受害方只有女子一人。她的前夫对新妻子也不是不满意，只是觉得不如前妻而已，他也不可能为了前妻再去改变现状，而聪明能干的女主人公成为婚姻生活中那个唯一被请出局的人。

这首诗歌采用了五言体形式，句式整齐，语言质朴，琅琅上口。故事情节主要通过二人的对话逐步展开，女主人公的形象通过前夫与她的对话变得愈来愈鲜明——温柔知礼却遭遇被抛弃，男主人公的形象相对模糊，可能是一个一味听从父母意见而没有保住妻子的愚昧男人，也可能是个喜新厌旧却不以为耻的道德败坏的男人。这首诗深刻地反映了我国古代封建社会中女性在婚姻生活里无法自主的地位，她们能否获得幸福与她们的努力有时并没有直接关系。这个故事只是婚姻悲剧中的一个，不难想象，背后还有更多的女性经历着类似的婚姻悲剧。这场相遇是偶然的，画面是片段的，但留给我们的想象空间是巨大的，所谓言尽而意不尽也。

古诗十九首·行行重行行

古诗十九首[1]

行行重行行[2]，与君生别离[3]。
相去万余里[4]，各在天一涯[5]。
道路阻且长[6]，会面安可知[7]？
胡马依北风[8]，越鸟巢南枝[9]。
相去日已远[10]，衣带日已缓[11]。
浮云蔽白日[12]，游子不顾反[13]。
思君令人老[14]，岁月忽已晚[15]。
弃捐勿复道[16]，努力加餐饭[17]。

【注释】

[1] 古诗十九首：出自萧统《昭明文选》。从其内容看，研究者认为这应该是东汉末年一些中下层文人的作品，他们为了前程远离家乡、漂泊在外。这十九首诗主要反映了游子思妇的各种思绪，诸如对家乡和亲人的思念、仕途坎坷的彷徨失意、因好友不相助的失落愤懑等。

[2] 行行重行行：五个字里用了四个“行”字，表示不停地行走。

[3] 生别离：活着而与亲友长相别离。

［4］相去：相距，相差。

［5］涯：水边，泛指边际。

［6］阻：艰难。

［7］安：怎么，哪里，表示反问。

［8］胡马：泛指西北地区所产的马。依：喜爱，依恋。

［9］越鸟：古越国在南方，所以“越鸟”泛指南方的鸟。巢：筑巢。

［10］日：一天天。已：通“以”。远：久。

［11］缓：松。

［12］蔽：掩盖。白日：此处暗指丈夫。这句诗的意思是妻子担心丈夫被别的女子诱惑而迷失了自己。

［13］反：通“返”，返回，归家。

［14］老：憔悴，指容颜身形的憔悴。

［15］忽已晚：时间突然就晚了。

［16］弃捐：抛弃，弃置不用。

［17］努力加餐饭：努力多吃饭保重身体。

【导读】

东汉末年，世事纷乱，一些士人为了求得一个好的前程，不得不远离家乡，在外奋斗拼搏。这些士人的社会地位并不高，获得成功的概率也很低，再加上人在异乡，自然会思念故乡、惦记亲人，由此游子思妇的离别相思之苦和宦途失意者的失志之悲就构成了《古诗十九首》的两大主题。《行行重行行》是一首典型的思妇诗，因为丈夫外出久未归家，妻子惦念不已，由此引发各种思绪和忧虑，但最后女子所能做的就只有尽力保重身体而已。

首句“行行重行行”五个字里有四个“行”字，这种表达一方面表明了丈夫行走路程之遥远，这么漫长的旅途不仅带来空间上的变化，同时也意味着时间的流逝。“行”字的一再重复也给人带来一种单调、悠远、乏闷的感觉，与思妇此时的心境较为契合。“相去万余里，各在天一涯”，思妇与渐行渐远的丈夫明明都活在世上，却无法相依相伴，彼此相距遥远，天各一方。

“道路阻且长，会面安可知？胡马依北风，越鸟巢南枝”，丈夫远行的路程必然是伴随着艰辛的，不知道什么时候才能再次相见呢？胡马、越鸟等动物都会思念自己的故乡，更不用说人了。

“相去日已远，衣带日已缓”，随着分离时日的增加，思妇的身形越来越瘦，衣服腰带都变得一天比一天宽松了。“浮云蔽白日，游子不顾反”，远方的夫君啊，是否被别的女子蒙蔽了他的心意，才会让他似乎不再着急归乡么？

“思君令人老，岁月忽已晚。弃捐勿复道，努力加餐饭”，久盼夫君而不归，思妇的思念之情与日俱增，让她的容颜憔悴得仿佛老了许多，不知不觉啊，时间又过去了这么久，又到了年末的时候！可是再多的思虑也是枉然，索性把这些情绪统统抛开，努力多吃饭来保重自己的身体！

这首诗的语言质朴而充满意蕴，情感节奏曲折而婉转缠绵，主人公的思绪随着她对丈夫的思念飘向异乡，最后又回到日渐憔悴的自己身上。“衣带日已缓”“思君令人老”这两句诗诉说着她对丈夫的思念之情日趋浓重，自己已是憔悴不堪，她多么希望这份深情能被丈夫知晓。她借用胡马对北风的依恋与越鸟对南方的执着来比拟游子的思乡之情，用“浮云蔽白日”来表达自己心中的疑虑：丈夫是否被其他女子蒙蔽了心意？把丈夫比作“白日”，代表了丈夫在她心目中的分量，而“浮云”的比喻暗示着那些外面的女子品性如云朵一般飘忽不定、无法确信。时光飞逝，又是一个年末即将到来，除了思念，眼前她能做的唯一的事情就是保重好自己的身体，当然换一种解释也说得通：虽然无法与丈夫团聚，但她也希望对方努力照顾好自己、保重身体。

古诗十九首·明月皎夜光

古诗十九首

明月皎夜光[1]，促织鸣东壁[2]。
玉衡指孟冬[3]，众星何历历[4]。
白露沾野草，时节忽复易[5]。
秋蝉鸣树间，玄鸟逝安适[6]？
昔我同门友[7]，高举振六翮[8]。
不念携手好[9]，弃我如遗跡[10]。
南箕北有斗[11]，牵牛不负轭[12]。
良无盘石固[13]，虚名复何益[14]？

【注释】

[1] 皎：洁白，明亮。

[2] 促织：即蟋蟀。

[3] 玉衡：古人称北斗七星中第五颗星也是最亮的那颗为玉衡星。孟冬：原指冬季的第一个月，即农历十月。玉衡指孟冬：玉衡星指向孟冬亥宫方位，就是西北方向，这里指仲秋的后半夜。

［4］历历：一个个清清楚楚。

［5］易：改变，变换。

［6］玄鸟：燕子或者是古代传说中的神鸟，此处应指燕子。逝：去，往。安：哪里。适：到。

［7］同门友：同学。

［8］翮（hé）：指羽毛中间的空心硬管，代指鸟翼。六翮：指鸟类双翅中的正羽，用以代指鸟的两翼。高举振六翮：此句的意思是从前的同门好友仕途得意，如同鸟儿展开双翼，远走高飞了。

［9］携手：共同奋斗。

［10］跡：通“迹”，痕迹，印子。遗跡：留下的足迹。弃我如遗跡：此句的意思是如同行人留下自己的足迹一样把我抛弃了。

［11］南箕（jī）：星宿名，箕宿，形状像簸箕。斗：星宿名，形状像酒斗。南箕北有斗：此句的意思是南箕星和北斗星徒有虚名，南箕星不能当簸箕用，北斗星不能当酒斗用。

［12］牵牛：星名，又名牛郎星。轭（è）：牛鞅，牛拉东西时架在脖子上的短粗曲木，用来控制牛背前进。牵牛不负轭：牵牛星不能用来驾车拉东西。

［13］盘石：厚而大的石头。

［14］虚名：空虚的名称，此处的意思是空有“同门友”的名分，却无实质内涵诸如相助的友情。

【导读】

诗歌开篇是一段景物描写，“明月皎夜光，促织鸣东壁”，月光皎洁的夜晚，蟋蟀在墙角鸣叫着，这两句诗有眼中所见，亦有耳中所闻。蟋蟀鸣叫通常是发生在立秋以后，等到十月天气转冷后就不叫了，也就是说诗歌的创作背景是一个秋天的夜晚。“玉衡指孟冬，众星何历历”，据金克木先生分析，当为仲秋后半夜的某个时刻，此时夜空中的星星也显得特别耀眼、清晰。夜半的这些景致传递出了几分凄清与孤寂的气息。夜已深重，作者依然无法入眠，显然是心绪不宁。

“白露沾野草，时节忽复易”，野草上沾满了晶莹的露水，不知不觉中，季节又转换了，仲秋的夜里寒意已然来袭。“秋蝉鸣树间，玄鸟逝安适”，树上的秋蝉依然在鸣唱，燕子都去了哪儿呢？冬季即将来临，鸟儿们早已飞向南方温暖的去处了。这几句景物描写一方面传递了季节即将变换的信息，另一方面也隐隐流露出作者的焦虑之情，一年又一年，岁月飞逝而去，自己的归宿和去处何在呢？

“昔我同门友，高举振六翮”，让作者难眠的不仅是自己迷茫未知的前途，更直接的刺激来自昔日的老同学，他走上了飞黄腾达之路。作者本以为老同学会顺势帮助自己一把，也能给自己的仕途带来新的机遇，没有想到对方完全不顾念从前的情谊。“不念携手好，弃我如遗跡”，老同学发达后把作者当作陌路人，完全不予理会。作者为此愤愤不平，也许当初在一起努力拼搏时曾经彼此有过类似“苟富贵，勿相忘”的约定，然而现实是先实现梦想的一方迅速背弃了仕途仍未见起色的朋友。主人公非常愤怒，以南箕、北斗、牵牛三星宿打比方，说它们三个皆是徒有虚名、没有实用的价值，借此嘲讽老同学的背弃行为辜负了他们名义上的关系。作者最后直接感叹：“良无盘石固，虚名复何益？”如果不能像厚重的大石头一样稳固，那些虚名又有什么意义呢？反复的嘲讽、怨怼无不透露这样的信息：这位主人公对于世态炎凉的环境并没有什么思想准备，这样稚嫩的认知水平意味着他在求取功名的道路上还将经历许多挫折。

从艺术上看，这首诗最大的特点就在于借景抒情。诗篇开头作者调动视觉与听觉等感官，细致描摹了秋夜的场景，然后借鸟儿的南飞发出疑问：鸟儿在寻找归路，那么自己的出路又在哪里呢？由此话题由景自然地过渡到人。接着，作者再也抑制不住心中的愤怒，针对同门好友发达后对自己厌弃的态度和行为表示愤慨，他用南箕、北斗、牵牛三星宿的“名不副实”来打比方，一再批评这种空有其名、未见其实的现象。他认为，如果没有相应的言行，没有靠得住的品行，那些发达后厌弃旧友的人就不配称为同学。实际上，这种来自失意者的愤怒与控诉，对那些已经抵达成功彼岸的人来说，又怎么会放在心上呢？

古诗十九首·迢迢牵牛星

古诗十九首

迢迢牵牛星[1]，皎皎河汉女[2]。
纤纤擢素手[3]，札札弄机杼[4]。
终日不成章[5]，泣涕零如雨[6]。
河汉清且浅，相去复几许[7]？
盈盈一水间[8]，脉脉不得语[9]。

【注释】

[1] 迢迢：遥远的样子。牵牛星：一般指牛郎星，是天鹰座中最亮的一颗星，在银河南侧，隔着银河与织女星相对。

[2] 河汉：本义指黄河和汉水，后来指天上的银河。河汉女：指织女星，在银河北侧。

[3] 纤纤：形容细长柔美。擢（zhuó）：伸，抽，拔。

[4] 札（zhá）札：象声词，织布机发出的声音。杼（zhù）：织布机的梭子。

[5] 终日：整天，从早到晚。章：布帛上的纹理，此处指织女一整天也没能织成完整的布匹。

［6］零：落。

［7］复几许：又能有多远。

［8］盈盈：河水清澈、充盈的样子。

［9］脉（mò）脉：相视的样子，用眼神或行动表达情意。

【导读】

牛郎织女的爱情故事是我国古代著名的民间传说之一，它来源于有关牵牛星与织女星两个星座的记录。《诗经·小雅·大东》有云："维天有汉，监亦有光。跂彼织女，终日七襄。虽则七襄，不成报章。睆彼牵牛，不以服箱。"这首诗歌主要表达了百姓对自身所受压榨的抱怨与愤懑，他们借嘲讽织女不能织布与牵牛星不能拉车运输来表达对上天不能为百姓解决困苦的抱怨。一般认为这是有关牛郎星和织女星的最早文献记载，但此时的二人之间并未产生情感纠葛。

《迢迢牵牛星》中的牵牛星和织女星之间已然被添加了美好而悲伤的爱情元素。"迢迢牵牛星，皎皎河汉女"，"迢迢"二字显然是从织女星的角度落笔，相对于织女星而言，牵牛星看起来是那么的遥远，相恋的人总是嫌相聚的时间不够长，相距的距离不够短。此时的织女星虽然看起来皎洁明亮，却也显得十分孤独。她在做什么呢？"纤纤擢素手，札札弄机杼"，织女摆动着她纤细柔白的手，织布机发出札札的声音响个不停。"终日不成章，泣涕零如雨"，虽然织布机响个不停，但织女的劳动成果却是稀少得可怜，因为她的眼泪如同雨水一样不断地往下落。"河汉清且浅，相去复几许"，让织女如此伤悲的原因自然就是不能与牛郎相聚，阻隔他们的就是那银河水，可银河水如此清浅透亮，水面又能有多宽，两个人相距又能有多远呢？为什么相聚对他们来说就那么困难呢？"盈盈一水间，脉脉不得语"，银河的水面满溢着透亮的光采，牛郎与织女在河岸的两侧遥遥相望，深情对视却无法交流言语。

这是一个美丽而又哀愁的爱情故事。彼此相爱的牛郎与织女被天河拦阻而不能相聚，彼此只能默默牵念着对方。这首诗歌的抒情视角主要以织女为主，她一边织布一边思念着牛郎，这使她的劳动成果看上去稀少得可怜，也反衬出她对牛郎情意的深重。通过对织女的动作描写——“纤纤擢素手”、神情描写——“泣涕零如雨”表现了其柔美、深情的形象。在语言上，好几处用了叠字如“迢迢”“纤纤”“脉脉”等，使描写对象变得更加形象，包括天河的隔阻、织女的柔美、二人对视的深情等，诗句的音律也因此更加和谐，具有一种音乐美。

短歌行·其一

（三国）曹操[1]

对酒当歌[2]，人生几何？
譬如朝露，去日苦多[3]。
慨当以慷[4]，忧思难忘。
何以解忧？唯有杜康。
青青子衿，悠悠我心[5]。
但为君故，沉吟至今[6]。
呦呦鹿鸣，食野之苹。
我有嘉宾，鼓瑟吹笙[7]。
明明如月，何时可掇[8]？
忧从中来，不可断绝[9]。
越陌度阡[10]，枉用相存[11]。
契阔谈讌[12]，心念旧恩[13]。
月明星稀，乌鹊南飞。
绕树三匝[14]，何枝可依？
山不厌高，水不厌深。
周公吐哺[15]，天下归心。

【注释】

［1］曹操（155–220），字孟德，沛国谯县（今安徽亳州）人，东汉末年政治家、军事家、文学家、书法家，撰《魏武帝集》。他在官渡之战后统一北方，通过“挟天子以令诸侯”的方式获得对北方中国的实际控制权。文学上，三曹父子爱好文学，成为建安文学繁盛局面的引领人和主力创作人。“短歌行”为乐府旧题，还有“长歌行”，或可作为歌声长短之区分。

［2］当：对着，应当。

［3］去：过去。

［4］慨当以慷：慷慨，此处指因理想抱负未能实现而情绪激昂的样子。

［5］青青子衿（jīn），悠悠我心：此两句引自《诗经·郑风·子衿》，“衿”指衣领，青衿指青色衣领的长衫，为周代学子所穿的衣服，在《诗经》中指代青年男子，此处指代贤才，此句表达了作者对人才的渴慕之情。

［6］沉吟：在心头盘旋惦念不已。

［7］呦（yōu）呦鹿鸣，食野之苹。我有嘉宾，鼓瑟吹笙：此四句引自《诗经·小雅·鹿鸣》，原指国君宴请群臣，此处曹操借以表达自己愿以盛情款待天下人才的态度。

［8］掇（duō）：拾取，亦作“辍”，意为停止。

［9］忧从中来，不可断绝：指因未得贤才而忧思不已。

［10］阡：田间南北走向的路。陌：田间东西走向的路。

［11］枉（wǎng）：屈驾，屈尊。用：以。存：问候。枉用相存：此句可解为劳驾客人到访。

［12］契阔：“契”为聚，“阔”为散，意为聚散，也可解为投合或疏远。

［13］旧恩：往日的情谊。以上四句可解为希望朋友顾念昔日情谊，不辞劳

苦，屈尊来访。也可解为曹操为了帮助朋友四处奔波，虽然彼此有过分歧，但是希望朋友念在往日的恩情，来与自己合作奋斗。

［14］匝（zā）：周，圈。

［15］哺：口中的食物。《史记·鲁周公世家》记载："（周公）一饭三吐哺，起以待士，犹恐失天下之贤人。"周公在贤士来访时，连口中的饭菜都吐掉，表明其对贤士的渴求之情。

【导读】

这首诗抒发了作者面对岁月流逝，而自己功业未成的焦虑心情，同时也表达了他期待更多贤才的心声。在汉末乱世里，曹操满怀激情、慷慨高歌，但现实的诸多困难使他举步维艰，此时的他对于人才是非常渴求的。

作品可分为四个部分：

第一句至第八句为第一部分。诗篇开头用"对酒当歌，人生几何"表达了作者心中的无限感慨。身处汉末乱世，作者同许多文人一样喜好饮酒，酒酣之处难免高歌几句，畅谈理想。"人生几何"与"俟河之清，人寿几何"（《左传·襄公八年》）颇为相似，隐隐表达了作者对于国家政治清明的期待。"譬如朝露，去日苦多"，人生经历的时间越多，意味着未来的日子就越少了。作者心中有着深重的忧思之情，能使他暂时忘却烦恼的似乎只有眼前这杯酒了。

第九句至第十六句为第二部分。在这部分中，作者表达了自己对于人才的渴求之情。"青青子衿"原指青年学子，用在这里代表曹操渴望拥有能为他助力的人才，原诗中的"纵我不往，子宁不嗣音"虽未被引用，但也可以理解为曹操对于才子们的期待："即便我没去找你们，你们可以主动来找我啊！"接着曹操又引用《小雅·鹿鸣》中周王宴请宾客时的诗句向人才们表白："你们如果来投奔我，我一定会热情款待你们！"

第十七句至第二十四句为第三部分。“明明如月，何时可掇”，把人才比喻成天上的月亮，作者怅惘的是什么时候才能拥有他们。也有论者把“掇”解释为“辍”，意思是“我这渴求人才的心啊，就如天上的明月一样是不会停下来的”，此解释也说得通。一想到人才们还没来到身边，作者便感伤不已。为了得到人才，作者甘愿“越陌度阡”，希望那些人才与自己无论相聚还是分离，都要感念自己对他们的心意。

第二十五句至末尾为第四部分。“月明星稀，乌鹊南飞。绕树三匝，何枝可依？”夜晚的天空中，乌鹊正在寻找自己的归宿。三国鼎立的时期，人才们也在寻找着自己可以依托的归属。此景可以理解为实景，同时也可以理解为对人才处境的描述。紧接着曹操直接表态，犹如高山不会拒绝沙石，犹如大海不会拒绝小流，他也非常愿意接纳每一位贤士，愿意像周公姬旦那样以一饭三吐哺的精神处处以人才为先。

整首诗以“酒”开端，引出作者对于国家命运、个人理想的担忧，而这些都离不开人才的作用。作者一层层地表达了自己对于人才的期待与渴望，诗中以《诗经》的诗句为典，以朝露、明月、乌鹊等为比兴，抒发了自己的忧愁与期待之情，也展示了建安文人心系朝堂、积极向上的风貌。作为建安文学繁荣局面的开创者，曹操在这首诗里所展现的慷慨悲凉的诗风也正是建安文人在文学创作上的共同特征。

驾出北郭门行

（三国）阮瑀[1]

驾出北郭门[2]，马樊不肯驰[3]。下车步踟蹰[4]，仰折枯杨枝。

顾闻丘林中，噭噭有悲啼[5]。借问啼者出[6]，“何为乃如斯[7]？”

“亲母舍我殁[8]，后母憎孤儿。饥寒无衣食，举动鞭捶施[9]。骨消肌肉尽，体若枯树皮。藏我空室中，父还不能知。上冢察故处[10]，存亡永别离。亲母何可见，泪下声正嘶[11]。弃我于此间，穷厄岂有赀[12]！”

传告后代人，以此为明规[13]。

【注释】

[1] 阮瑀（？ –212），字元瑜，陈留尉氏（今河南开封尉氏县）人，“建安七子”之一，擅长表章书记，有《阮元瑜集》。他的儿子阮籍是“竹林七贤”之一。《驾出北郭门行》选自宋代郭茂倩编写的《乐府诗集·杂曲歌辞》。

[2] 郭：外城。北郭：外城北门。

[3] 樊：本义为篱笆，引申为羁绊，此处指马止步不前。《初学记》中作“行”。

[4] 踟（chí）蹰（chú）：犹疑不前。

［5］噭（jiào）噭：哭声。

［6］出：现身，又作“云”或“谁”。借问啼者出：正打听的时候，哭泣的人从林中现身了。

［7］斯：这样。何为乃如斯：为什么哭成这样。

［8］舍：舍弃。殁（mò）：死亡。

［9］捶：木棍，指用木棍击打。施：加于。举动鞭捶施：意为动辄用鞭子或是木棍击打（孤儿的身体）。

［10］冢（zhǒng）：坟墓。故处：此处指母亲的坟墓。

［11］嘶：喉咙嘶哑。

［12］穷厄：贫困。赀（zī）：财产，通“资”，也可解为限量。

［13］规：教训，警诫。传告后代人，以此为明规：意为作者对世人的劝诫。

【导读】

《驾出北郭门行》其题当为阮瑀模拟汉乐府自创的新诗题，在郭茂倩《乐府诗集》里被归入“杂曲歌辞”。该诗继承了汉乐府诗关注社会、反映现实生活的的优良传统。这首诗描述了孤儿在亲生母亲去世后遭受到后母虐待的情景，内容与汉乐府民歌《孤儿行》有类似之处。

诗歌可分为四个部分：

第一部分，作者在诗歌的开头使用了第一人称，以旁观者的身份出场，以此来增强所记事件的可信性。“驾出北郭门，马樊不肯驰”，作者驾车出行，马儿突然止步不愿再前行，这种反常似乎是一种暗示。但他尚未察觉，只是打算下车折些枝条来驱赶马儿。

第二部分，“顾闻丘林中，噭噭有悲啼”，作者突然听到林中传来阵阵悲鸣声，这声音自然吸引了他的注意力。这种不见其人、先闻其声的安排，勾起了读者的好奇心。顺理成章地，作者选择前往询问其中事由。

第三部分，一位孤儿自述悲惨遭遇“亲母舍我殁，后母憎孤儿”，母亲去世后，后母不仅克扣其衣食，还时常对其施加虐打。父亲鲜少回家，偶尔回家时，后母也会将孤儿藏匿起来。失去了母亲的疼爱和照顾，也没能得到父亲的庇护，毫无依傍的孤儿只能选择到生母坟前哭诉。生母的离世、父亲的疏忽、后母的虐待使孤儿的生存变得异常艰难，孤儿甚至有些埋怨母亲——“弃我于此间，穷厄岂有赀”，为何让他孤独地留在这世间，这苦难何时是个尽头？这种境况如果不能得到改善，孤儿恐怕也难以存活下去，这种痛苦的生活状态多半会以孤儿被虐待至死而结束。

在诗歌的第四部分，作者再度现身，向后人告诫莫要虐待孩子。这种手法也是汉乐府所常用，起到点明主旨的作用。

这种后母虐待继子的家庭悲剧虽然并不少见，但将其纳入诗歌创作题材，还是相对少见的。其诗语言质朴，情感真挚，叙事完备，主要通过人物对话展开情节，多用白描手法，颇有乐府民歌之风。清人陈祚明赞该诗“质直悲酸，犹近汉调”(《采菽堂古诗选》卷七)。

饮马长城窟行

（三国）陈琳[1]

饮马长城窟，水寒伤马骨。

往谓长城吏："慎莫稽留太原卒[2]！"

"官作自有程[3]，举筑谐汝声[4]！"

"男儿宁当格斗死[5]，何能怫郁筑长城[6]？"

长城何连连[7]，连连三千里[8]。

边城多健少[9]，内舍多寡妇[10]。

作书与内舍："便嫁莫留住！善侍新姑嫜[11]，时时念我故夫子[12]。"

报书往边地[13]："君今出语一何鄙[14]？"

"身在祸难中，何为稽留他家子？生男慎莫举[15]，生女哺用脯[16]。君独不见长城下，死人骸骨相撑拄[17]？"

"结发行事君[18]，慊慊心意关[19]，明知边地苦，贱妾何能久自全[20]？"

【注释】

[1] 陈琳（？ –217），字孔璋，广陵射阳（今江苏江都）人，"建安七子"之一，曾先后任何进主簿、袁绍记室。被曹操俘获后，曹操爱其才，任

命为司空军师祭酒，主要负责为曹操撰写书檄，有《陈记室集》。“饮马长城窟行”为汉乐府旧题。

[2] 慎：务必。稽留：停留，滞留。太原：秦时太原郡，今山西中部。

[3] 官作：官方督办，官方工程。程：期限。

[4] 筑：捣土的杵。谐汝声：喊齐你们的号子。

[5] 宁当：宁愿。格斗：战斗。

[6] 怫（fú）郁：郁结，愁苦。男儿宁当格斗死，何能怫郁筑长城：此两句为士卒语。

[7] 连连：(长城）连绵不绝的样子。

[8] 三千里：非实指，指特别长的样子。

[9] 健少：健壮的年轻人。

[10] 寡妇：征夫们的妻子，古时丈夫不在身边而独居的妇人皆可称为寡妇。

[11] 姑：旧时妻子对丈夫母亲的称呼。嫜（zhāng）：一般指男性当家人，特指丈夫的父亲。姑嫜：丈夫的父母，即公公和婆婆。

[12] 故夫子：丈夫的自称。

[13] 报书：回信。

[14] 鄙：鄙陋，浅薄。此处是妇人对丈夫劝自己改嫁建议的责备。

[15] 举：抚养。“生男慎勿举，生女哺用脯，不见长城下，尸骸相支拄”原为秦始皇时的民歌，作者在此将其直接引用到诗句中。

[16] 哺：喂。脯（fǔ）：肉干。生女哺用脯：用肉干喂养女儿，此处表示用心抚养女儿。

[17] 撑拄：支撑。

[18] 结发：古代夫妻新婚时各取一缕头发束在一起，或是各取一根头发合而作一结，代表永结同心、永不分离之意。行事君：侍奉，此处指嫁给对方。

［19］慊（qiè）慊：满意。关：牵挂，关心。慊慊心意关：此处可理解为自从与丈夫结婚后，彼此满意、彼此关心。

［20］久自全：长久自保，长久苟活。

【导读】

这首诗采用了汉乐府旧题，通过被征发到长城的太原卒与留守家中的妻子的信件往来，展示了沉重的徭役负担给百姓造成的巨大痛苦。

从内容上看，全诗可分三个层次：

第一层（第一句到第八句），“饮马长城窟，水寒伤马骨”，作者把马牵到长城下山石间的泉眼里喂水，泉水之冰冷连马骨都难以承受。一位役卒前去叮嘱管理他们的官吏，希望不要超期稽留来自太原的役卒。对方却告诉他们，一切都必须听官方的安排，他们只要好好配合就行。这样的回复使役卒陷入绝望，“男儿宁当格斗死，何能怫郁筑长城”，堂堂男儿宁可在沙场战死，也不愿意在那里郁闷地修筑长城。

第二层（第九句到第十二句），“长城何连连，连连三千里”，望着眼前绵延不绝的长城，它的长度该有几千多里吧！“边城多健少，内舍多寡妇”，在这长城下又有多少青壮年男儿呢，在边城地带又因此产生了多少独居的妇人呢？这两句承上启下，引领读者把目光由长城转到了那些在边城里苦等丈夫归来的妇人身上。

第三层（第十三句到第二十八句），“便嫁莫留住。善侍新姑嫜，时时念我故夫子”，感到归家无望的役卒给家中的妻子写了信，让她赶紧找个合适的人家改嫁，好好侍奉新的公婆，也不要把自己给忘记了。妻子在回信中拒绝并责怪了丈夫的要求。丈夫再次回信表示，既然自己已身陷绝境，也不愿意拖累妻子。他告诫妻子若是再嫁后生了孩子，“生男慎莫举，生女哺用脯。君独不见长城下，死人骸骨相撑拄”，如果生下男孩就不要养活了，如果是女孩就用肉干精心喂养，因为长城下早已累累尸骨！面对丈夫这样的嘱咐，“明知边地苦，贱妾何能久自全”，妻子在最后的回信中坚定地表示自己愿意与受苦受难的夫君共存亡！

诗中引用了秦时民歌“生男慎勿举，生女哺用脯”这一“杀子留女”的反常呼吁，来反讽统治阶级对百姓的压榨已经到了让人无法忍受的程度。其诗语言简洁凝练，情感真挚动人。

七哀诗·其一

（三国）王粲[1]

西京乱无象[2]，豺虎方遘患[3]。
复弃中国去[4]，委身适荆蛮[5]。
亲戚对我悲，朋友相追攀[6]。
出门无所见，白骨蔽平原[7]。
路有饥妇人，抱子弃草间。
顾闻号泣声[8]，挥涕独不还。
“未知身死处，何能两相完[9]？”
驱马弃之去，不忍听此言。
南登霸陵岸[10]，回首望长安。
悟彼《下泉》人[11]，喟然伤心肝[12]。

【注释】

［1］王粲（177–217），字仲宣，山阳郡高平县（今山东微山）人，三国魏文学家。王粲是“建安七子”中创作成就最高的作家，被誉为“七子之冠冕”，有《王侍中集》。公元190年，董卓胁迫汉献帝迁都长安，王

粲遂迁移至长安。董卓被杀之后，李傕与郭汜作乱，王粲只得离开长安前往荆州避难，所以有“复弃”之语。《七哀诗》有三首，此是其一。“七哀”：今人余冠英云“所以名为‘七’哀，也许有音乐上的关系，晋乐于《怨诗行》用这篇诗（指曹植《七哀》）为歌辞，就分为七解”（《三曹诗选》）。

[2] 西京：长安。无象：失去常态、常道，指社会秩序混乱。

[3] 豺虎：此处指董卓部将李傕、郭汜。遘（gòu）：通“构”，构成，造成。

[4] 中国：古指中原地区，我国古代常建都于黄河两岸，因而称北方中原地区为中国。

[5] 委身：托身。适：前往。荆蛮：“荆”指荆州，荆州为古楚地，楚居于南方，周人称南方的民族为蛮，故称荆蛮。

[6] 亲戚对我悲，朋友相追攀：两句为互文，意为亲戚朋友对我悲，亲戚朋友相追攀。

[7] 出门无所见，白骨蔽平原：用遮蔽平原的累累白骨反映百姓们不仅难以生存，连“入土为安”都成了奢望，这悲剧并非个别现象，而是大多数百姓命运的常态。这两句诗同曹操《蒿里行》中的“白骨露于野，千里无鸡鸣”互为印证，用文字让读者真切感受到汉末动乱给百姓带来的巨大灾难。

[8] 顾：回头看。号泣：婴儿啼哭。

[9] 完：保全，此处指同时保全大人和孩子。此句为弃子的妇人所言。

[10] 霸陵：西汉文帝刘恒的坟墓。岸：高处。

[11] 悟：领悟，体会。《下泉》：出自《诗经·曹风》。《毛诗序》：“《下泉》，思治也。曹人疾共公侵刻下民，不得其所，忧而思明王贤伯也”，曹人痛恨统治者的残暴，怀念仁德的明君。

[12] 喟（kuì）然：叹息的样子。

【导读】

这首诗是王粲《七哀诗》三首中的第一首，作于王粲因李傕、郭汜之乱离开长安前往荆州避难之际。

“西京乱无象，豺虎方遘患。复弃中国去，委身适荆蛮”，诗篇开篇即交待了作者所处的环境。由于局势动荡，为了避难，也为了求得一个好的前程，王粲选择前往位于南方的荆州去投靠刘表。与亲友的离别使王粲满怀忧虑，在那样的战乱时期，生离死别是人们时常经历着的。

踏上旅程，映入作者眼帘的第一幕就是“出门无所见，白骨蔽平原”。由于死难者众多，累累尸首无人收殓，这样的场景宛如一幅巨大的汉末百姓惨状图。紧接着，另一幕画面吸引了作者的目光，一个面黄肌瘦的女子将怀抱中的婴儿放进草丛中后转身离开，孩子的啼哭声也没能改变母亲的心意。女子哭着说不知道自己会死在哪里，实在是没法照顾好这个孩子了。母爱无疑是伟大的，到底是怎样的艰难处境才会使一个母亲选择放弃一个尚在怀抱中的幼儿呢？此情此景，作者不忍目睹，只能转身离开。

“南登霸陵岸，回首望长安”，作者登上霸陵，回望长安城。眼前这历经磨难、破败不已的长安城，还是当初文帝治下的那个祥和、安宁的长安城么？这种切肤之痛使作者突然就与《下泉》一诗中呼告周天子的曹国百姓产生了共鸣，天子啊，可否有明君降临？可否还百姓一片安宁？这种呼告他原以为只是发生在过去的历史，却没有想到如今的他也深切地体会到了同样的沉痛！

全诗情感悲切沉痛，作者在描述自己与亲友离别时采用了互文手法，接着又用远景和近景交织的笔法再现了汉末百姓所遭受的苦难。他勾画出的惨痛画面让读者触目惊心，笔端流露的痛苦和无奈使读者感同身受。这首诗不仅是王粲诗歌的代表作，也堪称建安文学的优秀代表作。

悲愤诗

（三国）蔡琰[1]

汉季失权柄[2]，董卓乱天常[3]。
志欲图篡弑[4]，先害诸贤良[5]。
逼迫迁旧邦[6]，拥主以自强。
海内兴义师[7]，欲共讨不祥[8]。
卓众来东下[9]，金甲耀日光。
平土人脆弱[10]，来兵皆胡羌[11]。
猎野围城邑，所向悉破亡。
斩截无孑遗[12]，尸骸相掌拒[13]。
马边悬男头，马后载妇女。
长驱西入关[14]，迥路险且阻[15]。
还顾邈冥冥[16]，肝脾为烂腐。
所略有万计[17]，不得令屯聚[18]。
或有骨肉俱[19]，欲言不敢语。
失意机微间[20]，辄言“毙降虏[21]，
要当以亭刃[22]，我曹不活汝[23]！”
岂复惜性命，不堪其詈骂。

或便加棰杖，毒痛参并下[24]。
旦则号泣行，夜则悲吟坐。
欲死不能得，欲生无一可。
彼苍者何辜[25]？乃遭此戹祸[26]！
边荒与华异[27]，人俗少义理[28]。
处所多霜雪，胡风春夏起。
翩翩吹我衣，肃肃入我耳[29]。
感时念父母，哀叹无穷已。
有客从外来，闻之常欢喜。
迎问其消息，辄复非乡里。
邂逅徼时愿[30]，骨肉来迎己[31]。
己得自解免，当复弃儿子。
天属缀人心[32]，念别无会期。
存亡永乖隔[33]，不忍与之辞。
儿前抱我颈，问母“欲何之[34]？
人言母当去，岂复有还时！
阿母常仁恻，今何更不慈[35]？
我尚未成人，奈何不顾思！”
见此崩五内[36]，恍惚生狂痴[37]。
号泣手抚摩，当发复回疑。
兼有同时辈，相送告离别。
慕我独得归，哀叫声摧裂。
马为立踟蹰，车为不转辙[38]。
观者皆嘘唏，行路亦呜咽。
去去割情恋，遄征日遐迈[39]。

悠悠三千里[40]，何时复交会？
念我出腹子，匈臆为摧败[41]。
既至家人尽，又复无中外[42]。
城郭为山林，庭宇生荆艾。
白骨不知谁，纵横莫覆盖。
出门无人声，豺狼号且吠。
茕茕对孤景[43]，怛咤糜肝肺[44]。
登高远眺望，魂神忽飞逝。
奄若寿命尽[45]，旁人相宽大[46]。
为复彊视息[47]，虽生何聊赖[48]？
托命于新人[49]，竭心自勖励[50]。
流离成鄙贱，常恐复捐废[51]。
人生几何时，怀忧终年岁[52]。

【注释】

［1］蔡琰，生卒年不详，字文姬，陈留郡圉县（今河南杞县）人，东汉文学家蔡邕之女，好学多才，长于文学、书法、音乐等。《隋书·经籍志》著录有《蔡文姬集》一卷，今已失传，只有《悲愤诗》二首和《胡笳十八拍》。初嫁于河东卫仲道，卫早亡，蔡琰因无子而归家。汉末动乱中被掳至南匈奴，生下两个孩子。后被曹操用金璧赎回，并将其嫁给董祀。

［2］汉季：汉末。权柄：本义指秤杆的提手，后指权力、权势。

［3］天常：自然界的常规，此处指正常的君臣关系及其他社会秩序。189 年董卓废了汉少帝，190 年杀死少帝，毒死何太后。

［4］弒：古代臣杀君、子杀父母等行为均被称为弒。图篡（cuàn）弒（shì）：谋划篡位弒君。

［5］诸贤良：指董卓杀害的丁原（189）、周珌（又作"毖"）（189）、袁隗（190）等人。

［6］旧邦：此处指长安。190 年董卓命人焚烧洛阳城，挟持汉献帝迁都至西汉时的都城长安，故称旧邦。

［7］义师：190 年关东诸郡将领拥袁绍为盟主，共同起兵讨伐董卓。

［8］不祥：指不善之人或不善之事，此处指董卓。

［9］卓众：指董卓的部下李傕和郭汜等人出兵关东。

［10］平土：平原地区。平土人：指中原地区的百姓。

［11］胡羌：指董卓部队中的胡、羌族人。

［12］截：斩断。无孑遗：一个不留。

［13］掌（chēng）：古通"撑"。相掌拒：互相支撑，此处形容尸体杂乱堆积的样子。

［14］关：指函谷关。董卓部下本来是从关内向东而去，现在又西返入关。

［15］迥路：遥远的路。

［16］邈：遥远。冥冥：渺茫，高远。

［17］略：通"掠"。

［18］屯聚：聚集，聚居。

［19］骨肉：指亲人。

［20］失意：不如意，不合心意。机微：微小，细微。

［21］辄言：就说。毙：杀死。降虏：被掳去的百姓。

［22］亭刃：刺杀。亭：通"揨（chéng）"，撞击，鼓槌。

［23］我曹：我辈，指士兵的自称。不活汝：不养活你，此处的意思是不让你活了。

［24］毒：恨。参：交并。毒痛参并下：精神上的痛恨与肉体上的痛苦交并在一起。

［25］苍：老天。彼苍者何辜：老天啊，我们有何过错？

［26］戹（è）：通“厄”，灾祸，此处指被俘虏和虐打的遭遇。

［27］边荒：边远之地，此处指南匈奴。华：此处指中原地区。

［28］少义理：缺少合乎伦理道德的行事准则。

［29］肃肃：指风声。

［30］邂逅：不期而遇。徼（jiǎo）：侥幸。邂逅徼时愿：偶然侥幸地实现了自己的心愿。

［31］骨肉：原指亲人，此处指曹操派去赎回蔡琰的使者，或许是以蔡琰亲属的名义。

［32］天属：天然的亲属关系，如父母与子女、兄弟姐妹的关系。缀：连结。天属缀人心：大意为母子连心。

［33］乖隔：别离，阻隔。

［34］何之：为“之何”的倒装句式，意思是去哪里？欲何之：想要去哪里？

［35］更：改变。不慈：不慈爱，狠心。更不慈：变得狠心无情了。

［36］五内：指五脏，此处指内心。

［37］生狂痴：发狂。

［38］转辙：车轮转动压出的痕迹，此处可引申为车轮转动。

［39］遄（chuán）：急，快速。遄征：快速赶路。迈：走，行进。日暇迈：日子一天天过去。

［40］三千里：泛指道路漫长。

［41］匈：同“胸”。摧败：崩毁，此处指极度悲伤。

［42］中外：中表之亲，父系血统的亲戚称为“内”，父系血统之外的亲戚称为“外”，内为中，外为表，故称“中表”。

［43］茕（qióng）茕：孤单无依的样子。景：通“影”。孤景：孤独的影子。

［44］怛（dá）：恐惧，忧伤。咤（zhà）：慨叹，叹息。怛咤：悲痛感叹。糜：糜烂。

［45］奄：忽然，突然。若：好像。

［46］相宽大：劝说、宽慰她。

［47］彊：通“强”，勉强。视息：仅存视觉与呼吸，此处指苟全活命。

［48］聊赖：依靠。

［49］新人：此处指董祀。蔡琰被赎回后，曹操安排董祀娶蔡琰为妻。

［50］勗（xù）励：勉励。

［51］流离成鄙贱，常恐复捐废：自己因流落在外的经历成了被人们轻视的女人，所以时常担忧会被再度抛弃。

［52］年岁：年头。终年岁：终身。

【导读】

与“建安七子”一样，蔡琰也是建安文坛的杰出代表作家。这首五言《悲愤诗》是她在经历丧夫归家、被掳匈奴、被赎归乡、再嫁董祀之后所作。相传她的作品还有一首楚辞体《悲愤诗》和一篇《胡笳十八拍》，三篇作品中以此首诗的成就为最高。这首五言《悲愤诗》是中国古代文人创作的第一首自传体的五言长篇叙事诗，全诗一百零八句，计五百四十字。作品真实地记录了汉末动乱里普通百姓所遭受的苦难与屈辱，这不仅是一个女性个人的痛苦经历，更是那个时代共有的悲剧。

整首诗可以分为三个部分：

前四十句为诗篇的第一部分。汉末朝政腐败引发董卓叛乱，董卓擅自废立皇帝，毒杀何太后，焚烧洛阳宗庙宫室，挟持献帝迁都长安。于是关东州郡将领推举渤海太守袁绍为盟主，共同起兵讨伐董卓。董卓被诛，其手下的李傕、郭汜继续作乱，大肆掳掠陈留、颍川等地。这是一场由上层统治阶级造成的社会危机，它把百姓带进了如炼狱般的境地。夹杂在乱兵中的胡羌士兵攻破了城野，屠杀百姓、掳走妇女，丧夫归家的蔡琰不幸地成为其中一员。无辜的百姓被贼兵们百般欺辱、以死相逼，生死两难。作者悲愤地质问苍天："彼苍者何辜？乃遭此戹祸？"百姓们做错了什么？为什么他们要经受这一切？！

四十一句至八十句为第二部分，蔡琰被掳至匈奴，面临的不仅是因自然环境不同带来的不适应，更让人难忍的是人伦风俗的差异。对故乡和亲人的思念与日俱增，蔡琰渴望接到来自故乡的消息，却又一次次迎来失望。终于她见到了曙光，故乡来人要赎回她，这本是蔡琰苦盼的，但此时她不得不面对另一个残忍的抉择：是舍弃孩子回到故乡，还是为了孩子留在异乡终老？孩子们的挽留最终还是没能如愿，毕竟归乡机会是非常难得的，蔡琰不得不割舍下自己的孩子，这种痛苦几乎使她发狂，"见此崩五内，恍惚生狂痴"。目睹她踏上归途，那些一起被掳至匈奴的人也痛哭不已。旁观的人为之流泪，身在其中的人又承受了多少切肤之痛呢？

八十一句至诗篇末尾是第三部分。经过漫长的路途，蔡琰终于回到了自己的故乡。她一步步远离了自己的亲骨肉，此生再也无法相见，这使她肝肠寸断。而回到故乡，迎接她的是满目疮痍，城池荒芜、尸骨累累、庭院破败、亲人全无，此刻再回想起远在他乡的孩子们，她放弃骨肉至亲抵达的故乡早已面目全非，她所生何赖？在旁人的宽慰下，她选择勉力苟活下去。虽然再度嫁人，但惨痛的经历似乎也成了她身上不堪的烙印，她惶恐自己会再度被弃，"流离成鄙贱，常恐复捐废"。这无尽的人生啊，为什么充满着悲苦和伤痛呢？

蔡琰作为有一定学识素养的女性，相对宏阔的视角与足够细腻的体验使她的作品不仅拥有史诗般的气势，同时还流露出那种独属于女性的如泣如诉的情状，整篇诗文的语言呈现出质朴生动的特点。

从艺术上看，这首诗有几点值得关注：首先是叙事结构巧妙。这首诗所涉及的历史事件和人物经历都繁多而丰富，但经过作者有效的剪裁和得当的详略安排后，有些部分被简略概括，比如作者的种种惨痛经历、在边荒如何不适等，而与孩子们的别离可以说是她作为母亲的最大痛苦，这一情节在诗文中被反复提及。其次是情感投入真切。与建安其他文人不同的是，蔡琰亲眼目睹、亲身经历了百姓所承受的惨痛遭遇：无差别的屠杀与俘虏，以及丧夫、弃子、再嫁等。对于这段记忆，她的笔触所带的情感远比建安其他文人要更加的真挚动人，也更为沉痛悲切。最后，诗作语言风格以质朴生动为主，行文晓畅明白，特别是诗文中贼兵威胁俘虏的那一段对话，人物情态逼真而生动，让人读来既痛且愤。

燕歌行·其一

（三国）曹丕[1]

秋风萧瑟天气凉[2]，草木摇落露为霜[3]，群燕辞归鴈南翔[4]。
念君客游思断肠[5]，慊慊思归恋故乡[6]，君何淹留寄佗方[7]？
贱妾茕茕守空房[8]，忧来思君不敢忘，不觉泪下沾衣裳。
援琴鸣弦发清商[9]，短歌微吟不能长[10]。
明月皎皎照我床[11]，星汉西流夜未央[12]。
牵牛织女遥相望，尔独何辜限河梁[13]。

【注释】

[1] 曹丕（187–226），字子桓，沛国谯县（今安徽亳州人），曹操次子，曹魏的开国皇帝魏文帝，有《魏文帝集》。《燕歌行》是汉乐府诗题，属于“相和歌辞”。“燕”指的是周朝时期的一个诸侯国，辖区包括今天的北京、河北北部、辽宁西南的部分地区，这里是汉族与北方少数民族交接的地区，自古以来战事较多，不仅有重兵镇守，还有役人劳作，这就给许多百姓家庭带来了分离之苦，因而此题多以离别为主题。

[2] 萧瑟：风吹落树叶的声音，形容清冷、凄凉的环境。

[3] 摇落：凋零，凋落。露为霜：由露水变成了霜冻。秋风萧瑟天气凉，草

木摇落露为霜：诗篇开头两句显然化用了宋玉《九辨》中的“悲哉秋之为气也！萧瑟兮草木摇落而变衰”之意。

[4] 鴈（yàn）：通“雁”，亦作“鹄”，天鹅。

[5] 思断肠:《乐府诗集》里作“多思肠”。

[6] 慊（qiàn）慊：不满，怨恨。

[7] 淹留：稽留，逗留。“君何淹留”亦作“何为淹留”。佗：通“他”。

[8] 茕（qióng）茕：孤独无依的样子。

[9] 援：拿，取。清商：乐曲名，大多以男女情感为主题，情调多凄凉悲伤。

[10] 短歌微吟不能长：意为其音节短促，故无法长吟。

[11] 皎皎：洁白，此处指月光非常明亮的样子。

[12] 星汉：天河，银河。西流：此处指夜已很深。未央：未尽，没有完结。夜未央：指长夜漫漫，没有到达高峰（子时），或指长夜没有尽头。

[13] 尔：指被阻隔在银河两边的牵牛星、织女星。辜：罪。河梁：桥梁，此处指牵牛星、织女星被银河所隔，不能会面。

【导读】

曹丕的《燕歌行》共有两首，这是其中一首，它是中国古代最早的完整的七言诗。诗作的主题是思妇对远方丈夫的思念，情调委婉缠绵，音节和谐流畅，文辞优雅清丽。

诗篇开头化用宋玉《九辨》“悲哉秋之为气也！萧瑟兮草木摇落而变衰”之意，借一幅秋景图营造了一种凄清悲凉的氛围：秋风萧瑟，草木凋零，候鸟南飞。家中独居的女子不由地思念起在远方的丈夫，她揣摩着夫君的心里必然也是思念着家乡的，可为什么还逗留在他乡异地呢？孤独的妇人在家中独守空房，对夫君的思念之情是自然流露的，“不敢”二字则意味着这思念中还有一种以下敬上的柔顺之意。正如沈德潜所言:“和柔巽顺之意，读之油然相感”（沈德潜《古诗源》)。女子希望通过弹琴来排遣这情感，但那清商曲调短促又伤悲，也无法长久地弹奏下去。皎洁的月光映照在床上，夜已深重，妇人却始终无法入睡。秋夜本就漫长，思念使这长夜变得愈发让人难以忍受。她想到了天上的牵牛星与织女星，他们是犯了什么错呢？为什么要忍受这份相离之苦？这天下与自己一样承受着相思之苦的人还有多少呢？

王夫之称此诗“倾情、倾度、倾色、倾声，古今无两”(《古诗评选》)。这种赞美也许有些过誉，但总体看，曹丕的这首《燕歌行》笔法细腻曲折，氛围凄清悲凉，情怀哀怨动人，其中的情感回环往复，从思妇的思念到她对夫君思乡的揣摩，再回到自己无法抑制、倾泻而出的情感，继而上升到对天上牵牛星、织女星的叹惋，从个人的情感升华到对天上人间共存的爱人被迫分离的悲情控诉，可谓是千回百转、哀怨悱恻。这种拟作是曹丕最为擅长的题材。他的诗作不像父亲曹操一样慷慨、任气，也很少流露出像弟弟曹植一般建功立业的志向。他擅长的是抒写各种个人情感，如友情、爱情等。钟惺说曹丕的诗“婉娈细秀，有公子气，有文人气”(《古诗归》)，正是对曹丕这种写作风格的概括。

白马篇

（三国）曹植[1]

白马饰金羁[2]，连翩西北驰。
借问谁家子，幽并游侠儿[3]。
少小去乡邑，扬声沙漠垂[4]。
宿昔秉良弓[5]，楛矢何参差[6]。
控弦破左的[7]，右发摧月支[8]。
仰手接飞猱[9]，俯身散马蹄[10]。
狡捷过猴猿，勇剽若豹螭[11]。
边城多警急，虏骑数迁移[12]。
羽檄从北来[13]，厉马登高堤[14]。
长驱蹈匈奴[15]，左顾凌鲜卑[16]。
弃身锋刃端[17]，性命安可怀[18]？
父母且不顾，何言子与妻！
名编壮士籍[19]，不得中顾私[20]。
捐躯赴国难，视死忽如归。

【注释】

[1] 曹植（192–232），字子建，沛国谯县（今安徽亳州）人，曹操第三子，曹丕同母弟，封陈王，谥号为“思”，又称陈思王。他是建安时期的杰出代表作家，有《曹子建集》。《白马篇》是曹植创制的乐府新题。

[2] 金羁（jī）：金饰的马络头。

[3] 幽并：幽州和并州，包括今天的河北、山西和陕西的部分地区。幽州突骑、并州兵骑都是汉武帝时的精锐部队之一，二州民间也有尚武之风。游侠：豪爽勇猛、轻生重义之人。

[4] 去：离开。垂：通“陲”，指边境。

[5] 宿昔：向来，经常。秉：持。

[6] 楛（hù）矢：用楛木做杆制成的箭。何：多么。参差：长短不齐。

[7] 控弦：拉弓，持弓。的（dì）：箭靶的中心。

[8] 摧：破坏，毁坏。月支：一种箭靶。“左……”“右……”为互文见义的用法。

[9] 接：靠近。猱（náo）：古书上记载的一种善于攀援的猴子。

[10] 散：分散。马蹄：指箭靶。

[11] 剽（piāo）：动作敏捷。螭，传说中没有角的龙，也可以比喻勇猛之士。

[12] 虏（lǔ）：指蛮族。数（shuò）：屡次，多次。

[13] 羽檄（xí）：古代军事文书，插上鸟羽以示紧急。

[14] 厉：扬鞭。厉马：扬鞭策马。

[15] 长驱：奔驰不止。蹈：践踏。

[16] 顾：看，瞧。凌：亦作“陵”，侵犯，此处指压制。

[17] 弃身：舍身不顾。

[18] 安：怎么，岂。怀：心念，惦念。

［19］籍：名册，登记册。

［20］中顾私：内心顾念个人的私利。

【导读】

与建安时期其他文人一样，目睹了汉末动乱给国家和百姓带来的灾难，曹植胸怀家国，向往祖国的统一和社会的安宁。这首《白马篇》塑造的白马游侠正是曹植心目中自我形象的化身，他期待为国出战、建功立业。

全诗可分为四层：

首二句为第一层，“白马饰金羁，连翩西北驰”，开篇展示了一位英雄骑着白马向西北方向飞驰而去的画面。马是古代战争中的一种重要武器，它们身姿矫健，驰骋于沙场，是威严与武力的象征，其中白马是比较稀有珍贵的，意味着拥有它的人具备过人的才能或是尊贵的地位。“连翩西北驰”则说明来自西北方向的军情非常紧急，战争的阴云笼罩着人们。

“借问谁家子”到“勇剽若豹螭”为第二层，作者在开篇营造了紧急的氛围后，下文并没有延续这紧张的节奏，转而问起了白马英雄的来历。他来自幽并地区，自小离开家乡，在大漠中闯出了一番名气。他凭借的是什么呢？下文顺势引出对这位白马英雄的赞美，“宿昔秉良弓……勇剽若豹螭”八句用饱满的热情、夸张的语汇把他高超的箭法、善战的身姿描绘得淋漓尽致。他的箭法来源于长久的训练，射出的箭络绎不绝，无论是来自何方的威胁，都能够被他一一破除。他的身手甚至堪比猿猴的敏捷，赛过豹龙的勇猛。

“边城多警急”到“左顾凌鲜卑”是第三层，“边城多警急，虏骑数迁移”两句交待了“连翩西北驰”的原因，也可视为与上文的呼应，这样的紧急情况对白马英雄来说已经不是第一次了，也正是在这样的氛围中，他才得到了锻炼与成长。在国家的危难当头，他毫不犹豫地再次参与战斗，无论是鲜卑来敌还是匈奴来犯，都被碾压于他无敌的气势下。

“弃身锋刃端”至“视死忽如归”是第四层。既然他已经选择了征战沙场，自然早把生命置之度外。忠孝难两全，连父母都顾不上，更不用说妻儿了。名字被列入壮士名册后，个人的一切早已被抛诸脑后。他随时准备为国捐躯，死亡对他而言就如同回家一样寻常。诗篇吟唱至此，作者情绪高昂，将自己的爱国心声融入白马英雄的形象中，这个白马英雄的身上也凝聚了对于所有英雄的崇高敬意。

这首诗歌从内容上看，上承屈原《国殇》“诚既勇兮又以武，终刚强兮不可凌。身既死兮神以灵，魂魄毅兮为鬼雄”中将士们英勇刚强、无惧生死的精神，表达了对爱国英雄的崇高礼赞。从艺术上看，诗篇的情感节奏跌宕起伏，诗风刚健而清新。胡应麟有云:“子建《名都》《白马》《美女》诸篇，辞极赡丽，然句颇尚工，语多致饰，视东、西京乐府天然古质，殊自不同”(《诗薮》内篇卷二)。诗篇用语精巧、骨气奇高，呈现出慷慨激昂的气势，也使它成为曹植前期的代表作，展现了曹植前期积极昂扬的精神风貌。

野田黄雀行[1]

（三国）曹植

高树多悲风[2]，海水扬其波[3]。
利剑不在掌[4]，结友何须多[5]！
不见篱间雀，见鹞自投罗[6]？
罗家得雀喜[7]，少年见雀悲。
拔剑捎罗网[8]，黄雀得飞飞。
飞飞摩苍天[9]，来下谢少年。

【注释】

［1］本篇选自宋代郭茂倩编写的《乐府诗集·相和歌·瑟调曲》，是曹植后期诗歌创作的代表作。曹丕继位后次年，下令将丁仪、丁廙兄弟及其家中所有男丁予以处死，曹植此诗是为感念二人被杀而作。

［2］悲风：让人感到凄厉的寒风。

［3］扬其波：扬起波浪。高树多悲风，海水扬其波：暗喻所处的环境凶险邪恶。

［4］利剑：此处指权势。

［5］何须：何必，何用。

［6］鹞（yào）：一种以鼠、昆虫、小鸟为食的鹰。罗，捕鸟的网。

［7］罗家：设网捕鸟的人家。

［8］捎（shāo）：除去，一作“削”，亦通。

［9］摩：接近。

【导读】

《野田黄雀行》作于曹植创作生涯的后期。曹植才华出众，堪称天才级的文人，曹操一度有意将继嗣之位传给曹植。此时的曹植颇得荣宠，身边也聚集了一些文人，其中就有丁仪、丁廙兄弟。曹操曾经想把清河公主嫁给丁仪，遭到曹丕反对后作罢。丁仪因此对曹丕颇为不满，也更坚定了他支持曹植竞争继嗣之位的立场。然而，由于曹植的任性，曹操最终选定曹丕为继承人。随着曹操去世、曹丕继位，曹植的生活状况急转直下。曹丕继位的第二年，就将丁仪、丁廙兄弟及其家族中所有男性处死。正是在这种情况下，曹植创作了这首《野田黄雀行》，表达了好友被杀自己却无力阻止的愤怒之情。诗文可分为两个部分：

“高树多悲风”至“结友何须多”四句为第一层，开篇以比兴手法酝酿出一种悲怆而又壮阔的氛围。树高自然风大，所谓“悲风”，显然渗入了作者的主观悲情。在他人眼中，他是曹操之子、曹丕之弟，身份尊贵，但此刻的他却承受着眼睁睁失去朋友的痛苦。“海水扬其波”，宦海从来不平静，风大浪高，变幻莫测，这突如其来的杀戮让曹植愤怒和忧惧。悲愤之下，曹植喊出“利剑不在掌，结友何须多”的话语！当手中没有权势的时候，就没有必要去多交朋友了！曹植是一个热情开朗的文人，平日交友甚广，据说他初次见邯郸淳时，如耍宝一般把身上能展示的才艺全部表演了一遍，这样的一个人居然建议大家不要多交朋友，所以这种呼声无论从他个人行事风格看，还是从我国传统文化精神看，都不合乎常理，也更说明作者心中满怀浓烈的痛苦、悲愤之情。

“不见篱间雀”至结尾为第二层。一只可爱的黄雀为了躲避鹞鹰慌不择路地逃进了猎人早已设好的网中。张网者见到黄雀很高兴，少年却为此而伤悲。于是少年拔出剑毁去罗网，得救的黄雀重获自由，高飞在天上的黄雀又飞到少年身边，向他表示感谢致意。这个故事有着美好的结局，然而故事对应的事件结果却是悲惨的。曹植渴望自己成为那个拔剑救下黄雀的少年，但实际上他只能坐视朋友被满门抄斩却无力阻止一切发生。现实与理想的差距是巨大的，即便是这暂时虚幻的美梦都难以抹平曹植内心的痛苦。

从艺术上看，诗篇开头体现了曹植诗歌工于起调的特点。“高树”“悲风”“海水”等自然物象将读者瞬间带入悲怆的情绪中，为全诗奠定了情感基调。“利剑不在掌，结友何须多”一句则是作者用反讽的语气表达自己的悲愤：想要多结交朋友，得先衡量自己是否握有足够的权势！接下来作者用一个虚拟的故事表达了自己的心愿——化身少年拔剑救下落网的黄雀，现实与梦想的反差对比使作者的悲愤与无奈情绪都被放大了。与曹植其他文辞华丽的诗篇不同的是，“拔剑捎罗网，黄雀得飞飞。飞飞摩苍天，来下谢少年”等诗句的口语化特征较明显，其中运用了叠字、顶真等修辞手法，显示了曹植创作风格上受乐府民歌影响较多的一面。

咏怀诗

（三国）阮籍[1]

夜中不能寐[2]，起坐弹鸣琴。
薄帷鉴明月[3]，清风吹我衿[4]。
孤鸿号外野[5]，翔鸟鸣北林[6]。
徘徊将何见？忧思独伤心。

【注释】

[1] 阮籍（210–263），字嗣宗，陈留尉氏（今河南开封尉氏县）人，“竹林七贤”之一，正始文学的代表作家，有《阮步兵集》。《咏怀诗》共有八十二首，其共同特点就是多用比兴手法，主旨隐晦，展现了阮籍在复杂的政治局势下的纠结心态。

[2] 夜中：深夜，半夜。

[3] 薄帷：薄的帷幕。鉴：照。

[4] 衿（jīn）：指汉服的交领。

[5] 孤鸿：失群、孤独的鸿雁。号：号叫，哀号。外野：野外。

[6] 翔鸟：飞翔的鸟。北林：泛指北边的树林。

【导读】

这首诗是阮籍八十二首《咏怀诗》中的第一首。开篇两句“夜中不能寐，起坐弹鸣琴”与王粲《七哀》“独夜不能寐，摄衣起抚琴”之意相似：夜已深沉，作者却难以入眠，无奈只得起身弹琴。夜半时分仍旧难以入睡，虽未直言，但读者自然明白此刻作者心中忧思之深重。琴是中国古代文化中很重要的一种物件，琴可预示吉凶祸福、琴可排忧解愁，但琴声能化解此时作者心中之愁么？

“薄帷鉴明月，清风吹我襟”，作者将目光转向了透过帷幕映照进屋内的月光，月光如此明亮皎洁，那清风直接吹入襟怀。这两句看起来是写景，是写作者亲眼目睹、亲身所感，但这凄清的夜色、凄冷的清风，正暗示了此时作者的心底也是近乎冰凉的，无论是视觉还是触觉，作者对外界的感知都融入了浓重的主观色彩。

“孤鸿号外野，翔鸟鸣北林”，孤独的鸿雁在野外哀号，飞翔着的鸟儿在北边的林子里鸣叫。夜深了，大部分的鸟儿早已归巢休息。这哀号的孤鸿、鸣叫的飞鸟不难让人联想到此刻的阮籍。面对复杂的政治局势，阮籍既不愿表态支持司马氏，亦不愿意与司马氏决然对立。他小心翼翼地在两者间寻求一个平衡点，或沉默，或痛哭，或放纵，或谨慎……从内心来看，阮籍是很孤独的，就像这夜色中不能归巢的鸟儿，迷茫无助、不知归处！

“徘徊将何见，忧思独伤心”，于清风明月中徘徊的作者又能发现什么、改变什么呢？他的忧思能得到解决么？答案显然是否定的，因愁思深重而无法入睡，徘徊的结果还是忧思无法纾解！茫茫黑夜，前路何在？如同作者眼下面对的人生，道路不知通向何方，未来如此渺茫！

全诗从始至终都笼罩在忧愁的情绪氛围中，深夜的明月、清风、孤鸿、翔鸟、独自徘徊的作者构成了一幅孤清凄凉的画面，但作者因何而愁在作品中却没有明言。他没有在作品中明确表达自己的愁苦之由，仅是通过比兴手法，将心中的忧思之情通过景物传递出来，景中带忧，融忧于景。

对于阮籍的八十二首五言《咏怀诗》，钟嵘有云：“言在耳目之内，情寄八荒之表”，意思是他所描绘的景物如同就在眼前，但其中的寄托却犹如八荒一般遥远。《文选》李善注引颜延之评“嗣宗身仕乱朝，常恐罹谤遇祸，因兹发咏，故每有忧生之嗟。虽志在刺讥，而文多隐避，百代之下，难以情测”，身处乱世，阮籍不愿招惹祸端，他的诗作中常有忧生之叹。虽有讥刺之意，但文字隐晦，让人难以揣测。这些诗评都指出了阮籍诗作的一个共同特点：旨意隐晦。只有了解阮籍所处的时代特征，理解他的思想和处事准则，我们才能更好地把握《咏怀诗》的主旨所在。面临政坛纷争，阮籍的做法与“竹林七贤”其他六人不同，他不像嵇康那样与司马氏拒不合作，也不愿意公开与司马氏撕破脸。他内心抗拒，表面周旋，有时主动去司马氏那里求职，但没过多久又找个借口离职。他曾用大醉来婉拒与司马氏关系的进一步加深，《咏怀诗》里不愿明言的主旨与他现实中的处事风格是颇为相似的。

赴洛道中作·其一

（西晋）陆机[1]

揔辔登长路[2]，呜咽辞密亲。
借问子何之[3]？世网婴我身[4]。
永叹遵北渚[5]，遗思结南津[6]。
行行遂已远，野途旷无人。
山泽纷纡馀[7]，林薄杳阡眠[8]。
虎啸深谷底，鸡鸣高树巅。
哀风中夜流[9]，孤兽更我前。
悲情触物感，沉思郁缠绵。
伫立望故乡，顾影凄自怜。

【注释】

[1] 陆机（261–303），字士衡，吴郡华亭（今上海市松江）人，西晋太康时期的代表作家，也是著名的书法家，有《陆士衡集》。祖父陆逊、父亲陆抗都是东吴名将，280 年吴国被灭后，陆机与弟弟陆云在家中闭门苦读。289 年，陆机、陆云被征召入洛，这首《赴洛道中作》正是途中所作之一。

［2］揔（zǒng）：同“总”，控制，把持。辔（pèi）：驾马的缰绳。

［3］之：往，去。

［4］世网：比喻俗世的一切，包括法律礼教、伦理道德等。婴：缠绕，纠缠。

［5］永叹：长久地叹息。遵：沿着。渚（zhǔ）：水中的小块陆地。

［6］遗思：怀念，牵念。结：郁结。津：渡口。遗思结南津：此句意为与亲人在南津作别，那离思郁结于心。

［7］山泽：山林川泽，泛指山野。纡（yū）：弯曲，曲折。纡馀（yú）：迂回曲折的样子。

［8］林薄（bó）：草木交错丛生、生长茂密的样子。杳：幽暗，深广。阡眠：草木茂密的样子。

［9］哀风：凄厉的寒风。中夜：半夜。

【导读】

如果吴国没有被灭，凭借陆机的家世和才华，他的仕途之路必然是非常显达顺畅的。祖辈、父辈都是吴国重臣，他们的光辉业绩为其铺垫好了前行的路，再加上自身出众的才华，他的前途定然是光辉灿烂的。然而现实很残酷，吴国消亡于历史的洪流中，他成了亡国之臣。来自都城洛阳的征召，使他踏上了入洛的行程。

诗歌开头即呈现了一幅离别的画面“揔辔登长路，呜咽辞密亲”，与亲人泪别后的他踏上了行程。此去何方？从题目中我们便能知晓，此行的目的地是洛阳，但作者没有直接回答，而是说“世网婴我身”。对许多人来说，来自京城的征召是一种荣耀，但到了陆机身上，他却用“世网”这样的字眼去形容这个机遇，显然他并不是全心乐意的，在情感上他有些排斥。洛阳对陆机而言，有着两重意味：那是征服了自己故国的中央政权，他心有不甘；那是他为家族再度争回荣耀的机会，他难以放手。

辞别了热爱的故土，他一路向北行去，牵念也变得绵长。行进到杳无人烟的地方，“虎啸深谷底，鸡鸣高树巅。哀风中夜流，孤兽更我前”，旷野中草木丛生、虎啸鸡鸣、孤兽出没，这样的情景多少让人觉得荒凉而险恶，不禁联想到王粲的《登楼赋》，赋中也有一段类似的描写：“兽狂顾以求群兮，鸟相鸣而举翼。原野阒其无人兮，征夫行而未息。”当时的王粲、此时的陆机，他们的心境都是惆怅难抑的，这些景色在作品中呈现出的样貌何尝不是作者内心情感的映射呢！作者即将面对的未来，远方洛阳等待他的是否也是这样危机四伏的环境呢？

“悲情触物感，沉思郁缠绵。伫立望故乡，顾影凄自怜。”前方的境况无法预知，但思乡情随着故乡的远去变得愈发浓重了。回望故乡，低头看着自己的影子，陆机不由得对自己生出感伤、怜悯之情。国已破，家已远，未来不可知，怎不叫人心中满是惆怅悲凉！

作为太康时期的代表作家，陆机的诗作呈现出注重形式、描写繁复、辞采华丽、诗风繁缛的特点，这也正是太康诗风的重要特征。在这首《赴洛道中作》中，我们可以看到诗作对于排偶的运用，如“永叹遵北渚，遗思结南津”“虎啸深谷底，鸡鸣高树巅”等。诗篇用词相对华丽精致，在表情达意上则略嫌繁复。

咏史·其二

（西晋）左思[1]

郁郁涧底松[2]，离离山上苗[3]。
以彼径寸茎[4]，荫此百尺条[5]。
世胄蹑高位[6]，英俊沉下僚[7]。
地势使之然，由来非一朝。
金张籍旧业[8]，七叶珥汉貂[9]。
冯公岂不伟[10]，白首不见招。

【注释】

[1] 左思（约250–305），字太冲，齐国临淄（今山东淄博）人，主要生活于西晋太康时期，是太康文学的代表作家，有《左太冲集》。他出身寒门，容貌不佳，才气出众，但仕途不顺。左思曾花费十年时间写成《三都赋》，“豪贵之家，竞相传写，洛阳为之纸贵”。《咏史》八首是其代表作，名为咏史，实为咏怀。诗中表达了对门阀世族制度的不满，也表明了自身对权贵的蔑视。他的妹妹左棻亦有才名，后被选入宫中。

[2] 郁郁：茂密、茂盛的样子。

[3] 离离：下垂的样子。

［4］径寸茎：直径才一寸的根茎。

［5］荫（yìn）：遮盖。条：细长的树枝。百尺条：指涧底的松树。

［6］世胄（zhòu）：世家，贵族的子孙。蹑：登。

［7］英俊：才智杰出的人物。下僚：职位低微的官吏。

［8］金张：指金日（mì）磾（dí）和张汤两个家族。金日磾本是匈奴族，为人笃厚谨慎，深得汉武帝宠信。班固《汉书》赞其：“传国后嗣，世名忠孝，七世内侍，何其盛也！”张安世是张汤之子，为人谨慎，为官廉洁，是宣帝极为宠爱和信任的臣子。籍：通“藉”（jiè），借。旧业：先人的事业。

［9］叶：时期，世。珥（ěr）：耳饰，插。珥汉貂：指插貂尾，汉代侍中、中常侍的帽子上插貂尾，后来泛指贵近之臣。

［10］冯公：指冯唐，他活了九十多岁，经历了汉文帝、景帝、武帝三朝，一直未能升官。

【导读】

自曹丕确立“九品中正制”的人才选拔制度后，门第出身在很大程度上决定了一个人仕途所能达到的高度。两晋时期，门阀世族把持着人才选拔的话语权，仕途高位几乎被垄断在世家大族内部，许多寒门士子被阻断了仕进上升的道路。“上品无寒门，下品无世族”，文人为此纷纷发出不平之鸣，如左思在《咏史》八首中就表达了自己对门阀世族制度的不满之情。《咏史》中还有一些作品抒发了左思的个人奋斗理想、对权贵的蔑视以及对归隐的向往等，“郁郁涧底松”为其中的第二首。

“郁郁涧底松，离离山上苗”，诗歌开篇就展示了一幅对比感强烈的画面。一棵高大茂密的松树生长在山涧之底，仰望其上方，还有一棵初生的小苗在山顶低垂摇摆。“以彼径寸茎，荫此百尺条”，虽然两者的体型无法相比，但弱小的幼苗因为身居高位，把涧底高大的松树都给遮蔽了。联系下文，我们不难理解“涧底松”指代的是那些出身寒微、才气过人的士子，而“山上苗”指代的是高门出身的子弟。因为所居位置的不同，高门子弟如同山上苗一样，轻松地掩盖了寒门俊才的光芒。

“世胄蹑高位，英俊沉下僚。地势使之然，由来非一朝。”贵族子弟一直占据着高位，那些出身寒素的才俊之士只能担任一些低微的职位。造成这种现象的原因就是因为他们出身不同，而且这种因家世造成的不平等现象由来已久，从“由来非一朝”这句话中我们可以感受到作者的无奈之情：这样的事情在过去就存在，现在依然如此，那么将来呢？

接下来，作者引用了一个典故“金张籍旧业，七叶珥汉貂”。西汉时期的金日磾和张安世（一说张汤）他们都曾经深得皇帝宠信，这种恩典甚至延续了好几代，像金日磾子孙七代为内侍。因为先祖的聪明谨慎，他们的子孙得以拥有比一般人家高得多的起点。反观冯唐，“冯公岂不伟，白首不见招”，像冯唐这样的，一直等到白头都没能得到好的晋升机会，难道是因为他本人不够出色么？

这首诗艺术上最突出的特征就是运用了对比手法，涧底松与山上苗、世胄与英俊、金张与冯公三组对比，首先就给读者的视觉和情感都带来较大的冲击，也自然很容易唤起读者的共鸣与共情。其次，作者选用“涧底松”“山上苗”来做比喻说明门第高低对士人仕途的影响，也显得非常直观形象。此外，对于“金张”与“冯唐”这些典故的运用，一方面丰富了诗歌的意蕴，另一方面用历史事实印证了作者的观点，也能引发读者的思考。

归园田居·其一

（东晋）陶渊明[1]

少无适俗韵[2]，性本爱丘山。
误落尘网中[3]，一去三十年[4]。
羁鸟恋旧林[5]，池鱼思故渊[6]。
开荒南野际，守拙归园田[7]。
方宅十余亩，草屋八九间。
榆柳荫后簷[8]，桃李罗堂前[9]。
暧暧远人村[10]，依依墟里烟[11]。
狗吠深巷中，鸡鸣桑树巅。
户庭无尘杂[12]，虚室有余闲[13]。
久在樊笼里，复得返自然。

【注释】

[1] 陶渊明（365–427），字元亮，后更名为“潜”，浔阳柴桑（今江西九江）人，曾先后任江州祭酒、建威参军、镇军参军、彭泽县令等职，后归隐田园。他创制了大量田园诗，堪称中国第一位田园诗人，也有“古今隐逸诗人之宗”之称号，有《陶渊明集》。

［2］适俗韵：适合俗世的性格气质。

［3］尘网：此处指官场生活，在陶渊明看来，这样的生活状态犹如被束缚在网中。

［4］三十年：一般解读为十三年，从陶渊明入仕到归隐，算起来刚好十三年。

［5］羇（jī）：通“羁”，束缚，被拘禁。羇鸟：被束缚在笼中的鸟。

［6］池鱼：被养在池中的鱼。

［7］守拙：安于愚拙而不取巧。

［8］簷（yán）：通“檐”。

［9］罗：分布，排列。

［10］暧（ài）暧：迷蒙隐约的样子。

［11］依依：轻柔缓慢地飘着。墟：村庄。

［12］尘杂：人世间的繁杂琐事。

［13］虚室：空室，静室。

【导读】

陶渊明是东晋大诗人，他的一生可以分成：居家读书、时仕时隐、彻底归隐三个不同阶段。与大多数读书人不同，陶渊明29岁才步入仕途，他在《归去来兮辞》中称“余家贫，耕植不足以自给”，结合其他文字，我们可以推测：田园生活才是他的最优选择，出仕是退而求其次后的无奈选择，而经济窘迫恐怕是他选择仕途的直接原因。这首《归园田居》应当是他最终辞官归隐后不久所作的。这首诗的题目中有一个“归”字，也就是说作者认为田园生活才是他自己真正的家园，从仕途到田园，在他看来是一种回归，那是他的生活本来该有的样子。

“少无适俗韵，性本爱丘山”，作者在开篇就对自己的人生做了一个回顾。经历过仕途的几进几出之后，陶渊明终于确定了自己的心意：官场逢迎的那种生活方式并不适合自己，大自然才是他心目中的理想家园所在。“误落尘网中，一去三十年”，对于在官场的生活状态，他将之形容为“尘网”，对自己曾经的选择他使用“误”字来形容，可见对于在仕途进进出出的那段日子，他认为是对自己天性的一种束缚，十几年的光阴对他而言犹如生活在牢笼中。

“羁鸟恋旧林，池鱼思故渊”，如同关在笼中的鸟儿思念着山林，养在池中的鱼儿思念着深渊，作者用“羁鸟”和“池鱼”把自己十几年官场生活的无奈以及对田园生活的向往很直观地表现了出来。“开荒南野际，守拙归园田”，作者放弃自己不擅长的官场生活回到田园中，找了一块土地来开荒。这里的“守拙”呼应了前文的“无适俗韵”，“归园田”呼应了上文的“爱丘山”，作者终于可以选择自己真正喜欢的生活方式了，从字里行间中我们可以感受到他的放松与释然。

“方宅十余亩，草屋八九间。榆柳荫后簷，桃李罗堂前”，能够遵从自己的内心意愿，重新回到田园生活中，作者的心中自然满是喜悦，因而哪怕是寻常的农村风光在他的眼中都别有趣味。宅院、草屋、榆柳、桃李共同构成了一幅安宁祥和的画面，此时陶渊明家中在物资方面应该也还算充裕，可以想象此时的他内心是多么愉悦。

“暧暧远人村，依依墟里烟。狗吠深巷中，鸡鸣桑树巅”，作者放眼望去，远方的村子看上去隐隐约约，炊烟从村子里袅袅升起，这些场景看上去朦朦胧胧，犹如传统的写意画，但似乎缺少了点什么？巷子里传来了狗的叫声，桑树顶上有鸡在鸣叫，这鸡鸣狗吠可是农村里必不可少的“交响乐”！整幅画面随着这声音也鲜活灵动了起来！这样的农村有人气、有声响，却绝不让人尤其是作者感到一丝的纷扰，反而让他的心灵得到了安宁、平和的感觉。

“户庭无尘杂，虚室有余闲。久在樊笼里，复得返自然”，作者再度把目光从远方回转到身边，看着眼前的庭院，没有了人间繁琐之事的侵扰，让人倍觉清爽利落，房子里的空间很大，颇有余地，犹如作者的心境一般。告别了曾经如同困于樊笼的日子，作者终于能够重返大自然的怀抱。透过这样的诗句，我们似乎看到作者长长地吐出一口气、无比惬意自在的样子。

这首诗的语言非常质朴，没有选用任何的生词僻句，但是意蕴却非常丰富，如“户庭无尘杂，虚室有余闲”这句话表面看是写居住的环境，但更多却是在写作者的心境——远离了官场生活，他觉得自己居住的环境也就远离了许多纷扰和喧嚣，自然就会“无尘杂”“有余闲”。若是读者没能领会作者的深意，单从字面看也没有任何突兀之处，居室干净整洁，室内空间很宽阔，与其他前面的“狗吠深巷中，鸡鸣桑树颠”相承，由动至静，衔接自然。“羁鸟恋旧林，池鱼思故渊”“狗吠深巷中，鸡鸣桑树颠”等对仗十分工整，“羁鸟”与“池鱼”是类比，“羁”与“林”，“池”与“渊”形成反差对比，直接表明了作者的好恶与取舍！“狗吠”与“鸡鸣”是类比，而“深巷”与“桑树”在空间上形成了错落感。“暧暧”与“依依”使用了叠字手法，展现了炊烟里村庄的迷蒙之美，用语不仅形象，也很好地传达了作者的愉悦之情。

陶渊明的诗歌最妙处在于，他用最真诚的情感和最平实的字眼把自己的内心展示给读者，读者在他的诗歌中能感受到他与所描写的对象深深地融入在一起，物我一体。对田园，他是全身心投入的；对读者，他是敞开无保留的。这首诗中的情感是喜悦中带着几分平和，满足中带着几丝淡然。

饮酒·其五[1]

（东晋）陶渊明

结庐在人境[2]，而无车马喧[3]。
问君何能尔[4]？心远地自偏[5]。
采菊东篱下，悠然见南山[6]。
山气日夕佳[7]，飞鸟相与还[8]。
此中有真意，欲辩已忘言[9]。

【注释】

[1]《饮酒》总共有二十首，并非作者在同一时间所作，内容主要是借饮酒抒写个人情怀，如对历史的看法、对现实的不满、对闲居生活的喜爱等。本篇为第五首。

[2] 结庐：建造住宅。人境：尘世，人来人往，人所居住的地方。

[3] 车马喧：比喻官场的纷扰。

[4] 尔：如此，这样。

[5] 心远：心志高远。

[6] 南山：泛指南边的山，也有说法是指庐山。

[7] 日夕：黄昏，傍晚。

［8］相与：相互，一起，共同。

［9］辩：辩析，明悉。

【导读】

“结庐在人境，而无车马喧”，作者在开篇就用一种很轻松、调侃的语气谈到自己的生活状态。告别仕途后，陶渊明的生活可以算得上是隐居状态了，但他并非像一些隐者那样选择住到深山老林里，而是住在比较热闹的处所。虽然是身处人群中，却少了官场迎来送往的干扰。“问君何能尔？心远地自偏”，试问如何能做到这一点呢？那就是先让自己心志高远，不再惦念仕途的生活！那么不论你身居何处，都能让自己免受仕途的纷扰。

“采菊东篱下，悠然见南山”，置身于田园生活中的作者惬意地采摘着菊花。菊花，在中国古代文化中是品行高雅、持守节操的象征。屈原在《离骚》中云：“朝饮木兰之坠露兮，夕餐秋菊之落英”，屈原为了坚守自己的理想与节操，宁可投江自尽也不愿意苟活于人世，他愿意采食的菊花自然也非凡物。联系上下文，作者采摘菊花的举动我们可以理解成他个人对人生理想的一种坚守。“悠然见南山”，作者从低头采摘变成了仰望高处，空间上由低处向高处变换，可以理解为对于人生理想，我们不仅可以持守，更可以升华。

“山气日夕佳，飞鸟相与还”，遥望高处，作者发现，夕阳照耀下的山气分外迷人，飞鸟们成群结伴地飞回巢穴。鸟儿飞向自己的家园，而作者何尝又不是回到了自己的精神家园呢！夕照之下，一切都是那么和谐！“此中有真意，欲辩已忘言”，欣赏着这样的美景，作者领悟到了人生的真谛，但想要把它说清楚却又忘了该怎么说。对于人生，每个人都有着各自不同的理解，作者没有说出来的原因也许是真的忘记了，也许是根本不愿意细说。如果你懂，自然会懂，如果不懂，多说无益。

作者在创作时选取了质朴无华的语言来抒情写意，而其中所蕴含的哲理却是极耐人寻味的。放下仕途的一切后，陶渊明无疑是一个坚定的隐者，但他隐的不是外在，隐的是内心，所以他不避人境。采菊、看山、望鸟，这些外在的物象唤起了他内心的共鸣，他悟到的真理来源于自然，但他并不刻意寻求读者的理解。因为从他的诗作和相关史料看，是否有人能够理解自己、支持自己，并不会影响他对人生道路的选择。对于官场，虽然他选择远离，但是他不怨怼、不抱恨，在门前冷落后还颇为旷达地说“穷巷隔深辙，颇回故人车”。东晋诗坛盛行的主流诗体是玄言诗，陶渊明的田园诗可谓是独立于时代风气之外。他在世的时候未因诗作而闻名，被载入史册的原因也并非因为他的文学创作成就，而在于他的隐者身份。我们可以这样推测，陶渊明写诗不是为了获得他人的认可，更多就是自然抒发心中所想罢了，这点与老庄所推崇的“自然”理念颇为契合。因而，陶渊明的许多作品给读者传递的是一种宁静、冲和的气息。

登池上楼

（南朝宋）谢灵运[1]

潜虬媚幽姿[2]，飞鸿响远音[3]。
薄霄愧云浮[4]，栖川怍渊沉[5]。
进德智所拙[6]，退耕力不任[7]。
徇禄反穷海[8]，卧痾对空林[9]。
衾枕昧节候[10]，褰开暂窥临[11]。
倾耳聆波澜[12]，举目眺岖嵚[13]。
初景革绪风[14]，新阳改故阴[15]。
池塘生春草[16]，园柳变鸣禽[17]。
祁祁伤豳歌[18]，萋萋感楚吟[19]。
索居易永久[20]，离群难处心[21]。
持操岂独古[22]，无闷征在今[23]。

【注释】

[1] 谢灵运（385–433），字灵运，陈郡阳夏（今河南太康）人，东晋名将谢玄的孙子，袭封其爵位，为康乐公，故世称谢康乐，小名为“客”，亦称“谢客”。他是文学史上第一个大力写作山水诗的作家，改变了东

晋诗坛盛行的玄言诗风，有《谢康乐集》。入刘宋后，被降爵一等，为康乐侯，曾担任永嘉太守，因不满自己的政治待遇，四处游山玩水以排解烦闷，后因谋反罪名被杀。池：指谢公池。

[2] 虬（qiú）：虬，传说中有角的小龙。媚：美好。幽姿：幽雅的姿态。

[3] 鸿：大雁。远音：悠远的鸣叫声。

[4] 薄（bó）：靠近，迫近。霄：云，天空。

[5] 栖：停留，居住。怍（zuò）：惭愧。

[6] 进德：增进道德，此处指做一番事业。

[7] 力不任：体力上无法承担。

[8] 徇禄：营求俸禄，出仕。反：归，到。穷海：偏远的海边。

[9] 痾（kē）：通“疴”，病。卧痾：卧病。

[10] 衾（qīn）枕：被子和枕头，泛指卧具。昧：不明白。衾枕昧节候：此句意为作者一直卧病在床，不明了季节的变化。

[11] 褰（qiān）：揭开，撩起。窥临：靠着窗户眺望。

[12] 倾耳：侧耳细听。聆（líng）：听。

[13] 举目：抬起眼睛。岖（qū）嵚（qīn）：形容山势险峻、道路险阻的样子，此处指山。

[14] 初景：指初春。革：改变，除去。绪风：余风，指冬天遗留下来的风。

[15] 新阳：指春天。故阴：指旧岁的冬天。

[16] 塘：堤岸。

[17] 变：变换，此处指鸟儿不同了，鸣叫的声音也不同了。

[18] 祁祁：众多的样子。祁祁伤豳歌：典故出自《诗经·豳风·七月》：“春日迟迟，采蘩祁祁。女心伤悲，殆及公子同归”。

[19] 萋萋：形容草很茂盛的样子。萋萋感楚吟：典故出自《楚辞·招隐士》：“王孙游兮不归，春草生兮萋萋”。虽然春日美好，但作者想起古人歌

咏春天的那些伤感诗句，不由得产生了共鸣。

[20] 索居：离开人群独居一方。易永久：容易觉得日子长久。

[21] 处心：安心。

[22] 持操：保持节操。

[23] 无闷：没有苦恼。出自《易经·乾卦》："不成乎名，遁世无闷"，指逃避世俗而心无烦扰。

【导读】

与左思、鲍照这样出身寒门的作者不同，谢灵运出身东晋高门谢氏家族，是名将谢玄的孙子。他自幼聪颖，十八九岁时就袭封了祖父的爵位康乐公。晋末，北府兵将领刘裕与刘毅各自凭借军功争权，谢灵运更欣赏刘毅的文采，便与族叔谢混一起选择支持刘毅，谢灵运还担任了刘毅的记室参军。但后来刘毅兵败被杀，其手下属官也多被杀害，谢混被赐死。刘裕称帝后，将谢灵运的爵位降了一等，变为侯爵，但也算是放过谢灵运一马。本该庆幸的谢灵运却自恃才高，颇有不满。被派往永嘉担任太守后，心情烦闷以致卧病在床，这就是这首诗的创作背景。

这首诗从内容上看，可分为三个部分：

"潜虬媚幽姿"至"卧痾对空林"是第一部分。"潜虬媚幽姿，飞鸿响远音"，深潜在水底的蛟龙身姿幽雅，高飞在天上的鸿雁叫声响亮。"薄霄愧云浮，栖川怍渊沉"，潜虬有它深隐的魅力，鸿雁有它高飞的风采，面对它们，作者感到非常惭愧，既无法像鸿雁那样高高在上，也无法像潜虬那样深潜在水底。作者认为自己的状态是很尴尬的，他希望飞黄腾达却未能如愿，他有意归隐又觉得心有不甘。前四句作者借对潜虬和鸿雁的观照暗示了自己的尴尬处境，"进德智所拙，退耕力不任"则直接把话题引到了自己身上，他希望在仕途上更进一步，但自己的能力还不够，想要归隐又实在无力耕作。谢灵运真是这么想的么？据史载，他曾云："天下才共一石，曹子建独得八斗，我得一斗，自古及今共分一斗。"所谓"进德智所拙"不过是句牢骚话罢了，让他"退耕"他自然也是不屑为之的。"徇禄反穷海，卧痾对空林"的不满意味更浓重了，他本是为了追求远大的前程，却被打发到这偏僻的海边，怎能不让他郁闷到卧病在床呢！

"衾枕昧节候"至"园柳变鸣禽"为第二部分。"衾枕昧节候"，因为卧病在床，心绪烦闷的他无心关注气候变化，大约是身体好转了，也慢慢适应了一切，他开始临窗观望外面的风景。"倾耳聆波澜，举目眺岖嵚"，他侧耳聆听海浪的声音，眺望远方的山。"初景革绪风，新阳改故阴。池塘生春草，园柳变鸣禽"经历了烦闷的冬天，春天终于来临了。池塘边的春草因为冰水融化而得到了滋润，重新焕发出生机，园中的柳树上鸟叫声也变了。作者身体恢复了，心情也平复了许多，开始关注起身边自然风光的变化，春是带给人期望的，那些古旧的、沉闷的气息被一扫而空。"池塘生春草，园柳变鸣禽"历来为人所称道，相比较其他诗句，这两句的特色在哪里呢？草儿因为生长在池塘边，所以最早得到滋润，那片草绿色应该是由水边逐步向其他地方蔓延开来的，与后世苏轼"春江水暖鸭先知"的立意颇有相通之处。园中的柳树上，鸟鸣依然，但显然换了一批鸟儿，应该是那批南迁的鸟儿又回归了，这些变化都很细微，但都被作者敏锐地捕捉到了。这两句诗中所写的景物虽寻常，但立意颇有特色，用语不似其他诗句的雕琢痕迹明显，反而更显灵动、自然。

"祁祁伤豳歌"至"无闷征在今"是最后一个部分。前两句"祁祁伤豳歌，萋萋感楚吟"分别引用了《诗经》和《楚辞》的典故，但情调都偏伤感。美好的春天本该是充满希望，让人更加愉悦的，可作者一边感受着春天的美好，一边仍旧难以忘却那些惆怅与烦闷，所以他联想到的诗句也是偏伤感的，尤其是"王孙游兮不归，春草生兮萋萋"等以招隐为主题的诗句，联想起作者对自己仕遇的不满，也是颇耐人寻味。"索居易永久，离群难处心。持操岂独古，无闷征在今"，这四句诗表达了作者对玄理的感悟。东晋诗坛盛行玄言诗，作为第一位大力创作山水诗的作者，谢灵运的诗中往往也会阐述一些玄理：独居的人总会觉得时间特别漫长，离开了人群总会让人难以安心。这四句诗大抵是符合谢灵运此刻心境的。接下来他说保持节操不单古人可以做到，自己也是可以的.避世而居能使人忘却烦恼，自己的感受就印证了这一点。但最后两句显然有些牵强，从谢灵运诗中表达的情感及史料记载他的言行来看，他为人桀骜不驯，心性比较浮躁，可以算是不甘寂寞的那类人，所以，所谓“持操”“无闷”是不符合实际的。

整首诗运用多种表现手法抒情写意，开头用“潜虬”“飞鸿”起兴，表达自己对仕途境遇的愤懑与不满，接着用赋的手法直接表达心中的苦闷，“进德智所拙，退耕力不任。徇禄反穷海，卧痾对空林”。从形式上看，整首诗的句子对仗工整精巧，用语清新雅致，如“倾耳聆波澜，举目眺岖嵚。初景革绪风，新阳改故阴”等，但同时也稍嫌刻意，不够生动。对景物的描摹较为细腻，其中也融入了作者的情感，但由于谢灵运虽然欣赏大自然的美，终究志不在此，所以我们总能感觉到他与自然之间存在距离感，不像陶渊明那样全身心地投入其中。虽然屡有佳句，但诗篇总体的浑融度还不够.总体说来，作为第一位山水诗人，谢灵运的创作成就是值得我们肯定的。

拟行路难·其六

（南朝宋）鲍照[1]

对案不能食[2]，拔剑击柱长叹息。
丈夫生世会几时[3]，安能蹀躞垂羽翼[4]？
弃置罢官去，还家自休息。
朝出与亲辞，暮还在亲侧[5]。
弄儿床前戏[6]，看妇机中织。
自古圣贤尽贫贱，何况我辈孤且直[7]！

【注释】

［1］鲍照（约 414–466），字明远，东海（今山东郯城西南）人，曾任临海王刘子顼前军参军，故世称鲍参军，有《鲍参军集》。鲍照出身寒门，因门阀制度而致仕遇艰难，因而作品中多抒发不平之气。在创作上，他还大胆向民歌学习，大力写作七言诗。刘子顼起兵作乱，鲍照被乱兵杀害。《拟行路难》共十八首，非一时所作，内容大抵为抒发人生艰难的感慨，以及被压抑的愤懑之情。本篇为其第五首。

［2］案：长条桌子，放食物的茶几，此处指酒食。

［3］会：能，也可解读为“当”。几时：不长的一段时间。

［4］蹀（dié）：踏，蹈。躞（xiè）：往来小步的样子。蹀躞：缓行的样子，指裹足不前、失意丧气的样子。

［5］在亲侧：在家人的身边。

［6］弄儿：惹人逗弄的孩子。

［7］孤且直：孤寒且耿直。

【导读】

鲍照出身寒门，颇有才气。在重视门第出身的南朝时期，他的仕途很不顺利。他曾经向临川王刘义庆主动献诗自荐，得到刘义庆赏识后被纳为属下。刘义庆病逝后，他先后追随过刘义季、刘濬、刘子顼等人，最后死于乱兵手中。《拟行路难》十八首是其代表作之一。

《拟行路难》可以分为三个部分：

前四句为第一部分。“对案不能食”，首句即直白地展示了作者的心境状态——面对美食却无法下咽；“拔剑击柱长叹息”，他甚至忍不住拔出剑来击向柱子，然后发出长长的叹息声。这几个动作可以说是几乎没有铺垫，就带着一股如排山倒海般强烈的情绪向读者涌过来。“丈夫生世会几时，安能蹀躞垂羽翼”，紧接着，作者坦率地表明了他如此愤懑的原因：他胸中徒有一番壮志，现实中却无法踏步而前、展翅而飞．人的一生其实并不漫长，难道他就要这样谨小慎微、虚度而过么？

中间六句为第二部分。“弃置罢官去，还家自休息”，既然无法在仕途上有所进取，不如索性辞官离开，回到家中休息。“朝出与亲辞，暮还在亲侧”，早上出门，晚上就与家人团聚在一起。“弄儿床前戏，看妇机中织”，看着孩子们无忧无虑地在一起玩耍，妻子在织布机上辛勤地劳作着。这样和谐的家庭生活美景当然很美好！

最后两句为第三个部分。“自古圣贤尽贫贱，何况我辈孤且直”，就在读者认为作者已经放下对仕途的关注而沉浸于天伦之乐时，画风又突然转了回去。古往今来，那些圣贤之士往往都要忍受各种困顿，且很难获取理想的社会地位，鲍照这样一个出身孤寒、性子耿直的人，情况肯定好不到哪里去。这两句诗看似是作者的自我安抚之词，但作为一个有理想有追求的血性男儿，不可能甘于碌碌无为的一生！他必然还会像古代的圣贤一样，为了自己的人生理想，继续努力奋斗下去。

这首诗采用了杂言体形式，体现了鲍照大胆向民间乐府学习的意识，长短错落的句式与作者时而激切时而压抑的情感变化节奏颇为契合。其文辞相对质朴，用直抒胸臆的方式表达了作者努力寻求为国效力的机会而不得的痛苦压抑。诗末的反问句看似用古人的事迹说服自己，实际上说明他就是以古代的圣贤为自己的人生榜样，“孤直”的自己是无惧于“贫贱”的，这就使诗中充盈着一股向上的力量，也展现了作者豪迈俊逸的人格特质。

晚登三山还望京邑

（南朝齐）谢朓[1]

灞涘望长安[2]，河阳视京县[3]。
白日丽飞甍[4]，参差皆可见[5]。
余霞散成绮[6]，澄江静如练[7]。
喧鸟覆春洲[8]，杂英满芳甸[9]。
去矣方滞淫[10]，怀哉罢欢宴[11]。
佳期怅何许[12]，泪下如流霰[13]。
有情知望乡，谁能鬒不变[14]？

【注释】

［1］谢朓（464–499），字玄晖，陈郡阳夏（今河南太康）人，曾任宣城太守、尚书吏部郎等职，故称谢宣城，有《谢宣城集》。他出身谢氏家族，与谢灵运并称“大谢小谢”。他还与萧衍、沈约、王融等八人，围绕竟陵王萧子陵形成了一个文人集团——“竟陵八友”。三山：指南京西南的山，因有三座小峰而得名。京邑：指南京。

［2］灞：水名，在陕西西安。涘：水边。灞涘望长安：此句典故出自王粲《七哀诗》“南登霸陵岸，回首望长安”。

［3］河阳：在河南孟州西。京县：泛指京畿。河阳视京县：此句典故出自潘岳《河阳县作诗二首》“引领望京室，南路在伐柯”。

［4］丽：使动用法，意为“使……绚丽”，指日光照耀下色彩绚丽的样子。甍（méng）：房屋，屋脊。飞甍：指飞檐。

［5］参差：高低不齐的样子。

［6］余霞：残霞。绮（qǐ）：有花纹或图案的丝织品。

［7］澄江：清澈的江水。练：白色的熟绢。

［8］覆：覆盖，此处指鸟儿很多。

［9］杂英：各色花卉。芳甸：长满芳草的郊野。

［10］方：将。滞淫：长久停留。

［11］怀：想念，思念。

［12］佳期：指归家的日期。怅：不如意，不痛快。何许：哪里，什么。

［13］霰（xiàn）：小冰粒，雪子。流霰：飞降的雪粒，形容流泪。

［14］鬒（zhěn）：头发黑而稠密，此处指黑发。

【导读】

谢朓是继谢灵运之后又一位大力创作山水诗的作者，同时还是永明体的代表诗人。这首《晚登三山还望京邑》是其代表作。这首诗写作者傍晚时分登上三山回望京城所引发的思乡之情。

全诗可分为三层：

“灞涘望长安，河阳视京县”两句为第一层。这两句引用了两个典故，“灞涘望长安”典出东汉末年王粲因战乱被迫离开长安时所做的《七哀诗》，“河阳视京县”典出西晋潘岳于河阳县任职时所做的《河阳县作诗》。两句诗都描绘了作者遥望京城的画面，前者是遥望中抚今追昔，无限伤感中带着对前途的些许渺茫，后者因初入仕途绽放光芒而遭人嫉恨导致仕途坎壈十年，遥望中充满着对前程的无奈与渴望之情。作者引用这两个典故，一方面透露出对于自身仕途的隐隐担忧，另一方面也契合了望京城这一场景，对于谢朓来说，那还是他的故乡所在，他深深依恋着它。

“白日丽飞甍”至“杂英满芳甸”六句为第二层。“白日丽飞甍，参差皆可见”，作者遥望京城，看到那些皇宫的宫殿、贵族的宅院里飞耸的屋檐在日光照耀下显得色彩绚丽、高低错落。时间悄悄流逝，不知不觉已是傍晚时分。“余霞散成绮，澄江静如练”，天边的残霞斜照着大地，犹如铺满天空的绮丽锦缎，清澈的江水缓缓流过，犹如雪白的绸缎。诗中的色彩有明丽亦有素净，空中的云霞与地面的江水一个明艳照人、一个素净静谧，它们交相辉映、分外和谐。这两句诗历来最为人称道，李白也有“解道澄江静如练，令人长忆谢玄晖”(《金陵城西楼月下吟》)之语，可见其也是颇为欣赏的。“喧鸟覆春洲，杂英满芳甸”，江中的小岛上停满了春天的鸟儿，各色的野花盛开在郊野的草地上，这是另外一种喧闹缤纷的美。作者从视觉与听觉入手，从不同的角度落笔描绘家乡无处不在的美，由远及近，由高至低，有绚丽有素净，有喧闹有静谧，怎能不叫作者难以割舍、充满留恋呢?

“去矣方滞淫”至“谁能鬒不变”最后六句为第三层。该是离开的时候了，作者却还逗留着，那欢聚的宴席真是让人怀念。“佳期怅何许，泪下如流霰”，想到不知何时才能再聚，作者忍不住泪落如雨。“有情知望乡，谁能鬒不变？”但凡是有情的人都会思念自己的故乡，那满头的黑发能不变白么？作者就要告别家乡了，家乡的一切都让他非常留恋，这思念是会让人愁白了头的！

全诗层次分明，第一部分写望乡之意，第二部分写故乡之美，第三部分写恋乡之情，结构精巧而完整。写景的语言虽精工细琢却显得灵动自然。与谢灵运的山水诗不同，谢朓的山水诗作不仅有佳句，亦有佳篇。全诗音韵流转、意境浑融。相比较谢灵运，谢朓山水诗的创作水平达到了更加圆融清丽的境界，标志着山水诗创作水平的进一步成熟。

拟咏怀·其十一

（南北朝）庾信[1]

摇落秋为气[2]，凄凉多怨情。
啼枯湘水竹[3]，哭坏杞梁城[4]。
天亡遭愤战[5]，日蹙值愁兵[6]。
直虹朝映垒[7]，长星夜落营[8]。
楚歌饶恨曲[9]，南风多死声[10]。
眼前一杯酒，谁论身后名[11]！

【注释】

[1] 庾信（513–581），字子山，小字兰成，南阳郡新野县（今河南南阳新野）人，有《庾子山集》。他的父亲庾肩吾是中书令，以文才知名。庾信自幼出入萧纲东宫，后与徐陵一起担任东宫学士，成为宫体诗风的代表人物。因梁朝被灭，庾信被扣留在北方终身不得再归家，此后创作的作品中有浓郁的怀念故国与思念故乡之情，艺术上取得的成就堪称集南北文风之大成。《拟咏怀》共有二十七首，大抵表达了自伤身世、怀念故国、思念家乡等思想情感。

[2] 气：节气，节候。摇落秋为气：此句典故出自宋玉《九辩》："悲哉秋之

为气也！萧瑟兮草木摇落而变衰”。

［3］湘水竹：相传舜出巡时去世，他的两个妃子为其洒泪于竹子上，遂形成竹子上的斑痕。

［4］杞梁：春秋时齐国大夫。相传杞梁战死后其妻放声大哭，杞梁城为之崩坏。

［5］天亡：意思是上天使之灭亡，语出《史记·项羽本纪》：“天亡我，非战之罪也。”愤战：使人愤怒的战争。

［6］日蹙（cù）：一天比一天紧迫，一天比一天缩减。值：遇到。愁兵：发愁的将士。

［7］直虹：长虹。映：照耀，照映。垒：军营墙壁或防守工事。古人认为长虹映照着军营是败军之兆。

［8］长星：古星名，类似彗星。据说长星落入军营，预示大将去世。

［9］楚歌：典故出自《史记》，项羽被困垓下时，刘邦命人在夜间故意唱起楚歌，使项羽误以为楚地已被刘邦征服。饶：多。

［10］南风：典故出自《左传·襄公十八年》：“晋人闻有楚师，师旷曰：‘不害。吾骤歌北风，又歌南风。南风不竞，多死声，楚必无功’”，因为梁在南方，暗示梁朝的败亡。

［11］眼前一杯酒，谁论身后名：典故出自《世说新语·任诞》：“或谓之（张翰）曰：‘卿乃可纵适一时，独不为身后名邪？’答曰：‘使我有身后名，不如即时一杯酒！’”

【导读】

作为曾经频繁出入宫廷的宠臣，庾信亲眼目睹了梁朝如何由承平的景象坠入动乱的深渊。梁朝的覆亡对他来说是非常痛心的，这一重大变故也直接导致了他被扣留在北方再也无法南归。这首诗是他稽留北方后创作的《拟咏怀》二十七首中的第十一首。

“摇落秋为气，凄凉多怨情”化用了宋玉《九辩》的诗句，给全诗定下“凄凉”的情感基调。对故国和家乡的思念使庾信的后半生都陷入了深深的愁苦中，秋日的草木凋零很容易就引起他的万般愁绪。“啼枯湘水竹，哭坏杞梁城”，这里所用的两个典故，一个是舜亡后，他的两个妃子洒泪到竹子上的故事，另一个是杞梁战死后，他的妻子哭坏城墙的故事。前者暗喻了梁元帝萧绎在江陵陷落后被杀害的历史，而后者则暗指江陵城被攻陷的历史。

“天亡遭愤战，日蹙值愁兵。直虹朝映磊，长星夜落营”，这四句借典故把梁朝在战场的败相总结为天意所指。梁元帝萧绎放弃了建康城，退守江陵，以为这样便可以苟安，谁料敌人的追击却使梁的国土面积一天比一天缩小。种种迹象表明，梁朝的败亡是天意注定的，更与统治者的错误做法有直接的关系。

“楚歌饶恨曲，南风多死声”，这里借用了项羽败战之时四面楚歌的场景，点出江陵沦陷前也是类似处境。师旷判断迎接楚人的必然是战败，梁朝面对的又何尝不是呢？

“眼前一杯酒，谁论身后名”两句使用了西晋张翰的典故，张翰为官时远离家乡，因而时常思念着故乡，他曾经表示：身后的名声对他而言，还不如眼前的一杯酒来得实在。庾信在这里也是暗喻了自己的心境：他在远离家乡的北朝为官，再也无法回到自己的故土，故国早已沦丧，自己却苟且偷生为敌国效力，所谓的名节，对庾信来说早已荡然不存，他不敢在乎，也无法在乎，只能借酒消愁。

这首诗的最大特征就是全诗都使用典故来比喻梁亡的历史，再现了梁朝覆亡前国君被杀、百姓受难的场景。虽然庾信未曾亲眼目睹西魏攻打梁朝的实况，但他也身经离乱，在逃乱中失去自己的亲人。亡国之悲、离乡之苦、丧亲之痛交织在一起，使他陷入了痛苦的境地中。庾信前期是宫体诗人的杰出代表，在艺术技巧上已经达到了很高的高度。后期的磨难经历使他在情感上和认知上与前期相比都有了更为深刻的感受，这也使他的诗歌在内容和艺术上都达到了较为完美的状态，从而成为融合南北文风的集大成者，故杜甫有云：“庾信文章老更成，凌云健笔意纵横”(《戏为六绝句》)。

西洲曲

南朝乐府民歌[1]

忆梅下西洲[2]，折梅寄江北[3]。
单衫杏子红，双鬓鸦雏色[4]。
西洲在何处？两桨桥头渡[5]。
日暮伯劳飞[6]，风吹乌臼树[7]。
树下即门前，门中露翠钿[8]。
开门郎不至，出门采红莲。
采莲南塘秋，莲花过人头。
低头弄莲子，莲子青如水[9]。
置莲怀袖中，莲心彻底红[10]。
忆郎郎不至，仰首望飞鸿[11]。
鸿飞满西洲，望郎上青楼[12]。
楼高望不见，尽日栏杆头[13]。
栏杆十二曲，垂手明如玉。
卷帘天自高，海水摇空绿[14]。
海水梦悠悠[15]，君愁我亦愁。
南风知我意，吹梦到西洲[16]。

【注释】

[1] 本篇选自郭茂倩《乐府诗集·杂曲歌辞》，是一首南朝民歌。“西洲曲”是乐府曲调名。

[2] 下：去。西洲：应该是离女子住处不远的地方。

[3] 江北：此处应该是女子心上人所居住的地方。

[4] 鸦（yā）：通“鸦”。鸦雏：幼小的乌鸦，全身黑色。鸦雏色：比喻女子头发乌黑的样子。

[5] 两桨：用两桨划过去。

[6] 伯劳：又名鵙（jú），性喜独居，常在夏天鸣叫。

[7] 乌臼（jiù）树：亦作乌桕，一种落叶乔木，其种子可以用来洗衣服、制蜡烛，所以人们时常把它种在家门前。

[8] 翠钿：指用翡翠鸟羽毛制成的首饰。

[9] 莲子：是“怜子”的谐音。“青如水”：可理解为“清如水”，暗示女子的情感如水一般纯洁。

[10] 莲心：与“怜心”谐音，意为爱怜之心。彻底红：红得通透彻底，可理解为情感之深邃。

[11] 望飞鸿：字面意思是望着天上的鸿雁。古代有鸿雁传书的说法，此处也可理解为期待着对方的来信。

[12] 青楼：指用青漆涂饰的豪华精致的楼房，也指女子居住的地方，此处应理解为女子的居所。

[13] 尽日：指终日。

[14] 海水：此处应指浩荡的江水。摇空绿：空自摇晃着绿意。

[15] 海水梦悠悠：指梦境像海水一样悠远。

[16] 吹梦到西洲：可理解为把梦境中的对方吹到西洲与自己相聚。

【导读】

这是一首南朝乐府民歌，抒写了一位女子对恋人的相思之情，其文辞优美，情调缠绵。

“忆梅下西洲，折梅寄江北”，又到了梅花绽放的季节，女子想起了上次与恋人相会的情景，决定再次前往西洲采折梅花，然后把梅花托人寄送给江北的恋人。这是个怎样的女子呢？“单衫杏子红，双鬓鸦雏色”，她身着杏红色的单衫，秀发乌黑亮丽，虽然诗中没有对她的容貌进行正面描述，但这样的诗句自然会让读者的脑海中浮现出一个青春靓丽、明艳照人的少女形象。西洲在何处呢？划着双桨，乘着小船，从桥头出发便可到了。梅花一般在冬春时期绽放，而少女身着单衫，可见此时的季节大约是春季。春天万物生发，恋人们的心在这个时节也尤为萌动。

“日暮伯劳飞，风吹乌臼树”，天色近晚，伯劳飞过，风儿吹动着乌桕树。伯劳鸣叫、乌桕树开花多半发生在夏季，也就是说节候在慢慢地推移着。“树下即门前，门中露翠钿”这句写得颇有意趣，乌桕树下就是少女的家门，门里隐隐露出了翠钿，我们仿佛看到了期盼着见到心上人的少女躲在门背后，努力观望却又不愿被人发现的害羞模样。作者选用“翠钿”来替代女子，“翠钿”是头上的饰物，这么美丽的饰物显然是女子特意戴上的，她期待恋人出现时看到的自己是最美的样子。然而让她失望的是，恋人终究还是没有出现，空等一场的她也没有心思在家中继续待下去，索性用采莲的借口出了门。

“采莲南塘秋，莲花过人头。低头弄莲子，莲子青如水”，少女采莲的地方就在南塘。莲花一般是在5—9月开放，差不多是盛夏时分，显然，时间继续向前流逝着。此时的莲花已高过人头，穿梭于其间的少女采摘着莲子。此处的“莲花”与“怜”谐音，暗喻着女子心中的情思，“莲心”也可以理解为“怜心”，意喻着女子的心意如同这流水一般清澈纯洁。“置莲怀袖中，莲心彻底红”，女子把采摘的莲子置放在怀抱中，那莲心红得如此通彻透亮！这一些系列动作不由得让我们联想到，女子的心也犹如这莲心一样清澄纯彻，她多么希望恋人也像自己对待莲心一般，小心地将其纳入怀中，用心珍藏。

“忆郎郎不至，仰首望飞鸿”，女子手里采摘着莲子，心里惦记着情郎，不禁仰首望向天空，看着鸿雁，思忖着对方为何还是没有传来消息呢？“鸿飞满西洲，望郎上青楼”，此时的西洲想来已经鸿雁漫天飞了吧，眼看着秋天来了，对方还是没有消息，女子忍不住想到楼高处去张望一下。如果对方来了，站在高楼上的自己必然能早一些看到他的身影吧？“楼高望不见，尽日栏杆头”，让她失望的是，再高的楼也不能让她见到心上人的身影，总也不愿意放弃希望的她整日徘徊在栏杆前。“栏杆十二曲，垂手明如玉”，曲曲折折的栏杆延伸到远方，栏杆边是女子垂下的纤纤玉手。“卷帘天自高，海水摇空绿”，卷起帘子，外面的天空是那么高，江面荡漾着碧波。

“海水梦悠悠，君愁我亦愁。南风知我意，吹梦到西洲”，梦中的海水是那么的悠远，我如此地思念着对方，想来对方正陷入相思的愁苦中吧，我也是一样的愁苦啊！南风啊，如果你能明白我的心意，是否能把梦中的他吹到西洲，让我们哪怕是在梦里也能好好相会一场呢！此时女子的情思又飘移到了西洲，与诗歌开头的“忆梅下西洲”形成了完美的呼应。

这首诗从艺术上看，值得关注的有：一是双关隐语的用法，如“莲子”“莲心”等都意喻着女子对心上人的一片真心，是需要怜子、怜心的。二是顶真手法的运用，如“……风吹乌臼树。树下即门前……”“低头弄莲子，莲子青如水”等，使得诗句之间的情感显得绵密而细致，情思悠然不绝。沈德潜赞其“续续相生，连跗接萼，摇曳无穷，情味愈出”(《古诗源》)。三是作者多用“折”“采”“弄”“置”等动作的变换来表现女子情思的变化，借鸿雁、莲花、海水等景物寄托女子的情思，同时也暗示着节候的变化，其构思委婉含蓄，想象丰富。整首诗回环婉转，“忆郎郎不至”等诗句从音韵上看也极其和谐优美，因而研究者认为这首民歌在流传过程中应当经过了文人的润色。

敕勒歌

北朝乐府民歌[1]

敕勒川[2]，阴山下[3]。
天似穹庐[4]，笼盖四野。
天苍苍，野茫茫，风吹草地见牛羊[5]。

【注释】

[1] 本篇选自《乐府诗集·杂歌谣辞》，是一首北朝民歌，据传最早由北齐斛律金所唱。敕（chì）勒：一般指敕勒人，又称赤勒、高车、狄历，匈奴人称其为丁零。

[2] 川：平川，平原。敕勒川：指今河套平原至土默川一带。

[3] 阴山：在今内蒙古自治区，从河套西北至其南境一带。

[4] 穹（qióng）庐：指古代游牧民族居住的圆顶毡帐。

[5] 见（xiàn）：同“现”，显露，出现。

【导读】

“敕勒川，阴山下”，在连绵的阴山山脉下就是辽阔的敕勒川。“天似穹庐，笼盖四野”，天空犹如硕大无比的圆顶帐篷一般，将草原笼罩了起来，目睹这样的美景，怎不叫人心胸开阔、意气风发呢？“天苍苍，野茫茫”，青苍色的天空下，原野无边无际。“风吹草地见牛羊”，一阵风吹过，隐没在草原中的牛羊显露了出来，也让我们联想到它们的主人——他们是草原之魂，给大地带来了生机与希望。

这首诗的意境非常阔大，作者把无边的草原、绵延的山脉、辽阔的天空、成群的牛羊，用简练质朴、浅近明快的语言勾勒出来，展现了一幅极具地域特色的北方草原图。天空、山脉、草原是一巨幅远景图，而随风出现的牛羊们则使这幅画面多了生动的气息。整首诗展现了北方草原的壮阔和吟唱着这首民歌的少数民族豪迈的气质，这种美是有别于南方精致秀气的另一种大气、爽朗之美。

野　望

（唐）王绩[1]

东皋薄暮望[2]，徙倚欲何依[3]。
树树皆秋色[4]，山山唯落晖。
牧人驱犊返[5]，猎马带禽归[6]。
相顾无相识，长歌怀采薇[7]。

【注释】

[1] 王绩（约 589–644），字无功，自号东皋子、五斗先生，绛州龙门（今山西河津）人，初唐诗人。隋末大儒王通之弟。其诗朴素有味，有魏晋之风。

[2] 皋：水边高地。东皋：王绩的隐居处，在今山西河津县东皋村。

[3] 徙倚：徘徊。何依：即“依何”，此处有无处依靠之意。

[4] 秋色：秋天的景色，此处指枝枯叶黄之色。

[5] 犊：小牛，此处指牛群。

[6] 禽：鸟兽的统称，此处指猎人捕获的猎物。

[7] 采薇：采薇之典有两说，一说是伯夷、叔齐隐于首阳山发誓不食周黍，仅以薇草果腹，最后饥馁而死；一说用《诗经·小雅·采薇》“曰归曰归，岁亦莫止”之意。两说皆可，都表达了想要避世归隐之意。

【导读】

首联承题，写望的时间地点。“东皋”为郊外水边高地，“薄暮”点出临近傍晚的昏暗氛围，又暗示作者伫立时间之长。“徙倚欲何依”暗用曹操《短歌行》“绕树三匝，何枝可依”意喻其处境，传达出身处易代之际的诗人徘徊无依、去就不明的复杂心态。

颔联写静景、远景。“树树皆秋色，山山唯落晖”写望中所见，景中寓情。“树树”“山山”承“东皋”而来，表明范围之广；“秋色”“落晖”写“薄暮”之景，突出景色之黯淡。“皆”“唯”二字则表示没有例外。作者站在东皋之上，所见只有一片斜阳残照、秋意萧瑟的景象。此联写景阔大，但情感基调低沉。

颈联写动景、近景。牧人、猎人联翩而出，“驱犊返”“带禽归”的生动场面似乎给这片清寂的原野带来了欢快的气息，然而眼前这返家的一幕并没有使诗人感受到温馨与快乐，反而更增添了疏离之感。从表现手法上说，这一联以动写静，以乐景来写哀情。

尾联呼应开头，点出主旨。“无相识”的痛苦与“欲何依”的彷徨使作者产生了避世隐居的愿望，“长歌怀采薇”也许就是作者最后的选择！

全诗以“欲何依”三字为中心，围绕望中所见、所感来结构全篇，诗风平易朴素，情感含蓄深沉。二三联采用远与近、静与动的景物对照，萧瑟与欢乐、归家与无所归的情感对比把作者复杂的内心状态刻画得非常细腻。

此诗首末两联以抒情为主，中间两联全是写景，又讲求平仄对仗，已经可以视为一首合格的格律诗，这在格律诗还未定型的初唐显得尤为突出。

送杜少府之任蜀州

（唐）王勃[1]

城阙辅三秦[2]，风烟望五津[3]。
与君离别意，同是宦游人[4]。
海内存知己，天涯若比邻[5]。
无为在歧路[6]，儿女共沾巾。

【注释】

［1］王勃（约650–约676），字子安，绛州龙门（今山西河津）人，“初唐四杰”之首，隋末大儒王通之孙，擅五言律绝。少府：唐代指县尉。

［2］城阙：帝王所居之处，此处指唐都长安。三秦：项羽灭秦后三分其地，故得此名。

［3］五津：旧指四川岷江沿岸白华津、万里津、江首津、涉头津、江南津五个渡口，此处指杜少府即将赴任之地——蜀州。

［4］宦游：士人外出求官或做官。

［5］比邻：曹植《赠白马王彪》：“丈夫志四海，万里犹比邻。”

［6］无为：勿须，不必。歧路：道路分岔处。

【导读】

首联以三秦拱卫的帝都长安作为大背景。“望”字将长安至蜀地的遥远距离浓缩在尺幅之间，造成了京师离蜀地并不远的印象，极大地冲淡了友人远离京师赴蜀地任职的悲伤。颔联作者以同是宦游人的身份对友人进行宽慰：生逢盛世，大家都在为了自己的前程而四处奔走，离别只是宦游途中微不足道的小事而已，没有必要伤感。首联对仗工整，气象阔大，情感振奋。颔联则换用流水对，语气自然顺畅，如叙家常，离别的伤感得到进一步削弱。

颈联叙说友情。“海内存知己，天涯若比邻”从曹植“丈夫志四海，万里犹比邻”化出，而又较之多了一份豁达与豪放。“知己”不仅是彼此的共识，更是作者对友人的劝慰与期盼：友谊没有时空的限制，只要是为了同一个目标努力，即使远隔千里也仍然能心意相通。不论是在京师还是在蜀地，这天下间到处都有赏识、理解你的人。尾联点出送别的主题：既然此去是为了实现自己的理想，那就不要像小儿女那样临别感伤了。“无为”是对友人的叮嘱，更是作者乐观、豁达人生态度的体现。

全诗写离别，却没有离别常有的伤感，而是贯穿以健朗、高爽的情感基调。这既是王勃个性的体现，同时也是初唐诗歌摆脱齐梁文风，走向盛唐雄浑劲健诗风的先声。

春江花月夜

（唐）张若虚[1]

春江潮水连海平，海上明月共潮生。
滟滟随波千万里[2]，何处春江无月明！
江流宛转绕芳甸[3]，月照花林皆似霰[4]。
空里流霜不觉飞，汀上白沙看不见。
江天一色无纤尘，皎皎空中孤月轮[5]。
江畔何人初见月？江月何年初照人？
人生代代无穷已，江月年年望相似[6]。
不知江月待何人，但见长江送流水。
白云一片去悠悠，青枫浦上不胜愁[7]。
谁家今夜扁舟子？何处相思明月楼。
可怜楼上月徘徊，应照离人妆镜台。
玉户帘中卷不去，捣衣砧上拂还来。
此时相望不相闻[8]，愿逐月华流照君[9]。
鸿雁长飞光不度，鱼龙潜跃水成文[10]。
昨夜闲潭梦落花，可怜春半不还家。
江水流春去欲尽，江潭落月复西斜。

斜月沉沉藏海雾，碣石潇湘无限路[11]。

不知乘月几人归，落月摇情满江树[12]。

【注释】

［1］张若虚（约 660– 约 720），字号不详，扬州（今江苏扬州）人，初唐诗人。《春江花月夜》为南朝乐府旧题，属吴歌。

［2］滟（yàn）滟：水光浮动的样子。里：一作“顷”。

［3］甸：古代指郊外。芳甸：鲜花盛开的郊野之地。

［4］霰（xiàn）：小粒冰雹，此处形容月光之皎洁。

［5］月轮：月亮像车轮，故称月轮。李贺《梦天》：“玉轮轧露湿团光”。

［6］望：一作“只”。

［7］浦：水流汇聚处，后泛指离别场所。

［8］相闻：互通音信。

［9］逐：追随。

［10］文：同“纹”。

［11］碣（jié）石：山名，在渤海边上。潇湘：潇水与湘江，在今湖南。

［12］摇情：情思激荡的样子。

【导读】

全诗共三十六句，每四句一转韵，可分三层。第一层为前八句，描写春、江、花、月、夜之美景。第二层为中间二十句，抒写江、月引发的人生思考和江月映照下的人间离别。最后八句为第三层，抒发思乡怀人之感。

第一部分承题写春江美景，着重突出月光的皎洁明净。开篇两句即营造了一幅空阔激荡的壮丽图景。浩浩汤汤的江潮涌向大海，仿佛与大海连成一片。“平”和“生”字生动地体现了春潮涌动之中明月缓缓升起的动态画面。在皎洁月光的照耀下，天地一片洁净。无论是波光荡漾的江面、鲜花盛开的郊野，还是江中的小洲，全都沐浴在一片洁白与明亮之中。

第二部分由江月美景引发哲思与人生感慨。面对皎洁的月光，诗人思接千载，提出了一个富有意趣的哲学命题：如何看待明月永恒而生命短暂？这是任何人都无法回避的问题。诗人并没有因此而消沉，而是跳出个体生命的局限，从整个人类的生命延续进行审视。人生代代无穷、奋进不息，又何必去企羡明月的亘古长存呢？明月是长存的，然而也注定是孤独的。作者由此进一步生发，转入对人事的沉思。“白云”以下两句由景入情，明月见惯了离别却仍不懂离别，它就像一个不懂事的孩子闯入思妇的闺阁，停驻在妆镜台上、捣衣砧上，似乎要与思妇一起体会相思之苦，不料却惹起思妇更多的愁思！“卷”“拂”点出了思妇欲赶走愁绪的徒劳。一轮明月惹起两地相思，相隔遥远又音息不通，“卷不去”“拂还来”六字写尽了思妇的痛苦与无望。

第三部分从游子角度抒写离别之情。梦里落花、水流春尽、江月西斜烘托出游子的思归之情。春将尽，人还远在天涯，思归而不得，也只好将这满腹的愁苦寄诸这明月、这江水、这满甸的江花江树了……

全诗以春江花月夜为大背景，以江、月起兴，将对大自然的赞美之情、对人生的深沉思考、对美好爱情的憧憬、对离人的相思绾合起来，营造出迷离朦胧而又自然洁净的旷远意境。配合韵脚的切换，顿挫与平滑的交替，美景与别情、哲思紧密融合在一起，仿佛一曲交响乐，既使人振奋又使人沉醉、令人感伤。

望月怀远

（唐）张九龄[1]

海上生明月，天涯共此时[2]。
情人怨遥夜[3]，竟夕起相思[4]。
灭烛怜光满，披衣觉露滋[5]。
不堪盈手赠[6]，还寝梦佳期。

【注释】

［1］张九龄（678–740），字子寿，号博物，韶州曲江（今广东韶关）人，唐朝开元名相，擅五古，诗风简淡。

［2］海上生明月，天涯共此时：谢庄《月赋》："隔千里兮共明月"。

［3］情人怨遥夜：对面写法，写思念自己的亲人。一说是自己这个多情的人。按诗意，取前者。

［4］竟夕：整夜，通宵。

［5］滋：湿润，弥漫。

［6］不堪盈手赠：陆机《拟明月何皎皎》："照之有余辉，揽之不盈手。"

【导读】

首联承题。出句渲染月亮升起的壮阔场景。“生”字既写出了时间的推移，又形象地勾画出月亮从海面冉冉上升的空间变化。对句则从谢庄“隔千里兮明月”生发，自然引出怀人之情。

颔联打破格律诗二三联必须对仗的限制，以流水对的方式将这份怀人之情直接表达出来。作者运用对面写法，通过遥想佳人的彻夜难眠，化时间为空间，写出了月夜下两地相思之情。

颈联视角转到作者自己。“灭烛”与“披衣”相对，“灭烛”是想入睡，但由于有前面“竟夕”的时间暗示，“灭烛”这个动作的目的并没有实现。接下来“披衣”二字进一步表现出“灭烛”的徒然。“怜”与“觉”相对，“怜”字写出了灭烛之后看到月光满地所触发的满腹相思，“觉”字则将相思外化为“露滋”，让其承载渐渐弥漫开的愁绪，即所谓的“夜长只合愁人觉”（白居易《酬思黯相公晚夏雨后感秋见赠》）。此联以动写静，用主人公一连串的举动形象传达出了彻夜难眠的相思之苦。

尾联紧承第三联继续抒发相思之苦。陆机《拟明月何皎皎》有“照之有余辉，揽之不盈手”句。作者反用其意，说这满地的月光就像那相思无处不在，随手一掬就是满满一捧。“不堪”即“哪堪”，怎么能忍受这满腹的相思无处诉说呢？结句“还寝梦佳期”似乎提出了解决方案，但这明显是自欺欺人的自我宽慰，“还寝”已难，更何况“梦佳期”，想来也唯有远隔天涯、共望明月了！

黄鹤楼

（唐）崔颢[1]

昔人已乘黄鹤去，此地空余黄鹤楼。
黄鹤一去不复返，白云千载空悠悠[2]。
晴川历历汉阳树[3]，芳草萋萋鹦鹉洲[4]。
日暮乡关何处是[5]？烟波江上使人愁。

【注释】

［1］崔颢（hào）（704–754），字号不详，汴州（今河南开封）人，盛唐诗人。黄鹤楼：古代名楼，旧址在湖北武昌黄鹤矶上。

［2］悠悠：悠闲自在、飘动的样子。

［3］晴川：阳光照耀下的江面。

［4］萋（qī）萋：草木茂盛的样子。鹦鹉洲：原为武昌城外江中小洲，因祢衡《鹦鹉赋》而得名。

［5］乡关：故乡家园。

【导读】

严羽《沧浪诗话》云:“唐人七言律诗，当以崔颢《黄鹤楼》为第一。”然而，此诗格律却不是很严谨。前四句中“黄鹤”“空”字频频出现。第三句一平六仄，第四句又是三平调结尾，后四句才回归律体。尽管如此，整首诗歌读起来却不觉得有拗口之处。前四句中时空交错手法与拗句的运用使得诗情自然流畅、一气呵成。具体来说，首联先时间后空间，颔联先空间后时间，今昔的时空在这两联中形成错位对照。登仙的渴望与鹤去楼空的现实产生巨大的矛盾，从而唤起人们世事沧桑、变化无常的心理感受，产生情感共鸣，然后第三句连用六仄声强化第一句“昔人已乘黄鹤去”的那种无奈，再用两个“空”字互相呼应，写楼空鹤杳、白云变幻，自然使读者身陷惆怅迷茫的情感氛围之中。

首联和颔联着重于由黄鹤楼传说引发的时空之叹，神游于虚幻与真实之间，故随意流淌，自然成文。颈联和尾联则回到登黄鹤楼这个现实场景中，诗律复归于正。颈联写登楼所见，阳光照耀下汉江清澈透亮，平原上的树木历历可数，鹦鹉洲芳草丛生。这一幅和风丽景一扫前四句的迷茫空幻，令人心情为之一畅，但随之而来的却又是萋萋芳草引发的“王孙游兮不归，春草生兮萋萋”(《楚辞·招隐士》)的思乡之意，以及鹦鹉洲祢衡志意难酬之慨。尾联的时间点跳跃到黄昏，作者在黄鹤楼上怅然远望，不知不觉中暮色薄雾已笼罩了晴川、芳草，也笼罩了黄鹤楼和楼上的作者。思乡也好，志意难酬也罢，一时间迷茫、怅惘重新又回到了作者身上。乡关何处？唯见暮色苍茫，烟波浩渺！

山居秋暝

（唐）王维[1]

空山新雨后，天气晚来秋。
明月松间照，清泉石上流。
竹喧归浣女[2]，莲动下渔舟。
随意春芳歇[3]，王孙自可留[4]。

【注释】

［1］王维（701–761），字摩诘，号摩诘居士，河东蒲州（今山西永济）人，盛唐诗人。山：终南山。暝：黄昏。

［2］喧：喧哗，此处指人从竹林过，竹叶沙沙作响。

［3］随意：任凭。歇：消歇，消逝。

［4］王孙：贵族子弟，也可指隐士。

【导读】

首联承题点出题意。秋天的傍晚，刚下过雨的山间，清新而又宁静。“空”字传达出了心灵的独特感受，也奠定了诗歌的情感基调。

颔联写月下松间光影和谐，石上清泉淙淙流淌。一静一动，以动衬静，写出了山中之清幽。作者以画家的眼光和音乐家的耳朵来构造心灵中的空山之美。“照”“流”本为谓语动词，作者有意将其置于宾语之后，造成了动、静之间的相互转化，大大增强了空山清幽明净的感受。

颈联写法与此相仿，但主要传达对声音的心灵体验。空山之空并不是只有宁静，还有浣纱女与采莲女归来时的热闹，但很奇妙的是，浣纱女的嬉笑声、莲叶丛间传来的划水声并没有破坏作者在前两联营造的清幽气氛，反而使读者感受到山间女子的无忧无虑与自由自在，体会到诗人心中的宁静。二三两联是这一心灵感受的具体呈现，也是作者独特艺术创造力的表达。

尾联收结。诗人表面上似乎在感叹山间景色是如此美好，令人流连忘返，但往深一层想，这何尝不是王维退居辋川后的生活理想呢！空山、新雨、明月、清泉、竹林、莲塘这些景物的错落出现，可以看成是对清幽场景的烘托，实际上也是作者厌恶污浊官场、追求淳朴宁静生活的写照。

此诗应为王维隐于辋川别业时所作，色调明净，动静相生，寄兴悠远，很好地体现了王维诗歌诗、画、乐结合的特色。

闺 怨

（唐）王昌龄[1]

闺中少妇不知愁，春日凝妆上翠楼[2]。
忽见陌头杨柳色[3]，悔教夫婿觅封侯[4]。

【注释】

［1］王昌龄（698–757），字少伯，河东晋阳（今山西太原）人，盛唐边塞诗人，有“七绝圣手”之誉。

［2］凝：表示程度很深。凝妆：盛装。翠楼：指女子居所。

［3］陌：田间东西向的小路。陌头：路上，路旁。

［4］觅封侯：求取功名。

【导读】

题为《闺怨》却以“不知愁”的少妇开场，一下子就吸引了读者的注意，引发了读者的好奇心。这是一个怎样的女子呢？这位不知愁的少妇盛装出场，登上高楼去欣赏那宜人的春光。“凝”字点出化妆之认真、仔细，也反映出心情之愉悦。“上”字写登楼步伐的轻快，有一种三步并作两步、蹦蹦跳跳的动态感。这两句形象勾勒出一个开朗活泼又带些娇憨的青春少妇形象。第三句写登楼远望，一个“忽”字搅乱了少妇原先愉悦的心情。“忽见”是不经意地看见，但也许是这不经意间的一望触动了少妇心中原本不是很清晰的愁情。少妇望见的或许是陌上成双成对出来踏青的游人，抑或者是杨柳青青让她想到了与夫婿离别的场景。但不管她望见了什么，其情感指向是非常清晰的，那就是突如其来的寂寞，是丈夫不在身边的孤独。之前这种愁思还不是很明确，还潜藏在意识深处，可当“陌头杨柳”出现后，这种情思就迅速地凝结、具体化了。因此，结句第一个字就是“悔”。这一“悔”有两层意思：一是悔“教”。如果没有自己的鼓动、激励，也许夫婿就不会离开了；二是悔教夫婿“觅封侯”。塞外路遥，回乡更是遥遥无期。但全诗通读下来，我们并没有感受到少妇内心的忧愁有多么的强烈。究其原因，当与盛唐初期鼓励边功有关。在时人眼中，投身塞外是“觅封侯”的一条终南捷径，“教夫婿觅封侯”的行为是少妇对夫婿建功立业的支持与鼓励，所以诗歌虽写闺怨，但格调仍显欢快，色彩明亮。

全诗层层铺垫，从一个天真、娇憨的少妇登楼写起，直到最后才点出闺怨的主题。手法上先扬后抑，艺术构思别具一格。少妇之闺怨产生于登楼望远那一刹那，之前是否真的不知愁，之后是否愁情满怀，或者愁情只存在于登楼那一段时间？对于这些，诗人全留给了读者自己去品味、琢磨。

古从军行

（唐）李颀[1]

白日登山望烽火，黄昏饮马傍交河[2]。
行人刁斗风沙暗[3]，公主琵琶幽怨多[4]。
野云万里无城郭，雨雪纷纷连大漠。
胡雁哀鸣夜夜飞，胡儿眼泪双双落。
闻道玉门犹被遮[5]，应将性命逐轻车[6]。
年年战骨埋荒外，空见蒲桃入汉家[7]。

【注释】

［1］李颀（690–751），东川（今四川三台）人，寄籍颍川许（今河南许昌），盛唐诗人。

［2］饮（yìn）马：使动用法，给马喂水。傍：沿着，顺着。交河：古县名，交河故城在今新疆吐鲁番市西郊。

［3］行人：出征的人。刁斗：古代军中煮饭用的铜锅，白天作炊具，晚上用于敲打巡逻以及报时。

［4］公主琵琶：西晋傅玄《琵琶赋·序》云："汉遣乌孙公主，念其行道思慕，使知音者载琴、筝、筑、箜篌之属，作马上之乐。"唐段安节《乐

府杂录》云:“琵琶，始自乌孙公主。”

［5］玉门：即玉门关，在今甘肃敦煌西。

［6］轻车：指西汉轻车将军李广利。

［7］蒲桃：今作“葡萄”。

【导读】

《从军行》为乐府旧题，“古”字是作者为避统治者忌讳所加。诗作明写汉事暗讽唐统治者穷兵黩武，对唐玄宗常年开边拓土却得不偿失进行了尖锐的讽刺。

全诗可分三层。开头四句为第一层，作者按时间顺序描写边关战士从早到晚的忙碌与辛苦：白天登山侦查敌情，傍晚照料战马，晚上还要巡逻打更。“风沙”和“琵琶”渲染出战士们紧张的边境生活和对征戍边境不得回家的思乡之苦。“风沙暗”既是边境艰苦环境的写照，同时也是战士内心低落心情的投影。五至八句为第二层，描写视角由内到外，进一步展现战士们的处境。“万里”从空间上写军营所在地偏僻而荒凉，再加上大漠雨雪纷飞的严寒，环境十分恶劣。“雨雪纷纷”与“幽怨多”前后呼应，映射出战士们复杂的内心情感。七八两句转从敌方入手，用胡雁悲鸣、胡儿落泪进一步表现戍边战士的悲哀，从而揭示出思乡这个不分国界、不分地域的共同情感主题。最后四句为第三层，作者引用《史记·大宛列传》中汉武帝欲求千里马而率意发动战争一事，讽刺当朝统治者为一己私欲不顾将士死活的行为。“玉门被遮”写军士归乡的希望被断绝，而“空见”二字更传递出作者对战士们的深切同情和对统治者穷兵黩武的强烈愤慨。

本首诗歌写景、叙事、抒情、议论兼具，逐层展现了戍边战士的艰难处境和复杂的情感世界，有力地揭示出反战的创作主题。

临洞庭湖赠张丞相

（唐）孟浩然[1]

八月湖水平，涵虚混太清[2]。
气蒸云梦泽[3]，波撼岳阳城。
欲济无舟楫，端居耻圣明[4]。
坐观垂钓者，徒有羡鱼情[5]。

【注释】

[1] 孟浩然（689—740），襄州襄阳（今湖北襄阳）人，盛唐诗人，擅五言，其诗多写闲适隐逸。张丞相：张九龄，唐玄宗时名相。

[2] 虚：虚空。太清：天空。二者在此处均指天空。

[3] 云梦泽：上古有云梦大泽，在今湖北南部、湖南北部一带。

[4] 端居：闲居。圣明：太平盛世。

[5] 羡鱼：《淮南子·说林训》："临渊羡鱼，不若归家结网"。

【导读】

这首诗是孟浩然写给当时宰相张九龄的干谒之作。前两联写景，后两联抒情，将壮阔之景与山野之士欲为国效力的报国之情很好地结合起来，反映出了盛唐的时代气象。

首联为临洞庭湖所见。“平”字形象地写出了洞庭湖水与岸齐平的壮阔画面，富有动态感。“涵虚”意为湖水宽阔，整个天空都倒映在水面上。“混太清”进一步写水面辽阔，水天相连。颔联由眼前景展开联想，上句写静，水汽无声地滋润着八百里云梦泽；下句写动，湖水奔涌拍打、撼动着岳阳城。作者采用了大小相衬和动静结合的艺术表现手法，以云梦大泽和岳阳城、洞庭湖进行对比，描写了洞庭湖之壮阔。这一联与杜甫《登岳阳楼》中“吴楚东南坼，乾坤日夜浮”历来被视为咏洞庭的两大名联，均是写景壮阔、气象万千。颈联转向抒情，“欲济”与“无舟楫”提出了一对矛盾。作者巧妙地将希望能够得到引荐的意图与渡湖融合起来，又怕对方不明白，再加上一句“端居耻圣明”，表明自己不愿意在家闲居，而是渴望能够为朝廷效力。尾联比喻巧妙，但仍扣紧洞庭湖。作者化用《淮南子·说林训》中“临渊羡鱼，不若归家结网”的说法，以湖边垂钓者喻张丞相，以鱼儿喻自己，表达了希望得到对方援手，成就一番事业的迫切心理。

将进酒

（唐）李白[1]

君不见，黄河之水天上来[2]，奔流到海不复回。
君不见，高堂明镜悲白发[3]，朝如青丝暮成雪！
人生得意须尽欢，莫使金樽空对月[4]。
天生我材必有用，千金散尽还复来。
烹羊宰牛且为乐，会须一饮三百杯[5]。
岑夫子，丹丘生[6]，将进酒，杯莫停。
与君歌一曲，请君为我倾耳听。
钟鼓馔玉不足贵，但愿长醉不复醒。
古来圣贤皆寂寞，惟有饮者留其名。
陈王昔时宴平乐[7]，斗酒十千恣欢谑。
主人何为言少钱，径须沽取对君酌[8]。
五花马[9]，千金裘，呼儿将出换美酒，与尔同销万古愁！

【注释】

[1] 李白（701–762），字太白，号青莲居士，唐代伟大的浪漫主义诗人，被后人誉为“诗仙”。将进酒：汉乐府旧题，属汉鼓吹铙歌。将

(qiāng)：请。

[2] 黄河之水天上来：黄河源于海拔较高的青藏高原，故得此说法。

[3] 高堂：一指父母，一指居室正厅，二说皆可。

[4] 金樽：古代盛酒器皿。

[5] 会须：应当。

[6] 岑(cén)夫子：指岑勋。丹丘生：元丹丘。二人皆为李白好友。

[7] 陈王：此处指陈思王曹植。平乐：指平乐观，是汉代显贵聚会场所。

[8] 径须：只管，尽管。沽：买。

[9] 五花马：泛指名贵的马。岑参《走马川行奉送封大夫出师西征》："五花连钱旋作冰。"

【导读】

开篇即是两个长句，"君不见"三字仿佛密集的鼓点，令人血脉偾张。黄河之水若从天边飞来，矫若惊龙，一幅辽阔的空间画面徐徐展开。紧接着情感急转而下，于一朝一暮之间浓缩了人的一生，使人深慨人生之短暂，进一步理解了首句黄河之水那滔滔不绝的背后所隐藏的时间长河的滚滚不息。个体之渺小与宇宙之永恒形成了强烈的对比，有力地表现出被"赐金放还"的诗人低落的情绪。然而自信、要强的诗人并没有沉浸在时光易逝、怀才不遇的痛苦中，而是大声喊出了"人生得意须尽欢""天生我才必有用，千金散尽还复来"的响亮口号。这既是对过往的不悔，也是对未来的美好展望。本是借酒浇愁的诗人在酒的刺激下，似乎完全忘却了现实的不如意，恢复了乐观开朗的本质。诗人开始沉浸在饮酒所带来的快乐之中。烹羊宰牛的大快朵颐、一饮三百杯的豪言壮语使诗情渐趋高潮。"岑夫子"后面连用四个短句，既展现了作者频频劝酒的殷切，也传达出了跳动、急促的情感韵律。作者诗兴大发，"钟鼓馔玉不足贵"以下八句即为作者当场之创作，可视为酒后吐真言之心声流露：富贵生活非我所愿，我期望的是成为匡济天下的能人，然而我与古人一样皆是寂寞之人，也唯有饮酒能使人忘怀这一切的不如意了。作者进而想到了与自己有着相似际遇的曹植，想到了陈王《名都篇》中“归来宴平乐，美酒斗十千”的欢乐，于是醉中仙的诗人又回来了。“五花马，千金裘，呼儿将出换美酒”一贯而下，形象地刻画出诗人兴高采烈，对主人指手画脚、大呼小叫的狂放形象。结句忽又急转而下，“万古愁”发出了古往今来多少贤人志士不得志于时的情感共鸣，也与开篇那久远辽阔的时空映照下的人生之悲遥相呼应。

《将进酒》为汉鼓吹铙歌，主要乐器为鼓、笳、铙等，音调低沉，节奏感强烈。这首乐府旧题充分展现了作者乐观自信、狂放不羁，但又怀抱忧愤、不吐不快的个性，诗情跌宕起伏，句式参差错落，可视为李白豪放飘逸诗风的代表作。

蜀道难[1]

（唐）李白

噫吁嚱[2]！危乎高哉！
蜀道之难，难于上青天！
蚕丛及鱼凫[3]，开国何茫然[4]。
尔来四万八千岁[5]，不与秦塞通人烟[6]。
西当太白有鸟道[7]，可以横绝峨眉巅[8]。
地崩山摧壮士死，然后天梯石栈相钩连[9]。
上有六龙回日之高标[10]，下有冲波逆折之回川[11]。
黄鹤之飞尚不得过[12]，猿猱欲度愁攀援[13]。
青泥何盘盘[14]，百步九折萦岩峦[15]。
扪参历井仰胁息[16]，以手抚膺坐长叹[17]。
问君西游何时还？畏途巉岩不可攀[18]。
但见悲鸟号古木，雄飞雌从绕林间。
又闻子规啼夜月，愁空山。
蜀道之难，难于上青天，使人听此凋朱颜！
连峰去天不盈尺，枯松倒挂倚绝壁。
飞湍瀑流争喧豗[19]，砯崖转石万壑雷[20]。

其险也如此，嗟尔远道之人胡为乎来哉！
剑阁峥嵘而崔嵬[21]，一夫当关，万夫莫开。
所守或匪亲[22]，化为狼与豺。
朝避猛虎，夕避长蛇。磨牙吮血，杀人如麻。
锦城虽云乐[23]，不如早还家。
蜀道之难，难于上青天，侧身西望长咨嗟[24]！

【注释】

［1］蜀道难：乐府旧题，内容多写蜀道之艰险。

［2］噫（yī）吁（xū）嚱（xī）：均为叹词，蜀地方言，表惊异或慨叹。

［3］蚕丛、鱼凫（fú）：传说中古蜀国两位君王。

［4］茫然：久远渺茫。

［5］尔来：从那时以来。

［6］秦塞：秦地。

［7］当：对着，向。鸟道：形容山路狭小，人不能通行。

［8］横绝：横越。

［9］摧：倒塌。地崩山摧壮士死，然后天梯石栈相钩连：指秦惠王时遣五个力士开山，才使秦、蜀两地相连通。

［10］六龙回日：形容山之高，连羲和所驾六龙之车都不得过。

［11］回川：有漩涡的河流。

［12］鹤：通“鹄”（hú）。

［13］度：通“渡”。

［14］青泥：青泥岭。盘盘：形容山路曲折。

［15］萦：萦绕。

［16］扪：触摸。参、井：指参宿七星、井宿八星，为秦蜀星空分野。胁息：屏息。

［17］膺：胸。

［18］巉（chán）岩：陡峭险峻的山岩。

［19］喧豗（huī）：喧闹声。

［20］砯（pīng）：水流冲击。转：使……转动。

［21］剑阁：栈道名。峥嵘、崔嵬（wéi）：形容山势高峻。

［22］匪：通“非”。

［23］锦城：成都别名。

［24］咨嗟：叹息。

【导读】

此诗写作时间与主旨尚无定论，一般认为是为送友人入蜀所作。从诗歌结构来看，全诗围绕“蜀道之难，难于上青天”的三次咏叹串联起对蜀道从远古到现实的想象与描绘，情感大起大落，刻画出一幅幅神奇变幻的山水图景，也传达出作者对社会现实的关注与理想难成的悲愤之情。

蜀道之难，难在何处？在其高、其险！故诗歌一开始就是两声惊叹，紧接着“危乎高哉”对蜀道之高的两重叠加，总领起对蜀道的整体印象。下面分三层铺写蜀道之高、之险。第一层纯从历史的想象入手：蜀道与外界联通是如此之难，太白峰横亘秦蜀两地之间，高耸云间，只有飞鸟才能横渡。作者先以夸张的手法再现了远古时代蜀地四周高山环绕、与世隔绝的地理环境，接着又用传说中“五丁”开山的神话渲染出开辟蜀道的艰难。人民战胜大自然的豪情、慷慨乐观的情感主旋律豁然而出。

第二层从“上有六龙回日之高标”至“使人听此凋朱颜”，描写蜀道险要的地理环境。作者先用驾驭六日的太阳神羲和仍为蜀道所挡来强化蜀道高峻的印象，又用江水激荡拍打山崖、善飞的黄鹤和善攀缘的猿猴都在蜀道面前束手无策来侧面渲染蜀道的高与险，从而进一步勾勒出蜀道“难于上青天”的整体形象。接下来作者选取了蜀道中最为险要的青泥岭进行细致刻画：山路盘旋仿佛突入星空，山岩陡峭令人望而生畏。眼前所见是古木森森，耳边环绕的是阵阵子规鸟的悲鸣声，这不禁引发了作者“蜀道之难，难于上青天”的再次喟叹。“连峰”以下四句写青泥岭上纵目远望的所见所闻。高峰、绝壁、枯松、飞瀑，还有那由远至近的隆隆水声，交织成一幅惊心动魄的奇幻景象，在“嗟尔远道之人，胡为乎来哉”的感慨中，诗情达到了高潮。

第三层从“剑阁峥嵘而崔嵬”至全文结束。蜀道之难还在于其易守难攻的军事意义。剑阁是扼守入蜀通道的天然要塞，如果交给居心叵测的人镇守，容易给国家和人民带来灾难。也正因此，在歌颂了蜀道的雄奇险峻之后，诗人自然转向了对入川友人的担心。结尾“蜀道之难，难于上青天”的第三次咏叹也就带有更多的蕴涵：既承前由蜀道之险引发的“远方之人，胡为乎来哉”的嗟叹，又念及蜀地政局变幻，担心友人入蜀之行是否顺利，这不禁使得作者“侧身西望常咨嗟”！

全诗以想象起、以想象结，配合长短错落的散文句式，淋漓尽致地表现了蜀道奇险危峻的特点，“蜀道之难，难于上青天”的反复咏叹更使诗情跌宕起伏，令人心潮澎湃。

宣州谢朓楼饯别校书叔云[1]

（唐）李白

弃我去者，昨日之日不可留；
乱我心者，今日之日多烦忧。
长风万里送秋雁[2]，对此可以酣高楼。
蓬莱文章建安骨[3]，中间小谢又清发[4]。
俱怀逸兴壮思飞[5]，欲上青天览明月[6]。
抽刀断水水更流，举杯消愁愁更愁。
人生在世不称意，明朝散发弄扁舟[7]。

【注释】

[1] 谢朓（tiǎo）：即小谢，区别于大谢（谢灵运）。谢朓楼：谢朓任宣城太守时所建。叔云：李白的叔叔李云。题一作《陪侍御叔华登楼歌》。

[2] 长风：大风。

[3] 蓬莱：东汉学者称藏书繁多的东观为道家蓬莱山，此处喻指李云文章精美。建安骨：建安风骨。

[4] 中间：指南朝，南朝恰处于汉唐中间。清发：清新秀发。

[5] 逸兴：豪放、超逸的兴致。

［6］览：通“揽”，摘取。

［7］明朝（zhāo）：明天。

【导读】

开头两句为诗歌第一层，点出送别的主题。起笔便是直抒，发音短促而决绝的九个仄声字一下子就把读者带进作者对事物逝去的痛苦和无奈的感受之中，如黄河之水突兀而来，一开始便掀起巨大的情感波澜，扣人心弦。次句十一个字平声字与仄声字参半，如山间之洪水骤入平川，更显起伏之势。幽韵的运用进一步传达出心绪烦乱、绵长不尽的忧思，使作者陷入情感低谷。

第二层为接下来三句。“长风”以下情感突兀振起。李白“一生低首谢宣城”（王士祯《论诗绝句》），如今身处谢眺楼更是倍感兴奋。眼前所见长空万里、风送雁阵的阔大景象使诗人忘却了内心的烦忧，也激发了诗人酣饮尽欢的逸兴，畅游于汉魏以来的文学时空中。“蓬莱文章建安骨”既是对建安文风的赞赏，又暗合李云秘书省校书郎的身份，称赞其文上追汉魏，风格刚健。“中间小谢又清发”则扣合谢朓楼，同时也有自比谢朓才思清俊秀发之意。这两句既表达了李白对汉魏以来文学的欣赏，也切合主客双方的身份。“俱怀逸兴壮思飞，欲上青天览明月”写主客尽欢，乃至生发“览明月”的奇想。从前面望长天秋雁的时间来看，此处的明月明显不是实写，更多是作者借以摆脱现实烦恼，实现身心自由的期盼，也可视为一生追求的象征。从长风万里至踏空揽月，从现实空间到想象世界，诗情至此达到了高潮。

第三层为最后两句。当作者从想象世界回到现实空间时，豪迈消失了，愁苦又成为主旋。“抽刀断水水更流”写得极为曲折，此水既是谢朓楼前的宛溪水，也是现实世界的种种不如意汇聚而成。然而作者并不甘心就此沉沦，“抽刀断水”是其一次又一次的努力，“愁更愁”则是其结果。作者无法解决“不称意”

的现实和“览明月”的理想的矛盾，也只能故作洒脱，以“散发弄扁舟”来自我慰藉。

全诗情感跌宕起伏，落差极大，形象地描写出作者怀抱远大理想，却岁月蹉跎、壮志难酬的痛苦。

登金陵凤凰台[1]

（唐）李白

凤凰台上凤凰游，凤去台空江自流[2]。
吴宫花草埋幽径[3]，晋代衣冠成古丘[4]。
三山半落青天外[5]，一水中分白鹭洲[6]。
总为浮云能蔽日，长安不见使人愁。

【注释】

［1］凤凰台：旧址在南京市南凤凰山，相传南朝刘宋时有凤凰栖集于此，故筑此台。

［2］江：长江。

［3］吴宫：三国吴、东晋都曾建都于金陵。

［4］衣冠：古代指士以上阶层的衣服，此处指晋代的名门望族。

［5］三山：山名。

［6］一水：指秦淮河。白鹭洲：古代长江中沙洲，今已不存在。

【导读】

此诗为登临怀古之作，抒发了作者忧时伤世之情。关于诗歌的写作时间尚无定论，一般认为是744年李白被“赐金放还”后漫游吴越时所作。

首联写登高，却从久远的传说下笔。历史的沧桑变化、江水的亘古长流以及人生的短暂渺小，交织成一片苍茫辽阔的诗境。其间凤凰的三次出现又营造出情感的起伏变化。凤凰自古为祥瑞，古人认为每逢太平盛世，就有凤凰飞来栖息。“凤凰台上凤凰游”即是对南朝繁华的追忆。下句“凤去台空江自流”急转而下，“去”“空”“自”三字辗转出繁华逝去与江水长流的强烈对比。

二三两联承首联语意，颔联追思历史，颈联注目当下。作者站在凤凰台上抚今追昔：当年繁华热闹的宫廷如今已荒草丛生，昔日的风流人物也早已随风逝去，唯一不变的只有自然山川。在历史与自然的对照中，作者进一步写出了“凤去台空江自流”的感慨。颈联一转，情绪突然高涨，诗人回到了现实，眼前的美景激发了他的诗兴，远处并峙的“三山”在云气中忽隐忽现，仿若天外仙山，令人有出尘之想。近处秦淮河蜿蜒向西，被河中的白鹭洲一分为二，美不胜收。

尾联由实转虚。作者登台西望，视线越过了青天外的“三山”，却被层层叠叠的浮云所遮挡，不由得又感慨万千。浮云既是眼前实景，又具有深层的象征内涵。李白一生执著于实现政治抱负，公元742—744年间的长安生涯是其实现宏伟抱负的最佳时期，但最终却不得不黯然离开。西北望长安，怎奈长安不可见，因为“浮云”遮蔽了“日”，阻挡了前行的道路。结句“长安不见”四字既呼应诗题，又深化了主旨，写出了作者忧虑国事又报国无门的深深悲怆，“使人愁”三字看似直抒，却又含蓄不尽。

燕歌行

（唐）高适[1]

开元二十六年，客有从御史大夫张公出塞而还者[2]。作《燕歌行》以示适，感征戍之事，因而和焉。

汉家烟尘在东北[3]，汉将辞家破残贼[4]。
男儿本自重横行[5]，天子非常赐颜色[6]。
摐金伐鼓下榆关[7]，旌旆逶迤碣石间[8]。
校尉羽书飞瀚海[9]，单于猎火照狼山[10]。
山川萧条极边土[11]，胡骑凭陵杂风雨[12]。
战士军前半死生，美人帐下犹歌舞。
大漠穷秋塞草腓[13]，孤城落日斗兵稀。
身当恩遇常轻敌[14]，力尽关山未解围。
铁衣远戍辛勤久，玉箸应啼别离后。
少妇城南欲断肠[15]，征人蓟北空回首[16]。
边庭飘飖那可度[17]，绝域苍茫无所有[18]。
杀气三时作阵云[19]，寒声一夜传刁斗[20]。
相看白刃血纷纷，死节从来岂顾勋[21]。
君不见沙场征战苦，至今犹忆李将军[22]。

【注释】

[1] 高适（约 704– 约 765），字达夫、仲武，郡望渤海蓨（今河北景县）人，盛唐诗人。

[2] 张公：指张守珪，当时拜辅国大将军兼御史大夫。此前任幽州节度使，与奚、契丹多有战事。

[3] 烟尘：烽烟，征尘，借指战争、战乱。汉家、汉将：唐人诗中常有以汉喻唐的写法。

[4] 残贼：凶残暴虐的敌人。

[5] 横行：纵横驰骋，多指战场上所向无敌。

[6] 非常：不同寻常。赐颜色：赐予荣耀。

[7] 摐（chuāng）：击打，敲打。榆关：山海关。

[8] 旌（jīng）旆（pèi）：各种旗帜。碣石：山名。

[9] 羽书：插有羽毛的紧急文书。瀚海：指大沙漠。

[10] 单于：匈奴君主的称号，此处指敌人的首领。狼山：阴山。瀚海、狼山：泛指战场。

[11] 极：到。

[12] 凭陵：威逼侵犯。

[13] 腓：枯萎。

[14] 常：一作“恒”。

[15] 城：长安城。

[16] 蓟北：指蓟州、幽州一带战场。

[17] 边庭飘飖：一作“边风飘飘”。度：过。

[18] 无所：一作“更何”。

[19] 三时：指早晨、中午、晚上，泛指一天。阵云：战云。

［20］刁斗：古代军中煮饭用的铜锅，白天作炊具，晚上用于敲打巡逻以及报时。

［21］死节：为国捐躯。勋：功劳。

［22］李将军：指汉将军李广。此句以此时无李广暗讽边关无人。

【导读】

《燕歌行》本为乐府旧题，多写闺怨。高适率先用于写边关时事。此诗揭露军中苦乐不均，赞颂将士报国热情，为盛唐边塞诗代表作之一。

全诗二十八句，共分四层。第一层为前八句，写大军出征。“汉家烟尘在东北，汉将辞家破残贼”两句以汉喻唐，点明战事发生在东北。“男儿本自重横行，天子非常赐颜色”两句写受到天子特别恩遇的领兵大将率兵出征。“横行”二字隐隐点出大将之骄横，为后来战事失利埋下了伏笔。“摐金伐鼓下榆关，旌旆逶迤碣石间”两句渲染大军出发的情景，号角齐鸣，军力强盛。“下”字则点出大军行军迅速。“校尉羽书飞瀚海，单于猎火照狼山”中“飞”“照”进一步写出军情紧急，敌人力量强大。

第二层为接下来八句，写战争的过程和结局。大军到达战场，与敌人展开了激战。作者用战场的广阔和敌人狂风暴雨一样的攻击来展现战争的规模和残酷性。“战士军前半死生，美人帐下犹歌舞”两句以半死生的战士与听赏歌舞的将领作对比，揭示出军中苦乐不均的现实，暗示战事的结局。塞外衰草连天、落日孤城的衰飒之景则进一步烘托出敌不寡众的悲剧氛围。“轻敌”二字点出战事失利的原因，“力尽关山”与“半死生”互相照应，歌颂了战士们身沐国恩、誓死报国的精神和藐视敌人的大无畏气概。

第三层八句转写征人、思妇的两地相思。“铁衣远戍辛勤久，玉箸应啼别离后”两句先写征人远戍之苦，再述思妇离别之悲。“少妇城南欲断肠，征人蓟北空回首”两句中，上句写思妇念夫，下句写征人思妻。四句回环错落，又两两对比，形象地刻画出征人、思妇相思之深。后四句承“空回首”写征人绝境下的凄凉：相隔万里，音信难通，彻夜难眠，永无见期！这段心境的描写揭示出绝望的根源就在于将领的好大喜功、骄横轻敌，从而对诗歌主题做了更进一步的阐发。

第四层为最后四句，作者以议论的方式进行总括。“相看白刃血纷纷，死节从来岂顾勋”热情地赞颂为国捐躯的勇士，“君不见沙场征战苦，至今犹忆李将军”拈出了汉将军李广作结，深化了诗歌主旨：在这样一个开疆拓土、建功立业的时代，有热血报国的战士，还需要有像李广那样的名将啊！

望岳

（唐）杜甫[1]

岱宗夫如何[2]？齐鲁青未了[3]。
造化钟神秀，阴阳割昏晓[4]。
荡胸生曾云[5]，决眦入归鸟[6]。
会当凌绝顶[7]，一览众山小[8]。

【注释】

[1] 杜甫（712–770），字子美，自号少陵野老，祖籍襄阳，寄居巩县（今河南巩义），唐代伟大的现实主义诗人。

[2] 岱宗：泰山亦名岱山，为五岳之首，故名岱宗。夫（fú）：表疑问语气。

[3] 齐鲁：古代齐、鲁两国以泰山为界，后用齐鲁代指山东地区。

[4] 阴阳：山北为阴，山南为阳。此句写泰山之高峻，山南、山北有晨昏之别。

[5] 荡：清除，洗涤。曾：同“层”，层层叠叠。

[6] 眦（zì）：眼角。

[7] 会当：一定要。凌：登上。

[8] 小：以……为小。

【导读】

此诗为作者漫游齐赵时期所作。诗歌描写泰山并没有使用常见的移步换景或以其他景物烘托渲染的手法，而是别出心裁地从“望”的角度入手，以泰山为视觉中心，从不同的角度写出了泰山的高峻兀立。全诗充满了青年的意气与远大的理想，气势雄浑，寄托深远。

首联出句“夫如何”三字形象地表达出作者远远见到泰山时内心的激动、忐忑、惊喜等情感。对句着眼于泰山独特的地理位置。它横跨齐鲁两地，连绵不断的青翠山色在极远的地方都能看到，这是从远望写泰山的高大雄峻。

颔联从近处望泰山。诗人用“钟”“割”两字描绘出近望泰山的惊喜和震撼：泰山太美了，可谓集天地之灵秀。泰山太高了，仿佛一把长剑割裂了太阳光线，把白天和黑夜分开了。

颈联写局部细望。云气蒸腾如仙境般的山间美景荡涤尽心中的俗世尘息。诗人用“决眦”来形容目光的专注。暮色渐临，鸟已归巢，而诗人还沉浸在泰山的美景之中。

尾联写展望。“会当”是由眼前壮丽之景而产生的凌云之志。泰山自古是帝王封禅之地，对于有志于“致君尧舜上，再使风俗淳”(《奉赠韦左丞丈二十二韵》) 的诗人而言，“望岳”其实就是其对理想的传达，而“一览众山小”更是年轻的诗人渴望建功立业的自信宣言！

茅屋为秋风所破歌

（唐）杜甫

八月秋高风怒号，卷我屋上三重茅。

茅飞渡江洒江郊，高者挂罥长林梢[1]，下者飘转沉塘坳[2]。

南村群童欺我老无力，忍能对面为盗贼[3]，公然抱茅入竹去[4]。

唇焦口燥呼不得，归来倚杖自叹息。

俄顷风定云墨色[5]，秋天漠漠向昏黑。

布衾多年冷似铁，娇儿恶卧踏里裂。

床头屋漏无干处[6]，雨脚如麻未断绝。

自经丧乱少睡眠[7]，长夜沾湿何由彻[8]？

安得广厦千万间，大庇天下寒士俱欢颜，风雨不动安如山。

呜呼！

何时眼前突兀见此屋[9]，吾庐独破受冻死亦足！

【注释】

[1] 罥（juàn）：挂。长（cháng）：高。

[2] 坳（ào）：水边低地。

[3] 对面：当面。

[4] 竹：竹林。

[5] 俄顷（qǐng）：不一会儿，片刻。

[6] 屋漏：指房子西北角，因古人习惯于此处开天窗使光线射入，故称“屋漏”。床头屋漏：泛指整间屋子。

[7] 丧乱：指安史之乱。

[8] 彻：透，指一夜到晓。

[9] 突兀：高耸状。

【导读】

诗作一开篇就是令人眼花缭乱的纷乱场面，诗人眼睁睁地看着狂风把辛辛苦苦搭就的茅屋顶上的茅草给吹飞、吹走了。“八月”到“下者”五句中，作者用卷、飞、洒、挂罥、飘转等一系列动作，视角自下而上，自近而远，展现了一幅流动的画面。这五句是诗歌的第一个层次，写诗人面对屋上茅草被狂风卷走的焦虑。

第二层为“南村”到“归来”五句。表面上写群童欺老，实则暗示了诗人的窘迫处境。孩童是不晓世事，但他们的捉弄却使诗人陷入了困境，为下文“屋漏”埋下了伏笔。“自叹息”三字不仅是年老体弱无力阻止的无奈，更强化了独自伤感、无人同情的悲凉。

第三层为“俄顷”到“长夜”八句。“俄顷风定云墨色、秋天漠漠向昏黑”展现了深秋风雨欲来，天色黯淡的黄昏图景。紧随着大雨到来，屋中四处漏雨。破旧的布衾被雨水打湿，又冷又硬。孩子睡相不好，把被里都踢裂了。面对这一场景，诗人不由迸发出了郁积已久的悲愤。“丧乱”二字点出了造成自己艰难处境的罪魁祸首，而“少睡眠”既是流离失所的漂泊生活的反映，也是作者忧心忡忡、心系天下的必然结果。“长夜沾湿何由彻”更进一步表达了诗人渴望叛乱早日平定的迫切愿望。

最后六句为第四层。这一层为诗人忧国忧民情感的集中爆发，也是诗歌最具情感力量的所在，尤其是最后一句“吾庐独破受冻死亦足”，九个字中用了八个仄声字，把那种斩钉截铁、毋庸置疑的激烈情感表达得淋漓尽致，刻画出一个忧国忧民、先人后己的爱国诗人形象。

全诗按时间顺序表达了流离甫定的诗人在辛苦搭建的草堂被狂风暴雨摧残后的无奈与无助，但诗人并没有一味地抒写个体的感伤愁苦，而是将其放置于安史之乱未定、老百姓流离失所的大背景下，由家到国、由一己到天下，传递出了天下寒士的共同心声：早日结束战乱，早日结束人民的苦难、时代的苦难！

登　高[1]

（唐）杜甫

风急天高猿啸哀，渚清沙白鸟飞回[2]。
无边落木萧萧下[3]，不尽长江滚滚来。
万里悲秋常作客，百年多病独登台[4]。
艰难苦恨繁霜鬓[5]，潦倒新停浊酒杯[6]。

【注释】

[1] 杜甫所登之处为夔州白帝城外的高台。农历九月九自古有登高的习俗，此诗是否作于此日已不可考。

[2] 渚（zhǔ）：水中之小块陆地。回：回旋。

[3] 落木：落叶。萧萧：风鸣声。

[4] 百年：泛指人的一生，此处喻指晚年。

[5] 繁：增多。

[6] 潦倒：失意的状态。

【导读】

此诗作于大历二年（767）杜甫寓居夔州时期。此时诗人疾病缠身、生活依旧困苦，故而登台远望，百感交集。

全诗四联皆对，分别从四个角度抒写了诗人漂泊一生、老病孤愁的愁苦之情。首联从远处落笔，视线自上而下。诗人以密集的意象渲染出了一幅天高风急、清冷衰飒的秋景图。视野中盘旋于天的孤鸟以及耳边传来的阵阵哀鸣声既为这幅秋景图增添了灵动的色彩，又巧妙地暗示了诗人登高之孤寂、愁苦。

颔联写近景，进一步渲染出壮阔的空间画面。这一联与首联相承，却以空间来表现时间，不管是无边之落叶还是滚滚之长江水，都指向作者年华老去、壮志难酬的深沉感慨。

颈联为颔联感慨的具体呈现，抒写了诗人一生漂泊流离、身心俱疲的愁苦之情。上句重在悲秋，“万里”写离家之远，“常”表达频率之高，思乡之情不可谓不浓；下句重在写独，“百年”即暮年，“多病”写处境，愁苦之情不可谓不深。

尾联作结。“艰难苦恨”四字似淡实浓，写出了作者的一生。这双鬓因为国事奔走而斑白，这一生因忧愁国事而潦倒，但作者依然无怨无悔。

四联由远至近，时空交错，最后推出了一个两鬓斑白、多愁多病的老诗人的特写镜头。与高台天地相比，作者是那么渺小，但在读者心中，却永存着一个顶天立地的爱国诗人形象。

白雪歌送武判官归京

（唐）岑参[1]

北风卷地白草折[2]，胡天八月即飞雪[3]。
忽如一夜春风来，千树万树梨花开。
散入珠帘湿罗幕[4]，狐裘不暖锦衾薄[5]。
将军角弓不得控[6]，都护铁衣冷难着[7]。
瀚海阑干百丈冰[8]，愁云惨淡万里凝。
中军置酒饮归客[9]，胡琴琵琶与羌笛。
纷纷暮雪下辕门[10]，风掣红旗冻不翻[11]。
轮台东门送君去[12]，去时雪满天山路[13]。
山回路转不见君，雪上空留马行处。

【注释】

［1］岑参（约715–770），南阳（今河南南阳）人，其诗具有“语奇体峻，意亦造奇”（殷璠《河岳英灵集》）的特点。判官：官职名，唐代节度使幕下僚属，掌书记。

［2］白草：西域牧草名，秋天变成白色。

［3］即：就。

［4］罗幕：丝织品做成的帐幕。

［5］狐裘：狐皮袍子。锦衾：锦缎做的被子。

［6］控：拉开。

［7］难着：一作“犹着”。着：亦作“著”，穿（衣）。

［8］瀚海：沙漠。阑干：纵横交错的样子。

［9］中军：主帅的营帐。饮：使动用法，使……喝。

［10］辕门：军营的门。

［11］掣：拉扯。翻：翻动，翻转。

［12］轮台：地名，在今新疆维吾尔自治区。

［13］去：离开。

【导读】

全诗分两层，第一层为“北风”到“愁云”等十句，以歌白雪为主。第二层为“中军”到“雪上”等八句，以送别为主。诗歌表达了作者对北方雪景的惊异、赞美之情，并以其为送客的大背景，于离别中传递出昂扬乐观的浪漫主义情怀。

诗歌起始两句就展现了一幅奇特的北地雪景图。“卷”“折”写风力之强，“即”突出惊喜的突如其来。三四句从时空入手，“一夜”强调时间之短，“千树万树”体现空间之广阔，又与“即”字形成呼应。五六句写室内之寒，“入”“湿”写酷寒难以阻挡，“狐裘不暖锦衾薄”夸张而真实，有身历其境之感。七、八句的视角由内而外，通过将军“控弓”“穿甲”两个细节描写户外之寒。九、十句进一步将奇寒扩散至广阔的天地间，沙漠结冰了，甚至连空中的云朵也仿佛被冻结，至此一幅雪景图已然完成。

第二层承接第十句的“愁”字，由对塞外奇寒的描写转至抒发送别之情。武判官的离去是赴京师升迁的喜事，所以第二层一开始就是中军营帐之中的热闹欢庆，“胡琴琵琶与羌笛”三种带有异域风情的乐器渲染出主客尽欢的歌舞场景。随着时间的推移，终于到了分别的时刻。送别的场景在辕门外，依然是奇寒，风雪之大使红旗迎风展得笔直，仿佛被冻住一样，故说“冻不翻”。不仅如此，那一抹鲜红又与茫茫白雪形成鲜明的对比。如果说茫茫白雪喻示着塞外征戍的艰苦，那么那耀眼而坚定的红旗就是将士们苦中作乐、斗志昂扬的象征。末尾四句写最终的离别。虽然“雪满天山”阻隔去路，但主人殷切的挽留也无法阻止行人的远行。随着马儿渐行渐远，一行行的马蹄印绵延向远方……末句以景作结，道出了说不尽的独孤、惆怅之情，也拓展了诗歌的艺术想象空间。

逢雪宿芙蓉山主人

（唐）刘长卿[1]

日暮苍山远[2]，天寒白屋贫[3]。

柴门闻犬吠，风雪夜归人。

【注释】

[1] 刘长卿（约 726- 约 786），字文房，宣城（今属安徽）人，中唐诗人。芙蓉山：在今湖南境内，具体地点未知。此时作者漂泊于湖湘间。

[2] 苍：青色。

[3] 白屋：简陋的茅草屋，一般指贫苦人家。亦指白雪覆盖的屋子。

【导读】

此诗用平实的语言勾勒了一幅夜宿寒山图，情感含而不露，意味隽永。

首句“日暮苍山远”写行人在路上的所见所感。诗人从时间与空间的角度对行人的心理进行了刻画。“日暮”两字带有时间渐渐推移的意思，太阳渐渐下山了，可是还没有看到可以借宿的人家，这对赶路的行人造成了心理上的焦虑，从而使其现实视觉空间转化为心理视觉空间，感觉山路似乎无穷无尽，“远”字点出了这一变化。

次句“天寒白屋贫”进一步点题。“天寒”暗指下雪，“白屋”可以理解为房子被白雪覆盖，然而又不仅于此。随着行人的接近，这才发现这间房子搭建简陋，是贫苦人家所居。因此，这里的“白屋”实际上有两层含义，一是白雪覆盖之屋，一是“家徒四壁”之屋。“贫”字则强调了后一种含义。

“柴门闻犬吠，风雪夜归人”两句在时间上又有一个跳跃。诗人并没有交代如何借宿、主人家如何热情接待，而是直接转到深夜，从听觉角度进行描写。首先入耳的是柴门开合声、犬吠声，然后是风雪声、说话声，各种声音在作者的脑海中不断出现、交织，形成了一幅热闹的场景。

这首诗约作于诗人被贬睦州司马之后。在遭贬途中留宿芙蓉山主人家感受到这样一份温馨，对于心情低落的作者而言，无疑是一种莫大的安慰。这也使得结句带上了某种象征意味——“风雪”虽大，“夜”虽深黑，但心有归宿，故不畏前行。

夜上受降城闻笛

（唐）李益[1]

回乐烽前沙似雪[2]，受降城外月如霜。
不知何处吹芦管[3]，一夜征人尽望乡。

【注释】

[1] 李益（约 748– 约 829），字君虞，陕西姑臧（今甘肃武威）人，中唐诗人。受降城：贞观二十年，唐大宗在灵州（今宁夏回乐县）接受突厥一部的投降，故称灵州城为“受降城”。

[2] 回乐烽：回乐县的烽火台。

[3] 芦管：即芦笳，古代一种以芦叶为管的管乐器。

【导读】

这是一首乡情诗，作者借月传情，表达了戍边将士对家乡的思念之情。“回乐烽前沙似雪，受降城外月如霜”两句写月下塞外景色。远处烽火台矗立在如雪般的大沙漠中，城外的月光也仿佛为地面铺上了一层薄霜。戍守边关的战士远离家乡，只能通过遥望明月来寄托思乡之苦。作者用“雪”“霜”两个寒意逼人的意象为受降城之景物添上了凄冷、荒凉的色调，也用如雪似霜的月光引发了战士们不尽的思乡之情。作者巧妙地把这份情感融入景物描写之中，不言情而情自现，同时也为下面两句正面抒写思乡之情做了铺垫。“不知何处吹芦管”转从声音入手，用充满异域情调的芦笛声推动思乡情感高潮的到来。“不知何处”从空间角度渲染出听笛者内心迷茫、失落的心情，与前两句凄迷、冷清的月色浑然一体。“一夜征人尽望乡”则将时间与空间结合起来，“一夜”两个仄声字从时间角度强调历时之长，“尽望乡”从空间角度渲染规模之大。悠扬、哀怨的芦笛声和冷清的月色、城头征人望月思乡就这么合而为一，有声、有色、有情！

寒地百姓吟

（唐）孟郊[1]

无火炙地眠[2]，半夜皆立号[3]。
冷箭何处来，棘针风骚骚[4]。
霜吹破四壁[5]，苦痛不可逃。
高堂搥钟饮[6]，到晓闻烹炮[7]。
寒者愿为蛾，烧死彼华膏[8]。
华膏隔仙罗[9]，虚绕千万遭[10]。
到头落地死[11]，踏地为游遨[12]。
游遨者是谁？君子为郁陶[13]！

【注释】

[1] 孟郊（751–814），字东野，湖州武康（今浙江德清）人，中唐诗人。孟郊是中唐韩孟诗派的代表人物，其诗与贾岛并称，有“郊寒岛瘦”（苏轼《祭柳子玉文》）之说。

[2] 炙地：烧地。

[3] 号：大声哭，大声呼叫。

[4] 棘针：有刺的草木，此处用来形容风像针刺一样，“冷箭”亦是此意。

骚骚：形容风力强劲。

［5］霜吹：指寒风。

［6］搥：同“捶”，敲打。

［7］烹炮（páo）：烧、煮、熏、炙。

［8］华膏：指富贵人家饰有华彩的灯烛。

［9］仙罗：丝罗帷幔。

［10］遭：遍。

［11］到头：倒头。

［12］游遨：嬉游、游逛的人。

［13］郁陶：忧思积聚的样子。

【导读】

诗歌题下有诗人自注：“为郑相其年居河南，畿内百姓，大蒙矜恤。”然而诗人并没有在诗歌中涉及这方面的内容，而是从百姓的境况入手，以赋体形式再现了当时社会贫富两极分化的不公正现象，寓意深刻。

开头“无火”到“苦痛”六句写身处苦寒之中的百姓生活，描写非常具体形象。孟郊一生清贫，仕途又异常艰辛，对下层人民的生活自然非常熟悉。他的诗歌对民间疾苦的揭示常蕴含着自身的深刻体会，尤其是对下层人民心理的刻画非常深刻。“无火炙地眠，半夜皆立号”两句所展现的就是处于苦寒中的老百姓的真实境遇。在寒冷的冬夜，老百姓没钱买柴烧炕，只能把地烧热了然后借着余热席地而卧，结果半夜被冻醒，站起来边跺脚边喊冷。“皆”字写出了广泛性，这就是无数贫寒大众的苦难生活。“冷箭何处来，棘针风骚骚。霜吹破四壁，苦痛不可逃”四句写老百姓的居所。“冷箭”“棘针”两个比喻用以形容钻墙而入的缕缕寒风。因墙壁四处都有破洞，所以用了“何处来”进行发问。“骚骚”则强调风力强劲，吹在人身上就像箭戳针扎一样。诗人又进一步说寒风“破四壁”，则不仅风力之强可知，墙壁破洞之大亦已显明，故以“苦痛不可逃”结束。这六句写尽了百姓的苦寒之痛，“不可逃”即无处逃之意。

紧接着，诗人插入一幅达官显贵之家的夜宴图，“高堂搥钟饮，到晓闻烹炮”。苦寒百姓饥寒交加，而富贵人家通宵鸣钟宴饮，烹煮食物的香气远近可闻。这幅“高堂烹炮”的画面与百姓的“寒夜立号”形成了强烈的对比，道出了百姓苦难生活的根源。

“寒者”以下六句转回来继续写百姓的苦难。正因为苦痛无处逃，所以宁愿化身为蛾扑火而死，只为暂时免去饥寒之苦，这是多么绝望，多么煎熬！然而连这点可怜的希望也无法实现。“虚绕千万遭”的现实决定了老百姓“到头落地死”的悲惨命运，他们的尸骸还被那些“游遨”者无情地践踏。生不可得，死亦受摧残。

如果说诗的前面诗人还能冷静地进行客观描写的话，那么末尾两句就是忍无可忍的质问：“游遨者是谁？君子为郁陶！”在贫富对立、阶级矛盾尖锐的社会制度下，老百姓永远无法摆脱饥寒交迫、饱受欺压的悲惨命运，这是任何一个正直的人所无法忍受的。

听颖师弹琴

（唐）韩愈[1]

昵昵儿女语[2]，恩怨相尔汝[3]。
划然变轩昂[4]，勇士赴敌场。
浮云柳絮无根蒂，天地阔远随飞扬。
喧啾百鸟群[5]，忽见孤凤皇。
跻攀分寸不可上[6]，失势一落千丈强。
嗟余有两耳，未省听丝篁[7]。
自闻颖师弹，起坐在一旁。
推手遽止之，湿衣泪滂滂[8]。
颖乎尔诚能，无以冰炭置我肠[9]！

【注释】

［1］韩愈（768–824），字退之，河阳（今河南孟县）人，郡望昌黎，世称“韩昌黎”，谥文，又称“韩文公”，中唐古文运动的倡导者，韩孟诗派的代表人物。颖师：元和年间的长安僧人，名颖，善弹琴。

［2］昵昵：亲密、热切的样子。

［3］尔汝：你我。

［4］划然：突然，一下子。

［5］喧啾（jiū）：吵闹嘈杂。

［6］跻（jī）攀：攀登。

［7］未省：不明白，不懂。

［8］滂滂：形容眼泪流得很多。

［9］无以：犹勿以，不要用。

【导读】

全诗可分两个层次。前十句为第一层，极写颖师琴声之动听。诗人运用各种艺术手段，打通感官界限，为读者展现了极富表现力的形象画面。开头“昵昵儿女语，恩怨相尔汝”两句写琴声初起。诗人用青年男女缠绵低语、娇嗔怨怒形容乐声的婉转轻柔，带给人一种甜蜜、温柔的感觉。紧接着“划然变轩昂，勇士赴敌场”，乐音“划然”一变，从温柔乡中直接转换到沙场厮杀，突然高亢、挺拔。然后“浮云柳絮无根蒂，天地阔远随飞扬”两句，琴声又转为悠扬不尽，仿佛沙场征战后天高云阔，只有那柳絮随着微风飘飘荡荡，令人产生宁静悠远之思。可这份宁静没有保持多久，乐音再一转，“喧啾百鸟群，忽见孤凤皇”，一幅百鸟齐鸣的喧闹画面浮然而出，我们仿佛看到了一只凤凰逐渐飞腾而上。可是“跻攀分寸不可上，失势一落千丈强”，转瞬之间，越飞越高的凤凰从高空急遽坠下，然后乐音戛然而止。这十句形容琴声的起落变化，由听觉到视觉，造成了情感上的强烈震撼，使人仿佛身临其境，充分表现了琴师高超的技艺。

后八句为第二层，抒写诗人听琴声的感受，从侧面进一步烘托琴师的技艺。作者虽不懂音乐，但还是为琴声所传递的情感深深打动，以致泪眼滂沱，不可遏止。这一描写一方面体现出琴师技艺之高超，琴曲感染力之强，另一方面诗人也从乐曲中受到强烈的触动，联想起自己屡遭贬谪的际遇，就仿佛乐曲主音所展现的那孤凤凰一样，虽顽强向上却“失势一落千丈强”，不禁悲从中来。结尾“颖乎尔诚能，无以冰炭置我肠”两句以听琴曲的感受作结，再次赞扬了琴师的技艺，也表达了诗人内心热切的进取心与现实中屡遭挫折的“冰炭”两重天的复杂感受。

此诗与李颀《听董大弹胡笳弄兼寄语房给事》、白居易《琵琶行》、李贺《李凭箜篌引》等诗同为唐人音乐诗之代表。诗歌语言新奇，但又文从字顺；比喻巧妙，又营造了鲜明、可感的诗歌情境；长短句式的错落布置与乐音的高低急缓非常和谐，大大增强了诗歌的艺术表现力。

琵琶行

（唐）白居易[1]

元和十年，予左迁九江郡司马[2]。明年秋，送客湓浦口[3]，闻舟中夜弹琵琶者，听其音，铮铮然有京都声。问其人，本长安倡女，尝学琵琶于穆、曹二善才[4]，年长色衰，委身为贾人妇。遂命酒，使快弹数曲[5]。曲罢悯然，自叙少小时欢乐事，今漂沦憔悴，转徙于江湖间。予出官二年[6]，恬然自安，感斯人言，是夕始觉有迁谪意。因为长句，歌以赠之，凡六百一十六言，命曰《琵琶行》。

浔阳江头夜送客，枫叶荻花秋瑟瑟[7]。
主人下马客在船，举酒欲饮无管弦。
醉不成欢惨将别，别时茫茫江浸月。
忽闻水上琵琶声，主人忘归客不发。
寻声暗问弹者谁，琵琶声停欲语迟。
移船相近邀相见，添酒回灯重开宴[8]。
千呼万唤始出来，犹抱琵琶半遮面。
转轴拨弦三两声，未成曲调先有情。
弦弦掩抑声声思[9]，似诉平生不得志。

低眉信手续续弹[10]，说尽心中无限事。
轻拢慢捻抹复挑[11]，初为《霓裳》后《六幺》[12]。
大弦嘈嘈如急雨[13]，小弦切切如私语[14]。
嘈嘈切切错杂弹，大珠小珠落玉盘。
间关莺语花底滑[15]，幽咽泉流冰下难[16]。
冰泉冷涩弦凝绝[17]，凝绝不通声暂歇。
别有幽愁暗恨生，此时无声胜有声。
银瓶乍破水浆迸，铁骑突出刀枪鸣。
曲终收拨当心画[18]，四弦一声如裂帛。
东船西舫悄无言，唯见江心秋月白。
沉吟放拨插弦中，整顿衣裳起敛容。
自言本是京城女，家在虾蟆陵下住[19]。
十三学得琵琶成，名属教坊第一部[20]。
曲罢曾教善才服，妆成每被秋娘妒[21]。
五陵年少争缠头[22]，一曲红绡不知数。
钿头云篦击节碎[23]，血色罗裙翻酒污。
今年欢笑复明年，秋月春风等闲度。
弟走从军阿姨死，暮去朝来颜色故。
门前冷落鞍马稀，老大嫁作商人妇。
商人重利轻别离，前月浮梁买茶去[24]。
去来江口守空船，绕船月明江水寒。
夜深忽梦少年事，梦啼妆泪红阑干[25]。
我闻琵琶已叹息，又闻此语重唧唧[26]。
同是天涯沦落人，相逢何必曾相识。
我从去年辞帝京，谪居卧病浔阳城。

浔阳地僻无音乐，终岁不闻丝竹声。
住近湓江地低湿，黄芦苦竹绕宅生。
其间旦暮闻何物，杜鹃啼血猿哀鸣。
春江花朝秋月夜，往往取酒还独倾。
岂无山歌与村笛？呕哑嘲哳难为听[27]。
今夜闻君琵琶语，如听仙乐耳暂明。
莫辞更坐弹一曲，为君翻作琵琶行。
感我此言良久立，却坐促弦弦转急[28]。
凄凄不似向前声，满座重闻皆掩泣。
座中泣下谁最多，江州司马青衫湿。

【注释】

［1］白居易（772–846），字乐天，号香山居士、醉吟先生，原籍太原，出生于河南新郑，中唐现实主义诗人。

［2］左迁：古人以右为尊，故称升官为右迁，贬官为左迁。元和十年（815）六月，盗杀宰相武元衡，时任左赞善大夫的白居易上疏要求缉拿凶手，被执政者以“越职言事”罪名贬为江州司马。

［3］湓浦口：湓水入长江交汇处，在今江西九江。

［4］善才：指琵琶乐师中的能手。

［5］快弹：畅快地弹奏。

［6］出官：指从京师外放至地方当官。

［7］瑟瑟：象声词，指风吹树木的声音。

［8］回灯：重新掌灯。

［9］掩抑：掩藏抑制，吞吞吐吐。思：深想，引申为悲伤、哀愁之意。

[10] 续续：连续。

[11] 拢、捻、抹、挑：指扣弦、揉弦、下划弦、上拨弦等动作。

[12]《霓裳》《六幺》：皆为曲名。《霓裳》即《霓裳羽衣曲》。

[13] 大弦：最粗之弦。嘈嘈：形容乐声重浊。

[14] 小弦：最细之弦。切切：形容乐声轻细。

[15] 间关：象声词，形容鸟鸣声婉转动听。

[16] 幽咽：形容水声轻细微弱。

[17] 凝绝：停滞，凝结不动。

[18] 当心：琵琶中间的四根弦。画：划。

[19] 虾（há）蟆陵："虾"通"蛤"，位于长安曲江边，为当时歌楼酒馆聚集之地。

[20] 教坊：唐代官署，管理音乐、舞蹈、戏曲及排练、演出等事务。

[21] 秋娘：泛指貌美艺高的歌伎。

[22] 五陵：指长安城外汉代五位皇帝的陵墓所在，后泛指权贵富豪的聚集地。缠头：赏给歌伎舞女的锦帛等财物。

[23] 钿（diàn）头：镶有金花的首饰。云篦（bì）：有云纹的篦梳。

[24] 浮梁：今江西景德镇，产茶叶。

[25] 阑干：形容脸上泪痕纵横杂乱。

[26] 唧唧：叹息声。

[27] 呕哑：形容乐音单调。嘲（zhāo）哳（zhā）：形容乐音嘈杂。

[28] 却坐：回原座。

【导读】

公元815年，白居易因盗杀武元衡一事越职进谏要求严惩凶手，结果触怒当政者，被贬江州司马。次年，白居易作此诗，借对琵琶歌女的描写抒写了同是天涯沦落人的苦闷之情。

全诗可分两个部分。第一部分从开头“浔阳江头夜送”至“唯见江心秋月白”，以描写音乐为主。这部分又可分三层：第一层为前六句，点明送别友人的时间、地点，以瑟瑟荻花、茫茫江月烘托出离别时的悲伤。第二层以“忽闻”二字发端，由琵琶声引出琵琶女。“欲语迟”点出琵琶女之犹豫，“千呼万唤”“半遮面”进一层写其不愿见人的心理，暗示其沦落的处境，也为后面抒发“同是天涯沦落人”的情怀埋下伏笔。第三层开始详细描写琵琶女高超的演奏技艺。先写琵琶女拨弦试音，在低眉、信手中将心中的“声声思”“不得志”“无限事”娓娓道出，神态、动作、情思合而为一。再写乐声的变化，“拢”“捻”“抹”“挑”从视觉入手写其技巧之娴熟，令人眼花缭乱。“急雨”“私语”从听觉角度描写乐音急缓交错、清脆悦耳。“大珠小珠落玉盘”将视觉与听觉合而为一，把听众带入了瑰丽多姿的音乐世界中。急管繁弦之后是舒缓的过渡。从花间黄莺的流利婉转到泉流冰下的幽咽哽塞，乐音逐渐减弱终至悄不可闻。“此时无声胜有声”形象地描写出从“嘈嘈切切”到“声暂歇”的巨大落差给人带来的心灵感受。在一片静寂之中，突然又有高亢乐音横空而出，仿若银瓶乍破、刀枪交鸣，一阵惊心动魄之后乐曲戛然而止。两次过山车般的心灵体验震撼了所有听众，一时间静寂笼罩了一切，唯有江心秋月随波微漾。这部分对音乐的描写多用比喻手法，将抽象的乐音转化成一个个具体可感的形象，营造出了一个有声有色、有人有情的音乐世界。

第二部分从“沉吟放拨插弦中”至结束，这部分可分为两层。第一层从“沉吟放拨插弦中”至“梦啼妆泪红阑干”，为琵琶女自述身世。“沉吟放拨插弦中，整顿衣裳起敛容”两句与前面“欲语迟”“始出来”遥遥相应，进一步刻画出琵琶女面对询问时内心的迟疑和矛盾。为何犹豫？“自言”以下揭示出原因。从京城教坊名伎到商人妇，从年少美貌到年老色衰，从众人簇拥到门前冷落，琵琶女不想再提那段不堪回首的人生，但郁积于心的痛苦也常渴望有个倾诉的机会。往日的繁华已成旧梦，只留下夜深梦醒、垂泪自伤！第二层从“我闻琵琶已叹息”至全诗结束，抒写诗人同病相怜之情。琵琶女的悲惨身世唤起了诗人贬谪浔阳的不尽伤感：从繁华帝京到偏远之地，从意气奋发到沮丧颓靡，从诗酒唱和到取酒独倾，眼前的琵琶女又何尝不是自己的写照呢？于是“同是天涯沦落人”的悲叹不由得脱口而出。境遇的相似使诗人和琵琶女产生了情感上的共鸣，当琵琶女再次借乐音倾诉内心的愁苦与凄凉，更引得诗人泪湿青衫。读至此，方知晓诗人写作之用意，乃是借感琵琶女之飘零，叹自己谪居之沦落。又或许根本就是为了借琵琶女一吐心中之块垒，而虚构了浔阳江头偶遇这一情节。不管事实如何，我们都不必深究，一句“同是天涯沦落人”足矣！

登柳州城楼寄漳汀封连四州

（唐）柳宗元[1]

城上高楼接大荒，海天愁思正茫茫。
惊风乱飐芙蓉水[2]，密雨斜侵薜荔墙[3]。
岭树重遮千里目[4]，江流曲似九回肠。
共来百越文身地[5]，犹自音书滞一乡[6]。

【注释】

［1］柳宗元（773–819），字子厚，河东（今山西运城）人，中唐文人、思想家，世称“河东先生”“柳柳州”。《旧唐书·宪宗纪》：“乙酉（元和十年）三月，以虔州司马韩泰为漳州（今福建漳州）刺史，永州司马柳宗元为柳州（今广西柳州）刺史，饶州司马韩晔为汀州（今福建长汀）刺史，朗州司马刘禹锡为播州刺史（今贵州遵义），台州司马陈谏为封州（今广东封川）。御史中丞裴度以禹锡母老，请移近处，乃改授连州（今广东连县）刺史。”

［2］惊风：狂风。飐（zhǎn）：风吹颤动。

［3］薜荔：蔓生植物，攀附性强。又名木莲、风不动（取风吹叶子不易飘动之意）、石壁莲等。

［4］重遮：层层遮拦。

［5］百越：指古代岭南少数民族地区，当地居民有纹身习俗。文：通“纹”。

［6］滞：停留，阻隔。

【导读】

柳宗元自“永贞革新”失败被贬后在永州待了十年，公元815年奉诏入京后又被排挤出知柳州，一同被贬离京的仍然是曾参与永贞革新的韩泰、刘禹锡等人。此诗即为作者登柳州城楼远望茫茫大荒百感交集而作，抒写了其郁积已久的贬谪之痛，情感沉郁悲凉。

首联出句先以“上”“高”二字点出城楼之高，以寓所见之远，“大荒”进一步揭示出所望之边远、荒凉。发音短促的入声字“接”则将高楼与大荒连成一片，渲染出茫茫莽莽的画面，从而逼出了郁积于胸的如海如天般的茫茫之愁，奠定了诗歌的情感基调。

颔联写眼前所见。作者选取了两组带有对立性质的意象来展现。“芙蓉”“薜荔”之美好、生机盎然与“惊风”“密雨”之侵袭、摧残交织出一幅狂风暴雨图，同时也传递出低沉、悲凉的情感，极富象征意味。柳宗元自永贞革新失败后长期贬谪南方，但心中自有一份不甘与不屈，此处以芙蓉、薜荔自喻，寓坚贞自守、无惧风雨之意。

颔联写近景、动景，颈联则转为写远景、静景。“千里目”有望远抒愁之意，又暗有重返朝廷之盼，然而被重重山岭所遮挡，一片愁情遂化作九曲回肠之江水绵亘不断。二三两联从怀抱贞洁、饱受打击仍信念不改到贬谪南荒、系念家国，完成了情感上的转折。

尾联收结点出了登楼之意，“共来”二字呼应诗题。作者被贬南荒瘴疠之地本已黯然神伤，然犹有对与友人共来南荒，可以经常相见的憧憬。然而现实是不仅不能相见，连互通书信都希望渺茫，“犹自音书滞一乡”一句发语沉痛，孤寂悲凉之情遂与眼前这茫茫大荒融而为一。

行　宫

（唐）元稹[1]

寥落古行宫[2]，宫花寂寞红。
白头宫女在，闲坐说玄宗[3]。

【注释】

[1] 元稹（zhěn）（779–831年），字微之，河南（今河南洛阳）人，中唐诗人。

[2] 寥（liáo）落：冷落，衰败。行宫：皇帝出京后的临时寓居之处。

[3] 玄宗：指唐玄宗。

【导读】

这首小诗写唐玄宗时期的历史兴衰，其包容量毫不逊色于白居易的《长恨歌》，可谓以少总多，寄意无穷。

起句总写行宫的环境。“寥落”与“古”意义互现，“寥落”明写行宫的荒凉衰败，“古”字暗示其人迹罕至。行宫是皇帝出行驻跸之处，本应繁华热闹，如今却是荒凉寥落，令人顿生盛衰之感。次句点明季候，由景入情。行宫中正在盛开的鲜花与衰败的古行宫形成对比，带来一种鲜明的视觉冲击感。诗人用带有拟人色彩的“寂寞”来形容宫花，移情入景，更添孤独、凄凉之情。第三句镜头一转，景中见人。在静默荒凉的行宫中，出现了白发苍苍的宫女们。寥落的行宫、盛开的红花、白发的宫女，再次映射出蓬勃的生命力与年老衰弱的强烈反差。“在”字重挫而出，强调行宫中除了红花之外就只有这些寂寞的生命，令人恍悟第二句“寂寞”的含义。行宫是寥落的，花是寂寞的，人也是寂寞的。这就是行宫给读者的印象和感受。那么，作者这样不断铺垫的用意何在呢？第四句揭晓了答案，原来这些宫女在玄宗那个时代就已经入宫，从“脸似芙蓉胸似玉”的青春少女到“零落年深残此身”的白发人（白居易《上阳白发人》），她们最美的年华就埋葬在这寥落的行宫之中。“闲”字与前面的“寥落”“寂寞”相呼应，进一步突出了盛衰之感。“说玄宗”三字似淡实浓，白发宫女们是玄宗统治时期繁华强盛的见证人，也是唐朝由盛转衰的亲历者，因此她们的闲说玄宗事也就包含了无穷的情感意蕴，是缅怀、感伤、愤慨、鉴戒……再与前面三句层累而出的历史盛衰之感相联系，其创作意图也就不难领会了。

梦 天

（唐）李贺[1]

老兔寒蟾泣天色[2]，云楼半开壁斜白。
玉轮轧露湿团光[3]，鸾珮相逢桂香陌[4]。
黄尘清水三山下[5]，更变千年如走马。
遥望齐州九点烟[6]，一泓海水杯中泻[7]。

【注释】

［1］李贺（790–816），字长吉，河南福昌（今河南宜阳）人，中唐浪漫主义诗人。

［2］老兔寒蟾：神话中住在月宫的玉兔与寒蟾。

［3］玉轮：月亮的别名。

［4］鸾珮：雕有鸾鸟图案的玉佩，此处指仙女。

［5］黄尘清水：比喻变化迅速。三山：神话中的蓬莱、瀛洲、方丈三座仙山。

［6］齐州：中州，旧时指中国。

［7］泓：量词，指清水一道或一片。

【导读】

诗歌可分两个层次。第一层为前四句，写诗人在梦中飞往月宫所见之景。前三句展现了变幻莫测的天气，写景极为生动。首句“老兔寒蟾泣天色”写夜晚阴雨连绵之景，诗人用老兔寒蟾之哭泣形容飘飞之雨，给人阴郁低沉的感觉，这是抑。次句“云楼半开壁斜白”写月亮很快就突破了云层的阻挡，裂开的云层在月光的照耀下就好像琼楼玉宇一般，这是扬。第三句“玉轮轧露湿团光”转从细节入手，天空中飞洒的雨点似乎每一粒都充盈着月光，诗人以此生发奇特的想象，一个动词“轧”和一个形容词“湿”把雨水、月光交织的月夜表现得动感十足。月亮像轮子一样从空中碾过，月光竟然会被打“湿”，这与杜甫“晨钟云外湿”（《船下夔州郭宿，雨湿不得上岸，别王十二判官》）之句实有异曲同工之妙。第四句“鸾珮相逢桂香陌”写诗人登上了月宫，在桂花香中遇见了月宫仙女。这四句先抑后扬，层层深入，把天上之景写得如梦似幻，完成了对诗题“梦天”的演绎。

第二层为后四句，写诗人在月宫之上俯视人间。在人们的认知中，天上人间的计时系统是不一样的，正如俗语所说“山中方七日，世上已千年”，千年的人间沧桑在仙人看来，也不过如“走马”一般。而从月宫上往下望，那九州大地与那无尽的大海也不过就是几点烟尘、一杯水罢了。诗人通过对时间与空间的变形处理，传递出了一种对现实人生的思考：人生是那么的短暂，生存的空间是那么的狭小，要怎样才能摆脱尘世的束缚呢？诗人没有告诉我们答案，也许答案就在这梦境之中！

咸阳城西楼晚眺

（唐）许浑[1]

一上高城万里愁，蒹葭杨柳似汀洲[2]。
溪云初起日沉阁[3]，山雨欲来风满楼。
鸟下绿芜秦苑夕，蝉鸣黄叶汉宫秋。
行人莫问当年事[4]，故国东来渭水流[5]。

【注释】

[1] 许浑（约791–约858），字用晦，一作仲晦，祖籍安陆，寓居润州（今江苏丹阳）人，晚唐诗人。咸阳：旧城在今陕西西安市西北，与长安隔渭水相望。

[2] 蒹葭：芦苇一类的水草。汀洲：水边之地为“汀”，水中之地为“洲”。

[3] 溪：磻溪。阁：慈福寺阁，作者自注：“南近磻溪，西对慈福寺阁”。

[4] 当年：一作“前朝”。

[5] 故国东来渭水流：一作“渭水寒声昼夜流”，其中“声”一作“光”。

【导读】

此诗另名《咸阳城东楼》更为人知，但从诗意看，登城晚眺似以西楼为宜。

首联写登高远望。出句连用两个仄声字“一上”强调时间之短暂，在登上高城的那个瞬间，愁怀即延展而出。紧接着，“万里”从空间上进一步体现忧愁之广阔。对句则交代愁情产生的缘由。“汀洲”为江南水乡常见之景，许浑为江苏丹阳人，此刻在咸阳城楼上望见蒹葭杨柳，仿佛见到了故乡的风景。“似”字写出了客居异乡的诗人思乡之深，使“万里愁”之表述虽夸张却显得真实。

颔联笔锋一转，展现了一幅瞬息万变的黄昏图景：暮色渐临，近处磻溪渐为云雾笼罩，远处夕阳也慢慢的和慈福寺阁齐平了。可是突如其来的大风打破了黄昏的宁静，“欲”字从虚处落笔，形象地表达出山雨欲来那种紧张感、压迫感。

颈联和尾联将写景与感怀融为一体，由思乡转向怀古。云起日落，风雨欲来，无知的鸟虫只知躲避悲鸣，可对于心怀国事的诗人而言，这富有象征意味的景象自然引起了兴亡之叹：秦苑也好，汉宫也罢，如今都已成一片荒芜，就如同这时代一样已步入人生之秋。尾联顺承而下，劝诫“行人”们不要再去追问这兴亡背后的原因。过去的一切终将逝去，不变的只有那渭水还在缓缓东流。表面上诗人说“莫问”，可实际上是欲问、已问，答案已在问的过程之中，在这无语东流的渭水之中。

商山早行

（唐）温庭筠[1]

晨起动征铎[2]，客行悲故乡。
鸡声茅店月，人迹板桥霜。
槲叶落山路[3]，枳花明驿墙[4]。
因思杜陵梦[5]，凫雁满回塘[6]。

【注释】

［1］温庭筠（约 812– 约 866），原名岐，字飞卿，太原祁（今山西祁县）人，晚唐诗人、词人。商山：因山形似“商”字而得名，在今陕西山阳县与丹凤县交界处。

［2］铎（duó）：大铃。征铎：悬挂在马颈上的铃铛。

［3］槲（hú）：山阳县盛长的一种落叶乔木，其叶子在冬天虽枯而不落，春天树枝发芽时才落。

［4］枳（zhǐ）：落叶灌木，春天开白花，果实似橘而略小，酸不可吃，可用作中药。

［5］杜陵：今陕西西安东南，此处指长安。

［6］凫（fú）：野鸭。回塘：迂回曲折的池塘。

【导读】

首联承题写早行。“征”字点出远行，“悲故乡”奠定情感基调。旅人一大早起行，被清脆的铃铛声唤起了故乡之思，愈“行”愈“悲”。

颔联为此诗名句，是悲伤之情的具体外化。“鸡声”“茅店”“月”“人迹”“板桥”“霜”全都是名词，表面上看它们的地位是一样的，各不相干，但这些景物排列在一起却显示出了独特的艺术张力。它们衍化出一幅旅人早行图：旅人听到鸡叫后起床，望见月亮还挂在天上，赶紧收拾行囊出发。本以为自己很早了，可是落满霜的板桥上早已有早行人的足迹了。这样一排列，景物内在的时间顺序就显现出来了。

颈联写行路上所见。“落”字点明季节，槲叶初春始落。枳花为白色，在天未大亮时是异常显眼的，“明”字突出了早行人对白色的敏锐感受。早行本来就心情不佳，路上满地枯叶，路旁枳花耀眼的白色更增添几分冷意。

尾联描写梦境，以梦中归乡烘托思乡之愁。旅途的孤独寂寞、生活的艰辛、仕途的不遇交织在一起，化作无法摆脱的浓愁，也只能用记忆中家乡的美好聊作安慰。

诗歌从第一联开始抒写故乡之思，二三两联以悲景进一步写悲情，尾联插入对故乡的温馨回忆，与前三联形成反衬，进一步表达了故乡之思、旅途之悲以及人生失意等复杂的情思。

江南春

（唐）杜牧[1]

千里莺啼绿映红，水村山郭酒旗风[2]。
南朝四百八十寺[3]，多少楼台烟雨中[4]。

【注释】

[1] 杜牧（803- 约852），字牧之，号樊川居士，京兆万年（今陕西西安）人，晚唐诗人、散文家。

[2] 郭：古代内城为“城”，外城为“郭”。山郭：此处指靠近山的村寨。

[3] 南朝：南北朝时期，南方先后更替的宋、齐、梁、陈四国政权的统称。

[4] 楼台：此处指寺庙建筑。

【导读】

这首诗以高度的概括写出了江南春天的美景，同时又隐隐流露出怀古伤今之意。

首句承题，“千里”二字俯瞰而下，展现了辽远的空间。其间绿树红花、莺啼燕语，声色兼具，仿佛一幅壮丽的山水图。历来歌咏江南的佳句极多，如“日出江花红胜火，春来江水绿如蓝”（白居易《忆江南》），“春水碧于天，画船听雨眠”（韦庄《菩萨蛮》），“一江烟水照晴岚，两岸人家接画檐”（张养浩《水仙子·咏江南》）等，大都注目于江南水多、景美的特点。而杜牧此句从高远处下笔，在不时闪现的红花的点缀映衬下，在黄莺鸟清脆的鸣叫声中，江南的美也就呈现出来了。江南春天的美，正美在其色、其声、其勃勃生机中！

次句视角一变，由对风光的描写转到描绘人文景观。江南以山地丘陵为主，水道多，百姓多依山傍水而居，故“水村山郭”四字明写景，暗写人。处处可见的酒旗，更暗示着百姓生活的安宁。同时，临水村落、靠山屋寨、随风飘扬的酒旗构成了又一幅富有江南人文气息的画卷。

第三句继续写景，但这景亦实亦虚，它可视为江南地区众多的寺庙僧院的真实描写。“南朝”二字又把读者拉入历史的回想之中，再加上“四百八十寺”五个仄声的强调，历史的无限感怀悄然浮现。

第四句揭示主旨。南朝佞佛，故而江南寺庙众多。杜牧所处的晚唐前期皇帝亦多崇奉佛教，历史与现实的相似让其感慨不已，遂化作“多少楼台烟雨中”之叹。

锦　瑟

（唐）李商隐[1]

锦瑟无端五十弦[2]，一弦一柱思华年。
庄生晓梦迷蝴蝶[3]，望帝春心托杜鹃[4]。
沧海月明珠有泪[5]，蓝田日暖玉生烟[6]。
此情可待成追忆？只是当时已惘然[7]。

【注释】

[1] 李商隐（约 812– 约 858），字义山，号玉溪生、樊南生，祖籍怀州河内（今河南沁阳），出生于荥阳（今河南郑州），晚唐诗人。

[2] 瑟：弦乐器，古有五十弦，后为二十五弦、十六弦等。锦瑟：华美精致的瑟。

[3] 庄生晓梦迷蝴蝶：典出《庄子·齐物论》："庄周梦为蝴蝶，栩栩然蝴蝶也。自喻适志与，不知周也。俄然觉，则蘧蘧然周也。不知周之梦为蝴蝶与？蝴蝶之梦为周与？"

[4] 望帝春心托杜鹃：典出《华阳国志·蜀志》："杜宇称帝，号曰望帝。……其相开明，决玉垒山以除水害，帝遂委以政事，法尧舜禅授之义，遂

禅位于开明。帝升西山隐焉。时适二月，子鹃鸟鸣，故蜀人悲子鹃鸟鸣也。”

[5] 沧海月明珠有泪：典出张华《博物志》：“南海外有鲛人，水居如鱼，不废织绩，其眼泣则能出珠。”

[6] 蓝田日暖玉生烟：传说良玉埋藏的地方在阳光的照射下有云气蒸腾。司空图《与极浦书》云：“诗家之景，如蓝田日暖，良玉生烟，可望而不可置于眉睫之前也。”

[7] 惘然：失意忧伤、若有所失的样子。

【导读】

此诗为李商隐无题诗的代表，主题历来众说纷纭，有悼亡、自伤、念人、咏物、影射时政等，但不管是哪种说法，都有一定的道理，令人莫衷一是。究其原因，多在于其深情绵邈的抒情手段和蕴含丰富的典故运用。所以阅读此诗不必执着于哪一种解释为对，只要顺着其诗意去感受即可，每个读者眼中都自有一首《锦瑟》！

开篇由来无端，也无答案可寻，只是一种心绪的自然流露。首句“锦瑟无端五十弦”用了素女鼓瑟的典故。五十弦的瑟音过于悲切，故伏羲氏将瑟减为二十五弦。诗人由此生发联想，二十五弦的瑟弹奏起来就已经很令人伤悲了，更何况是五十弦的呢？“无端”二字铺染出诗人内心难于明言的无限感伤之意，奠定了本诗的抒情基调。次句“一弦一柱思华年”隐约点出主旨，这“一弦一柱”勾起了诗人对往事的无限回忆。“华年”即是美好年华，然而韶华易逝，留下的就只有这无端的悲愁了！

二三两联全用典故，似遮还掩，吞吐心中之愁。颔联“庄生晓梦迷蝴蝶，望帝春心托杜鹃”紧承首联句意，连用庄周、望帝两个典故，隐约透露出人生若梦的悲凉。一生追求，或是理想，或是爱情，或是其他，尽如一片春心随一声声杜鹃鸟的悲啼逐渐远去。颈联“沧海月明珠有泪，蓝田日暖玉生烟”似从悲思中有所振起，沧海月明、蓝田日暖表面看明亮而又温馨，然而鲛人泣泪，悲凉寂寥；良玉生烟，更是可望不可及又令人油然而生哀戚惆怅之情。这四个典故交织出一片空濛迷离而又辽阔高远的诗境，似在倾诉、沉思、悲叹、感伤……

尾联“此情可待成追忆？只是当时已惘然”以“此情”承上启下，进一步抒发难以排遣的情思。“可待”即怎能待、岂能待之意，诗人在追忆往事的同时不禁扪心自问：如此的哀愁失意怎能等到以后追忆方悔恨莫及？可在当日却早已是惘惘然了！这一问更使诗人陷入了无尽的悲愁之中。抒情至此，已是进无可进。对诗人，对读者，也只有“惘然”二字能道出此时的心情了！

自沙县抵龙溪县，值泉州军过后，村落皆空，因有一绝

（唐）韩偓[1]

水自潺湲日自斜[2]，尽无鸡犬有鸣鸦。
千村万落如寒食[3]，不见人烟空见花。

【注释】

［1］韩偓（wò）（844–923），字致光，晚号玉山樵人，京兆万年（今陕西西安）人，唐末诗人。诗题后注“此后庚午年”，故此诗应作于后梁开平元年（909）。

［2］潺湲：水流缓慢的样子。

［3］寒食：指寒食节，清明节的前一天，需禁烟火，吃冷食。

【导读】

诗题交代了写作缘由。公元 907 年朱温建梁，王审知奉梁为正朔，对此韩偓心有不满，因而离开福州。王审知派人挽留，韩偓婉拒后自沙县经龙溪往泉州，途中见兵乱后之惨景作此诗。诗歌采用对比的手法，揭露了泉州军的暴行，反映

了当时军阀混战给老百姓带来的深重灾难，具有深刻的现实意义。

前两句“水自潺湲日自斜，尽无鸡犬有鸣鸦”是一幅黄昏图景：斜阳下流水缓缓流着，远处乌鸦不时传来几声嘶哑的叫声。诗人在这幅图画中穿插了几个富有情感倾向的字词，使原本就有些凄凉的景象有了明确的指向性。首句“斜阳”“流水”的意象组合本是宜人的景象，但两个“自”字的加入则把环境与人隔绝开来。景物虽美，但与我无关，这就把低落的情绪隐隐地透露出来。第二句分别用“无”和“有”修饰鸡犬和昏鸦，造成视觉上的强烈对比。古人视乌鸦为不祥之物，鸦鸣往往与僻远、荒凉相关联。“有鸣鸦”与“尽无鸡犬”并置，强调了视野所及乃一片荒凉，了无生气。

三四句“千村万落如寒食，不见人烟空见花”转入抒情。斜阳西下本是老百姓做饭的时刻，可眼前见不到一缕炊烟，这是寒食节吗？不是，这是人祸！诗人以寒食节与眼前景象相对照，真实地反映出当时兵灾过后千村万落为之一空的惨状。末句以风中摇曳的鲜花作结，“不见”与“见”对比出村落从前的繁荣与现在的死寂。“空”字又与首句两个“自”字前后呼应，表达出诗人对战争罪行的强烈愤慨。

戏答元珍

（北宋）欧阳修[1]

春风疑不到天涯，二月山城未见花[2]。
残雪压枝犹有橘，冻雷惊笋欲抽芽[3]。
夜闻归雁生乡思，病入新年感物华[4]。
曾是洛阳花下客[5]，野芳虽晚不须嗟。

【注释】

［1］欧阳修（1007–1072），字永叔，号醉翁、六一居士，吉州永丰（今江西吉安）人，北宋政治家、文学家。元珍：指丁宝臣，字元珍，常州晋陵（今江苏常州）人，时为峡州军事判官。

［2］山城：指夷陵。宋仁宗景祐三年（1036），欧阳修被贬夷陵（今湖北宜昌市）。

［3］冻雷：初春时节的雷，因初春时仍有雪，故称“冻雷”。

［4］物华：美好的景物。

［5］曾是洛阳花下客：宋仁宗天圣八年（1030）至景祐元年（1034），欧阳修曾任西京（洛阳）留守推官。洛阳以花著称，欧阳修《洛阳牡丹记·风俗记》云：“洛阳之俗，大抵好花。春时，城中无贵贱皆插花，虽负担者亦然。花开时，士庶竞为游遨。”

【导读】

宋仁宗景祐三年（1036），范仲淹上《百官图》斥责宰相吕夷简任人唯亲，被贬江西饶州。欧阳修出于义愤，作《与高司谏书》怒斥当时任谏官的高若讷落井下石的小人行径，于是被贬夷陵。此诗即作于次年，描写了初到南方山城所见之奇特景色以及对故乡的思念之情，塑造了一个乐观奋进的年轻诗人形象。

欧阳修对首联颇为自得，曾说“若无下句，则上句不见佳处，并读之，便觉精神顿出”（蔡絛《西清诗话》）。“春风”历来就有朝廷恩泽的寓意，这个连朝廷恩泽都到不了的地方不仅偏僻荒凉，而且二月份了还是冬季，寒冷凄清。欧阳修为什么说“精神顿出”呢？因为他看到的不是僻远凄冷，而是橘枝上的残雪，想到的是地下吐芽的新笋，这里面既包含着诗人对南方奇特景色的惊奇，又有被贬之人不甘消沉的达观。一个“犹”字写出了执着，而“欲”字又表达出了希望。因此前两联虽然写的是边远山城初春花犹未开的凄冷景色，但又充满了生命的律动。第三联转入了思乡情怀的抒写。自己被贬到夷陵，再往南就是大雁南迁的目的地了，可是大雁能北归，自己却滞留南方且疾病缠身。眼看又是新的一年来临，诗人的内心感慨不已。尾联的情感重新振起。欧阳修并没有就此消沉，而是以乐观的态度进行自我劝慰：我和元珍也都曾在洛阳呆过，领略过洛阳名花的盛丽，如今虽然还没看到晚开的野花，但也没什么好遗憾的。贬谪山城虽给欧阳修带来了心灵和身体的双重打击，但其坚信春风总是会来的，野花也终将盛开！故诗题虽有“戏答”之说，却是诗人积极乐观、昂扬进取心态的郑重表达。

宿甘露僧舍

（北宋）曾公亮[1]

枕中云气千峰近，床底松声万壑哀[2]。

要看银山拍天浪[3]，开窗放入大江来。

【注释】

［1］曾公亮（999–1078），字明仲，号乐正。泉州晋江（今福建泉州）人，北宋政治家、文学家。甘露：指甘露寺，位于江苏镇江市北固山上，可下瞰十里长江。

［2］壑（hè）：坑谷，深沟。

［3］银山：形容江水的波浪很大。

【导读】

甘露寺位于镇江市长江边的北固山后峰顶上，历来多有吟咏。此诗另出机杼，全从感受着手，围绕“宿”字妙想天开，展现了一幅壮阔的长江涌浪图。

前两句承题，写静卧僧寺所思所感。“枕中”“床底”点出“宿”，“千峰”“万壑”虚写僧寺之高，刻画出甘露寺所在的北固山奇丽雄峻的风光。“云气”“松声”虽非实指，但长江水量之大、水势之强也在云气蒸腾、水声激荡中得到形象的呈现。深夜时分，诗人辗转难眠。枕上潮润的湿气，耳边低沉幽咽的松声回响，都在想象的世界中化作滚滚奔腾的长江，如一条巨龙般在山间回旋激荡。

三四句顺承而下，“银山拍天浪”声色兼具。用“银山”来形容水浪并非曾公亮独擅，如贯休《古意九首》有“五湖大浪如银山”之句，黄庭坚《雨中登岳阳楼望君山》亦有“银山堆里看青山”之句，形容洞庭湖白浪滔天。曾公亮在“银山”之后加上“拍天浪”三字，看似语意重复，却把长江奔腾不休的气势写活了。在诗人想象中，掀起滔天巨浪的长江仿佛就在窗前，渴望能与诗人一晤。“开窗放入大江来”看似无理，却生动地表达出诗人羡长江之无穷伟力，感千里长江之壮阔的震撼之情。

和子由渑池怀旧

（北宋）苏轼[1]

人生到处知何似？应似飞鸿踏雪泥。
泥上偶然留指爪，鸿飞那复计东西[2]。
老僧已死成新塔[3]，坏壁无由见旧题[4]。
往日崎岖还记否？路上人困蹇驴嘶[5]。

【注释】

［1］苏轼（1037–1101），字子瞻，号东坡居士，眉州眉山（今四川眉山）人，北宋文人。嘉祐元年（1056）苏轼与苏辙赴京应试路经渑（miǎn）池，“过宿县中寺舍，题老僧奉闲之壁”（苏辙《怀渑池寄子瞻兄》），嘉祐六年（1061）苏轼赴任陕西路过渑池忆及此事，遂作和诗。

［2］泥上偶然留指爪，鸿飞那复计东西：比喻人生际遇留下的痕迹，后化作成语“雪泥鸿爪”。

［3］老僧：指奉闲。

［4］无由：不可能。

［5］蹇（jiǎn）：跛脚。苏轼自注：“往岁，马死于二陵，骑驴至渑池。”

【导读】

苏辙原诗有“共道长途怕雪泥”“无方骓马但鸣嘶”之句，表达了人生“无方”、道路艰难的迷茫，苏轼和诗即由此生发。首联起句发人深省，提出了一个具有普遍意义的问题：人生是什么，意义何在？次句则给出了自己的理解。诗人用“飞鸿踏雪”作喻表达对漂泊人生的理解，于是就有了颔联的具体阐释：人的一生就像那大雁，不停地飞来飞去，偶一停歇留下的足迹也很快随着鸿飞雪化而不复存在。这一联不甚符合律诗要对仗的要求，但颔联首字与首联末字相同，使两联之间产生紧密相连的感觉，不求工稳却做到了诗意连贯而下，一气呵成。人生际遇的偶然性、不确定性就在“何似”“应似”之间，宛如飞鸿踏雪、不辨东西！对此，清代纪昀认为“前四句单行入律，唐人旧格；而意境恣逸，则东坡之本色”（纪昀评点《苏文忠公文集·卷三》）。

后两联转入怀旧。苏轼当年和苏辙一起拜访过的奉闲老僧已经去世，曾经题过诗的墙壁也年久失修，题诗不复可见，但不管人生多么无常不定、崎岖不平，经历过的事情都是可贵的财富。颈联怀念老僧奉闲，感叹人生短暂、美好难留，情感低沉。尾联以忆往事作结，“还记否？”提醒苏辙不要忘记为了实现人生理想走过的崎岖道路。路长、人困、蹇驴嘶叫组成了一幅画面感极强的行旅图，富有启示意义：人生的道路难免坎坷不平，但经过后再回首，它们可能已转化成美好的记忆，成为继续前行的内在动力，也许这就是当时年轻的苏轼心中对未来的态度和展望。

六月二十七日望湖楼醉书·其一[1]

（北宋）苏轼

黑云翻墨未遮山[2]，白雨跳珠乱入船[3]。
卷地风来忽吹散[4]，望湖楼下水如天。

【注释】

［1］此诗作于宋神宗熙宁五年（1072）。望湖楼：位于杭州西湖边，为吴越王钱俶所建，原名看经楼，宋时易名为望湖楼。

［2］翻墨：形容像墨汁一样的乌云在天上翻滚。遮：遮拦。

［3］白雨：暴雨。

［4］卷地风来：狂风卷地而来。岑参《白雪歌送武判官归京》："北风卷地百草折，胡天八月即飞雪"。

【导读】

《六月二十七日望湖楼醉书》共有五首，皆为描写西湖的诗作。清人王文诰赞其"随手拈来，皆得西湖之神，可谓天才"（《苏文忠公诗编注集成》卷七）。本诗是第一首，较为集中地体现了苏轼诗歌"富于想象、长于比喻、善于体物"

(《苏轼诗集·前言》)的创作特点。

全诗写一场突如其来的暴雨以及暴雨过后的美景。起句“黑云翻墨未遮山”写墨汁般的乌云自远处翻腾而至，“未遮山”可以理解为乌云还未笼罩近处山头，也可理解山头未完全被乌云遮盖，预示这是一场局部的暴雨，但均渲染出一种紧张的氛围。转眼之间，“白雨跳珠乱入船”，大雨倾盆而至，雨点四溅，晶莹洁白，于是就有了“白雨跳珠”的形象比喻，而“乱入船”又赋予雨点活泼、热闹的个性，它们争先恐后地挤入船中要和诗人打招呼。眼前奇特的雨景吸引了诗人的注意力，原本因“黑云翻墨”带来的压抑之感逐渐消失。第三句“卷地风来忽吹散”再一转，忽如其来的狂风吹散了天边的乌云。“望湖楼下水如天”，顿时雨过天晴，水天一色，令人心旷神怡。诗歌虽以写景为主，但通篇读下来却给人一种心灵上的宁静与安适，可与《定风波·莫听穿林打叶声》并读。

寄黄几复

（北宋）黄庭坚[1]

我居北海君南海[2]，寄雁传书谢不能[3]。
桃李春风一杯酒[4]，江湖夜雨十年灯[5]。
持家但有四立壁[6]，治病不蕲三折肱[7]。
想见读书头已白[8]，隔溪猿哭瘴溪藤[9]。

【注释】

[1] 黄庭坚（1045–1105），字鲁直，号山谷道人、涪翁，洪州府分宁（今江西九江）人，北宋文人。诗作于北宋神宗元丰八年（1085），其时黄庭坚与好友黄几复分别任职山东与广东，相隔遥远。

[2] 我居北海君南海:《左传·僖公四年》:“君处北海，寡人处南海，惟是风马牛不相及也。”

[3] 寄雁传书谢不能:《汉书·苏武传》:“天子射上林中，得雁，足有系帛书，言武等在某泽中。”

[4] 桃李春风一杯酒：沈约《别范安成》:“勿言一樽酒，明日难重持。”杜甫《春日忆李白》:“何时一樽酒，重与细论文？”

[5] 江湖夜雨十年灯：杜甫《梦李白》:“江湖多风波，舟楫恐失坠。”李商

隐《夜雨寄北》:“君问归期未有期，巴山夜雨涨秋池。”

［6］持家但有四立壁:《史记·司马相如列传》:“文君夜亡奔相如，相如乃与驰归成都，家居徒四壁立。”

［7］蕲（qí）：祈求。肱（gōng）：手臂由肘到肩的部分,《左传·定公十三年》:“三折肱，知为良医。”

［8］想见读书头已白：杜甫《不见》:“匡山读书处，头白好归来。”

［9］隔溪猿哭瘴溪藤：杜甫《九日》:“殊方日落玄猿哭，旧国霜前白雁来。”

【导读】

首联承题，化用《左传》“风马牛不相及”的典故点出两人相隔遥远，只能寄书传情。这样一来，鸿雁自然成为最佳的使者，然而诗人却突发奇想，一北一南的遥远距离恐怕是大雁也难以到达，也要婉拒的吧？“谢不能”不仅赋予大雁拟人化的情感色彩，也使鸿雁传书这一传统典故有了新的运用，思念之情也因此而显得更加深切。

颔联为此诗名联，用语平常却内蕴深厚，在严格的对仗中又有丰富的情感张力，使对黄几复的思念有了具体的内容。“桃李春风”本为描写春天的俗语，但当它与“一杯酒”连缀后，其情感顿时指向对友情的美好回忆。对句拈出“江湖夜雨”与“桃李春风”相对，则离别之后的动荡、漂泊跃然而出，更突显出往昔相处的美好与珍贵。灯有温暖光明和家的象征意味，而春风又常与朝廷恩泽相关联，故而十年江湖漂泊既有友情的重温，又隐约透露出诗人对回归京师的渴望。理解了这层蕴含，我们也就能明白颈联为何着力于对黄几复政治才干的刻画。“持家但有四立壁”用五个仄声强调黄几复家徒四壁、两袖清风的廉洁，对句则化用《左传》“三折肱，知为良医”的典故赞扬黄几复在政事方面富有经验。尾联遥想友人处境，诗人提出了一个令人深思的问题：到底是什么原因令如此好学而又富有才干的人得不到重用呢？联系第一句两个“海”字的重复，我们不难理解，诗人是写黄几复也是在写自己。身处偏远之地、远离政治中心的共同遭遇，让这份友情有了更为丰富的内涵。

此诗虽是常见的寄别题材，却能以故为新，于平常处见心机。音节拗峭，打破了音律束缚，而又与对黄几复的思念、赞赏之情浑然一体。

书 愤

（南宋）陆游[1]

早岁那知世事艰[2]，中原北望气如山。
楼船夜雪瓜洲渡[3]，铁马秋风大散关[4]。
塞上长城空自许[5]，镜中衰鬓已先斑。
出师一表真名世[6]，千载谁堪伯仲间[7]！

【注释】

［1］陆游（1125–1210），字务观，号放翁，越州山阴（今浙江绍兴）人，南宋爱国文人、史学家。

［2］那：即“哪”。

［3］楼船：古代大型战船。瓜洲：在今江苏镇江对岸，为江防要地。

［4］大散关：在今陕西宝鸡，为宋金交界之地。

［5］塞上长城：南朝宋大将檀道济以万里长城自许，此处指擅长防守的将领。

［6］出师一表真名世：蜀汉诸葛亮撰《出师表》，以表达兴复汉室之决心。

［7］伯仲：原指兄弟排行，“伯”为老大，“仲”为老二。此处形容才能相当、难分高下。

【导读】

此诗作于南宋淳熙十三年（1186），陆游时年62岁。诗以“书愤”为题，即是抒写其满腔郁愤。

诗歌紧紧围绕“愤”来展开。首联即以千回百转后的强烈愤慨开端，“那知”即“哪知”！诗人回想年少时以壮怀意气自许，以收复中原为志，怎奈统治者一心求和，排斥异己，令爱国志士壮志消磨。“世事艰”三字两短一长，道出了无穷的感慨和悲愤！颔联紧承首联句末“气如山”的壮阔，刻画了两个战争画面：地点是一东南一西北，季节是一冬一秋，战斗形式是一水战一陆战，对比非常鲜明。这两句全用名词构成，却营造出壮阔恢宏的战争情境。“楼船”“铁马”描写了宋军的威武军容，“夜雪”渲染了战斗的激烈，“秋风”又让人联想起宋军如急风扫落叶般的战斗英姿。此联情感豪迈，境界开阔，但在首联的映照下，却又隐含着诗人壮志难酬的深深悲愤！

颈联由回忆转到现实，悲愤益深。理想和现实的巨大反差凝聚在“空”“已”二字。自许“塞上长城”，一生以抗击金人、收复失地为志，到头来却是一场空，只落得白发苍苍、对镜自伤。这与杜甫《登高》中“艰难苦恨繁霜鬓”的感慨何其相似！但正是因为对国家深深的爱，才使得这份悲慨感人至深。虽时事艰难，但仍无怨无悔。即使双鬓斑白，也还要为国家尽自己的一份绵薄之力。尾联紧承颔联语意，发出了振聋发聩的爱国之声！六出祁山的诸葛亮就是自己一生效法的榜样。“名世”是诸葛亮为汉室鞠躬尽瘁的后世认同，亦是陆游在理想无法实现后的情感慰藉。不管结果如何，报国之心至死不渝，此份孤忠天地可鉴！

暮热游荷池上·其三

（南宋）杨万里[1]

细草摇头忽报侬[2]，披襟拦得一西风[3]。
荷花入暮犹愁热，低面深藏碧伞中[4]。

【注释】

［1］杨万里（1127–1206），字廷秀，号诚斋，吉州吉水（今江西吉水县）人，南宋文人。

［2］侬：我。

［3］披：打开，散开。襟：上衣或袍子的胸前部分。

［4］碧伞：喻指荷叶。

【导读】

杨万里效法自然的诗歌自成一体，时号“诚斋体”，其特点是善于捕捉自然景物的瞬息变化，辅之以生动风趣的表达。此诗为其代表作之一。

诗歌主题为游荷池，但诗人一开始并没有直接写荷池，而是将目光投射在旁边的小草上。“细草”两字虽不起眼，却很巧妙地暗示出难耐暮热的诗人对风的急切渴盼。因为“细”，只要有一点点风都能让其摇动。所以当诗人真的看到草儿摇晃时，一个“忽”字表达出了那种突如其来的喜悦。在诗人眼里，这些小草就是风的使者，它们摇晃着身体争先恐后地报告着风儿到来的消息。而诗人也报之以极度夸张的动作回应——“披襟”。敞开衣襟想要把风全都包揽进来。这么一个极天真幼稚的动作与“细草摇头”相映成趣，把诗人因有风来的欣喜之情表现得淋漓尽致。这两句化用了宋玉《风赋》中的典故：“楚襄王游于兰台之宫，宋玉、景差侍。有风飒然而至，王乃披襟而当之，曰：‘快哉此风！’”，写得极为活泼，更多了人与自然之间那种和谐无间的亲密性。

三四两句诗人的视线转回到了荷池上。细草摇头、披襟拦风，诗人似乎已经完全摆脱了暮热的困扰，因此他想要和荷花一起分享这份喜悦，可是转头一看，荷花早已深藏于碧绿的荷叶之下。这两句表面看是以拟人手法描写荷花的姿态，以荷花藏身叶下进一步表现暮热。但如果仔细体会的话，诗人要表达的似乎并不局限于此，其在描写荷花时选择了一个“深”字。荷花深藏叶下一方面暗示着这风并不大，无法吹动荷叶，荷花也无法感受到风的凉爽；另一方面，诗人用“深”字来形容荷花与荷叶的关系，实则为我们展现了荷池上荷叶层层叠叠的茂密景象。这些荷叶像一枝枝翠绿的雨伞，挡住了那夏日黄昏的酷热，令人感受到阵阵清凉。这种清凉源自对大自然的喜爱，是“接天莲叶无穷碧”（《晓出净慈寺送林子方》）的无边绿意，也源自自然与人生的深刻体悟，是“时有微凉不是风”（《夏夜追凉》）的心静自然凉。

后催租行

（南宋）范成大[1]

老父田荒秋雨里[2]，旧时高岸今江水。
佣耕犹自抱长饥[3]，的知无力输租米[4]。
自从乡官新上来，黄纸放尽白纸催[5]。
卖衣得钱都纳却[6]，病骨虽寒聊免缚[7]。
去年衣尽到家口，大女临岐两分首[8]。
今年次女已行媒，亦复驱将换升斗[9]。
室中更有第三女，明年不怕催租苦。

【注释】

［1］范成大（1126–1193），字至能，晚号石湖居士，平江府吴县（今江苏苏州）人，南宋文人。诗人此前作有《催租行》一诗，故此诗称为《后催租行》。

［2］老父（fǔ）：老翁。

［3］佣耕：受雇耕作田主的土地。

［4］的知：确实了解。输：缴纳，捐献。

［5］黄纸：指朝廷豁免租税的告示。白纸：指地方官催收租税的公文。

［6］纳却：缴付掉（租税）。

［7］聊：姑且。缚：捆绑。

［8］岐：通“歧”，岔道口。

［9］升斗：指少量的米粮。

【导读】

宋高宗绍兴二十五年（1155），范成大任新安司户参军时曾写《催租行》一诗，揭露了催租官吏的丑恶嘴脸。本诗约作于乾道六年（1170）范成大出使金期间，是诗人目睹北方人民的疾苦后有感而作，可视为《催租行》的姐妹篇。

全诗以老翁自叙的方式展开，以一个普通农家的遭遇投影出当时民众的深重苦难，对官府横征暴敛的行为进行了尖锐的批判，具有深刻的现实意义。全诗可分两层。第一层为前四句，写农民在天灾之年的艰难处境，为后面人祸的叙写做铺垫。农田无收，受雇他人，却仍不能免于饥寒，更何况还要缴纳田租！这四句塑造了一个在雨涝洪灾面前苦苦挣扎的农民形象，“的知”二字正是农人无奈而又痛苦的呐喊。第二层为后面十句，写官府催租给农人带来的痛苦，语气十分平静而又带有几分解嘲的意味，但平静的背后却饱蕴着强烈的痛苦。这十句又可以分两层：前四句写卖衣缴租，“黄纸放尽白纸催”写统治阶级的虚伪与残忍，“病骨虽寒聊免缚”写农人天寒无衣、疾病缠身的痛苦与辛酸；后六句以三个女儿的不幸进一步揭示诗歌主旨，在“室中更有第三女，明年不怕催租苦”的庆幸背后隐含着这样一个疑问，为何宁愿卖儿卖女也不愿被官府抓走，也不愿受催租之苦？这不能不让人深思！正是统治阶级的残暴行为造成了一幕幕家破人亡的惨剧。仿若杜甫的《石壕吏》，诗人范成大只是以一个旁观者的身份进行叙述，但这种客观叙述却更具震撼力、批判力！

春　日

（南宋）朱熹[1]

胜日寻芳泗水滨[2]，无边光景一时新[3]。
等闲识得东风面[4]，万紫千红总是春。

【注释】

[1] 朱熹（1130–1200），字元晦、仲晦，号晦庵，晚称晦翁，出生于南剑州尤溪（今福建尤溪），南宋文人、理学家。春日：春天，春季。

[2] 胜日：天气晴朗、风光美好的日子。泗水：在山东省，流经曲阜。此处有孔子故里、儒学发源地的意思。滨：水边。

[3] 光景：自然风光、景象。

[4] 等闲：随随便便，轻易。东风：春风。

【导读】

此诗写游春观感，却又不仅是对春光的赞美，还隐约表达了某种情感追求，富有哲理意味。

诗人把春光写得极美。首句“胜日寻芳泗水滨”写春光明媚，激发“寻”春意趣。次句“无边光景一时新”写眼前所见，春光无限，万象更新。三四两句“等闲识得东风面，万紫千红总是春”写春光无处不在，“等闲”可得，触目皆为春，“万紫千红”四字更是描绘出一幅色彩斑斓、广阔无边的春光图。然而此诗又非单纯的写景诗，还可作哲理诗理解。泗水是孔子的出生地，也是儒家先贤主要的活动区域，历来被视为儒家学说的重要发祥地。朱熹一生都没到过泗水，故此诗更多是借写春景表达某种人生体悟，于是“寻芳泗水”的举动也就具有了象征含义，它象征着朱熹对儒家先贤的追慕，对圣人之道的追寻。次句承前描绘诗人徜徉于儒学世界的“无边光景”之中，心思畅达，时时处处都有新发现。三句句意一转，诗人以“东风”譬喻化育天下的圣人之道，“等闲”二字虽出语轻松，却不难体会圣人背后蕴含的艰辛求索。第四句写努力终有收获，“万紫千红总是春”七字既有对圣人之道包孕无穷的赞美，也是诗人追寻先贤脚步，领悟儒家精髓后欣喜、愉悦的形象传达。

游园不值

（南宋）叶绍翁[1]

应怜屐齿印苍苔[2]，小扣柴扉久不开[3]。

春色满园关不住，一枝红杏出墙来[4]。

【注释】

［1］叶绍翁（1194–1269），字嗣宗，号靖逸，龙泉（今浙江龙泉）人，南宋诗人。值：碰到，遇上。游园不值：去游园却没遇上开园门。

［2］应：大概。屐（jī）：用木头做鞋底的鞋。屐齿：木屐底下凸出像齿的部分。

［3］柴扉（fēi）：柴门。

［4］一枝红杏出墙来：钱钟书《宋诗选注》认为吴融有“一枝红杏出墙头，墙外行人正独愁”（《途见杏花》），陆游有“杨柳不遮春色断，一枝红杏出墙头”（《马上作》），张良臣有“一段好春藏不尽，粉墙斜露杏花梢”（《偶题》），均不如叶绍翁此诗醒豁。

【导读】

前两句“应怜屐齿印苍苔，小扣柴扉久不开”承题，采用逆挽手法倒果为因。本应是因为叩门许久无人应答，才引起诗人的猜疑。诗人把猜测提前，故意说主人是怕访客破坏了园中的青苔才假装不在家，把读者的注意力吸引到园子主人身上。这是一个怎样的人呢？诗人用“青苔”“柴扉”意象进行巧妙的暗示。青苔多生长在潮湿、少有人迹的地方，暗示园子所处位置的偏僻。在古代诗歌中，青苔意象也往往与人品、格调、趣味等相联系，如谢朓的“红药当阶翻，苍苔依砌上”(《直中书省诗》) 以青苔暗喻固守本心的坚定；王维《鹿柴》“返景入深林，复照青苔上”中的青苔也有隐逸追求的蕴含。主人怕青苔被人践踏，即可理解为避世态度的体现。柴扉是用树枝编扎成的门，喻示主人贫寒的生活状况。同样，柴扉意象也往往是安贫乐道的象征。理解了这两个意象，第二句中“小”和“久”的意思就出来了。“小”是强调动作轻，这是访客对主人的尊重；“久”则写叩门时间之长，隐含访客拜访之决心。而“不开”二字既强调了主人避世态度之坚决，也使来访者的心情落到了谷底。当然，主人是否在家，谁也不知道，但不管是否在家，都不影响读者对诗意的理解。这两句完整的写出了“游园不值”的题意，也为下面对春光的描写作了铺垫。

第三句“春色满园关不住”以“关不住”呼应上句末尾“不开”二字，既是转折又设下悬念。紧接着第四句“一枝红杏出墙来”揭开谜题，原来是诗人正要失意而归的时候，墙头一枝红杏突然闯进他的视野。诗人不禁浮想联翩，这院墙内该是怎样一幅春光明媚的情景啊！“出”字极具动态感，以小见大，形象的写出了春色满园、喷薄欲出的美好景象。正如王国维《人间词话》云:“欧九《浣溪沙》词:‘绿杨楼外出秋千’，晁补之谓‘只一出字，便后人所不能道’。”这两句同样是运用倒装手法，把诗人的想象和感慨提前，而以景物描写结尾，引发读者的审美联想：美好的春光、勃发的生命力、隐者的高洁……

诗歌写访友不遇，其写法上峰回路转，在短短二十八字中让读者经历了一场情感上的波澜，从惆怅、猜疑到惊喜，展现了一场生命的律动。

石灰吟

（明）于谦[1]

千锤万凿出深山[2]，烈火焚烧若等闲[3]。
粉骨碎身浑不怕，要留清白在人间。

【注释】

[1] 于谦（1398–1457），字廷益，号节庵，杭州府钱塘（今浙江杭州）人，明代政治家、诗人。

[2] 锤：锤击，捶打。凿（zuò）：开凿，挖掘。

[3] 等闲：轻易，轻松。

【导读】

首句“千锤万凿出深山”写开采石灰石。“千锤万凿”四字极有力度感，现在习惯把“凿”读成平声，其实是没有体会到其声韵意义。首先，从格律角度来看，“凿”本就应读仄声。此句有另一种版本“千锤万击出深山”，“击”为入声，也是仄声字。其次，读平声与读仄声的情感表达是完全不一样的。“凿”读仄声时与“万”字连成一片，在“千锤”两个舒缓的平声之后连续两个仄声就很形象地把敲击石灰石那种声响、力度很完美地表现出来了。再次，“锤”的击打面积大，“凿”的凿击点小，读成仄声更有一种尖锐穿透的感觉。配合“千”“万”的数量修饰和产自深山的说明，这七个字就很形象地展现了开采石灰石的艰难过程。次句“烈火焚烧若等闲”亦物亦人，表面写石灰石开采出来后还需要经过不断的煅烧过程，但拟人手法的运用又容易使人生发对面临困厄危难却始终夷然自若、视若等闲的大无畏精神的联想，这也为第三句“粉骨碎身浑不怕”高潮的到来做了很好的铺垫，“浑不怕”就是这种大无畏精神的具体呈现。为了实现理想抱负，甘愿付出巨大努力，做出巨大牺牲。这种努力、牺牲有着一个崇高的目的:“要留清白在人间”。“清白”是石灰的颜色，更是诗人一生的不懈追求。

这是一首借物喻人的咏物诗，句句咏石灰而又句句写人，情感饱满昂扬，音韵铿锵有力，很好地写出了少年于谦清白为人、不怕牺牲的理想志向。

己亥杂诗

（清）龚自珍[1]

过镇江，见赛玉皇及风神雷神者，祷词万数。道士乞撰青词[2]。

九州生气恃风雷[3]，万马齐喑究可哀[4]。
我劝天公重抖擞[5]，不拘一格降人材[6]。

【注释】

[1] 龚自珍（1792–1841），字璱（sè）人，号定盦（一作定庵），仁和（今浙江杭州）人，清代思想家、文人。己亥杂诗：龚自珍所作之自叙组诗，共315首，本诗为第125首。

[2] 青词：道士用朱笔书写在青藤纸上用以上奏天庭或征召神将的符箓。

[3] 九州：指中国。生气：生机活力。恃（shì）：依赖，凭仗。

[4] 喑（yīn）：缄默，不出声。究：终究，毕竟。

[5] 天公：老天爷。抖擞：振作，振奋精神。

[6] 不拘一格：不局限于一种形式。

【导读】

龚自珍《已亥杂诗》组诗作于道光十九年己亥（1839）辞官南归后。当时的中国正处于鸦片战争前夕，清王朝的统治危机四伏。本诗是诗人路过镇江时应道士所请而作的祭神诗。诗人借对上天的祈祷表达了对变革的渴盼，情感昂扬振奋，极富感染力。

一二句“九州生气恃风雷，万马齐喑究可哀”开门见山，诗人针对当时中国的社会现状提出了解决方案。相对于西方资本主义的迅速发展和殖民扩张，当时的清政府依旧奉行闭关锁国的政策，整个社会死气沉沉。“九州”“万马”从空间上写范围之广，“齐喑”则表达出高压统治下人民不敢说话的悲哀。要想打破这一局面，必须要有雷霆万钧的力量。“恃”表现出解决办法的唯一性，只有借助“风雷”这种传说中能荡除邪恶的伟力才能破除时弊，改变现状。这两句从句意来看，本应是“万马齐喑究可哀，九州生气恃风雷”，但诗人将第二句提前，造成了一种直击心灵的震撼效果，强调出变革的重要性、迫切性。

社会的变革不是光靠破除旧秩序就能实现的，有破灭必定要有重建，而重建理想社会需要什么？需要人才，需要各种各样大量的人才。因此诗人在三四句“我劝天公重抖擞，不拘一格降人材”中将诗意推向深入。“劝”有以理服人、奉劝、勉励等意思，这里可以理解为劝勉。诗人以朋友甚至是长辈的角度劝勉天公重新振作起来，为建设新秩序做贡献。结句点明主旨——要想建设理想社会，就需要培养大量的人才。“不拘一格”是热切的希望，也是理性的思考。社会变革需要唤醒民众，需要人民齐心协力，需要每个人都贡献出自己的一份力量！从这点上说，这首诗具有鲜明的时代性和现实意义。

文赋撷英

曹刿论战

《左传·庄公十年》[1]

十年春，齐师伐我[2]。公将战[3]，曹刿请见[4]。其乡人曰："肉食者谋之[5]，又何间焉[6]？"刿曰："肉食者鄙[7]，未能远谋。"乃入见。

问："何以战[8]？"公曰："衣食所安[9]，弗敢专也[10]，必以分人。"对曰："小惠未遍，民弗从也。"公曰："牺牲玉帛[11]，弗敢加也，必以信[12]。"对曰："小信未孚[13]，神弗福也[14]。"公曰："小大之狱[15]，虽不能察[16]，必以情[17]。"对曰："忠之属也[18]。可以一战。战则请从。"公与之乘，战于长勺[19]。

公将鼓之[20]。刿曰："未可。"齐人三鼓。刿曰："可矣。"齐师败绩[21]。公将驰之[22]。刿曰："未可。"下视其辙[23]，登轼而望之[24]，曰："可矣。"遂逐齐师。

既克[25]，公问其故。对曰："夫战，勇气也[26]。一鼓作气[27]，再而衰[28]，三而竭。彼竭我盈[29]，故克之。夫大国难测也[30]，惧有伏焉[31]。吾视其辙乱，望其旗靡[32]，故逐之。"

【注释】

[1]《左传》：又名《左氏春秋》《春秋左氏传》，相传由春秋末年鲁国人左丘明所著，记事起于鲁隐公元年（公元前 722）至鲁哀公二十七年（公元前 468），主要记述了周王朝及各诸侯国发生的重大历史事件。《曹刿论战》是以鲁国与齐国之间发生的长勺之战为背景。

[2] 齐师：齐国的军队。我：此处指鲁国，《左传》是从鲁国的角度去记史。

[3] 公：指鲁庄公。

[4] 曹刿（guì）：鲁国人，当时无权势。

[5] 肉食者：古时把礼制规定的食肉的统治者称为“肉食者”，引申为官吏。

[6] 间（jiàn）：参与。

[7] 鄙：浅薄，鄙陋。

[8] 何以战：凭借什么去作战？

[9] 安：奉养，安身。

[10] 弗：不。专：独自享有。

[11] 牺牲：指为祭祀宰杀的牛、羊、猪等牲畜。

[12] 信：忠诚，诚实。

[13] 孚：信用，诚实。

[14] 福：降福，庇佑。

[15] 狱：讼案。

[16] 察：考核，调查。

[17] 情：情况，实情。必以情：肯定处理得合乎情理。

[18] 忠：忠诚，忠实。忠之属：可以算得上是忠诚忠实、尽心尽力了。

[19] 长勺：今山东莱芜东北，齐鲁两国交战之地。

[20] 鼓：击鼓，擂鼓，此处指擂鼓进兵。

［21］败绩：在战争中大败。

［22］驰：疾驱，驱车追赶。

［23］辙（zhé）：车轮留下的痕迹。

［24］轼：古代马车前用作扶手的横木。

［25］克：战胜。既克：已经战胜了。

［26］勇气：凭借的、依靠的是勇气。

［27］一鼓作气：第一次擂鼓，能振奋士兵们的勇气和斗志。

［28］再而衰：第二次擂鼓，士气就开始低落了。

［29］彼竭我盈：他们的士气已经衰竭，而我们的士气正旺盛。

［30］大国难测：指像齐国这样的大国是很难揣测的。

［31］惧有伏焉：担心有埋伏。

［32］靡（mǐ）：倒下。旗靡：旗帜倒下。

【导读】

文章记录了鲁庄公十年发生在齐鲁两国间的长勺之战。因鲁国曾经支持出逃的公子纠（其母亲为鲁国人）与公子小白（即齐桓公）竞争，即位后的齐桓公便发动了这场战争。

这篇文章可以分为三个部分：

第一部分写开战前夕。曹刿主动请求进见鲁庄公，从他与乡人的对话中我们可以判断出，曹刿的身份并不高贵，不属于“食肉”的贵族阶层，但他对自己的谋略判断极有信心，对身份高贵的“肉食者”直接评价为“鄙”，认为他们见识浅薄。见到鲁庄公后，曹刿依然不卑不亢，甚至考察式地询问鲁庄公对即将发生的战争做了哪些准备，当庄公表示自己把衣食与众人分享，尽心完成祭祀后，曹刿表示前者未能惠及百姓，后者的分量也不足以得到神灵的庇佑。当庄公提起自己对讼案会尽量处理得合情合理后，曹刿才予以认可，因为他认为这是关乎百姓切身利益的事情。这番对话暗示了曹刿认为争取到民心的支持，对一场战争来说至关重要。

第二部分写战争进行的状况。作者采用极为简练的语言，记录曹刿不仅与庄公探讨了战争的准备情况，还亲自跟着庄公上了战场。开战前，庄公正准备擂鼓来激发士气，却被曹刿劝阻，称时机未到。一直等到齐军一方擂到第三次鼓时，曹刿才说可以。战争中，齐军大败。庄公本想带人追击齐军，曹刿再次劝阻了他。然后下车观察了地上的车辙，再登马观望确认对方的旗帜已倒后，才对庄公说可以追了，其后才开始追击齐军。

最后一个部分写对战争的分析总结。鲁国虽然取得了战争的胜利，但作为国君的庄公依然处于不解其惑的状态，这正好呼应了文章开头曹刿“肉食者鄙”的判断，庄公虽然按照曹刿的建议行事，但即便是胜利后也没琢磨出其中的道理。曹刿则侃侃而谈，“一鼓作气，再而衰，三而竭”这句人尽皆知的名句就是此时提出的，战争的胜利需要足够的士气，还要选择合适的战机。当齐军败逃时，曹刿并没有被胜利冲昏头脑，而是在确认齐军无埋伏、对方的阵型已经大乱时，才让庄公率领将士前去追击。

文章塑造的曹刿是一个极富光彩的人物形象：虽然他是一介平民，社会地位不高，但他对国家有责任感，重视百姓的利益，不仅为国君筹谋划策，还直接上战场参战，可谓有勇有谋。文章的叙事技巧也很高超，详略安排得当，战争的具体过程被略写，而战前的准备和战后的分析则详细铺开，在作者看来，一场战争的战前准备比战争本身发挥了更为重要的作用。叙事的节奏有张有弛，战事过程不过三言二语，战事结束后，则缓缓道出其中的道理，这也体现了作者对文字的驾驭能力是游刃有余的。

冯谖客孟尝君

《战国策·齐策》[1]

齐人有冯谖者[2]，贫乏不能自存。使人属孟尝君[3]，愿寄食门下。孟尝君曰："客何好？"曰："客无好也。"曰："客何能？"曰："客无能也。"孟尝君笑而受之曰："诺。"

左右以君贱之也，食以草具[4]。居有顷，倚柱弹其剑，歌曰："长铗[5]，归来乎！食无鱼。"左右以告。孟尝君曰："食之，比门下之客[6]。"居有顷，复弹其铗，歌曰："长铗，归来乎！出无车。"左右皆笑之，以告。孟尝君曰："为之驾，比门下之车客[7]。"于是乘其车，揭其剑[8]，过其友，曰："孟尝君客我[9]！"后有顷，复弹其剑铗，歌曰："长铗，归来乎！无以为家[10]。"左右皆恶之，以为贪而不知足。孟尝君问："冯公有亲乎？"对曰，"有老母。"孟尝君使人给其食用，无使乏。于是冯谖不复歌。

后孟尝君出记[11]，问门下诸客："谁习计会[12]，能为文收责于薛者乎[13]？"冯谖署曰[14]："能。"孟尝君怪之，曰："此谁也？"左右曰："乃歌夫'长铗归来者'也！"孟尝君笑曰："客果有能也，吾负之[15]，未尝见也。"请而见之。谢曰[16]："文倦于事[17]，愦于忧[18]，而性懧愚[19]，沉于国家之事，开罪于先生[20]。先生不羞[21]，乃有意欲为收责于薛乎？"冯谖曰："愿之。"于是约车治装[22]，载券契而行[23]，辞曰："责毕收，以何市而反[24]？"孟尝君曰："视吾家所寡有者。"

驱而之薛。使吏召诸民当偿者，悉来合券[25]。券偏合[26]，起，矫命[27]，以责赐诸民。因烧其券。民称万岁。

长驱到齐[28]，晨而求见。孟尝君怪其疾也，衣冠而见之，曰："责毕收乎？来何疾也！"曰："收毕矣。""以何市而反？"冯谖曰："君云：'视吾家所寡有者。'臣窃计，君宫中积珍宝，狗马实外厩，美人充下陈[29]；君家所寡有者，以义耳！窃以为君市义。"孟尝君曰："市义奈何？"曰："今君有区区之薛，不拊爱子其民[30]，因而贾利之[31]。臣窃矫君命，以责赐诸民，因烧其券，民称万岁。乃臣所以为君市义也。"孟尝君不说，曰："诺。先生休矣[32]！"

后期年[33]，齐王谓孟尝君曰："寡人不敢以先王之臣为臣！"孟尝君就国于薛[34]。未至百里[35]，民扶老携幼，迎君道中正日[36]。孟尝君顾谓冯谖："先生所为文市义者，乃今日见之！"

冯谖曰："狡兔有三窟，仅得免其死耳。今君有一窟，未得高枕而卧也。请为君复凿二窟。"孟尝君予车五十乘，金五百斤，西游于梁[37]。谓惠王曰："齐放其大臣孟尝君于诸侯[38]，诸侯先迎之者，富而兵强。"于是梁王虚上位[39]，以故相为上将军，遣使者黄金千斤，车百乘，往聘孟尝君。冯谖先驱，诫孟尝君曰[40]："千金，重币也；百乘，显使也。齐其闻之矣！"梁使三反[41]，孟尝君固辞不往也。

齐王闻之，君臣恐惧，遣太傅赍黄金千斤[42]，文车二驷[43]，服剑一[44]，封书谢孟尝君曰："寡人不祥[45]，被于宗庙之祟[46]，沉于谄谀之臣[47]，开罪于君。寡人不足为也，愿君顾先王之宗庙，姑反国统万人乎[48]？"冯谖诫孟尝君曰："愿请先王之祭器，立宗庙于薛[49]。"庙成，还报孟尝君曰："三窟已就，君姑高枕为乐矣。"

孟尝君为相数十年，无纤介之祸者[50]，冯谖之计也。

【注释】

[1]《战国策》：由战国时期各国史官和纵横策士所记，杂记十二个国家的军政大事及策士言辞。西汉末年，刘向整理宫中图书，编成33篇，他认为主要记载“战国时游士辅所用之国，为之策谋”（刘向《战国策书录》），所以定名为《战国策》。

[2] 冯谖（xuān）：亦作“冯煖（nuǎn 或 xuān）”“冯驩（huān）”。

[3] 属（zhǔ）：通“嘱”，托付。孟尝君：即田文，又称文子、薛文、薛公，战国时齐国临淄人，是靖郭君田婴的儿子。他有食客数千人，甚至连一些鸡鸣狗盗之徒都欣然接纳。

[4] 食（sì）：以食与人。草具：粗劣的食物。

[5] 铗（jiá）：剑把。长铗：指长剑。

[6] 食之：给他吃。门下之客：此处指可以吃鱼这个等级的门客。《列士传》“孟尝君厨有三列。上客食肉，中客食鱼，下客食菜。”

[7] 车客：指有车可乘的食客。

[8] 揭：高举。揭其剑：高举他的剑。

[9] 客我：以我为客，把我当成门客了。

[10] 无以为家：没有能力赡养家庭。

[11] 记：古时的公文。出记：出文告。

[12] 习：熟悉，知晓。计会（kuài）：总计出入，指会计。

[13] 文：指田文自己。责（zhài）：通“债”。薛：是孟尝君的封地。

[14] 署：署名，签名。

[15] 负之：亏待、亏欠了他。

[16] 谢：道歉。

[17] 倦于事：因为事务繁忙而劳碌。

[18] 愦（kuì）：昏乱，昏聩。愦于忧：被忧虑搞得心烦意乱。

[19] 懧（nuò）：通"懦"，懦弱，怯弱。懧愚：懦弱无能。

[20] 开罪：因冒犯而得罪。

[21] 不羞：不以为羞，不因为自己的怠慢而感到受辱。

[22] 约车：将马系在车前。治装：整理行装。约车治装：指做好出发前的准备工作。

[23] 券：古代的券常常分为两半，各执其一作为凭证，后泛指票据、凭证。契：契约，文卷，契分两半。券契：债务的契约。

[24] 何市而反：买什么回来。

[25] 合券：双方各自出示持有的一半契约，核验契据。

[26] 徧（biàn）：通"遍"，全。

[27] 矫：假托，诈称。命：指示，命令。

[28] 长驱：驱车直接前行，不作逗留。

[29] 下陈：古代统治者宾主相见，礼品陈列在堂下，故称"下陈"，此处指被当作礼品的美人。

[30] 拊（fǔ）：体恤，抚慰。子其民：把他的百姓当成自己的孩子。

[31] 贾利：求取利益，此处指用商人的手段向百姓谋取利益。

[32] 休矣：算了吧。

[33] 期（jī）：一年。

[34] 就国：前往自己的封地。

[35] 未至百里：距离薛地还有一百里。

[36] 正日：终日，一整天。此处指百姓在路上等了一整天。

[37] 梁：魏国的都城。

[38] 放：弃。

[39] 虚：空出。

［40］诫：告诫。

［41］三反：往返三次。

［42］赍（jī）：携带，持有。

［43］文车：彩绘的马车。驷（sì）：古代指套着四匹马的马车。文车二驷：指两辆套着四匹马的彩绘马车。

［44］服剑：佩剑，随身佩带的剑。

［45］不祥：不吉利，不善。

［46］被：遭遇。宗庙之祟：祖宗神灵降下的灾祸。

［47］沉：沉溺，溺于所好。谄谀：谄媚阿谀。

［48］姑：姑且。姑反国统万人：姑且回国管理百姓。

［49］宗庙：帝王或诸侯祭祀祖先的场所。立宗庙于薛：此处指在薛地立了齐国的宗庙后，会让齐王更加重视薛地。

［50］纤介：也做“纤芥”，细小，细微。

【导读】

《战国策》一书的主要内容是记录了各国纵横家、策士们在政坛上的各种言行，他们多半才华横溢、谋略深远，冯谖也算是其中比较有个性也比较成功的人士。这篇文章可以分成三个部分：

第一、二自然段是文章的第一部分。一开头，冯谖的出场形象是较为无能的，“贫乏不能自存”，意思是穷到没法养活自己。于是他请人帮忙拜托孟尝君，看对方是否愿意接纳自己成为他的门客。孟尝君就问冯谖有何爱好或者特长，冯谖表示自己既没爱好也没有特长，然后孟尝君笑了笑就收留了冯谖。来到孟尝君家中后，冯谖虽然能吃饱了，但他觉得自己的待遇不够好，于是先后三次通过“长铗归来”的呼告争取到了食鱼、配车、奉养父母的待遇。第一次他弹长铗时，大家还觉得新奇好笑，当他第二次、第三次为自己争取时，大家都觉得他不仅没本事，而且太贪婪。

第三至第五自然段是文章的第二部分。当孟尝君张榜招聘能为自己前往薛地收债的人选时，冯谖站出来领下了这个任务。这使孟尝君颇为惊讶，向身边的人询问此人是谁，到这里读者会发现一件事：孟尝君之所以收下冯谖作为门客、之所以一次次答应冯谖提高待遇的要求，并非因为冯谖本身给他留下什么印象或者他发现冯谖身上有何优点，多半是因为他性格较为宽容、待人大方罢了。冯谖前往薛地把百姓们所欠的债务以孟尝君的名义赏赐给了百姓，百姓们自然十分高兴，连呼万岁。冯谖赶回来向孟尝君交差，并向他解释了其中缘由，但并没有得到孟尝君的认可，虽然孟尝君没有发怒，但显然是不开心的。

第六自然段至末尾是文章的第三部分。孟尝君因为小人进谗言而被齐王罢免了官职，不得不前往薛地。之前领受了赏赐的百姓自然热情地前来迎接孟尝君，直到此时，孟尝君才终于领会到冯谖的意图，也真正认可冯谖的才干。接下来，冯谖表示，收服了薛地的民心只能算狡兔三窟中的第一窟，他还需要再凿两窟：通过游说梁王重金聘请孟尝君，来抬高后者的身价，以引发齐王的恐慌，诱使齐王重新启用孟尝君；当齐王也花重金来请回孟尝君时，趁机要求齐王允许孟尝君在薛地建立宗庙。宗庙建成后，冯谖说："三窟已成，从此可以高枕无忧了！"

这篇文章的情节设置特别精巧，通过开篇冯谖"贫乏不能自存"的描述与"三次弹剑铗"的行为描写，树立了冯谖无能又贪婪的形象；通过"赴薛收债"的处置方式，展现了冯谖勇于担当的性格特征与深谙民心向背重要性的智慧；通过"狡兔三窟"的层层设计，显示了冯谖高超的政治见识与手腕；文末"无纤介之祸，冯谖之计也"与篇首"贫乏不能自存"形成的极端反差，使冯谖的智谋给读者留下了极为深刻的印象。

文章塑造的人物形象也特别饱满。对于冯谖这个人物，作者采用了欲扬先抑的手法，从贫乏不能自存到他独自揭榜为孟尝君前往薛地收债，最后为孟尝君设置三窟以巩固其地位，他的形象经历了一个由不如常人到谋略深远的智者的极端变化。而孟尝君呢，在不了解冯谖才能的前提下，一再满足对方提出的看似过分的要求，这也给读者留下了一个疑问：他到底是善于发现冯谖的闪光点，还是单纯因为为人比较大方呢？从情节的发展上看，我们发现孟尝君的谋略是远远比不上冯谖的，但他也有自己的优点，他礼贤下士、待人宽厚。当他发现错怪了冯谖之后，他勇于认错、从善如流。孟尝君的形象虽然不如冯谖精彩，但也有自己的光彩所在。

清高塘《国策钞》卷上引俞桐川评，“无能无好，写得平平无奇。长铗三弹，凄凉寂寞。以下逐步生色，结穴十分热闹。回环照应，前后生情，细若罗纹，灿如锦织”，可谓总结到位。

子路、曾皙、冉有、公西华侍坐

《论语·先进》[1]

子路、曾皙、冉有、公西华侍坐[2]。

子曰："以吾一日长乎尔，毋吾以也[3]。居则曰[4]：'不吾知也。'如或知尔，则何以哉？"

子路率尔而对曰[5]："千乘之国，摄乎大国之间[6]，加之以师旅，因之以饥馑[7]；由也为之，比及三年[8]，可使有勇，且知方也[9]。"

夫子哂之[10]。

"求！尔何如？"

对曰："方六七十[11]，如五六十[12]，求也为之，比及三年，可使足民。如其礼乐，以俟君子。"

"赤！尔何如？"

对曰："非曰能之，愿学焉。宗庙之事，如会同[13]，端章甫[14]，愿为小相焉[15]。"

"点！尔何如？"

鼓瑟希[16]，铿尔，舍瑟而作[17]，对曰："异乎三子者之撰[18]。"

子曰："何伤乎？亦各言其志也。"

曰："莫春者[19]，春服既成[20]，冠者五六人[21]，童子六七人，浴乎沂[22]，风乎舞雩[23]，咏而归。"

夫子喟然叹曰："吾与点也[24]！"

三子者出，曾皙后。曾皙曰："夫三子者之言何如？"

子曰："亦各言其志也已矣。"

曰："夫子何哂由也？"

曰："为国以礼，其言不让，是故哂之。"

"唯求则非邦也与[25]？"

"安见方六七十，如五六十而非邦也者？"

"唯赤则非邦也与？"

"宗庙会同，非诸侯而何？赤也为之小[26]，孰能为之大？"

【注释】

[1] 本文选自《论语·先进》篇第26章。《论语》是孔子弟子及再传弟子记录孔子及其弟子言行的语录体著作，共20篇。侍坐：在师长旁陪坐。

[2] 子路：仲由，字子路，又字季路。曾皙：曾点，字子皙，曾参之父。冉有：冉求，字子有。公西华：公西赤，字子华。子路、曾皙、冉有、公西华四人均是孔子的学生。

[3] 毋吾以：即"毋吾以一日长乎尔"的简省。

[4] 居：平日，平时。

[5] 率尔：轻率，直率。

[6] 摄：夹在中间，迫近。

[7] 馑（jǐn）：果蔬未成熟，泛指灾荒。饥馑：灾荒之年。

[8] 比（bì）及：等到。

[9] 方：方向。知方，懂得遵守礼仪。

[10] 哂（shěn）：微笑。

［11］方：方圆。

［12］如：或者。

［13］会同：指诸侯会盟。

［14］端：礼服。章甫：礼帽。端章甫：此处用作动词，穿着礼服，戴着礼帽。

［15］小相：诸侯祭祀、会盟时的司仪官，有小相、大相之别。

［16］希：同“稀”，指瑟音逐渐稀疏。

［17］作：站起身。

［18］撰：同“譔”，才干，志向。

［19］莫（mù）：通“暮”。莫春：阳历三月份。

［20］春服：春天穿的衣服。一说春天祭祀穿的衣服，从上下文看，此处宜译为春装。

［21］冠：古代男子二十成年，行冠礼。

［22］沂（yí）：水名，在今山东曲阜。

［23］舞雩（yú）：高台名，在今山东曲阜，原为求雨之地。

［24］与：赞同。

［25］唯：难道。与：通“欤”，语气词。

［26］为之小：担任小相。

【导读】

文章以一个小型讨论会的形式开始，主题集中在弟子们的志向上。孔子的弟子大部分都比孔子的年纪要小很多，如子路小孔子九岁，曾皙和冉有小孔子二十几岁，而公西华小孔子四十二岁，因此孔子首先做的就是打消弟子们在长者面前不敢随意说话的顾虑，然后从弟子们日常关注的事情入手引出话题。孔子授学注重因材施教，平时很关注每个学生的不同学习情况，对他们的思想动向十分了解，所以志向理想话题的引出非常自然，弟子们的回答也非常踊跃。

子路的理想是使一个中等的国家人民富足、军力强盛而且懂得礼仪。冉有的理想是使一个小的国家人民富足。公西华的理想是做诸侯会盟、宗庙祭祀的司仪。而曾皙的理想则是过逍遥自在的生活。面对四个弟子的不同志向，孔子的反应很不一样。孔子一生以恢复“周礼”作为人生的追求，因此子路的“不让”让他不满。对冉有、公西华的志向，孔子则认为他们过于谦虚。这三个弟子都是以为政作为自己的理想，可是孔子反而对曾皙的理想明确表明了赞赏之意，这是为何？如果说子路三人是把积极从政、为民为国做贡献作为理想的话，那么曾皙所说的“异乎三子者之撰”就是将隐逸逍遥、个体的精神自由作为自己的追求。孔子“喟然叹曰”，说明曾皙的理想让孔子的内心深有触动。孔子屡屡有“道不行，乘桴浮于海”(《论语·公冶长》)、“危邦不入，乱邦不居。天下有道则见，无道则隐”(《论语泰伯》)的感叹，这或许是孔子赞同曾皙理想的原因。另一方面，曾皙所描绘的美好图景也可理解为是对礼乐之邦的向往。在天下大同的和谐社会中，人民安居乐业，生活自在闲适，这也与孔子对理想社会的追求相符。因此，从这两方面来看，孔子都可能赞同曾皙的理想。

这章师徒对话的内容，既体现了孔子与学生之间的亲密关系，也反映了孔子的政治理想和教育理念。在简短的对话中，勾勒出孔子师徒的不同性格，长者慈祥和蔼，少者或直率，或谦谨，或潇洒的形象可谓如在目前，这也是本章的一大特色。

养生主（节选）

《庄子·内篇》[1]

庖丁为文惠君解牛[2]，手之所触，肩之所倚，足之所履，膝之所踦[3]，砉然向然[4]，奏刀騞然[5]，莫不中音。合于桑林之舞[6]，乃中经首之会[7]。

文惠君曰："譆[8]，善哉！技盖至此乎？[9]"

庖丁释刀对曰[10]："臣之所好者道也[11]，进乎技矣[12]。始臣之解牛之时，所见无非牛者。三年之后，未尝见全牛也。方今之时，臣以神遇而不以目视[13]，官知止而神欲行[14]。依乎天理[15]，批大郤[16]，道大窾[17]，因其固然[18]。技经肯綮之未尝[19]，而况大軱乎[20]！良庖岁更刀[21]，割也[22]；族庖月更刀[23]，折也[24]。今臣之刀十九年矣，所解数千牛矣，而刀刃若新发于硎[25]。彼节者有间[26]，而刀刃者无厚；以无厚入有间，恢恢乎其于遊刃必有余地矣[27]，是以十九年而刀刃若新发于硎。虽然，每至于族[28]，吾见其难为，怵然为戒[29]，视为止[30]，行为迟。动刀甚微[31]，謋然已解[32]，如土委地[33]。提刀而立，为之四顾，为之踌躇满志[34]，善刀而藏之[35]。"

文惠君曰："善哉！吾闻庖丁之言，得养生焉[36]。"

【注释】

［1］《庄子》：今本《庄子》总共33篇，包括《内篇》《外篇》《杂篇》三个部分，一般认为是庄子及其后学门人所著，记录了庄子与其弟子及后学有关的道家学说和主张。经考证一般研究者把《内篇》7篇认定为庄子自著，其他应该出自庄子的后学门人。养生主：就是养生的要领。

［2］庖：厨房，厨师。庖丁：一个名叫丁的厨师。文惠君：即梁惠王，战国时魏国第三任国君。解：肢解，分割。解牛：指宰牛。

［3］踦（yǐ）：单足站立，此处指用膝盖顶住。

［4］砉（huā）：皮骨相离的声音。向：通"响"。

［5］騞（huō）：用刀解剖东西的声音。

［6］桑林之舞：传说中百姓歌颂商汤德行的乐曲。

［7］经首：传说中尧时的乐曲名称。

［8］譆（xī）：通"嘻"，赞叹声。

［9］盖（hé）：通"盍"，怎样。

［10］释：放下。

［11］道：事物的规律。

［12］进：向上，向前，此处可理解为超过。

［13］神：心神，精神。遇：遭遇，接触。

［14］官：器官，此处指眼睛。知：知觉，此处指视觉。

［15］天理：牛身上的自然腠理。

［16］批：击。郤（xì）：通"隙"，指牛筋骨间的空隙。

［17］道（dǎo）：通"导"，遵循。窾（kuǎn）：空隙。

［18］因：顺着，沿袭。固然：本来的样子。

[19] 技：通“枝”，指支脉。经：指经脉。肯：附着在骨头上的肉。綮（qìng）：筋骨肉结合之处。尝：尝试。

[20] 軱（gū）：大骨。

[21] 岁：每年。更：更换。

[22] 割：割肉，指生割硬砍。

[23] 族：众，众多。族庖：一般的厨师。

[24] 折：折断，此处指砍断。

[25] 硎（xíng）：磨刀石。

[26] 节：骨节，关节。

[27] 恢：广大，宽广。恢恢：宽阔广大的样子。遊：运转，移动。

[28] 族：聚集，集中，此处指牛的骨节、筋腱交结的地方。

[29] 怵（chù）：害怕，恐惧。为戒：因为它的缘故而警惕起来。

[30] 视为止：眼神为之专注、集中。

[31] 微：轻。

[32] 謋（huò）：骨肉迅速分裂的声音。

[33] 委：颓丧，蜷伏于地。

[34] 踌躇：从容自得的样子。

[35] 善：擦拭，修整。

[36] 养生：指养生之道。

【导读】

在先秦诸子的散文中，《庄子》是公认文学价值最高的一家。这篇《养生主》中有关庖丁解牛的故事历来被视为经典篇章，主要阐释了道家顺应自然的思想。这段文字总共分四个部分：

第一段，描绘了庖丁为梁惠王宰牛的过程。在作者的笔下，庖丁“手之所触，肩之所倚，足之所履，膝之所踦”等一系列的操作使宰牛的过程犹如一场艺术表演，“砉然向然，奏刀騞然，莫不中音”就连宰牛过程中发出的声音也如同上古歌颂帝王的乐章一般。

第二段，借梁惠王之口对庖丁的解牛之技表示赞叹，自然引出了下文庖丁的一番说辞。

第三段，梁惠王惊叹的是庖丁的技艺，而庖丁第一句话却说，“臣之所好者道也，进乎技矣”，他明确指出自己对“道”的重视远远超过“技”。接着他说自己最初宰牛时眼前是整头牛，而现在眼里只有牛的结构，不是牛的整体了。如今的他在宰牛的时候，可以顺着牛筋骨关节的间隙宰牛，而不必用刀直接砍到牛骨上。好的厨师每年更换一次刀具，一般的厨师是用蛮力拿刀砍骨，所以每个月更换一次刀具。而自己的刀用了十九年还像刚磨好的新刀，正是因为自己能顺着牛骨节的缝隙处理，如果遇到筋骨错节的地方，就会特别小心地处理。处理完毕后，整个人都会感觉特别悠然自得。

第四段，借梁惠王之口点出题意。作者真正想要表达的并非宰牛之技，而是由此体悟到的养生之道。

对于这个故事，最浅层次的解读就是熟能生巧。当我们把宰牛这件事重复多次后，必然对牛的身体结构十分熟悉，那么宰牛的时候自然会越来越容易避开关节处，从而提高宰牛的效率。如果把牛身上的筋骨关节理解成人世间的矛盾冲突，那么我们要做的就是及时掌握矛盾所处的位置并及时避开，自然就能达到一个“游刃有余”的状态。

从艺术上说，文章的结构层次分明，先叙事、后点题。在叙事过程中，不仅有庖丁自身技艺在不同阶段的对比，也有庖丁与其他厨师技艺的对比，虽然是两种不同的对比，但导致个体先后差异、不同个体间差异的共同因素，应该都是由对道的感悟不同所导致的。文章的语言生动形象，主要通过动作描写、语言描写以及心理描写来刻画人物形象，并推进故事情节的发展，诸如开篇庖丁解牛技艺的一连串动作，还有人物语言的描写，诸如梁惠王对庖丁解牛技艺的赞叹，以及面对筋骨密集、纠缠的部位，庖丁的小心谨慎等，展现了庄子高超的语言文字技巧。

垓下之围

（西汉）司马迁[1]

项王军壁垓下[2]，兵少食尽，汉军及诸侯兵围之数重。夜闻汉军四面皆楚歌，项王乃大惊曰："汉皆已得楚乎？是何楚人之多也！"项王则夜起[3]，饮帐中。有美人名虞，常幸从[4]；骏马名骓[5]，常骑之。于是项王乃悲歌慷慨[6]，自为诗曰："力拔山兮气盖世，时不利兮骓不逝。骓不逝兮可奈何，虞兮虞兮奈若何[7]！"歌数阕[8]，美人和之。项王泣数行下，左右皆泣，莫能仰视。

于是项王乃上马骑[9]，麾下壮士骑从者八百馀人，直夜溃围南出[10]，驰走[11]。平明[12]，汉军乃觉之，令骑将灌婴以五千骑追之[13]。项王渡淮，骑能属者百馀人耳[14]。项王至阴陵，迷失道。问一田父，田父绐曰："左。"[15]左，乃陷大泽中。以故汉追及之。项王乃复引兵而东，至东城，乃有二十八骑[16]。汉骑追者数千人。项王自度不得脱[17]。谓其骑曰："吾起兵至今八岁矣，身七十馀战[18]，所当者破，所击者服，未尝败北，遂霸有天下。然今卒困於此[19]，此天之亡我，非战之罪也。今日固决死[20]，愿为诸君快战，必三胜之，为诸君溃围，斩将，刈旗，令诸君知天亡我，非战之罪也。"乃分其骑以为四队，四向。汉军围之数重。项王谓其骑曰："吾为公取彼一将。"令四面骑驰下，期山东为三处[21]。于是项王大呼驰下，汉军皆披靡[22]，遂斩汉一将。是时，赤泉侯为骑将，追项王。项王瞋目而叱之，赤泉侯人马俱惊，辟易数里[23]。与其骑会为三处。汉军不知项王所在，乃分军为三，复围之。项王乃驰，复斩汉一都尉，杀数十百人。复聚其骑，亡其两骑耳。乃谓其骑曰："何如？"骑皆伏曰[24]："如大王言。"

于是项王乃欲东渡乌江。乌江亭长檥船待[25]，谓项王曰："江东虽小，地方千里，众数十万人，亦足王也。愿大王急渡。今独臣有船，汉军至，无以渡[26]。"项王笑曰："天之亡我，我何渡为[27]！且籍与江东子弟八千人渡江而西，今无一人还，纵江东父兄怜而王我[28]，我何面目见之？纵彼不言，籍独不愧於心乎？"乃谓亭长曰："吾知公长者。吾骑此马五岁，所当无敌，尝一日行千里[29]，不忍杀之，以赐公。"乃令骑皆下马步行，持短兵接战。独籍所杀汉军数百人。项王身亦被十馀创[30]。顾见汉骑司马吕马童[31]，曰："若非吾故人乎？"马童面之，指王翳曰[32]："此项王也。"项王乃曰："吾闻汉购我头千金[33]，邑万户，吾为若德[34]。"乃自刎而死。王翳取其头，余骑相蹂践争项王[35]，相杀者数十人。最其後，郎中骑杨喜，骑司马吕马童，郎中吕胜、杨武各得其一体。五人共会其体[36]，皆是。故分其地为五：封吕马童为中水侯，封王翳为杜衍侯，封杨喜为赤泉侯，封杨武为吴防侯，封吕胜为涅阳侯。

项王已死，楚地皆降汉，独鲁不下。汉乃引天下兵欲屠之，为其守礼义[37]，为主死节，乃持项王头视鲁[38]，鲁父兄乃降。始，楚怀王初封项籍为鲁公，及其死，鲁最後下，故以鲁公礼葬项王穀城。汉王为发哀[39]，泣之而去。

诸项氏枝属[40]，汉王皆不诛。乃封项伯为射阳侯。桃侯、平皋侯、玄武侯皆项氏，赐姓刘。

太史公曰：吾闻之周生曰"舜目盖重瞳子"[41]，又闻项羽亦重瞳子。羽岂其苗裔邪[42]？何兴之暴也[43]！夫秦失其政，陈胜首难，豪杰蜂起，相与并争，不可胜数。然羽非有尺寸[44]，乘势起陇亩之中[45]，三年，遂将五诸侯灭秦[46]，分裂天下，而封王侯，政由羽出，号为“霸王”，位虽不终，近古以来未尝有也。及羽背关怀楚[47]，放逐义帝而自立，怨王侯叛己，难矣。自矜功伐[48]，奋其私智而不师古[49]，谓霸王之业，欲以力征经营天下[50]，五年卒亡其国，身死东城，尚不觉寤而不自责，过矣[51]。乃引“天亡我，非用兵之罪也”，岂不谬哉！

【注释】

［1］司马迁（约前145–？），字子长，夏阳（今陕西韩城）人，另说龙门（今山西河津）人，西汉史学家、文人。其所著《史记》为中国第一部纪传体通史，影响深远。

［2］壁：名词用作动词，驻扎。垓下：在今安徽宿州。

［3］则：就。

［4］幸从：受到宠幸跟随在身边。

［5］骓（zhuī）：毛色黑白相杂的马。

［6］慷慨：情绪激动。

［7］若：你。奈若何：拿你怎么办。

［8］阕：遍，乐曲终了为“阕”。

［9］马骑：坐骑。

［10］直夜：当夜。

［11］驰走：快跑，疾驰。

［12］平明：天刚亮的时候。

［13］以：用，此处有率领之意。

［14］属（zhǔ）：跟随。

[15] 绐（dài）：欺骗。

[16] 乃有：只有。

[17] 度（duó）：推测，估计。

[18] 身：此处指亲自参加。

[19] 卒：最终。

[20] 固：一定。决死：决一死战。

[21] 期：约定。山东：山的东面。为三处：分三个地方（集合）。

[22] 披靡：军队溃败。

[23] 辟易：退避。

[24] 伏：通“服”，佩服，信服。

[25] 檥（yǐ）：通“舣”，使船靠岸。

[26] 无以渡：没有什么可以用来渡过（乌江）。

[27] 我何渡为：即“我渡何为”。

[28] 王：名词意动用法，以……为王。

[29] 尝：曾经。

[30] 被：遭受。

[31] 顾：回头看。

[32] 指王翳：指着项羽给王翳看。

[33] 购：悬赏。

[34] 为：给。德：恩惠，人情。

[35] 蹂践：践踏，踩踏。

[36] 会：拼凑。

[37] 为：因为。

[38] 视：给……看。

[39] 发哀：举行哀悼仪式。

［40］枝属：旁系亲属。

［41］重瞳子：目有双瞳，旧时认为是一种贵相。

［42］苗裔：子孙后代。

［43］暴：突然，迅速。

［44］尺寸：形容非常微小的事物。

［45］陇亩：山野，民间。

［46］五诸侯：泛指当时除了楚以外的起义军。

［47］背关怀楚：放弃关中，怀归楚地。

［48］矜：自夸。

［49］奋：彰显，炫耀。

［50］力征：武力征伐。经营：治理，整顿。

［51］过：过失，过错。

【导读】

《垓下之围》是《史记·项羽本纪》最后一个部分，叙述了项羽败走东城，最终于乌江自刎身亡的悲剧结局，刻画了一个性格复杂而又形象鲜明的悲剧英雄形象。文章共六段，可分四个层次。前三个层次分别记载了霸王别姬、东城快战、乌江自刎三个事件，第四个层次则是司马迁对项羽的评价。

第一层次为第一自然段，写项羽兵败，被围于垓下，着重描写项羽的英雄末路与儿女情长。夜闻四面楚歌而大惊的举动展现了英雄内心脆弱的一面，一曲《垓下歌》更唱出了项羽的无限感慨："力拔山兮气盖世"是勇冠三军的骄傲；"时不利兮骓不逝"是时运不济的懊恼；"骓不逝兮可奈何"是大势已去的无奈；"虞兮虞兮奈若何"则是舍不得美人的痛苦。

第二层次是第二自然段，写项羽突围至东城，与敌人展开了一场酣畅淋漓的战斗，着重展现项羽骁勇善战而又骄傲自负的性格侧面。项羽突围到东城时，身边仅剩28人，而追赶的汉军足有几千人之多。然而就是在这样力量悬殊的对比中，我们看到了项羽“斩汉一将”“复斩一都尉”“杀数十百人”的神勇，以及使“汉军皆披靡”“辟易数里”的无敌英姿。突围之后，一句“何如”更是尽显霸王之气。但同时作者也通过项羽“未尝败北”“天之亡我，非战之罪”的言辞表现其骄傲自负的一面，对其始终不能反省自身感到十分惋惜。

第三层为第三至五自然段，写项羽乌江自刎及其身后事，展现了项羽羞见江东父老的愧耻之心和宁死不辱的刚烈个性。这部分主要通过细节描写来刻画人物性格。项羽本欲东渡乌江，这是突围后的自然选择，但是面对乌江亭长“愿大王急渡”的催促时，在死与生、荣耀与耻辱的抉择中，项羽毅然而然地选择了前者。而把乌骓马送给乌江亭长，把头颅送给吕马童做人情，又展现了项羽重义豪爽的性格特征。

第四层为最后一段，司马迁以局外人的身份对项羽进行了客观、公正的评价。从一个史学家的角度来看，项羽的功绩是非常之大的，这从司马迁把项羽收入专门记载皇帝事迹的本纪当中就可以看出。司马迁对项羽出身草莽没有任何凭藉，凭一己之力推翻了暴秦的统治是非常赞赏的，“近古以来未尝有也”几乎就是最高的评价。项羽为什么会失败呢？司马迁也对其进行了客观的分析，指出其自矜功伐、刚愎自用的性格缺陷，体现了不虚美、不隐恶的实录精神。

本文在人物塑造上颇有特色。作者善于选取最能体现人物个性的情节来塑造人物形象，霸王别姬、东城决战、乌江自刎三个重大场面勾勒出项羽不同的性格侧面，而四面楚歌、垓下歌、天之亡我、赠马亭长、赠头故人、五马分尸等一系列细节描写又从不同侧面丰富了项羽的人物形象，把一位力能拔山举鼎而又儿女情长、骁勇善战而又刚愎自用、知耻重义而又宁死不辱的悲剧英雄刻画得栩栩如生。

前出师表

（三国）诸葛亮[1]

臣亮言[2]：先帝创业未半而中道崩殂[3]。今天下三分[4]，益州疲弊[5]，此诚危急存亡之秋也[6]。然侍卫之臣不懈于内，忠志之士忘身于外者，盖追先帝之殊遇[7]，欲报之于陛下也。诚宜开张圣听[8]，以光先帝遗德[9]，恢弘志士之气[10]；不宜妄自菲薄[11]，引喻失义[12]，以塞忠谏之路也。

宫中府中[13]，俱为一体[14]，陟罚臧否[15]，不宜异同。若有作奸犯科及为忠善者[16]，宜付有司论其刑赏[17]，以昭陛下平明之理，不宜偏私，使内外异法也[18]。侍中、侍郎郭攸之、费祎、董允等[19]，此皆良实[20]，志虑忠纯，是以先帝简拔以遗陛下[21]。愚以为宫中之事，事无大小，悉以咨之[22]，然后施行，必能裨补阙漏[23]，有所广益。将军向宠[24]，性行淑均[25]，晓畅军事，试用于昔日，先帝称之曰能，是以众议举宠为督。愚以为营中之事，悉以咨之，必能使行阵和睦[26]，优劣得所。

亲贤臣，远小人，此先汉所以兴隆也；亲小人，远贤臣，此后汉所以倾颓也。先帝在时，每与臣论此事，未尝不叹息痛恨于桓、灵也[27]。侍中、尚书、长史、参军[28]，此悉贞良死节之臣[29]，愿陛下亲之信之，则汉室之隆，可计日而待也。

臣本布衣[30]，躬耕于南阳，苟全性命于乱世，不求闻达于诸侯。先帝不以臣卑鄙[31]，猥自枉屈[32]，三顾臣于草庐之中，咨臣以当世之事，由是感激，遂许先帝以驱驰[33]。后值倾覆，受任于败军之际[34]，奉命于危难之间，尔来二十有一年矣[35]。先帝知臣谨慎，故临崩寄臣以大事也[36]。受命以来，夙夜忧叹[37]，恐托付不效，以伤先帝之明。故五月渡泸[38]，深入不毛[39]。今南方已定，兵甲已足，当奖率三军，北定中原，庶竭驽钝[40]，攘除奸凶[41]，兴复汉室，还于旧都[42]。此臣所以报先帝而忠陛下之职分也[43]。至于斟酌损益[44]，进尽忠言，则攸之、祎、允之任也。

愿陛下托臣以讨贼兴复之效[45]，不效[46]，则治臣之罪，以告先帝之灵。若无兴德之言[47]，则责攸之、祎、允等之慢[48]，以彰其咎[49]。陛下亦宜自谋，以咨诹善道[50]，察纳雅言[51]，深追先帝遗诏[52]。臣不胜受恩感激。今当远离，临表涕零，不知所言。

【注释】

[1] 诸葛亮（181–234），字孔明，号卧龙，琅琊阳都（今山东沂南）人，三国时期重要的政治家、军事家、文学家，有《诸葛亮集》。他早年随家人隐居于隆中，刘备三顾茅庐请他协助自己，并任命其为蜀汉丞相。后主刘禅继位后，诸葛亮被封为武乡侯。诸葛亮前后五次北伐无果，最终病逝于五丈原。出：此处指出征。师：军队。表：奏章，向帝王上书陈情言事。

[2] 臣……言：奏章文体开头的习惯用语。亮：诸葛亮的自称。

[3] 先：尊称去世的人。先帝：指汉昭帝刘备。创业未半：刘备 221 年称帝，223 年病逝，故云。崩：指帝王死亡。殂（cú）：死亡。崩殂：古时指

皇帝的死亡。

［4］天下三分：指蜀汉刘备、曹魏曹操、东吴孙权三国政权。

［5］益州：今四川陕西一带，此处指蜀汉。疲敝：人力、物力消耗较大，疲劳不堪。

［6］诚：果然，确实。秋：时机，日子。

［7］追：追念。殊遇：特别的知遇。

［8］开张：开放，开阔，不闭塞。圣听：圣明的听闻。诚宜开张圣听：此句意思是建议后主刘禅要广泛听取意见。

［9］光：广大。遗德：前人留下的美德。

［10］恢弘：发扬，扩大。

［11］妄：过分。菲薄：轻视。妄自菲薄：过分看不起自己。

［12］引喻：引用类似的例证来说明道理。义：公正合宜的道理。引喻失义：称引、譬喻不合道理，比喻说话不够恰当、合理。

［13］宫：皇宫。宫中：此处指宫中的侍臣。府：官府或者是官员、贵族的住宅。府中：此处指一般的官员、官吏。

［14］俱：全，都。

［15］陟（zhì）：升进。臧（zāng）：善，认为好，称许。否（pǐ）：恶。

［16］作奸：做奸邪的事情。科：科条，法令。作奸犯科：为非作歹，触犯法令。

［17］有司：官吏，分职主管某个部分的官吏。

［18］内外异法：内宫与外府的赏罚之法不同。

［19］侍中：古代官名，为宫廷里应对顾问、往来奏事的官，属于皇帝近臣。侍郎：汉代郎官的一种，属于宫廷的近侍。郭攸之：字演长，南阳人，蜀国重臣，气魄、见识过人。费祎（yī）：字文伟，江夏鄳县人，与诸葛亮同为蜀汉四相之一，才学过人，为人谦恭，也是蜀汉名臣。董

允：字休昭，南郡枝江人，蜀汉重臣，为人正直。

[20] 良实：忠良信实。

[21] 简：选择。拔：选拔。遗（wèi）：给予。

[22] 悉：全部。咨：咨询，商议。之：以上的郭攸之、费祎、董允等人。悉以咨之：此句的意思是所有的事情都要跟郭攸之等人商议。

[23] 裨补阙漏：弥补疏漏、不足之处。

[24] 向宠：字巨违，襄阳人，蜀汉重要将领，熟谙军事，为人谦和、公允。

[25] 性行淑均：性格和品德很善良、端正。

[26] 行（háng）阵：军队部队行列。

[27] 痛恨：痛惜，遗憾。桓、灵：东汉桓帝与灵帝宠信宦官，致使朝政败乱，最终引发汉末大乱。

[28] 侍中、尚书、长史、参军：侍中指郭攸之、费祎、董允，尚书指陈震，长史指张裔，参军指蒋琬。

[29] 死节：能够以死报国。

[30] 布衣：指平民百姓。

[31] 卑鄙：身份低微，见识鄙陋。

[32] 猥（wěi）：辱，鄙陋。枉屈：委屈，指屈尊就卑。

[33] 驱驰：奔走效劳。

[34] 败军：建安十三年（208），曹操南征，刘备战败。

[35] 有（yòu）：通“又”。

[36] 故临崩寄臣以大事也：刘备去世前把蜀汉的军政大权交托给诸葛亮，称“若嗣子（后主刘禅）可辅，辅之；如其不才，君可自取”，又对刘禅说“汝与臣相从事，事之如父”。

[37] 夙：早晨。夙夜：朝夕，日夜。

[38] 泸：雅砻江、金沙江一带。

［39］不毛：不宜种植物的地方，贫瘠的地方，未经开发之地。

［40］庶：希望，但愿。驽：驽马，比喻人没有能力。驽钝：才能平庸低下，此处为诸葛亮自谦之词。

［41］攘：排除。奸凶：奸邪凶恶之人，此处指曹魏政权。

［42］旧都：指两汉都城长安与洛阳。

［43］报先帝：报答先帝。忠陛下：忠于陛下。职分：职责，本分。

［44］损：减少。益：增加。

［45］托：托付。效：效命。愿陛下托臣以讨贼兴复之效：此句的意思是"把讨伐曹魏、兴复汉室的任务交给我"。

［46］效：见效，成效。

［47］兴德：发扬陛下的恩德。

［48］慢：怠慢。

［49］彰：彰显，显扬。咎：过失。

［50］诹（zōu）：咨询。善道：良策。

［51］察纳：识别采纳。雅言：正确的言论，合理的意见。

［52］深追：深刻追忆。

【导读】

公元223年刘备去世，临终前将国家大政交付给诸葛亮，嘱托他尽力辅佐后主刘禅。诸葛亮不负重托，将蜀汉治理得颇见起色。公元227年，诸葛亮决定北上攻伐曹魏，以图夺取长安。出征前，他写下了这篇名垂后世的《出师表》。这篇表文可大致分为三个部分：

第一至第三自然段为第一部分。文章开篇谈到的第一件事就是刘备的创业未半而崩殂。谈及此事，作为刘备之子的刘禅必然会因之动情、为之奋发。紧接着他分析蜀汉当下是“益州疲弊”，形势相当紧迫，而“侍卫之臣不懈于内，忠志之士忘身于外者”，内外之臣均竭心尽力以报先帝知遇之恩。无论是从父子感情、国家形势、臣子意志等方面，都要求刘禅应当为国家的未来尽心尽力。接下来诸葛亮就顺理成章地提出了几条有针对性的建议：广开言路、赏罚分明、亲忠远佞。作为国君，刘禅应当更多地听取大家的意见，对于宫内宫外臣属的赏罚标准应当保持一致，诸葛亮还特地向刘禅推荐了几位忠心耿耿、能力出众的臣子，建议他应该亲近忠臣、远离那些小人（当指宦官）。

第四至第五自然段为第二部分。诸葛亮从刘备当年对自己的“三顾茅庐”谈起，突出展现了刘备礼贤下士的姿态，也阐明了自己辅助刘备功业之初的艰难。一方面，诸葛亮向作为刘备继任者的刘禅表明了自己的一片赤诚之心——二十一年来的兢兢业业，辅佐父子两代君王，希望刘禅为此动容、动情，从而认真听取采纳他的建议。另一方面，刘禅的父辈刘备为了国家基业，甘于自降身份，一再以最低的姿态来求取人才，诸葛亮希望刘禅能够继承这种精神，更用心对待政事，采纳忠臣良言。紧接着，诸葛亮再次谈及自己对于蜀汉安危的忧心顾虑，并分析了此次北伐的充分条件（南方已定）和必要条件（兵甲已足），只有击败曹魏政权，才能有希望“兴复汉室，还于旧都”，这就呼应了题目中的“出师”之意。在文章末尾，诸葛亮立下誓愿，也再次对刘禅提出要求，希望他能真正的担负起自己的责任。

整篇奏章的语言质朴无华，情感真挚恳切。对于刘禅而言，诸葛亮是托孤之臣，既是长辈，又是臣子。诸葛亮从情、理、势几个方面展开分析，多次提及“先帝”刘备，希望唤起刘禅对父亲的情感；对几位忠臣的细致分析，希望唤起刘禅作为国君的责任感；对国家形势的分析，希望唤起刘禅的危机感。这些言辞出自肺腑，使他的情感显得尤为真切动人；他的分析有理有据，使人不得不为之信服。文中也出现了一些排列整齐的句式，诸如“侍卫之臣不懈于内，忠志之士忘身于外”，“受任于败军之际，奉命于危难之间”等，可见此时骈体文已有兴起之势。

答谢中书书

（南朝）陶弘景[1]

山川之美[2]，古来共谈[3]。高峰入云，清流见底。两岸石壁，五色交辉[4]。青林翠竹，四时俱备[5]。晓雾将歇[6]，猿鸟乱鸣[7]；夕日欲颓[8]，沉鳞竞跃[9]。实是欲界之仙都[10]。自康乐以来[11]，未复有能与其奇者[12]。

【注释】

［1］陶弘景（约452–536），字通明，丹阳秣陵（今江苏南京）人，生活于南朝宋至梁间，是当时著名的道教学者、医药学家，出身士族，永明十年（492）归隐于茅山，有《陶隐居集》。答：回复。谢中书：谢徵（或作“微”），南朝梁人，好学善文，曾任中书舍人，故世称谢中书。书：书信。

［2］山川：山水，山河。

［3］谈：讨论。

［4］五色：指青、黄、赤、白、黑五色，也可泛指各种色彩。交辉：交相辉映。五色交辉：指石壁的颜色五彩斑斓。

［5］俱：都。备：具备，完全。

［6］晓：拂晓，清晨。晓雾：清晨的雾气。歇：停止，此处可理解为消散。

［7］乱：杂乱，此处指在各处响起。

［8］颓：坠落。夕日欲颓：夕阳将要落山。

［9］沉鳞：潜游着的鱼。竟跃：竞相跳跃。

［10］欲界：佛教用语，佛教把世界分成“三界”——欲界、色界、无色界，欲界指存有色欲和食欲的有情世界，此处指尘世、人世。仙都：仙人生活的美好境界，仙境。

［11］康乐：南朝文人谢灵运袭封康乐公，故称谢康乐。

［12］与：参与，此处有领略欣赏之意。奇：此处指山水之奇妙。

【导读】

这篇《答谢中书书》是六朝山水文中的上佳之作，是陶弘景写给谢徵的一封书信。陶弘景一生中有四十五年时间都隐居在茅山中，足见其对山水的热爱。

作者在开篇提到山水之美是自古以来就被人们关注和品赏着的，自然而然引出了山与水这两个主角。“高峰入云，清流见底”，山是高耸入云的，水是清澈见底的，两句话就把山与水的至美所在点了出来。山水之间，石壁斑斓，林木常绿，为山与水装点上了五彩斑斓、充满生机的色彩。清晨，伴随着猿鸣鸟啼，山中的雾气渐渐散去。傍晚时分，落日余晖映照在河面上，潜在水中的鱼儿似乎也为之欢欣鼓舞，这样的美应该是人间的极致了吧？这样的山水让作者不禁感慨：除了谢灵运以外，还有谁能感受、体会到其中妙处？

从文句上看，本文用语质朴、简练，文辞清丽、省净，毫无艰涩之语。短短六十八字，道尽山水之美，石壁、林木、猿鸟、朝雾、晚霞、游鱼尽收笔端，有仰视也有俯视，有静物也有动物，有画面也有声音，堪称绝妙好文。从结构上看，以总说山水开篇，紧接着分叙山水之美及山水间各种景物。这些景物又将山水融为一体，文末再对山水做了简短的评论，全文层次分明、构思精巧，展现了作者高超的艺术技巧。

进学解[1]

（唐）韩愈

国子先生晨入太学[2]，招诸生立馆下，诲之曰："业精于勤，荒于嬉；行成于思，毁于随[3]。方今圣贤相逢，治具毕张[4]。拔去凶邪，登崇畯良[5]。占小善者率以录，名一艺者无不庸[6]。爬罗剔抉，刮垢磨光[7]。盖有幸而获选，孰云多而不扬[8]？诸生业患不能精，无患有司之不明；行患不能成，无患有司之不公[9]。"

言未既，有笑于列者曰："先生欺余哉！弟子事先生，于兹有年矣。先生口不绝吟于六艺之文，手不停披于百家之编[10]。纪事者必提其要，纂言者必钩其玄[11]。贪多务得，细大不捐[12]。焚膏油以继晷，恒兀兀以穷年[13]。先生之业，可谓勤矣。觝排异端，攘斥佛老[14]。补苴罅漏，张皇幽眇[15]。寻坠绪之茫茫，独旁搜而远绍[16]。障百川而东之，回狂澜于既倒。先生之于儒，可谓有劳矣。沉浸醲郁，含英咀华[17]，作为文章，其书满家。上规姚姒[18]，浑浑无涯；周诰、殷《盘》，佶屈聱牙[19]；《春秋》谨严，《左氏》浮夸；《易》奇而法[20]，《诗》正而葩[21]；下逮《庄》、《骚》，太史所录；子云，相如，同工异曲。先生之于文，可谓闳其中而肆其外矣[22]。少始知学，勇于敢为；长通于方，左右具宜[23]。先生之于为人，可谓成矣[24]。然而公不见信于人，私不见助于友。跋前踬后，动辄得咎[25]。暂为御史，遂窜南夷[26]。三年博士，冗不见治[27]。命与仇谋，取败几时。冬暖而儿号寒，年丰而妻啼饥。头童齿豁，竟死何裨[28]。不知虑此，而反教人为[29]？”

先生曰：“吁，子来前！夫大木为宲，细木为桷，欂栌、侏儒，椳、闑、扂、楔[30]，各得其宜，施以成室者，匠氏之工也。玉札、丹砂，赤箭、青芝，牛溲、马勃，败鼓之皮[31]，俱收并蓄，待用无遗者，医师之良也。登明选公，杂进巧拙，纡馀为妍，卓荦为杰[32]，校短量长，惟器是适者，宰相之方也。昔者孟轲好辩，孔道以明，辙环天下，卒老于行。荀卿守正，大论是弘，逃谗于楚，废死兰陵。是二儒者，吐辞为经，举足为法，绝类离伦，优入圣域[33]，其遇于世何如也？今先生学虽勤而不繇其统[34]，言虽多而不要其中，文虽奇而不济于用，行虽修而不显于众。犹且月费俸钱，岁靡廪粟[35]；子不知耕，妇不知织；乘马从徒，安坐而食。踵常途之促促，窥陈编以盗窃[36]。然而圣主不加诛，宰臣不见斥，兹非其幸欤？动而得谤，名亦随之[37]。投闲置散，乃分之宜。若夫商财贿之有亡，计班资之崇庳[38]，忘己量之所称，指前人之瑕疵[39]，是所谓诘匠氏之不以杙为楹，而訾医师以昌阳引年，欲进其豨苓也[40]。

【注释】

[1] 进学：劝勉求学。解：解说。

[2] 国子先生：韩愈自称，时韩愈任国子监博士。国子监为京都最高学府，置博士为教授官。

[3] 嬉：游乐。随：从俗。

[4] 治具：治理的工具，此处指法律制度。张：确立，建立。

[5] 登崇：举用，推荐。畯（jùn）：通“俊”。畯良：即贤能之士。

[6] 率：都。庸：用。

［7］爬罗剔抉：爬梳搜罗，剔除挑选。刮垢磨光：刮去污垢，磨出光亮。这句喻指搜罗人才，造就人才。

［8］幸：侥幸。多：贤，好。扬：扬名，此处指被任用。

［9］业：学业。行：德行。

［10］六艺：指《诗》《书》《礼》《乐》《易》《春秋》六部儒家经典。百家：各种学术流派。

［11］纪事：指史书类著作。纂言：指论说类著作。

［12］得：收获。捐：舍弃。

［13］膏油：油脂，此处指灯烛。晷（guǐ）：日影。兀（wù）兀：勤奋刻苦的样子。

［14］觝排：抵拒排斥。攘斥：排斥。

［15］补苴（jū）：缝补，弥补。罅（xià）漏：缝隙，漏洞。皇：大。幽眇（miǎo）：精深微妙。

［16］坠绪：行将断绝的儒家道统。旁：广泛。绍：继承。

［17］醲（nóng）郁：指富含浓厚意蕴的经典作品。英、华：指作品中的精华。

［18］姚姒（sì）：舜和大禹。

［19］诰：诰书。《盘》:《盘庚》三篇，见于《尚书·商诰》。佶屈聱（áo）牙：形容内容艰涩，拗口难读。

［20］浮夸：形容文辞铺张夸饰。奇而法：奇特而有法则。

［21］正：思想端正。葩：文辞华美。

［22］闳其中而肆其外：指内容宏大，形式多样，气势奔放。

［23］方：道理，道德学问。

［24］成：成就。

［25］跋（bá）：踩。踬（zhì）：绊。辄：常常。咎：责备，处分。

[26] 窜：贬谪。南夷：南方那个边远地区。

[27] 冗：指职务闲散。见：通“现”。治：治理（的才干）。

[28] 童：秃。竟：从始至终。裨：益处。

[29] 为：语助词，表示疑问、反诘。

[30] 宗（máng）：屋梁。桷（jué）：屋椽。欂栌（bó lú）：柱顶上承托栋梁的方木。侏（zhū）儒：梁上短柱。椳（wēi）：门枢臼。闑（niè）：门中央所竖的短木。扂（diàn）：门闩之类。楔（xiè）：门两旁长木柱。

[31] 败鼓之皮：破鼓皮，可入药。玉札、丹砂，赤箭、青芝等四种为珍贵药材，牛溲、马勃、败鼓之皮等三种为常见药材。

[32] 纡馀：从容宽舒的样子。妍：美。卓荦（luò）：超出一般。

[33] 绝类离伦：超越一般人。圣域：圣人的境界。

[34] 繇（yóu）：通“由”，遵从。

[35] 靡：浪费，消耗。廪（lǐn）：粮仓。

[36] 踵：脚后跟，此处指跟随。陈编：旧书，前人的著作。

[37] 谤：毁谤。名：名誉。

[38] 商：估量，揣测。班资：等级，资格。庳（bēi）：通“卑”，低。

[39] 量：份量，才量。称：相当，适合。前人：此处指职位比自己高的人。

[40] 诘：责问。杙（yì）：小木桩。楹（yíng）：柱子。訾（zǐ）：非议，说人坏话。昌阳：昌蒲，《神农本草经》言其有延年之效。豨（xī）苓：又名猪苓，利尿药。

【导读】

文章仿照主客问答的形式，通过一场师生问答表达了自己对进德修业的注重，也曲折流露出怀才不遇、仕途蹭蹬的郁愤之情。

文章分三层。第一层写国子先生以“业精于勤，荒于嬉；行成于思，毁于随”的治学态度劝勉生徒在学业上要努力进取，不必过多关注其他事情。只要能够在学业德行上有所成就，就不必担心受到不公正的对待。第二层假托学生的诘问，以自己在德业方面的显著成就和坎廪不遇的现实处境作对比，寄寓了强烈的不平之感。先写学生眼中的韩愈在进德修学方面的“勤”：“口不绝吟于六艺之文，手不停披于百家之编……焚膏油以继晷，恒兀兀以穷年。”为“业精于勤，荒于嬉；行成于思，毁于随”作注解，并进一步叙述其取得的巨大成就：攘斥佛老、推崇儒道、博采百家之长，成一家之文。后面则笔锋一转，学生提出了质疑：道德学业上有如此成就的韩愈在仕途生活上却是“跋前踬后，动辄得咎”，“三为博士，冗不见治”，“头童齿豁”，仍然不能一展抱负。前后两部分形成鲜明的对比，令人感慨。第三层是韩愈对学生诘问的回答，看似通达，内中不乏愤激之意。韩愈一方面用匠师、医师在用料/药上的选择来比喻朝廷用人亦是量才使用，并以孟子、荀子的不遇来自我开导，表面看似乎是相当豁达，但另一方面又说自己“学虽勤而不繇其统”，“动而得谤，名亦随之。投闲置散，乃分之宜”，则其中的反讽意味也就相当明显了。

全文采用赋体，骈散结合而韵脚多变。第二层叙述仕途生活和第三层进行自我宽慰时则以短句为主，短促有力而情感激愤。文章用语生动形象，富有表现力，很多都已成为现今常用的成语、俗语，如爬罗剔抉、刮垢磨光、贪多务得、细大不捐、佶屈聱牙、跋前踬后、动辄得咎、命与仇谋、投闲置散等；行文上曲折多变，以气势见长，如第二层先写韩愈之“勤”，气势奔放，再写“不遇”，感情激愤，一扬一抑之间又形成强烈的对比。

岳阳楼记

（北宋）范仲淹[1]

庆历四年春，滕子京谪守巴陵郡。越明年，政通人和[2]，百废具兴[3]，乃重修岳阳楼，增其旧制[4]，刻唐贤、今人诗赋于其上，属予作文以记之[5]。

予观夫巴陵胜状[6]，在洞庭一湖。衔远山，吞长江，浩浩汤汤，横无际涯[7]，朝晖夕阴，气象万千，此则岳阳楼之大观也[8]，前人之述备矣[9]。然则北通巫峡，南极潇湘，迁客骚人，多会于此[10]。览物之情，得无异乎[11]？

若夫淫雨霏霏，连月不开，阴风怒号，浊浪排空[12]；日星隐曜，山岳潜形[13]；商旅不行，樯倾楫摧[14]；薄暮冥冥，虎啸猿啼[15]。登斯楼也，则有去国怀乡，忧谗畏讥，满目萧然，感极而悲者矣[16]。

至若春和景明[17]，波澜不惊，上下天光，一碧万顷；沙鸥翔集[18]，锦鳞游泳；岸芷汀兰，郁郁青青[19]。而或长烟一空，皓月千里，浮光跃金，静影沉璧[20]；渔歌互答，此乐何极！登斯楼也，则有心旷神怡，宠辱偕忘，把酒临风，其喜洋洋者矣[21]。

嗟夫！予尝求古仁人之心[22]，或异二者之为[23]，何哉？不以物喜，不以己悲[24]，居庙堂之高则忧其民，处江湖之远则忧其君[25]。是进亦忧，退亦忧[26]。然则何时而乐耶？其必曰“先天下之忧而忧，后天下之乐而乐”乎！噫！微斯人，吾谁与归[27]？

时六年九月十五日。

【注释】

[1] 范仲淹（989–1052），字希文，祖籍邠州（今陕西省彬县），后移居苏州吴县（今江苏省吴县），北宋政治家、文人。庆历四年（1044），滕子京于庆历二年任泾州太守时用公款犒赏协助守城的军民而被政敌弹劾。范仲淹、欧阳修等人极力为之申辩，后滕子京被贬为岳州太守。巴陵郡：岳州，治所在湖南岳阳。

[2] 越明年：即庆历六年（1046）。政通人和：政事通顺，百姓生活安定。

[3] 百废：各种废置的事情。具：通“俱”。

[4] 制：规模。旧制：原有的规模。

[5] 属：通“嘱”，嘱托。

[6] 胜状：美景，佳境。

[7] 衔：前后相接。浩浩汤（shāng）汤：水势盛大。际涯：边际，边界。

[8] 晖：同“辉”，光辉。大观：盛大壮观的景象。

[9] 备：完备，详尽。

[10] 极：尽，达到顶点。迁客：贬官之人。骚人：泛指作者。会：聚集。

[11] 得无：表反问或推测，恐怕、大概。

[12] 若乎：用在语段开头，表示将要发表议论，与下段开头“至若”用法相同。霏霏：雨盛密的样子。开：晴朗。

[13] 隐曜（yào）：隐藏了光辉。潜形：掩藏了形体。

[14] 樯：船上挂帆的桅杆，引申为船或帆。楫（jí）：划船的用具。倾、摧：损坏。

［15］薄：迫近。冥冥：昏暗的样子。

［16］去：离开。萧然：萧条。

［17］景：日光。

［18］集：聚集，栖息。

［19］汀（tīng）：水边的平地。青：通“菁”，花盛开。

［20］跃：一作“耀”。璧：环形玉器，扁平，正中有孔。

［21］互答：唱和。偕：一作“皆”。

［22］求：探求。仁人：品德高尚的人。

［23］或：或许。二者之为：此处指前面两种心情。

［24］不以物喜，不以己悲：此两句互文。以：因为。

［25］庙堂：朝廷。江湖：此处指远离朝廷的地方。

［26］进：指“居庙堂之高”。退：指“处江湖之远”。

［27］微：（如果）没有。吾谁与归：即“吾与谁归”。归：归依，一起。

【导读】

全文六段，可分三个层次。

第一层为第一段，说明写作缘由。庆历革新失败后，范仲淹出知河南邓州。其好友滕子京来信邀他为新竣工的岳阳楼作记，并附上《洞庭晚秋图》。范仲淹看图作《岳阳楼记》，借以抒写革新失败后仍心忧天下的磊落胸襟。此段紧扣“谪守”二字，与滕子京“政通人和、百废具兴”的政绩相呼应，隐有感慨宦海浮沉、为其为己鸣不平之意，为下文“迁客骚人”的览物之情作铺垫。

第二层为第二至第四段，由洞庭美景引出历代迁人骚客的览物之情。第二段总写岳阳楼之大观，但作者并没有把笔触放在岳阳楼上，而是放眼洞庭，从空间与时间两个角度铺写洞庭胜景。“衔”“吞”二字极写洞庭湖之壮阔，“朝晖夕阴，气象万千”八字则简练概括洞庭早晚之美景。历代文人歌咏洞庭之作极多，因此作者并没有细致刻画，而是以“前人之述备矣”一笔带过。“然则”二字由景入情，引出览物之情。第三、第四两段全从想象入手，铺开一悲一喜两种情怀。“若乎”引领由悲景引发的悲情，借迁人骚客“去国怀乡、忧谗畏讥”的心情抒发被贬离京之块垒。“至若”以下则一派明媚跳动之湖光胜景，引出登楼者“宠辱皆忘”、超然物外之感，洗尽了之前的颓靡之气。

第五、第六段为第三层。作者从因物悲喜的常人之情中跳出来，把不因外物悲喜、一心牵挂天下的古代仁人引为同道。“先天下之忧而忧，后天下之乐而乐”既是对友人谪守处境的劝慰，更是自己不管穷达都要兼济天下的人生信念的宣言。

全文叙事、写景、抒情、议论融合无间。头尾多用散体写景议论，中间多用骈句铺写景物，句式长短交错，情感抑扬起伏，音韵和谐，极具音韵之美。

答司马谏议书

（北宋）王安石[1]

某启[2]：

昨日蒙教[3]，窃以为与君实游处相好之日久[4]，而议事每不合，所操之术多异故也[5]。虽欲强聒[6]，终必不蒙见察，故略上报，不复一一自辨[7]。重念蒙君实视遇[8]厚，于反复不宜卤莽[9]，故今具道所以，冀君实或见恕也[10]。

盖儒者所争，尤在于名实[11]，名实已明，而天下之理得矣。今君实所以见教者，以为侵官、生事、征利、拒谏，以致天下怨谤也[12]。某则以谓：受命于人主，议法度而修之于朝廷，以授之于有司[13]，不为侵官；举先王之政[14]，以兴利除弊，不为生事；为天下理财，不为征利；辟邪说，难壬人，不为拒谏[15]。至于怨诽之多，则固前知其如此也。人习于苟且非一日，士大夫多以不恤国事、同俗、自媚于众为善[16]，上乃欲变此，而某不量敌之众寡，欲出力助上以抗之，则众何为而不汹汹然[17]？盘庚之迁，胥怨者民也[18]，非特朝廷士大夫而已[19]。盘庚不为怨者故改其度[20]，度义而后动[21]，是而不见可悔故也[22]。

如君实责我以在位久，未能助上大有为，以膏泽斯民[23]，则某知罪矣；如曰今日当一切不事事[24]，守前所为而已，则非某之所敢知。

无由会晤，不任区区向往之至[25]。

【注释】

[1] 王安石（1021–1086），字介甫，号半山，抚州临川（今江西抚州）人。北宋政治家、文人。司马谏议：即司马光，时任右谏议大夫。

[2] 某：自称，表谦虚之意。一说古人起草稿时常以某代自己名字，正式誊写时才将姓名写出。两说都可。启：陈述，说明。

[3] 蒙：受。蒙教：承蒙教诲。

[4] 君实：指司马光，字君实。游处：交游，相处。相好：彼此友善，相互交好。

[5] 操：持。术：方法，这里指政治主张。

[6] 强：勉强。聒：吵扰，语声嘈杂。

[7] 略：简略。上报：上复，回复来信的敬语。

[8] 视遇：看待。

[9] 反复：指书信往来。卤莽：即“鲁莽”。

[10] 具：详细。或：或许。见恕：原谅我。

[11] 名实：名义与实际。

[12] 征利；与民争利。怨谤：怨恨毁谤。

[13] 人主：此处指宋神宗赵顼。修：修订。有司：专司其事的各级各部门官吏。

[14] 举：推行。

[15] 辟：驳斥。难（nàn）：责难。壬（rén）人：佞人，指巧言之人。

[16] 同俗：随顺世俗。自媚：主动去谄媚、巴结他人。

[17] 汹汹然：吵闹的样子。

[18] 盘庚：商朝君主，在位期间把都城从黄河以北的奄（今山东曲阜）迁都到殷（今河南安阳西北）。胥：相互，都。

[19] 特：只。

[20] 度：计划。

[21] 度：用作动词，考虑。动：(采取) 行动。

[22] 是：用作动词，认为……做得对。

[23] 膏泽：用作动词，施加恩惠。

[24] 事事：做事，前一个“事”用作动词。

[25] 不任：不胜。区区：自谦词，指自己。

【导读】

北宋熙宁二年 (1069)，王安石在神宗皇帝的支持下推行变法，触动了大官僚、大地主阶级的利益，司马光作《与介甫书》指责变法“侵官”“生事”“征利”“拒谏”“致怨”等弊端，要求王安石废弃新法，恢复旧制。文章针对司马光的指责逐条批驳，语气委婉而又柔中见刚，体现了王安石散文逻辑严密、简洁峻切的风格。

第一段述说写信缘由，共三句分三个层次进行阐述。王安石与司马光虽政见不同，但并不影响他们私底下的朋友关系。所以第一层作者首先点出与司马光“游处相好”的深厚交情，指出因为两人政治主张方面的不同而导致了朝廷上的议事争执，其目的是希望司马光能够抛开政见，从老朋友的角度好好听自己陈述。第二层从性格入手，指出司马光是一个不容易轻易改变想法的人，所以也不想做详细辩解而只想从朋友的角度作简单回复。第三层仍是从交情入手，对司马光对自己一直以来的看重表示感谢，表示回信需要做详细解释。这一段的三个层次均围绕两人的友情展开，语气委婉，为下面的反驳做情感铺垫。

第二段作者开始对司马光的指责进行辩驳。王安石认为，司马光对变法所列举的五项罪名与实际情况不符，与儒家所追求的名实相符的基本原则相违背。因此，王安石一开始就高举所有儒者都公认的“名实相符”原则大旗，使自己接下来的反驳有着坚实的理论支撑。对于前四项罪名，王安石以事实为依据，指出自己接受皇帝任命行使职权乃名正言顺的行为，不是“侵官”；推行先王仁政的目的是造福百姓，不是“生事”；为天下人谋利，不是“征利”；拒绝接受不正确的意见，不是“拒谏”。对于“致谤”的指责，王安石首先以一句“固前知其如此也”表示对小人毁谤的蔑视，再以盘庚迁都的史实为依据，对当时因循守旧的保守派进行了尖锐的批评，指出他们不体恤国事、附和时俗才是致谤的根源所在。通过这五条反驳，王安石对司马光为代表的保守派罔顾皇帝意旨、不思为民谋福祉、只顾一己利益的错误行为进行了批判，表明自己坚信改革的正确性和绝不后悔的态度。

第三段用两个假设句再次表明态度。前一句作者从两人友情角度出发，表示如果司马光批评自己未能帮助皇帝做出一番事业，则自己虚心接受。第二句则表示司马光如果要自己什么事都不做，墨守前规，则绝不认同。两个假设句以退为进，进一步揭示了保守派不恤国事、无所作为的本质。

这篇书信体驳论文以敌方论点为批驳对象，从“名实相符”原则出发，或直接反驳，或列举事实反驳，或引用历史典故反驳，有理有据，尤其大量排比句式的运用更使文章形成一种无可辩驳的浩然正气。陈情部分语气委婉，但柔中带刚，既照顾两人多年友情又坚持原则，体现了王安石坚持改革变法毫不动摇的决心和对保守派无所事事的蔑视批判。

记承天寺夜游[1]

（北宋）苏轼

元丰六年十月十二日夜[2]，解衣欲睡，月色入户，欣然起行[3]。念无与为乐者，遂至承天寺寻张怀民[4]。怀民亦未寝，相与步于中庭[5]。庭下如积水空明，水中藻、荇交横，盖竹柏影也[6]。何夜无月？何处无竹柏？但少闲人如吾两人者耳[7]。

【注释】

[1] 承天寺：在今湖北黄冈市南。

[2] 元丰六年：公元 1083 年。

[3] 户：门，居室。行：走，散步。

[4] 张怀民：苏轼的友人。张怀民于元丰六年被贬黄州，初寓居承天寺，后于其居所之西南建亭以览江流之胜，苏轼名之曰“快哉亭”。

[5] 相与：一同。步：散步。中庭：庭院之中。

[6] 空明：清澈明净。藻、荇（xìng）：均指水生植物。盖：语气词，原来是。

[7] 但：只。耳：语气词，罢了。

【导读】

苏轼被贬黄州后逐渐把儒家的淑世思想和释道的超脱融合起来，无论人生如何坎坷，始终以旷达的人生态度来对待，本文即是其中代表。全文仅85字，但叙事、写景、议论、抒情兼具，行文如风行水上，可谓“不待思虑而工，不待雕琢而丽”（张耒《贺方回乐府序》）。

全文可分三层。第一层为前三句，交代时间、地点、写作缘由，作者因月色而起幽兴。苏轼被贬黄州后，很多人慕名来访，不可谓无友，但对于此时的苏轼而言，其内心依然是寂寞的，故而“念无与为乐者”。当时张怀民亦因不受王安石待见而贬谪黄州，对于此时的苏轼而言，同样遭遇的张怀民无疑是一个很好的倾诉对象，于是就去寻张怀民一起散步。这几句叙事平实自然，言简意赅。

第二层一句，写月色，作者只用了十八个字就描绘出一幅空灵纯净的月夜图。月光澄净如水，又有习习凉风拂面而来，故而这月下松柏之影又恍若水中之藻、荇摇曳多姿，令人心旷神怡。两人放下了所有心事，沉浸在这无边的月色之中。

第三层为最后两句，转入议论抒情。如此月色，虽处处皆有、夜夜可赏，但又有多少人能真正体会这其中的乐趣呢？末句可谓点睛之笔，“闲人”二字固然有贬谪黄州的失意喟叹，但更多还是能领略这大自然绝美风光的快意，宠辱不惊、随缘自适，这也正是其性格中积极乐观的体现，与其《前赤壁赋》中那享受造物者无尽馈赠的主客二人如出一辙。

《指南录》后序

（南宋）文天祥[1]

德祐二年正月十九日[2]，予除右丞相兼枢密使[3]，都督诸路军马。时北兵已迫修门外[4]，战、守、迁皆不及施[5]。缙绅、大夫、士萃于左丞相府，莫知计所出。会使辙交驰[6]，北邀当国者相见，众谓予一行为可以纾祸[7]。国事至此，予不得爱身；意北亦尚可以口舌动也。初，奉使往来，无留北者，予更欲一觇北[8]，归而求救国之策。于是，辞相印不拜。翌日，以资政殿学士行。

初至北营，抗辞慷慨，上下颇惊动，北亦未敢遽轻吾国。不幸吕师孟构恶于前，贾余庆献谄于后[9]，予羁縻不得还[10]，国事遂不可收拾。予自度不得脱，则直前诟虏帅失信，数吕师孟叔侄为逆，但欲求死，不复顾利害。北虽貌敬，实则愤怒，二贵酋名曰“馆伴”[11]，夜则以兵围所寓舍，而予不得归矣。未几，贾余庆等以祈请使诣北，北驱予并往，而不在使者之目[12]。予分当引决[13]，然而隐忍以行。昔人云：“将以有为也”[14]。

至京口，得间奔真州[15]，即具以北虚实告东西二阃[16]，约以连兵大举。中兴机会，庶几在此。留二日，维扬帅下逐客之令[17]。不得已，变姓名，诡踪迹，草行露宿，日与北骑相出没于长淮间。穷饿无聊，追购又急[18]，天高地迥，号呼靡及[19]。已而得舟，避渚洲，出北海，然后渡扬子江，入苏州洋，展转四明、天台，以至于永嘉。

呜呼！予之及于死者，不知其几矣！诋大酋当死[20]；骂逆贼当死；与贵酋处二十日，争曲直，屡当死；去京口，挟匕首，以备不测，几自刭死[21]；经北舰十余里，为巡船所物色[22]，几从鱼腹死；真州逐之城门外，几彷徨死；如扬州，过瓜洲扬子桥，竟使遇哨[23]，无不死；扬州城下，进退不由，殆例送死[24]；坐桂公塘土围中[25]，骑数千过其门，几落贼手死；贾家庄几为巡徼所陵迫死[26]；夜趋高邮，迷失道，几陷死；质明[27]，避哨竹林中，逻者数十骑，几无所逃死；至高邮，制府檄下，几以捕系死[28]；行城子河，出入乱尸中，舟与哨相先后，几邂逅死；至海陵，如高沙，常恐无辜死；道海安、如皋，凡三百里，北与寇往来其间，无日而非可死；至通州，几以不纳死；以小舟涉鲸波出[29]，无可奈何，而死固付之度外矣！呜呼！死生，昼夜事也，死而矣，而境界危恶，层见错出，非人世所堪。痛定思痛，痛何如哉！

予在患难中，间以诗记所遭，今存其本，不忍废，道中手自抄录。使北营，留北关外[30]，为一卷；发北关外，历吴门、毗陵，渡瓜洲，复还京口，为一卷；脱京口，趋真州、扬州、高邮、泰州、通州，为一卷；自海道至永嘉、来三山[31]，为一卷。将藏之于家，使来者读之，悲予志焉。

呜呼！予之生也幸，而幸生也何所为？求乎为臣，主辱臣死有余僇[32]；所求乎为子，以父母之遗体，行殆而死，有余责。将请罪于君，君不许；请罪于母，母不许；请罪于先人之墓，生无以救国难，死犹为厉鬼以击贼，义也。赖天之灵、宗庙之福，修我戈矛，从王于师，以为前驱，雪九庙之耻[33]，复高祖之业，所谓“誓不与贼俱生”，所谓“鞠躬尽力，死而后已”，亦义也。嗟夫！若予者，将无往而不得死所矣。向也，使予委骨于草莽，予虽浩然无所愧怍[34]，然微以自文于君亲[35]，君亲其谓予何？诚不自意，返吾衣冠，重见日月，使旦夕得正丘首[36]，复何憾哉！复何憾哉！

是年夏五，改元景炎，庐陵文天祥自序其诗，名曰《指南录》。

【注释】

［1］文天祥（1236–1283），江南吉州（今江西吉安）人，南宋政治家、文人。《指南录》收录了其出使元营到南返福州期间4卷诗作，书名取自其诗句“臣心一片磁针石，不指南方不肯休”（《扬子江》）。作者之前已写过一篇自序，故称本文为后序。

［2］德祐二年：公元1276年。

［3］除：授、拜（官职）。

［4］修门：本指楚国郢都城门，后泛指京都城门，此处指临安城门。

［5］迁：转移。施：实施。

［6］使辙：指使臣的车辆。交驰：来回奔驰。

［7］纾：解除。

［8］觇（chān）：窥探，侦察。

［9］构恶：结仇，结怨。献谄：奉承谄媚。贾余庆献谄于后：贾余庆与文天祥同出使元营，但在文天祥被羁后极力逢迎元人。

［10］羁縻：拘禁，拘留。

［11］贵酋：地位较高的头目。馆伴：陪伴、接待使臣的人员。

［12］目：名单。

［13］引决：自杀。

［14］昔人云：“将以有为也”：见韩愈《张中丞传后序》中南霁云语，指欲隐忍而有所作为。

［15］得间：指获得机会得以逃脱。

［16］阃（kǔn）：指城门的门限，此处代指这两座城的统帅——李庭芝为淮东制置使，夏贵为淮西制置使。

［17］维扬帅：即李庭芝。当时李庭芝怀疑文天祥投敌，欲杀之。文天祥得真州安抚使苗再成之助，逃离真州。

［18］追购：悬赏追拿。

［19］号呼靡及：大声呼叫，无人回应。

［20］诋：辱骂。大酋：指元军统帅伯颜。

［21］自刭：自杀。

［22］物色：按一定的标准去寻找，此处指搜捕。

［23］竟使：假使。哨：巡逻士兵。

［24］殆例：几乎等于。

［25］土围：土造围墙。

［26］巡徼：巡查的士兵。陵迫：欺凌逼迫。

［27］质：正。质明，指天刚亮的时候。

［28］捕系：逮捕拘系。

［29］鲸波：惊涛骇浪。

［30］北关外：指临安城北皋亭山。

［31］三山：指福建福州。

［32］僇（lù）：侮辱。

［33］九庙：帝王的宗庙，此处指代国家。

［34］怍（zuò）：惭愧。

［35］微以：没有可以用来。自文：自我表白。

［36］正丘首：传说狐狸死前，一定会把头摆正，朝向洞穴的方向。文天祥用此表示自己不忘南宋。

【导读】

全文可分三个部分。

第一部分为前三段，作者自述出使北营后屡经磨难的历程。首段叙述奉使北营之缘由，表达了为国事不惜献身的情感，同时也对朝廷中苟安图存的士大夫进行了尖锐讽刺。文天祥虽被拜为右丞相兼枢密使，却只是表面上的最高军事指挥官。当北兵逼近国门时，一众缙绅、大夫、将士却汇聚在左丞相府中。他们在做什么？“莫知计所出”，这是何等的讽刺！有能力的人被架空了，掌握权利的却是些苟且小人。更有甚者，当金人邀请南宋使臣出使北方时，这些当权者又畏缩不前，一致认为让文天祥出使可以解除灾祸，嘴脸何其丑陋！当权者的所作所为与自己“不得爱身”“可以口舌动也”“欲一觇北”“辞相印不拜”的对比，表达出作者的满腔悲愤。第二段叙述自己被羁留北营，被迫北上的缘由。作为使者出使敌国理应不卑不亢、不辱国体，可是贾余庆等小人却为一己私怨，置国家利益于不顾，谄媚事敌，致使“国事遂不可收拾”！这些小人的行径与文天祥“抗辞慷慨”“直前诟虏帅失信”“但欲求死”等言行再次形成鲜明对比，进一步揭示出国事不可收拾的根源所在。接着作者引用安史叛乱中张巡部将南霁云的话，表达自己本应自杀报国但又想保存有用之身有所作为的愿望。第三段叙述自己逃出敌营，一路颠沛流离，最终到达永嘉的遭遇。文天祥逃出敌营后，直奔真州，约淮东制置使李庭芝共破元军。不料小人再次进谗言，李庭芝下令拘捕文天祥。文天祥不得已辗转奔逃，从海路南下，到达永嘉。好不容易逃出敌营，却又受到通敌的诬陷，这是小人行径与作者报国行为的第三次对比。

第二部分为第四段，通过对人生历程的回顾，作者抒发了强烈的忧国、爱国之情。这一段最引人注目的就是用了二十二个死字。在“及于死者不知其几矣”的慨叹中，作者回顾了一路以来十八次陷入必死之境而终又逃脱大难的遭遇，连用二十二个死字写出了“非人世所堪”的种种危恶。其惊心动魄处，正所谓“痛定思痛，痛何如哉”。

第三部分为五六两个自然段，交待其作《指南录》的具体情况，表达“誓不与贼俱生”“死而后已”的爱国情怀。第五段详细介绍《指南录》四卷所记述的内容和写作的原因。这四卷诗可谓是其生死之间的实录，写作目的是要“使来者读之，悲予志焉”。第六段用议论的手法详细表达了他对“志”的理解和追求。这“志”就是为人臣、为人子所应当承担的“救国难”“雪九庙之耻，复高祖之业”，就是“义”、就是“杀身成仁”！这就是支持文天祥一心向南，历经艰险磨难始终不放弃的动力所在，也是其强烈爱国主义情怀的根源！

这首诗最大的特点是在叙事中饱含着誓死不屈的民族气节和“一身报国有万死”（陆游《夜泊水村》）的爱国主义情怀。第一部分以叙事为主，对国事的关注，对小人的痛恨、对自身遭遇的无奈贯串始终。第二部分首先是议论、叙事、抒情合而为一，形象地传达出文天祥屡遭劫难、百感交集的复杂心理；其次是对比手法的使用，从出使到羁留到南逃，文天祥的一心为国和小人的时时打击报复形成了一次又一次强烈的对比，使文天祥的爱国情怀得到了淋漓尽致的展现。第四段多用短句，写一路上的磨难，每句大多只有三到五字，而且仄声字极多，“诋大酋当死”“骂逆贼当死”“几自刭死”“殆例送死”“几陷死”“几邂逅死”……读起来铿锵有力，顿挫的力量极大，很好地传达了作者遭遇困厄、悲愤填膺的激烈情绪。

徐文长传

（明）袁宏道[1]

余一夕坐陶太史楼[2]，随意抽架上书，得《阙编》诗一帙[3]，恶楮毛书[4]，烟煤败黑[5]，微有字形。稍就灯间读之，读未数首，不觉惊跃，急呼周望：“《阙编》何人作者，今邪古邪？”周望曰：“此余乡徐文长先生书也。”两人跃起，灯影下读复叫，叫复读，僮仆睡者皆惊起。盖不佞生三十年[6]，而始知海内有文长先生，噫，是何相识之晚也！因以所闻于越人士者，略为次第[7]，为《徐文长传》。

徐渭，字文长，为山阴诸生[8]，声名藉甚[9]。薛公蕙校越时[10]，奇其才，有国士之目[11]。然数奇[12]，屡试辄蹶[13]。中丞胡公宗宪闻之，客诸幕[14]。文长每见，则葛衣乌巾，纵谈天下事，胡公大喜。是时公督数边兵，威镇东南，介胄之士，膝语蛇行[15]，不敢举头，而文长以部下一诸生傲之，议者方之刘真长、杜少陵云[16]。会得白鹿[17]，属文长作表[18]，表上，永陵喜[19]。公以是益奇之，一切疏记[20]，皆出其手。文长自负才略，好奇计，谈兵多中，视一世士无可当意者[21]。然竟不偶[22]。

文长既已不得志于有司，遂乃放浪曲蘖[23]，恣情山水，走齐、鲁、燕、赵之地，穷览朔漠[24]。其所见山奔海立、沙起云行、风鸣树偃、幽谷大都、人物鱼鸟，一切可惊可愕之状，一一皆达之于诗。其胸中又有勃然不可磨灭之气，英雄失路、托足无门之悲，故其为诗，如嗔如笑，如水鸣峡，如种出土，如寡妇之夜哭，羁人之寒起。虽其体格时有卑者[25]，然匠心独出，有王者气，非彼巾帼而事人者所敢望也[26]。文有卓识，气沉而法严[27]，不以摸拟损才，不以议论伤格[28]，韩、曾之流亚也[29]。文长既雅不与时调合[30]，当时所谓骚坛主盟者[31]，文长皆叱而奴之，故其名不出于越，悲夫！喜作书，笔意奔放如其诗，苍劲中姿媚跃出[32]，欧阳公所谓“妖韶女老，自有余态”者也[33]。间以其余，旁溢为花鸟，皆超逸有致[34]。

卒以疑杀其继室，下狱论死。张太史元汴力解[35]，乃得出。晚年愤益深，佯狂益甚，显者至门，或拒不纳。时携钱至酒肆，呼下隶与饮[36]。或自持斧击破其头，血流被面，头骨皆折，揉之有声。或以利锥锥其两耳，深入寸余，竟不得死。周望言：“晚岁诗文益奇，无刻本，集藏于家。”余同年有官越者[37]，托以抄录，今未至。余所见者，《徐文长集》《阙编》二种而已。然文长竟以不得志于时，抱愤而卒。

石公曰：“先生数奇不已，遂为狂疾；狂疾不已，遂为囹圄[38]。古今文人牢骚困苦，未有若先生者也。虽然，胡公间世豪杰[39]，永陵英主，幕中礼数异等[40]，是胡公知有先生矣；表上，人主悦，是人主知有先生矣，独身未贵耳。先生诗文崛起，一扫近代芜秽之习，百世而下，自有定论，胡为不遇哉[41]？”梅客生尝寄予书曰：“文长吾老友，病奇于人，人奇于诗。”余谓文长无之而不奇者也。无之而不奇，斯无之而不奇也。悲夫！

【注释】

[1] 袁宏道（1568–1610），字中郎，号石公。湖广公安（今湖北公安）人，明代文人。徐文长：即徐渭（1521–1593），字文长，绍兴府山阴（今浙江绍兴）人，明代文人、戏曲家。

[2] 陶太史：即陶望龄（1562–1609），字周望，号石篑，明会稽（今浙江绍兴）人。其曾任翰林院编修，故称"陶太史"。

[3] 帙（zhì）：指线装书之函套。

[4] 恶楮（chǔ）毛书：纸质低劣，装订粗糙。

[5] 烟煤败黑：形容印刷的墨质不好。

[6] 不佞（nìng）：谦称，指自己。

[7] 次第：安排顺序。

[8] 诸生：生员。明代士子参加童生试，合格后成为生员，具备参加科举考试的资格。

[9] 藉甚：卓著，盛大。

[10] 校：考核。校越：主持越地的考试。

[11] 国士：一国中的杰出人才。目：把……看作是。

[12] 数奇（jī）：命运不好。

[13] 蹶（jué）：跌倒，此处指考试失利。

[14] 客：以……为客，此处指在胡宗宪幕下任职。

[15] 膝语蛇行：跪下来回话，侧身行走，形容部下对胡宗宪的恭敬态度。

[16] 方：比作。

[17] 会：恰巧，适逢。

[18] 属：通"嘱"，嘱托。

[19] 永陵：指明世宗，即嘉靖帝。

［20］疏记：泛指奏章，即各类文书。

［21］当意：称意，合意。

［22］不偶：不遇，亦有“数奇”之意。

［23］曲糵（niè）：指酒。

［24］朔漠：北方沙漠。

［25］体格：体制格局。卑：此处指格局较小，不够大气。

［26］事：侍奉。望：比得上。

［27］气沉：文气沉郁。法严：法度谨严。

［28］不以摸拟损才，不以议论伤格：两句为互文，不因为过多模仿和议论而使才华、格调受减损。

［29］流亚：一类的人。

［30］雅：一向，素来。时调：指当时复古模拟之风。

［31］骚坛：文坛。

［32］姿媚：妩媚。

［33］妖韶：妖娆美好。

［34］超逸：超然飘逸。

［35］力解：竭力解救。

［36］下隶：指地位低下的仆役。

［37］同年：此处指同年参加科举考试并通过的人，互称“同年”。

［38］囹圄（líng yǔ）：监狱。

［39］间世豪杰：间隔几十年才出一个英雄豪杰，《说文解字》：“世，三十年为一世”。

［40］礼数异等：受到的礼待与别人不同。

［41］胡为：为什么。

【导读】

文章可分三层。第一层为第一自然段，叙述写作缘起。“不觉惊跃”“两人跃起”“读复叫，叫复读，童仆睡者皆惊起”等细节生动的刻画出作者与陶周望在发现徐渭文集后的惊喜之情，也在读者脑海中留下了徐渭才气非凡的印象。

第二层为第二至第四段，介绍徐渭的一生。作者选取了最能展现传主特点的事件进行有详有略的介绍。第二段为总述，作者以薛蕙、胡宗宪、永陵皇帝三人为参照，着力突出徐渭狂放不羁的个性和卓越的文学艺术才华。作者通过详细描写徐渭在胡宗宪幕下的表现，以将士与徐渭在胡宗宪面前的不同表现作对比，写出了徐渭的不拘礼法、自信孤傲，又以胡宗宪与永陵皇帝对徐渭的态度展现其才华横溢的另一面。第三段写徐渭在文学艺术方面的成就，作者用了大量篇幅描写徐渭在科场失利后“放浪曲蘖，恣情山水”的行为，进一步展现其个性中狂放、豁达的特点和高超的文学艺术造诣，并以徐渭与当时主流文坛的矛盾写其愤世嫉俗的性格。二三两段着重于徐渭个性与才华的描写，而对其仕途坎坷之事着墨甚少，仅以“数奇”“然竟不偶”简单带过。这样的写法一方面加深了读者对徐渭个性、才华的印象，另一方面又与第四段写其晚年不幸形成强烈的对比，令人对其不幸油然而生同情之心。

第三层为最后一段，袁宏道仿效司马迁的做法，直接以个人身份对徐渭其人进行评价。袁宏道是公安派大家，论文主张“独抒性灵，不拘格套”(《叙小修诗》)，因此他对徐渭狂放不羁的个性和不同流俗的文学艺术创作非常赞赏，称其为“无之而不奇”。但这样特立独行、追求个性解放的奇人却明显不见容于那个时代，这就揭示了徐渭悲剧命运的根源。

本文是一篇传记文，但又与一般的传记文不同。全文围绕徐渭与众不同的个性和卓越的文学艺术才华，以“奇”为表现核心，刻画了一个自信狂傲、才气过人而又命运坎坷的人物形象。作者在写人记事中饱含了对传主的钦佩与同情，体现出以事传人与以论传人相结合的写作特色。

游雁荡记

（清）方苞[1]

癸亥仲秋[2]，望前一日入雁山[3]，越二日而反[4]。古迹多榛芜不可登探[5]，而山容壁色，则前此目见者所未有也。鲍甥孔巡曰："盍记之[6]？"余曰："兹山不可记也。永、柳诸山，乃荒陬中一丘一壑[7]，子厚谪居，幽寻以送日月[8]，故曲尽其形容。若兹山，则浙东西山海所蟠结[9]，欲雕绘而求其肖似，则山容壁色乃号为名山者之所同，无以别其为兹山之岩壑也。"

而余之独得于兹山者，则有二焉。前此所见，如皖桐之浮山[10]、金陵之摄山[11]、临安之飞来峰，其崖洞非不秀美也，而愚僧多凿为仙佛之貌相，俗士自镌名字及其诗辞，如疮痏蹶然而入人目[12]。而兹山独完其太古之容色以至于今，盖壁立千仞，不可攀援，又所处僻远，富贵有力者无因而至，即至亦不能久留，构架鸠工以自标揭[13]，所以终不辱于愚僧俗士之剥凿也。又，凡山川之明媚者，能使游者欣然而乐，而兹山岩深壁削，仰而观俯而视者，严恭静正之心，不觉其自动。盖至此则万感绝，百虑冥[14]，而吾之本心乃与天地之精神一相接焉[15]。察于此二者，则修士守身涉世之学[16]，圣贤成己成物之道[17]，俱可得而见矣。

【注释】

[1] 方苞（1668–1749），字凤九、灵皋，晚年又号望溪，桐城（今安徽桐城）人，清代文人。雁荡：即雁荡山，在今浙江省境内。

[2] 癸亥：乾隆八年（1743 年）。仲秋：秋季的第二个月。

[3] 望：农历十五。

[4] 越：经过。反：通“返”。

[5] 榛芜：草木丛杂。

[6] 盍（hé）：何不。

[7] 荒陬（zōu）：荒凉偏僻的地方。

[8] 幽寻：深入探寻。

[9] 蟠结：盘曲纠结。

[10] 皖桐：安徽桐城。

[11] 摄山：南京栖霞山。

[12] 痏（wěi）：疮。蹷（jué）：惊心。疮痏蹷然：形容长了疮疤令人不忍心看。

[13] 鸠（jiū）：聚集。标揭：标榜自己，显扬声名。

[14] 冥：消失。

[15] 一：完全。

[16] 守身涉世：坚守自身，经历世事。

[17] 成己成物：成就自己也成就身外的一切。

【导读】

文章第一段叙述作者对游完雁荡山后“兹山不可记也”的体会，解释其原因，为第二段进一步谈游雁荡山对自己的启示作铺垫。文章开头先点出雁荡山在其心目中的独特地位，是其“前此目见者所未有也”，然后以柳宗元贬谪永州、柳州时所作之山水游记作对比，进一步表现雁荡山的独特。作者认为柳宗元游记中所描写的那些山水不过是对一山一水的穷尽表现而已，而雁荡山则钟山海之灵秀，“幽奇险峭，殊形诡状者，实大且多”。这样一来，柳宗元笔下的奇异山水与雁荡山相比，也不过平常而已。接下来作者再将雁荡山与那些天下名山进行对比，认为天下名山所具有的景色雁荡山全都有，言下之意却是雁荡山有的，天下名山则不一定有。这一段通过三个对比烘托出雁荡山的独特之美，层次非常清晰。

第二段围绕作者之“独得”展开。作者依然采用对比手法表现雁荡山之独特，但这一独特已不是外观上与永、柳诸山，与天下名山的差异，而是在精神层面带给人们心灵感受的不同。与浮山、摄山、飞来峰之多神佛造像、摩崖石刻相比，雁荡山“所处僻远”而又“壁立千仞，不可攀援”，故能“独完其太古之容色”，“终不辱于愚僧俗士之剥凿”。作者从其中领悟了为人处世中保持自身纯洁、自然本性的重要性，这是第一得；与那些风景秀美的名山相比，雁荡山并不能给人带来很多游玩的欢愉之情，但是它岩深壁削，能使人于俯仰审视之中顿生肃穆敬畏之情，恢复与天地精神相接的自然本性，这是第二得。从这二得中，作者领悟到为人处世中应坚守高洁的品行，自始至终保持纯真之本性，而这正是儒家成己成物之道的体现。

方苞论文有“义法”之说，主张“言有物”与“言有序”，故此篇游记并不很注重对景物的描写刻画，而主要围绕他在游雁荡山所获得的人生体悟来谈。文章虽只有两段，但每一段之中又都层层对比，线索很清晰。两段之间又形成递进关系，很好地表现了主题。写法上以议论为主，情景相互生发，具有浓郁的哲理意味。

山鬼

（战国）屈原[1]

若有人兮山之阿[2]，被薜荔兮带女萝[3]。既含睇兮又宜笑[4]，子慕予兮善窈窕[5]。乘赤豹兮从文狸[6]，辛夷车兮结桂旗[7]。被石兰兮带杜衡[8]，折芳馨兮遗所思[9]。

余处幽篁兮终不见天[10]，路险难兮独后来[11]。表独立兮山之上[12]，云容容兮而在下[13]。杳冥冥兮羌昼晦[14]，东风飘兮神灵雨[15]。留灵修兮憺忘归[16]，岁既晏兮孰华予[17]。

采三秀兮于山间[18]，石磊磊兮葛蔓蔓[19]。怨公子兮怅忘归[20]，君思我兮不得闲[21]。山中人兮芳杜若[22]，饮石泉兮荫松柏[23]。君思我兮然疑作[24]。雷填填兮雨冥冥[25]，猨啾啾兮狖夜鸣[26]。风飒飒兮木萧萧[27]，思公子兮徒离忧[28]。

【注释】

[1] 屈原（约公元前340–公元前278），名平，字原，战国时楚国人。他是楚王的同姓贵族，具有一定的政治见识，对外主张联齐抗秦，对内主张改革，但楚王听信小人谗言，疏远了他。楚国都城被攻破后，他选择投汨罗江自尽。屈原是我国最早的伟大诗人，创制了“骚体”，有《楚辞

集注》（朱熹集注）。《山鬼》是屈原作品《九歌》中的一篇。

[2] 若：仿佛，好像。阿（ē）：曲处，曲隅。

[3] 被（pī）：同“披”。薜（bì）荔：又名木莲，是攀援、匍匐类的灌木。女萝：又名松萝，为地衣类植物，状细长，依附它物而生。

[4] 含睇（dì）：含情而视。宜笑：适宜于笑，指笑起来很美。

[5] 子：指山鬼爱慕的人。窈窕：美丽、娴静的样子。

[6] 赤豹：古代传说的仙兽。文狸：毛色有花纹的狸猫。

[7] 辛夷：又名木兰、紫玉兰，树形婀娜，枝繁花茂。桂旗：用桂枝做旗。

[8] 石兰：一种香草，依附在石头上。杜衡：一种植物，可入药。

[9] 遗（wèi）：赠送。所思：思慕的人。

[10] 篁（huáng）：指竹子。幽篁：指幽深茂密的竹林。

[11] 后来：晚到，迟到。

[12] 表：特出，独立突出的样子。

[13] 容容：流动起伏或纷乱变动的样子。

[14] 杳：昏暗，深沉。冥冥：昏暗的样子。羌：语助词。昼晦：白天昏暗。

[15] 神灵雨（yù）：神灵降雨。

[16] 灵修：神明远见者，比喻君王，此处指山鬼。憺（dàn）：安静。

[17] 晏：晚。孰华予：谁能让我像花一样（美丽）。

[18] 三秀：灵芝草的别名，灵芝一年开三次花，故称“三秀”。

[19] 磊磊：石头很多的样子。蔓蔓：延展，纠缠不清的样子。

[20] 公子：指对方。

[21] 君思我兮不得闲：对方思念我，但是没有空来。

[22] 山中人：指山鬼自己。杜若：一种香草，植株高大，花白色。

[23] 荫松柏：以松柏为荫。

[24] 然：相信，不怀疑。然疑作：半信半疑。

［25］填填：象声词，指雷声。

［26］猨（yuán）：通“猿”。啾啾：猿的叫声。狖（yòu）：古书记载的一种黑色长尾猴，亦作“又”字。

［27］飒（sà）飒：风声。萧萧：形容风声、马鸣声、草木摇落的声音。

［28］离：通“罹”，遭遇，经历。

【导读】

对于“山鬼”究竟是男是女，研究者历来有不同的看法。本篇倾向于认定山鬼是女性身份，描述了这位山鬼等待爱人，爱人未至，最终雷雨却不期而至的场景。

“若有人兮山之阿，被薜荔兮带女萝”，在山间的拐角处隐约有一位女子，她用各种各样的香花香草精心装扮自己，乘坐着赤豹，身边追随着火红的狐狸，她还采摘了香草准备送给自己心爱的人。“余处幽篁兮终不见天，路险难兮独后来”，山鬼自述所处之地是幽暗深密的竹林，经历了艰难险阻才来到相约的地方，所以有些晚到了。然而她等待了很久，一直等到下雨也没见到对方的身影。她在林中继续采摘着灵芝，不由得埋怨爱人怎么忘了来看自己，转念又为对方找了开脱的理由“君思我兮不得闲”，对方应该也是想念自己的，只是没有空来罢了。她仍然抱着期望，在林中四处游走，时而觉得对方是思念自己的，时而又怀疑对方是否忘了自己。最终，一场暴雨来临，雷声响亮，雨下得天昏地暗，林中的猿猴叫着，但爱人终究还是没有出现。“风飒飒兮木萧萧，思公子兮徒离忧”，风儿吹过林间，她思念着对方却又只能忍受着离愁。

首先，文中运用了大量的香花香草起兴，烘托出山鬼的美貌与窈窕，这是屈原在楚辞中经常使用的手法。《诗经》作品中虽然也大量运用比兴手法，但不像屈原在楚辞作品中选用了象征意义更为明确的各种植物或动物，不仅有香花香草，也有臭物萧艾等。较之《诗经》，屈原的比兴手法有继承也有创新。其次，用景物营造出各种氛围，比如山鬼提到自己所处的地方非常幽深，为了前往约会地点，她经历了各种艰难险阻以至于来晚了，充分说明山鬼对这份恋情的重视与付出。在等待恋人的时候，山鬼也并非一直站在原地，她所目睹的各种景观正说明她是在林中各处寻找对方。而最后雷雨的来临犹如山鬼心中的失落，她所经历的风吹雨打正如她在这份恋情中所经历的磨难，千辛万苦来与恋人相会却爱而不见。此外，篇章构思巧妙，不仅用景物营造氛围，还不时穿插了山鬼的心理描写，虽然她爱之深，却疑也多，时而安慰自己，对方一定也思念着自己，时而又忍不住怀疑对方是否把自己给忘了，这就使山鬼这个人物形象显得更为真实感人。

子虚赋（节选）

（西汉）司马相如[1]

楚使子虚使于齐[2]，王悉发车骑，与使者出畋[3]。畋罢，子虚过奼乌有先生[4]，亡是公在焉[5]。坐定，乌有先生问曰：“今日畋乐乎？”子虚曰：“乐。”“获多乎？”曰：“少。”“然则何乐？”对曰：“仆乐齐王之欲夸仆以车骑之众，而仆对以云梦之事也[6]。”曰：“可得闻乎？”

……

“仆对曰：‘唯唯[7]。臣闻楚有七泽[8]，尝见其一，未覩其余也。臣之所见，盖特其小小耳者，名曰云梦。云梦者，方九百里，其中有山焉。其山则盘纡茀郁[9]，隆崇嵂崒[10]；岑崟参差[11]，日月蔽亏[12]。交错纠纷，上干青云[13]；罢池陂陀[14]，下属江河[15]。其土则丹青赭垩[16]，雌黄白坿[17]，锡碧金银[18]，众色炫耀，照烂龙鳞[19]。其石则赤玉玫瑰[20]，琳瑉昆吾[21]，瑊玏玄厉[22]，碝石碔玞[23]。其东则有蕙圃[24]：衡兰芷若[25]，芎藭菖蒲[26]，茳蓠麋芜[27]，诸柘巴苴[28]。其南则有平原广泽：登降陁靡[29]，案衍坛曼[30]，缘以大江[31]，限以巫山[32]；其高燥则生葴菥苞荔[33]，薛莎青薠[34]；其埤溼则生藏莨蒹葭[35]，东蔷雕胡[36]，莲藕觚卢[37]，菴闾轩于[38]，众物居之，不可胜图[39]。其西则有涌泉清池：激水推移，外发芙蓉菱华[40]，内隐钜石白沙[41]。其中则有神龟蛟鼍[42]，瑇瑁鳖鼋[43]。其北则有阴林：其树楩柟豫章[44]，桂椒木兰[45]，檗离朱杨[46]，樝梨梬栗[47]，橘柚芬芳[48]；其上则有鹓雏孔鸾[49]，腾远射干[50]；其下则有白虎玄豹[51]，蟃蜒貙犴[52]。

……

乌有先生曰："是何言之过也！足下不远千里，来贶齐国[53]，王悉发境内之士，而备车骑之众，与使者出畋，乃欲勠力致获[54]，以娱左右，何名为夸哉？问楚地之有无者，愿闻大国之风烈[55]，先生之余论也。今足下不称楚王之德厚，而盛推云梦以为高，奢言淫乐而显侈靡，窃为足下不取也。必若所言[56]，固非楚国之美也[57]；无而言之，是害足下之信也。彰君恶[58]，伤私义[59]，二者无一可，而先生行之，必且轻于齐而累于楚矣[60]！且齐东陼钜海[61]，南有琅邪[62]；观乎成山[63]，射乎之罘[64]；浮勃澥[65]，游孟诸[66]。邪与肃慎为邻[67]，右以汤谷为界[68]。秋田乎青丘[69]，彷徨乎海外，吞若云梦者八九于其胸中曾不蒂芥[70]。若乃俶傥瑰伟[71]，异方殊类，珍怪鸟兽，万端鳞崪[72]，充牣其中[73]，不可胜记，禹不能名[74]，卨不能计[75]。然在诸侯之位，不敢言游戏之乐，苑囿之大；先生又见客[76]，是以王辞不复[77]，何为无以应哉[78]！"

【注释】

[1] 司马相如（公元前179–前118），字长卿，蜀郡成都人，西汉著名辞赋家。曾任景帝武骑常侍，因景帝不好辞赋，遂辞官前往喜好文学的梁孝王处任其门客。武帝即位后，对司马相如的《子虚赋》颇为称赏，将其征召至身边任职。司马相如是西汉散体大赋创作史上最为重要的代表作家，他在政治上也提出了一些重要而又合理的建议，如《谕巴蜀檄》中对开发西南意义的阐述，有《司马文园集》。

[2] 子虚：与乌有先生、亡是公都是虚构出的人物。

[3] 畋（tián）：古代指种田或是打猎。

[4] 过：探望，拜访。奼（chà）：通“姹”，夸耀。

[5] 亡（wú）：通“无”。

[6] 仆：自己，旧时男子的谦称。云梦：据载，先秦时楚国有一个名为“云梦”的楚王狩猎区。

[7] 唯唯：恭敬的应答声。

[8] 泽：湖沼，薮泽。

[9] 盘纡（yū）：回绕曲折。茀（fú）：杂草很多，不方便走路的样子。茀郁：曲折的样子。

[10] 隆崇：高耸的样子。嵂（lǜ）崒（zú）：山高峻的样子。

[11] 岑崟（yín）：山势险峻的样子。

[12] 蔽：全部遮隐。亏：半缺。

[13] 干：触犯，此处可理解为接触。

[14] 罢（pí）池：倾斜而下的样子。陂（pō）陀：倾斜不平的样子，不平坦。

[15] 属（zhǔ）：连接。

[16] 丹：朱砂。青：青雘（又称“空青”），一种青色矿物颜料。赭：红土，赤土。垩（è）：白色的土。

[17] 雌黄：深红色或橙红色矿物，可作黄色颜料，古人常用来修改错字。白坿（fù）：白石英。

[18] 锡：五金之一，先秦时锡器就已经被普遍使用。碧：青绿色的玉石。

[19] 照烂：明亮，灿烂。照烂龙鳞：指灿烂耀眼如同龙鳞。

[20] 赤玉：一种古玉，后被称为玛瑙，可理解为红色的玛瑙。玫瑰：美玉名，一说石珠。

[21] 琳：玉名。瑉（mín）：似玉的美石。昆吾：亦作“琨（kūn）珸”，石之次玉者。

［22］瑊（jiān）玏（lè）：似玉的美石。玄厉：黑色磨刀石。

［23］碝（ruǎn）：像玉的美石。碔（wǔ）玞（fū）：一种似玉的美石。

［24］蕙圃：蕙草园。

［25］衡兰芷若：是四种香草的名字，分别为杜蘅、泽兰、白芷、杜若。

［26］芎（xiōng）藭（qióng）：一般指川穹，有香气，花白色。菖蒲：有香气，生于水边的植物。

［27］茳（jiāng）蓠：一种香草。蘪芜：香草名。茳蓠、蘪芜两种植物均生长在水中。

［28］诸柘（zhè）：指甘蔗。巴苴（jū）：即巴且，就是芭蕉。

［29］登降：起伏，上下。陁（yǐ）靡：倾斜的样子。

［30］案衍：地势低洼的样子。坛曼：平坦而宽广。

［31］缘：沿，循。大江：此处指长江。

［32］限：界限。巫山：指云梦泽中的阳台山。

［33］葴（zhēn）：一种草，一说酸浆草。菥（xī）：荠菜的一种。苞：一种草名，可制席子和草鞋。荔：一种草名，可入药。

［34］薛：指一种蒿类植物。莎（suō）：莎草，即香附子。青薠（fán）：一种香草名。

［35］埤（bēi）：通“卑”，低下。溼（shī）：卑下潮湿。藏（zāng）：草名。莨（làng）：一种生在低湿之地的草。蒹（jiān）：没长穗的荻。葭（jiā）：初生的芦苇。蒹葭：多生于低湿地、浅水中。

［36］东蔷：像蓬草，果实如葵子。雕胡：菰（gū）米，茭白子实。

［37］觚（gū）卢：即葫芦，亦说菰茭（菰米的嫩茎）和芦笋。

［38］菴（ān）闾：一种草，即青蒿。轩于：即莸（yóu）草，一种有臭味的草，可入药。

［39］图：计算。不可胜图：数不尽。

[40] 外：指水面。发：开放。菱华：即菱花。

[41] 钜（jù）：通“巨”，大。

[42] 蛟：水中凶猛的鳄类动物。鼍（tuó）：一种爬行类动物，名中华鳄，又名扬子鳄。

[43] 瑇（dài）瑁（mào）：像龟的爬行动物。鼋（yuán）：鳖科类爬行动物。

[44] 楩（pián）：指黄楩木。枏（nán）：通“楠”，指楠木，常绿乔木。豫章：传说中异木名，亦说樟木。

[45] 桂椒：肉桂和花椒树，都可以制成高级香料。木兰：高大的乔木，开白花。

[46] 檗（bò）：即黄檗。离：山梨。朱杨：即赤杨，一种落叶乔木。

[47] 樝（zhā）：通“楂”。梬（yǐng）：一种果名，梬枣。

[48] 柚：柚子，又名文旦。

[49] 鹓（yuān）雏：传说中与鸾凤同类的鸟，是凤凰的一种。孔鸾：孔雀和鸾鸟。

[50] 腾远：一种动物名，类似猿猴，善攀援。射（yè）干：兽名，善爬树，一说草名，此处指兽。

[51] 玄豹：黑豹。

[52] 蟃（màn）蜒（yán）：传说中的巨兽。犴（àn）：也写作“豻”。貙（chū）犴：猛兽名。

[53] 贶（kuàng）：赠送，惠赐。

[54] 勠（lù）力：勉力，尽力。致获：获得，取得。

[55] 风：社会上长期形成的礼教、习俗。烈：功业。风烈：风教德业。

[56] 必若所言：事实如果真的如同你说的一样。

[57] 固非楚国之美也：本来也算不得楚国的美事。

[58] 彰：显扬，彰显。

[59] 私义：以私人关系为准则的个人道义，也可以理解成个人的信誉。

[60] 轻于齐：被齐人所轻视。累于楚：楚国被牵累。

[61] 陼（zhǔ）：通“渚”，水中的小洲，这里用作动词，指齐国东临大海。

[62] 琅邪（yé）：通“琅琊（yá）”，山东诸城南部海滨的琅邪山，山上有琅邪台。

[63] 观：游览，观赏。成山：山名，位于山东荣成东北方。

[64] 射：射猎。之罘（fú）：山名，位于山东烟台北部。

[65] 勃澥（xiè）：也写作“勃解”，即渤海。

[66] 孟诸：古代泽薮之名，又名孟猪、孟潴。

[67] 邪（xié）：通“斜”，指侧翼。肃慎：古国名，为中国古代东北民族所建。

[68] 汤谷：古代神话传说中太阳升起的地方。

[69] 秋田：秋日在田里打猎。青丘：指山东境内一地名。

[70] 蒂芥：细小的梗塞物，刺梗。

[71] 俶（tì）傥（tǎng）：通“倜傥”，卓异不凡。瑰伟：珍美奇异的东西。

[72] 万端：头绪多而纷乱。崪（cuì）：通“萃”，集。鳞崪：鳞集，群集。

[73] 牣（rèn）：满。充牣：充足，丰足。

[74] 禹不能名：即便像禹一样知识广博的人也叫不出名字。

[75] 卨（xiè）：“契”的古字，商部族始祖名。卨不能计：即便是卨一样的圣贤也无法对其进行计数。

[76] 见客：接待来宾。

[77] 王辞不复：王没有用言辞回复（子虚），意思是齐王没有回话。

[78] 何为无以应哉：怎么能说他无言以对呢？

【导读】

司马相如在景帝朝任郎官时，遇到随梁孝王入朝的邹阳、庄忌、枚乘等人，与他们一见如故，相谈甚欢，就辞了官职前往投靠梁孝王。《子虚赋》是他任梁孝王门客时创作的，赋中虚构了一个故事：楚使子虚出使齐国，齐王向他展示了田猎的盛况，子虚觉得齐王是在向自己夸耀齐国，于是不甘示弱地向齐王炫耀楚王在云梦游猎的声势，认为那是齐王无法比拟的，之后他向乌有先生转述时被乌有先生予以驳斥。全赋可分为三个部分：

开头至“蟃蜒貙犴”为赋文的第一部分，这个部分是子虚讲述云梦泽的山泽风貌与丰饶富有的状况。“于是乃使剸诸之伦”至“于是齐王默然无以应仆也”为第二部分，主要是子虚介绍楚王游猎云梦泽的盛况（编者注：本文未摘选）。“乌有先生曰”至文末为赋文的最后一部分，写乌有先生对子虚的批判。

这篇赋作从艺术上看，继承了枚乘《七发》所确立的汉代散体大赋的体制样式，并有所发展。赋文采用了主客问答的方式，主要通过子虚、乌有先生两个虚拟人物的对话展开叙事。从内容上看，赋文大量篇幅极写帝王贵族的声色犬马、游宴田猎之乐，展示了汉帝国的雄伟气魄。从表现手法看，采用了铺叙夸饰的手法，铺陈排比，文辞瑰丽，散韵相间，句式不拘，以四言六言为主，展现了汉大赋的巨丽之美。一些文句用词贴切，讲究语言的声调韵律，颇具音乐之美。赋作的缺点也是显而易见的，存在堆砌文字、辞句艰深的现象，赋文所要达到的讽谏效果也不理想，“劝百讽一”的特点更是典型。帝王的纵情声色、游宴田猎本是作者想要讽谏、劝阻的，但作者却用了大量的文字进行铺叙。乌有先生批评子虚“不称楚王之德厚”，但他用以震慑子虚的却依然是齐国的疆域辽阔与物产丰饶，而非齐王之德厚。司马相如在创作《子虚赋》时呈现的创作体式，对后来的赋家影响颇为深远。

归田赋

（东汉）张衡[1]

遊都邑以永久[2]，无明略以佐时[3]；徒临川以羡鱼[4]，俟河清乎未期[5]。感蔡子之慷慨[6]，从唐生以决疑[7]；谅天道之微昧[8]，追渔父以同嬉[9]。超埃尘以遐逝[10]，与世事乎长辞[11]。

于是仲春令月[12]，时和气清[13]，原隰郁茂[14]，百草滋荣[15]。王雎鼓翼[16]，仓庚哀鸣[17]，交颈颉颃[18]，关关嘤嘤[19]。于焉逍遥[20]，聊以娱情。

尔乃龙吟方泽[21]，虎啸山丘[22]。仰飞纤缴[23]，俯钓长流[24]。触矢而毙[25]，贪饵吞钩[26]。落云间之逸禽[27]，悬渊沉之魦鰡[28]。

于时曜灵俄景[29]，继以望舒[30]。极般游之至乐[31]，虽日夕而忘劬[32]。感老氏之遗诫[33]，将迴驾乎蓬庐[34]。弹五弦之妙指[35]，咏周、孔之图书[36]。挥翰墨以奋藻[37]，陈三皇之轨模[38]。苟纵心于物外[39]，安知荣辱之所如[40]！

【注释】

[1] 张衡（78–139），字平子，南阳西鄂（今河南南阳）人，东汉时期著名的天文学家、发明家、文人，有《张河间集》，发明了浑天仪、地动仪。

这篇《归田赋》是张衡创作的一篇抒情小赋，表达了他对仕途的厌倦和对田园生活的向往之情。

［2］都邑：京城，京都，此处指洛阳。永久：长久。

［3］明略：高明的智谋。佐时：辅佐当世的国君治理国家。

［4］临川以羡鱼：站在水边想得到鱼。西汉刘向《淮南子·说林训》中云："临河而羡鱼，不如归家织网"，意思是站在水边想得到鱼，不如回家去结网，比喻只有愿望而没有措施是没有意义的。

［5］俟（sì）：等待。河清：古时黄河水浊，少有清时，相传一千年才清一次，于是古人就把黄河水清当成是升平祥瑞的象征。未期：无期，不知何日。

［6］蔡子：战国时燕国人，善辩多智，曾经请唐举为自己相面咨询寿命如何，在得到答案后便说，自己能享受这么多年的富贵非常满足。

［7］唐生：唐举，战国时梁人，以擅长相术而知名。决疑：解决疑难问题。

［8］谅：确实，委实。微昧：幽明，模糊不清。

［9］追渔父以同嬉：指追寻渔父并跟他一起游于川泽间。

［10］超：超越，超脱。埃尘：尘土，比喻尘世。遐逝：隐退，归隐。

［11］长辞：与俗世永别，此处可以理解为彻底归隐。

［12］仲春：春季的第二个月，即农历二月。令：美好。令月：吉月。

［13］时和气清：气候温和、气象清朗。

［14］原：平地。隰（xí）：低湿的地方。郁茂：茂盛的样子。

［15］滋荣：生长繁茂。

［16］王雎：即王鴡，一名雎鸠。鼓翼：振翅。

［17］仓庚：黄莺的别名。

［18］颉（jié）：鸟向上飞。颃（háng）：鸟向下飞。

［19］关关：鸟类雌雄相和的鸣声。嘤嘤：鸟的和鸣声。

［20］于焉：从此。

[21] 尔乃：然后。方泽：方丘，古代祭祀用的方坛设于泽中。尔乃龙吟方泽：像龙一样在山泽间吟啸。

[22] 虎啸山丘：像老虎一样在山丘间长啸。

[23] 纤：细。缴（zhuó）：射鸟时系在箭上的生丝绳。仰飞纤缴：仰首向上射出箭。

[24] 俯钓：向河中撒下钓丝。

[25] 触矢：被箭射中。

[26] 贪饵吞钩：因贪吃鱼饵而吞钩。

[27] 逸禽：云间高飞的鸟，指鸿雁、野鸭等。

[28] 悬：指鱼被钓起来。魦（shā）：通“鲨”。鰡（liú）：古代一种吹沙小鱼。

[29] 曜（yào）灵：指太阳。俄：倾侧，歪的样子。景（yǐng）：通“影”，影子。

[30] 望舒：我国古代神话中为月驾车的神，也可指代月亮。

[31] 般（pán）游：指游乐。

[32] 劬（qú）：辛苦，疲劳。

[33] 老氏：老子。遗诫：指老子《道德经》。

[34] 蓬庐：茅舍，简陋的房屋。

[35] 五弦：五弦琴。指：通“旨”，旨趣。

[36] 周、孔之图书：周公、孔子所编修的书籍。

[37] 翰：笔。奋：发扬，振作。奋藻：奋笔写作。

[38] 陈：叙述，说明。三皇：原始意义上的“三皇”指天皇氏、地皇氏、人皇氏，后增补原始社会时期的三个杰出的部落首领或部落联盟首领，即燧人、伏羲、神农（即炎帝）。轨模：法式楷模。

[39] 纵心于物外：放任心性于物外，指超然脱俗。

[40] 如：往，到。

【导读】

东汉后期，朝廷政治腐败，张衡为官清廉，不愿与邪佞之徒同流合污，所以主动请辞归家。这篇赋作是他去世前一年所写，表达了对仕途的厌倦与对田园生活的向往。全篇赋文可以分成两个部分：

首段就是第一部分，交待了作者的归田之因，“游都邑以永久，无明略以佐时”。其字面意思是自己在京城虽然已经逗留很久，但没有什么好的方略能够辅佐君王。与其空有抱负，不如归家做好准备。但接下来的“天道微昧”暗示了他放弃仕途的真正原因是天道不公、人世纷乱，那么此时远离俗世则可算是一种不错的选择了。

第二至第四自然段是第二部分，描述了归田之乐。第二段主要描述了赏游之乐，在春日里能够置身于如此美好的自然风光中，自然是一大乐事。第三段展现了游猎之乐，天上的鸟儿、水中的鱼儿，可射箭、可垂钓，岂不乐哉？第四段写读书人之乐，当夕阳西下，驾车回到自己的茅屋中，弹琴、读书、练字、写文，只要自己的心不受俗世困扰，哪里还会在意荣辱呢？

这篇赋文从体制上看，有别于汉大赋的篇幅巨大、文字铺排堆砌，《归田赋》全文仅两百多字，短小而精致，从归田之因与归田之乐两个角度展开叙述，层次分明，结构紧凑。从语言上看，不像汉大赋词藻繁复，赋作用词虽平浅却清丽典雅，“仲春令月，时和气清；原隰郁茂，百草滋荣”短短十六个字，将春日的明媚清新、草木的繁茂葱郁描摹得生动自然，“弹五弦之妙指，咏周、孔之图书。挥翰墨以奋藻，陈三皇之轨模”则将读书人的雅趣概括得极有韵致。从用典上看，此文采用了许多典故，如“徒临川以羡鱼，俟河清乎未期”，分别引用了《淮南子·说林训》和《左传·襄公八年》的典故，“感蔡子之慷慨，从唐生以决疑”，出自《史记·范雎蔡泽列传》，“追渔父以同嬉，超埃尘以遐逝”出自《楚辞·渔父》等，这些典故的使用使赋作的内涵变得更为丰富、蕴藉。张衡对于归隐生活的向往、对于田园境界的描绘，在某种程度上对东晋的陶渊明也有一定的启发作用。

登楼赋[1]

（三国）王粲

登兹楼以四望兮[2]，聊暇日以销忧[3]。览斯宇之所处兮[4]，实显敞而寡仇[5]。挟清漳之通浦兮[6]，倚曲沮之长洲[7]，背坟衍之广陆兮[8]，临皋隰之沃流[9]。北弥陶牧[10]，西接昭丘[11]。华实蔽野[12]，黍稷盈畴[13]。虽信美而非吾土兮[14]，曾何足以少留[15]！

遭纷浊而迁逝兮[16]，漫逾纪以迄今[17]。情眷眷而怀归兮[18]，孰忧思之可任[19]？凭轩槛以遥望兮[20]，向北风而开襟[21]。平原远而极目兮[22]，蔽荆山之高岑[23]。路逶迤而修迥兮[24]，川既漾而济深[25]。悲旧乡之壅隔兮[26]，涕横坠而弗禁[27]。昔尼父之在陈兮，有归欤之叹音[28]。钟仪幽而楚奏兮[29]，庄舄显而越吟[30]。人情同于怀土兮，岂穷达而异心[31]！

惟日月之逾迈兮[32]，俟河清其未极[33]。冀王道之一平兮[34]，假高衢而骋力[35]。惧匏瓜之徒悬兮[36]，畏井渫之莫食[37]。步栖迟以徙倚兮[38]，白日忽其将匿。风萧瑟而并兴兮，天惨惨而无色。兽狂顾以求群兮[39]，鸟相鸣而举翼，原野阒其无人兮[40]，征夫行而未息。心凄怆以感发兮[41]，意忉怛而憯恻[42]。循阶除而下降兮[43]，气交愤于胸臆。夜参半而不寐兮[44]，怅盘桓以反侧[45]。

【注释】

[1] 王粲所登之楼有当阳城楼、江陵城楼、麦城城楼三说。中国科学院文学研究所编的《中国文学史》第二版认为是麦城城楼，可供参考。

[2] 兹：此，这。

[3] 聊：姑且。暇：通“假”，借。销忧：排解忧愁。聊暇日以销忧：姑且借登楼来排解心中的愁闷。

[4] 宇：楼。

[5] 显敞：宽敞。仇：匹敌。寡仇：很少有可以匹敌的。

[6] 挟：带。清漳：指漳水。通浦：两条河流相通之处。挟清漳之通浦兮：城楼临于漳水之上，仿佛携带着清澈的江水。

[7] 倚：靠。曲沮：弯曲的沮水。倚曲沮之长洲：城楼在曲折的沮水之畔，犹如倚长洲而立。

[8] 坟：高。衍：平。广陆：指广袤的原野。

[9] 临：面临，此处指南面。皋（gāo）隰（xí）：水边低洼之地。沃：美。沃流：指可以灌溉的水流。

[10] 弥：接。陶牧：相传春秋时越国的范蠡帮助越王勾践灭吴后辞官至陶，自称陶朱公。牧：郊外。

[11] 昭丘：楚昭王的坟墓，在沮水之侧。

[12] 华：通“花”。华实蔽野：鲜花与果实遍及原野。

[13] 黍（shǔ）：黄米。稷（jì）：类似黍。盈：充盈，充满。

[14] 信：确实。信美：的确很美。

[15] 曾：句首语气词。曾何足以少留：怎么能暂居一段时间。

[16] 纷浊：纷乱，战乱。迁逝：迁移。遭纷浊而迁逝兮：指王粲为了避董卓之乱前往荆州。

[17] 逾：超过。纪：一纪是十二年。

[18] 眷眷：依依不舍的样子。

[19] 任：承受，忍受。孰忧思之可任：有谁能承受得了这种思乡的忧愁呢？

[20] 凭：靠，倚靠。轩槛：栏板，长廊的栏杆。

[21] 开襟：敞开衣襟。

[22] 极目：满目，眺望。

[23] 高岑：指小而高的山。平原远而极目兮，蔽荆山之高岑：眺望北方家乡的目光终究还是被高耸的荆山给遮挡住了。

[24] 逶（wēi）迤（yí）：曲折漫长的样子。修：长。迥：远。

[25] 漾：荡漾。济：深。川既漾而济深：河水遥长，而归途艰难。

[26] 壅（yōng）：阻隔。

[27] 涕：眼泪。弗禁：忍不住。

[28] 尼父：指孔子。昔尼父之在陈兮，有归欤之叹音：孔子在陈被乱兵所困绝粮时，曾叹："归与！归与！"(《论语·公冶长》)

[29] 钟仪幽而楚奏兮：钟仪是楚国的乐官，被晋所俘，晋侯让他弹琴时，他弹奏的还是家乡楚国的乐曲(《左传·成公九年》)。

[30] 庄舄（xì）显而越吟：指越人庄舄在楚国身居要职，病中思念家乡，说出的仍然是越国的方音。

[31] 岂穷达而异心：怎么会因为穷困或是发达了而变心呢？

[32] 逾迈：过去，消逝。

[33] 河清：古人认为黄河水清就意味着政治清明。

[34] 冀：希望。王道之一平：指天下统一、太平。

[35] 假：借助。高衢：大道，要路。

[36] 匏（páo）瓜：通常指葫芦。徒悬：白白挂着。匏瓜之徒悬：比喻有才能而不为所用。

[37] 渫（xiè）：去除污秽。井渫：指已经被淘干净的井水。畏井渫之莫食：《周易·井》曰：“井渫不食，为我心恻。”意思是井已经被淘干净，却没有人来饮水，这是让人很痛心的。此处比喻自己已经修洁自身，却不为世用。

[38] 栖（qī）迟：淹留，暂留。徙倚：徘徊，逡巡。步栖迟以徙倚兮：此处指作者在楼上漫步徘徊的样子。

[39] 狂顾：遑急顾盼的样子。兽狂顾以求群兮：此句指野兽们惊恐地寻找着同伴。

[40] 阒（qù）：静寂无声。原野阒其无人兮：此句指原野静寂无人。

[41] 凄怆：悲伤，悲凉。心凄怆以感发兮：此句指作者被这四周的景物所感染也禁不住满怀悲怆。

[42] 忉（dāo）怛（dá）：悲痛，忧伤。憯（cǎn）恻：悲惨，悲痛。意忉怛而憯恻：与前一句“心凄怆以感发兮”形成互文关系，同样表达了作者内心的凄怆与悲痛。

[43] 循：沿着。阶除：台阶，阶梯。

[44] 参半：一半。夜参半：半夜。

[45] 盘桓：原指徘徊，现指犹疑不决。怅盘桓以反侧：此句意为睡在床上也是忧思不绝、辗转反侧。

【导读】

作为建安文坛上的重要代表作家，王粲被誉为“七子之冠冕”（《文心雕龙·才略》）。这篇《登楼赋》写于他滞留荆州时期，抒发了因为久留他乡却无法施展才能抱负的苦闷心情及思乡之情，是建安时期抒情小赋中的代表作。

赋文开篇即言“登兹楼……以销忧”，点明了赋文主旨，紧接着通过一段铺叙的文字描绘了所登之楼位置佳、景色美、物产富的特点，由“虽信美而非吾土兮，曾何足以少留”引出了作者的惆怅感慨！回顾过往，为了避中原之难，作者来到荆州，不知不觉时间已经超过了十二年，他对故乡的思念之情愈发深重。不论是飞黄腾达或是穷困潦倒，人们对故乡有着同样的眷恋。岁月的流逝不仅使他倍感思乡，更使他忧虑惶恐，不知何时才能盼来天下太平、政治清明的局面。念及种种，他的胸中满溢悲愤之情，连眼前的一切景物似乎也变得萧瑟孤清。带着这份愁情下楼的他，到了半夜终究还是辗转反侧难以入眠。

文章的结构层次非常清晰，围绕“忧”字展开。先写登楼之见，次写思乡之情，最后写家国之忧。登楼是为了销忧，眼前的美景的确赏心悦目，但这里毕竟不是作者的故乡，更不是可以让其施展才能的福地。这就由登楼观景自然过渡到了对家乡的思念与对国家时局的关注。语言方面，赋文中使用了大量典故，与赋文的主旨也较为契合，例如“瓠瓜徒悬”“井渫莫食”等，都生动地表达出作者的怀乡之情和怀才不遇的怨愤之情。文中还使用了许多双声词和叠韵词，如“眷眷”“惨惨”“凄怆”“憯恻”“盘桓”等，音节流畅。就思想高度而言，这篇赋文不仅记叙了作者个人的思想感情，更重要的是关注着天下太平，渴望着为国效力，这也正是建安文人所共有的一个特点，就是关怀祖国、心系苍生，将对国家命运的关注与个人自身的发展联系到一起，展现了“建安风骨”的风貌。

秋声赋

（北宋）欧阳修

欧阳子方夜读书[1]，闻有声自西南来者，悚然而听之[2]，曰："异哉！"初淅沥以萧飒[3]，忽奔腾而砰湃[4]，如波涛夜惊，风雨骤至。其触于物也，鏦鏦铮铮[5]，金铁皆鸣；又如赴敌之兵，衔枚疾走[6]，不闻号令，但闻人马之行声。予谓童子："此何声也？汝出视之。"童子曰："星月皎洁，明河在天，四无人声，声在树间。"

予曰："噫嘻悲哉！此秋声也，胡为而来哉？盖夫秋之为状也：其色惨淡，烟霏云敛[7]；其容清明，天高日晶[8]；其气栗冽[9]，砭人肌骨；其意萧条，山川寂寥。故其为声也，凄凄切切，呼号愤发[10]。丰草绿缛而争茂[11]，佳木葱茏而可悦[12]；草拂之而色变，木遭之而叶脱。其所以摧败零落者，乃其一气之余烈[13]。夫秋，刑官也[14]，于时为阴；又兵象也，于行用金，是谓天地之义气，常以肃杀而为心。天之于物，春生秋实，故其在乐也，商声主西方之音，夷则为七月之律[15]。商，伤也，物既老而悲伤；夷，戮也，物过盛而当杀。"

"嗟乎！草木无情，有时飘零[16]。人为动物，惟物之灵；百忧感其心，万事劳其形；有动于中，必摇其精[17]。而况思其力之所不及，忧其智之所不能；宜其渥然丹者为槁木[18]，黟然黑者为星星[19]。奈何以非金石之质，欲与草木而争荣？念谁为之戕贼[20]，亦何恨乎秋声！”

童子莫对，垂头而睡。但闻四壁虫声唧唧，如助予之叹息。

【注释】

[1] 欧阳子：即欧阳修，古代“子”可用于自称。

[2] 悚然：惶恐不安的样子。

[3] 淅沥：象声词，形容轻微的风雨声。萧飒：象声词，形容风吹树木的声音。

[4] 砰湃：象声词，形容水流汹涌、狂风暴雨的声音。

[5] 鏦（cōng）鏦铮铮：象声词，形容金属等物的撞击声

[6] 枚：古代行军时防止士卒出声的用具，状如箸，衔在口中。

[7] 惨淡：凄惨暗淡。烟霏云敛：烟霭弥漫，云气密集。

[8] 日晶：日光明亮。

[9] 栗冽：寒冷。

[10] 呼号愤发：形容声音大而且发生迅猛。

[11] 绿缛：形容草木繁盛。

[12] 葱茏：形容草木青翠茂盛。

[13] 一气：此处指秋天的肃杀之气。余：不尽的。烈：有威力大之意。

[14] 刑官：掌刑法的官吏。

[15] 夷则：古代乐律名。人们把十二个律与十二月相配，夷则配七月。

[16] 有时：按时。

[17] 摇：动摇。精：精神。

[18] 渥然：（脸色）红润的样子。槁木：形容脸色苍老、枯槁。

[19] 黟（yī）然：（头发）乌黑的样子。星星：指头发斑白。

[20] 戕（qiāng）贼：伤害，损害。

【导读】

本文由作者夜听秋声生发，借对秋声的描绘传达了对人生之秋的体悟。

第一段先写听觉中的秋声。“初”“忽”写秋声由远而近，声音由小到大，来势汹汹。紧接着两个比喻句将抽象的声音具体形象化，以惊涛骇浪、狂风暴雨形容声音之大。“触”字后面的句子由听觉转入具体感受的描绘，“鏦鏦铮铮，金铁皆鸣”八字以金铁之声绘秋声的冷硬酷烈。作者用军纪森严的行军队伍作喻，进一步描绘出秋声之肃杀可畏。于是作者让童子去看个究竟，结果童子对秋声的视觉反应与作者的听觉想象形成了鲜明的对比，说明这秋声并非常人可见可感，从而引出了下文作者对“秋声”的探究。

第二段由秋声写秋景，充分展开对秋声的联想。起句以对秋声的悲凉感受发端，从秋之外观和内在入手，展开对秋之形神的想象式描绘。先写秋状：秋之色惨淡昏黄，秋之容清明高远，秋之气凛冽刺骨，秋之意萧条寂寥。秋色、秋容写实，故正面描绘；秋气、秋意绘虚，故侧面烘托。这秋色、秋容、秋气、秋意也就是秋声的外在呈现。当秋声未至时，大自然一片欣欣向荣，草木葱茏。而当秋声到来时，其不尽的威力肃杀万物。在此基础上，作者进一步展开对秋天的联想，古人常于秋季对犯人行刑，秋天也往往是大军出征的季节，从阴阳来说秋天属阴，从五行来说秋天属金，这一切都使秋天带有肃杀、死亡的意味。因此，大自然由春到秋就是一个由生到死的转化过程。再从五声与五方、十二律吕的关系来看，秋主西方，属商声，为七月之律。商声悲凉，人们因衰老而悲伤；夷则肃杀，草木繁盛之后必然走向消亡。自然万物在秋天面前，莫不如此。

第三段顺承前面对自然之秋的感悟，转入悲叹人生之秋。草木没有人类的情感，只是单纯地随着四季变化而生长消亡，可是人为万物之灵，却经常受到各种人事的侵扰，为力不能及的事情而耗损心神，以至容颜日渐衰老。这不能不引起深思：人非草木，又怎么能与草木争荣呢？归根结底还是因为人是情感动物，受情感欲望的驱使才导致了这种结果。这种悲叹实则是欧阳修心路变化的重要体现。欧阳修写这篇文赋时已经53岁，大半生的宦海沉浮、人事忧劳及多病的身体等都使欧阳修日渐消极，心情较为低落，因此感秋声而起人生之秋之叹。

第四段以童子的垂头而睡反衬出作者无人能够理解的苦闷，只有壁间唧唧虫鸣伴随着这份悲凉！

全文用赋法，每段一层，从秋声、秋状到秋思，秋状又分秋色、秋容、秋气、秋意逐层铺叙，连贯而下，毫无滞涩。语言上骈散结合，叙述用散体，描写则用赋体，将秋景、秋情、秋思融为一体，将无形的秋声写得有声有色，如在目前。

前赤壁赋[1]

（北宋）苏轼

壬戌之秋，七月既望[2]，苏子与客泛舟，游于赤壁之下。清风徐来，水波不兴。举酒属客，诵明月之诗，歌窈窕之章[3]。少焉，月出于东山之上，徘徊于斗牛[4]之间。白露横江[5]，水光接天。纵一苇之所如，凌万顷之茫然[6]。浩浩乎如冯虚御风，而不知其所止[7]；飘飘乎如遗世独立，羽化而登仙。

于是饮酒乐甚，扣舷而歌之。歌曰："桂棹兮兰桨，击空明兮溯流光[8]。渺渺兮予怀，望美人兮天一方[9]。"客有吹洞箫者，倚歌而和之[10]。其声呜呜然，如怨如慕，如泣如诉；余音袅袅，不绝如缕[11]。舞幽壑之潜蛟，泣孤舟之嫠妇[12]。

苏子愀然[13]，正襟危坐，而问客曰："何为其然也？"客曰："'月明星稀，乌鹊南飞。'此非曹孟德之诗乎？西望夏口，东望武昌，山川相缪，郁乎苍苍[14]，此非孟德之困于周郎者乎？方其破荆州，下江陵，顺流而东也，舳舻千里，旌旗蔽空，酾酒临江，横槊赋诗，固一世之雄也[15]，而今安在哉？况吾与子渔樵于江渚之上，侣鱼虾而友麋鹿，驾一叶之扁舟，举匏樽以相属[16]。寄蜉蝣于天地，渺沧海之一粟[17]。哀吾生之须臾，羡长江之无穷。挟飞仙以遨游，抱明月而长终[18]。知不可乎骤得，托遗响于悲风[19]。"

苏子曰："客亦知夫水与月乎？逝者如斯，而未尝往也；盈虚者如彼，而卒莫消长也[20]。盖将自其变者而观之，则天地曾不能以一瞬[21]；自其不变者而观之，则物与我皆无尽也，而又何羡乎！且夫天地之间，物各有主，苟非吾之所有，虽一毫而莫取。惟江上之清风，与山间之明月，耳得之而为声，目遇之而成色，取之无禁，用之不竭。是造物者之无尽藏也，而吾与子之所共适[22]。"

客喜而笑，洗盏更酌[23]。肴核既尽，杯盘狼籍[24]。相与枕藉乎舟中，不知东方之既白[25]。

【注释】

[1] 北宋神宗元丰二年（1079），苏轼被贬黄州。元丰五年（1082）七月和十月，苏轼先后两次游黄州赤鼻矶（当地人亦称作赤壁），写了两篇游记。后人遂称前篇为《前赤壁赋》，后篇为《后赤壁赋》。

[2] 壬戌：即元丰五年（1082）。望：农历每月十五。既望：指农历十六。

[3] 属：通"嘱"，劝酒。明月之诗：指《诗经·陈风·月出》。窈窕之章：指《月出》首章"月出皎兮，佼人僚兮，舒窈纠兮，劳心悄兮"，"窈纠"即"窈窕"之意。

[4] 斗牛：二十八宿中的斗宿和牛宿。

[5] 横：横贯，弥漫。

[6] 纵：任凭。如：往，到。凌：超越。茫然：旷远，无边无际。

[7] 浩浩：广大辽阔。冯：通"凭"。虚：天空。止：停止。

[8] 空明：形容清澈的江水。溯：逆流而上。流光：形容月光照射在水面上随水流而动。

[9] 渺渺：悠远的样子。屈原《湘夫人》："帝子降兮北渚，目眇眇兮愁予"，

《诗经·蒹葭》:“所谓伊人，在水一方”。

[10] 倚：随着，循着。和：应和。

[11] 袅袅：形容声音婉转悠扬。缕：细丝。

[12] 舞、泣：使动用法。嫠（lí）妇：寡妇。

[13] 愀（qiǎo）然：神色严肃或者不愉快。

[14] 缪（liáo）：通“缭”，围绕。郁：茂盛的样子。

[15] 舳（zhú）舻（lú）：首尾衔接的战船。酾（shī）：斟酒。固：原本，此处有确实之意。

[16] 侣、友：意动用法。匏樽：匏制的酒樽，泛指饮具。

[17] 蜉蝣：一种存活时间只有几小时到一周的昆虫，一般用于比喻微小的生命。粟：小米。

[18] 挟：携。长终：至于永远。

[19] 骤得：一下子得到。一说屡次得到，但与文义不甚相符。遗响：指箫声余音。

[20] 往：到，去，这里指消逝。盈虚：指月亮的圆缺。消长：增减。

[21] 曾（zēng）：竟，一读 céng，与“不”连用，表示“连……都”，两种读音均可。

[22] 无尽藏：无穷无尽的宝藏。适：舒适，此处有享受之意。

[23] 更酌：再次饮酒。

[24] 肴核：荤菜和果品。狼籍：凌乱。

[25] 枕藉：互相枕靠着躺在一起。既白：已经天亮了。

【导读】

本文是一篇文赋，既有赋体铺陈排比、音韵和谐的特点，又有散文表达自然、说理透彻的特质。作者把写景、抒情、说理巧妙地结合起来，塑造了一个乐观旷达、热爱生活的抒情主人公形象。

第一、二自然段为第一层，写泛舟赤壁所见所感。徐徐清风、潺潺江水与徘徊于斗宿和牛宿之间的明月构成一幅宁静怡人的明月大江图，引发了作者的尘外之思，仿佛从眼前美景中获得了超脱尘世的大自在，不禁畅饮欢歌。然而这歌声却真实反映了作者的内心——“渺渺兮予怀，望美人兮天一方”。中国文人自来就有思美人的传统，联系苏轼此时被贬黄州的处境，不难发现其欢乐背后隐藏的失意，于是乎客之洞箫声传达出了这份哀伤，情感由喜而悲。

第三自然段为第二层，作者由眼前之赤壁兴发怀古之情。历史上的曹操是何等英雄、何等文采风流，可是这样一个英雄人物却也消逝在历史长河之中，更何况是自己这样一个乘坐扁舟、侣鱼虾而友麋鹿的小人物呢？在对比中写出了因人生短暂、个体渺小而产生的虚无感、幻灭感。这是作者在现实与理想的深刻矛盾中产生的困惑，借助客之口表达了出来。

第四、五自然段为第三层，苏轼通过对客的反驳，提出了解决问题的答案，那就是不要执着于生命的短暂与宇宙的永恒之间的矛盾。宇宙万物都可以从变和不变两个角度来进行审视。从变的角度看，万事万物是每时每刻都在发生着变化，没有什么永恒的东西。但是如果从不变的角度看，正如张若虚所说“人生代代无穷已，江月年年只相似”（《春江花月夜》），人类与宇宙是永久存在的。这样一来，苏轼就赋予了人生新的存在意义，那就是要积极、乐观地对待生命，要尽情去享受人生的每一刻，去享受大自然所给予的无穷尽的宝藏。第五自然段以客被主说服，开怀畅饮，继续享用眼前这无边风月，与开头遥相呼应。

全文采取主客问答的形式，借助赤壁美景展开，以变和不变的辩证思考阐发了内心对人生短暂与宇宙永恒这对矛盾的认识。作者以人与万物同生共荣、永恒存在战胜了消极的现实苦闷，表现了热爱生活、乐观豁达的人生态度。全文写景、抒情、说理水乳交融，完美统一。

轻吟浅唱

菩萨蛮·平林漠漠烟如织

（唐）李白

平林漠漠烟如织[1]，寒山一带伤心碧。暝色入高楼，有人楼上愁。

玉阶空伫立[2]，宿鸟归飞急。何处是归程？长亭更短亭[3]。

【注释】

［1］漠漠：朦胧迷离。

［2］伫（zhù）立：长时间地站着等候。

［3］长亭更短亭：庾信《哀江南赋》：“十里五里，长亭短亭。”

【导读】

此词相传为李白所作，有“百代词曲之祖”之誉。上片首句“平林漠漠烟如织”写景，作者用“平”字修饰树林，点明主人公所处位置较高，此景乃远望所见。“漠漠”与“烟如织”则交错渲染出隐约朦胧之远景。次句“寒山一带伤心碧”寓情于景，“寒”不仅是视觉感受，更是一种心理体验。随着天色逐渐暗淡下来而产生的清冷之感与主人公内心之愁产生了共鸣，外化为眼前一片令人伤心的碧绿。三四两句“暝色入高楼，有人楼上愁”由景及人。“暝色”承前一句总写黄昏暮色，暗示主人公远望时间之长、愁情之浓。随着暮色渐临，“入”字将视角由远眺拉回到高楼中的主人公身上，直接点出“愁”的主旨。过片空间再做转换，主人公出现在楼前的台阶上。“伫立”再次以时间之久表现主人公愁思之深，而“空”字则呼应上片的“伤心”，暗示等待的结局。不仅如此，作者又以鸟儿急着归巢作对比，用两个“归”字进一步强化主人公的盼归之情，于是满腹的愁苦遂自然化作“何处是归程？”的疑问。答案是什么？或许主人公早已知晓，但仍怀有一份希冀，希冀就在那连绵不断的长亭短亭之中。

此词围绕“望”字进行构图，在结构上颇有特色，上片视角由远而近、由外而内，下片则由近而远、由内而外。在这回环往复的结构中，迷蒙凄黯之景与落寞盼归之情融合无间，把主人公的离愁表达得婉转而深沉。

菩萨蛮·小山重叠金明灭

（唐）温庭筠

小山重叠金明灭[1]，鬓云欲度香腮雪[2]。懒起画蛾眉[3]，弄妆梳洗迟[4]。

照花前后镜，花面交相映。新帖绣罗襦[5]，双双金鹧鸪。

【注释】

[1] 小山：一指眉妆，“重叠金明灭”形容其残妆未尽，肤色不匀。一指屏风，写阳光照在女子床前屏风上的群山，明暗不定的光线使女主人公醒来。两种理解均可。

[2] 鬓云欲度香腮雪：写女子发髻蓬松，坐起身来头发掠过脸庞，黑白分明，形容女子的美貌。

[3] 蛾眉：细而长的眉毛。

[4] 弄妆：梳妆打扮。

[5] 帖：将绣好的图样再绣贴在衣服上。

【导读】

上片描写女主人公起床后的举动。起句从女子闺房写起，“小山”一般理解为女子闺阁中置于床前的屏风，上面绘有层叠群山，阳光照射在曲折的屏风上，故言之以“重叠”二字。“金明灭”形容明暗不定的光线。此句点明时间、地点以及主人公醒来。“鬓云欲度香腮雪”写女子的美貌，“度”字极富动态感，在黑与白的鲜明对比中点出了女子容貌之美。三四句“懒起画蛾眉，弄妆梳洗迟”描写女子梳妆打扮的状态。“懒”“迟”二字形容其慵懒，写其百无聊赖。过片继续写女子的梳妆打扮，词人用对镜插花、花面交映的细节进一步展现其美貌，同时也暗示其遭遇处境，隐有大好青春、美好容颜却只能自我欣赏之意。结句写女子的艳丽服饰，以“双双”二字暗逗出闺中寂寞的思绪。

温庭筠的词作多为歌女而作，故多客观描写与普泛化情感表达。全词极写女子的容貌、打扮，用词色泽艳丽就是这种特点的体现。张惠言以美人、香草解此词，认为有离骚初服之意。此论虽嫌武断，但从词作本身而言，美人独处的寂寞、花面交相映的怅惘隐约其间，也不宜以应歌娱乐之作一概视之。

菩萨蛮·人人尽说江南好

(唐)韦庄[1]

人人尽说江南好，游人只合江南老[2]。春水碧于天，画船听雨眠[3]。垆边人似月[4]，皓腕凝霜雪。未老莫还乡，还乡须断肠[5]。

【注释】

[1] 韦庄(约836–约910)，字端己，长安杜陵(今陕西西安)人，晚唐文人。

[2] 合：应当，应该。

[3] 画船：有彩绘装饰的华丽游船，供人游乐所用。

[4] 垆：旧时搁置酒瓮的土台子，亦指酒家。《史记·司马相如列传》载有"文君当垆"事。

[5] 须：一定，必定。

【导读】

韦庄早年飘零辗转，曾为避北方战乱而流寓江南十年，因此常视江南为第二故乡，多有回忆江南旧游之作。《菩萨蛮》组词共五首，本词为第二首，以白描的手法勾勒了江南的美景，表达了作者对江南的依恋和思归而不得归的痛苦。

上片开头两句“人人尽说江南好，游人只合江南老”，写江南人民对游子的殷切挽留。正是因为知道北方战乱不断，所以人人都在劝说作者安家江南。“尽说”“只合”四字语气铿锵有力，不仅表达出江南人民对自己家乡的自豪感，也写出了其热情好客的性格。然而在这份殷切的背后，还隐藏着作者另一份情感。既然“人人尽说江南好”，那也肯定是“人人只合江南老”，可是作者却将“人人”换成了“游人”。游子的身份使作者深深意识到终老江南并非内心所愿，自己渴盼的还是能早日回到家乡。这一层含义作者之所以没有明说，是因为十年的江南生活的确使其对江南产生了浓厚的喜爱之情，江南的美好已经渗入了作者的骨髓之中。江南的美，美在那份碧绿，美在那份安适！“春水碧于天，画船听雨眠”，简简单单的几笔白描，江南之美就已如画般呈现在读者面前。

过片继续描写江南之美好。正所谓“一方水土养一方人”，江南也孕育出钟天地之灵秀的美人。“垆边人似月，皓腕凝霜雪”两句暗用卓文君当垆卖酒的典故，一方面写江南女子之美，另一方面又以卓文君与司马相如琴瑟和谐的幸福生活反衬自己只身漂泊江南，有家不能回的痛苦。所谓“锦城虽云乐，不如早还乡”（李白《蜀道难》），游子的心终究还是牵挂着故乡。结句“未老莫还乡，还乡须断肠”用了顶针手法，强化了作者还乡的心愿，却写得曲曲折折。一是这份还乡的心愿在“莫还乡”“须断肠”的决绝中化为乌有；二是“未老”二字进一步加深了这份不能回乡的痛苦。人老了就想回到故乡，而现在作者还未老就如此想念家乡，这是为什么呢？因为此时的故乡正在战乱之中，自己的家人也音讯全无。这份思念，这份痛苦，也只有“断肠”二字才能形容啊！陈廷焯《白雨斋词话》云“韦端己词，似直而纡，似达而郁”，可谓知言！

摊破浣溪沙·菡萏香销翠叶残

（南唐）李璟[1]

菡萏香销翠叶残[2]，西风愁起绿波间。还与韶光共憔悴[3]，不堪看。

细雨梦回鸡塞远[4]，小楼吹彻玉笙寒[5]。多少泪珠何限恨，倚栏干。

【注释】

［1］李璟（916–961），字伯玉，彭城（今江苏徐州）人，南唐中主。《摊破浣溪沙》：将七言六句的《浣溪沙》前后阕末句扩展成两句，故名。

［2］菡萏：指含苞待放的荷花。

［3］韶光：美好的时光。

［4］鸡塞：鸡鹿塞的简称，亦作鸡禄山，在今陕西境内。此处泛指边塞。

［5］彻：乐曲一遍结束为彻，或可理解为通、透。此处指吹了一整夜。

［6］何限：一作“无限”。

【导读】

上片起句“菡萏香销翠叶残”写词人倚栏下望所见，荷池中狼藉之景引发了词人内心的愁苦之情。相较于盛开的荷花，含苞待放的“菡萏”被摧残更容易引起人们的同情。“愁起”二字既是拟人同时也是词人情感之发抒，即王国维《人间词话》所云：“大有众芳芜秽，美人迟暮之感。”李璟的性格不像其父李昪那样刚毅，再加上当时北周兴起，对南唐造成了极大的威胁。心事重重的词人目睹荷池香消叶残之景，想起“韶光”不再，不免触景伤情，故以“不堪看”结束上片。

下片跳过漫长的白天，转写晚上之辗转难眠。主人公本想借助梦境来获得暂时的心灵慰藉，但是又被濛濛细雨给吵醒了。“细雨”一方面表现词人因为心事重重入睡很浅，一点细小的声音都容易把他惊醒；另一方面也暗示着愁情的绵长不尽。词人辗转难眠，只好借助吹笙排遣愁怀，奈何低沉、柔和的笙音越发加重了其内心的愁苦之情。“彻”字明指笙吹了一遍又一遍，暗喻愁苦之深长；“寒”字则是夜深之寒与心境之凄寒的双重体现。这一遍遍的笙音所层叠起的一层层浓愁郁塞于小楼之中，使得词人再也无法忍受，于是推门而出倚栏而望。然而触目所见，又回到了上片开头的“香销翠叶残”！

此词写秋思，上下片末句“不堪看”“倚栏干”一情一景，构成了一个没有出口的情感旋涡，愈转愈深，愈转愈浓。

捣练子令·深院静

（南唐）李煜[1]

深院静，小庭空，断续寒砧断续风[2]。
无奈夜长人不寐[3]，数声和月到帘栊[4]。

【注释】

[1] 李煜（937–978），生于江宁府（今江苏南京），原名从嘉，字重光，南唐后主、词人。

[2] 砧（zhēn）：捣衣石。

[3] 不寐：不能入睡。

[4] 数声：几声。栊：有横直格的窗子。

【导读】

此词作于李煜幽囚汴京时期，遣词造句颇见匠心。短短二十七字，写尽了主人公难以明言的孤寂和痛苦。

开头两句“深院静，小庭空”写环境。深院之“深”侧重居所之大，与外界隔绝。“小庭”侧重其小，是深院中的一个局部。由深院到小庭，仿佛摄影镜头之广角到特写的转换。“静”从听觉而来，地处幽僻，静寂无人。“空”则兼写视觉空间和内心状态，正是在这样既静且空的环境中，传来了隐隐约约、时断时续的捣砧声。李白《子夜吴歌》(其三)有“长安一片月，万户捣衣声”之句，光响俱有，气象阔大，而李煜此句却是另一种景象。“断续寒砧断续风”中两个“断续”既是实景也是主人公心情的逐步展现。一则捣砧之声距离较远，加上风力的波动变化，所以是断断续续地听到；再则夜深人静，捣砧声音虽小，但对于深夜难眠的人来说却是声声分明。又为何说“断续”呢？因为捣砧声唤起了主人公的离怀愁绪，让主人公神思不属，故而听到的声音时断时连，“寒”字则进一步加重了凄苦之意。“无奈夜长人不寐”由景及人，“夜长”与“不寐”的愁苦却以“无奈”二字带出，看似淡然实则愁情转深。末句“数声和月到帘栊”仍从听觉和视觉入手，写主人公之浓愁。断断续续的捣练声、照射在珠帘上的多情月光、辗转难眠的离人构成了一幅声色兼具的寒夜幽居图。夜漫长，愁亦漫长！

浣溪沙·一曲新词酒一杯

（北宋）晏殊[1]

一曲新词酒一杯[2]，去年天气旧亭台。夕阳西下几时回？

无可奈何花落去，似曾相识燕归来[3]。小园香径独徘徊[4]。

【注释】

［1］晏殊（991–1055），字同叔，抚州临川（今江西临川）人，北宋文人，有《珠玉词》。沙：一作“纱”。

［2］新词：新填的歌词。

［3］无可奈何花落去，似曾相识燕归来：此词名句，其中“似曾相识”后世用作成语。

［4］香径：带有花之幽香的小路。径：小路。

【导读】

上片首句“一曲新词酒一杯”点出宴饮之乐，“一”字的重复形成语意上的自然停顿，同时又巧妙地烘托出宴会上音乐、美酒交错的热闹场景。次句“去年天气旧亭台”词情陡落，也许是酒酣之余的庭院漫步，也许是宴饮场所就在庭院之中，但相似的情景触发了作者潜藏于心的感伤。“去年”与“旧”语意重复，与首句形成情感上的对比和句式上的呼应。“夕阳西下”既是眼前实景，同时也是这一情感的外化。“回”字则点出了内心的某种企望。

过片“无可奈何花落去，似曾相识燕归来”两句对上片进行总结阐发。夕阳西下虽是无法阻止，就如同时光一去难再回，但明日朝阳依然要继续升起；眼前的花落凋零是大自然的规律，是不以个人意志为转移的，但同时它也如同春天燕子归来筑巢一样，明年花儿还会重新绽放。词人在“无可奈何”与“似曾相识”的观照中表达出了一种宏观上的哲学思考，有怅惋、有不舍、有欣慰，更有一份乐观豁达。结句“小园香径独徘徊”就在这一种复杂的情感中留下了不尽的余味。

全词上片重在忆昔，下片重在伤今。情思虽婉转却不低沉，在个体的孤独徘徊之中又透露着一种豁达。

雨霖铃·寒蝉凄切

（北宋）柳永[1]

寒蝉凄切，对长亭晚[2]，骤雨初歇。都门帐饮无绪[3]，留恋处，兰舟催发[4]。执手相看泪眼，竟无语凝噎[5]。念去去，千里烟波，暮霭沉沉楚天阔。

多情自古伤离别，更那堪，冷落清秋节！今宵酒醒何处？杨柳岸，晓风残月。此去经年[6]，应是良辰好景虚设。便纵有千种风情[7]，更与何人说？

【注释】

[1] 柳永（约984–约1053），原名三变，后改名永，字耆卿，崇安（今福建武夷山）人，北宋词人，有《乐章集》。

[2] 长亭：秦汉时期在交通要道边每隔十里设一座长亭，供驿传信使歇息、补给使用，后逐渐演化成送别地的代名词。

[3] 都门：国都之门，此处指汴京（今河南开封）。

[4] 兰舟：船的雅称。

[5] 凝噎：即“凝咽”，悲痛得说不出话。

[6] 经年：经过一年或若干年。

[7] 风情：男女恋爱的情怀，情意。

【导读】

上片写景、写实。起句点明时间（“晚”）、地点（“长亭”）、环境（“寒蝉”“骤雨”），烘托出离别之前的悲凉。“都门帐饮无绪，留恋处，兰舟催发”，词人以写实手法再现了一段离别的场景。难分难舍与兰舟催发的现实矛盾逼出了一句“执手相看泪眼，竟无语凝噎”，真是气吞声咽，此时无声胜有声。“念去去，千里烟波，暮霭沉沉楚天阔”则是展望，词人用了三组词铺排对南方的设想。前两组词色调较为黯淡——此去千里，烟波浩渺；暮霭沉沉，吉凶难卜。“楚天阔”则清晰开阔，胸怀舒畅。联系前面词人特意点出是在都门之外与恋人分别，则其离开汴京前往南方除了伤感外，或许还抱有某种期望。词情至此，不舍、失意、迷茫、希望等多种情感交织在一起，复杂难辨。

下片转入抒情、写虚。“多情自古伤离别”道出了千古不易的别情，“黯然销魂者，唯别而已矣”（江淹《别赋》）。“更那堪，冷落清秋节”转进一层，伤情更甚。“今宵酒醒何处？杨柳岸，晓风残月”承上而来：也许今晚过后，酒醒梦回却只能见晓风拂疏柳、残月挂林梢了。抒情至此，一段别情已是完整，而“杨柳岸”“晓风残月”更有余韵不绝之感。按一般婉约词写法，至此词作已可完篇。然而，词人又加了别后之后的情怀表达。“此去经年，应是良辰好景虚设。便纵有千种风情”，设想双方相思之苦，良辰美景形同虚设。“更与何人说？”以问句作结，在直抒中又见婉转之致。

此词题材上仍不离男女相思离别，但把一段离别铺排得淋漓尽致，体现了其“以俗为美”的美学追求。全词按时间线索非常清晰地描写出了离别之前、离别之时、离别之后的全景。上片写实、下片写虚，虚实结合，既有雅致含蓄的情感表达，又有脱口而出的真情流露，可谓雅俗共赏。

踏莎行·候馆梅残

（北宋）欧阳修

候馆梅残[1]，溪桥柳细，草薰风暖摇征辔[2]。离愁渐远渐无穷，迢迢不断如春水。

寸寸柔肠，盈盈粉泪[3]。楼高莫近危阑倚[4]。平芜尽处是春山[5]，行人更在春山外。

【注释】

[1] 候馆：泛指接待旅客的馆舍。

[2] 薰：泛指花草的香气。征辔（pèi）：远行之马的缰绳。

[3] 盈盈：清澈，晶莹。

[4] 危阑：也作“危栏”，高处的栏杆。

[5] 芜：草多而乱。平芜：草木丛生的平原旷野。

【导读】

上片写游子之离愁。开头点出冬去春来之美景，然而候馆已隐含客子离情，故于梅残柳细、草薰风暖之后紧接“摇征辔”三字，以乐景渲染出一片离情。

"摇"字状游子欲行不行、不时勒马回望之态。两个"渐"字则进一步由空间变化推出离情之深远绵长。末句化用李后主"一江春水向东流"句意收结，将时间之长、空间之远与离愁之无穷结合起来，具象出连绵不断的离愁。

下片转从思妇入手，以对面写法进一层抒写离情。首句写思妇，"寸寸"状思念之苦，"盈盈"写思念之深。次句写行人，已是渐行渐远的行人仿若看到了思妇悲伤远望的身影，"莫近"两个仄声字传递出作者对思妇强烈的担心与怜惜之情。末句再想象思妇之倚楼颙望，"更在春山外"化用"刘郎已恨蓬山远，更隔蓬山一万重"(李商隐《无题》)之句意，道出不尽的别离之痛。

欧阳修早期词作多具曲折深入、婉转委曲的特色，后人常以"深婉"一词评之。此词上下片分别从男女主人公视角抒写离愁，以虚衬实，虚实相生，富有层深折进之美。

蝶恋花·庭院深深深几许

（北宋）欧阳修

庭院深深深几许？杨柳堆烟[1]，帘幕无重数。玉勒雕鞍游冶处[2]，楼高不见章台路[3]。

雨横风狂三月暮，门掩黄昏，无计留春住。泪眼问花花不语，乱红飞过秋千去[4]。

【注释】

[1] 堆烟：初生柳叶浓密的样子。

[2] 玉勒：勒马的玉制嚼子。游冶处：指秦楼楚馆。

[3] 章台：汉代长安的歌伎聚集之处，后泛指秦楼楚馆等游乐场所。

[4] 乱红：纷飞之落花。

【导读】

起句即有一种阻隔感，幽深的庭院、浓密的杨柳、无重数的帘幕遮挡住了女主人公的视线。“几许”的发问和三个“深”字写出了思妇无尽的等待与等待的茫然无果，奠定了凄苦的情感基调。“玉勒雕鞍游冶处”进一步揭示了这种凄苦之情的原因，游冶子的薄幸与思妇的望眼欲穿形成了强烈的对比。

过片以景寓情。“雨横风狂三月暮”为眼前实景，写风雨对春之摧残，亦可视为女主人公人生之春被负心男子无情葬送。然而女主人公内心犹有一丝幻想，故接下来明写留春，实则表达对过往美好的无限留念。掩门留春的动作看似无理，却正是这一片痴心的合理显现。结句最为人称道。从“门掩黄昏”的痴心举动到伤心绝望的“泪眼问花”，女主人公的愁情得到了更进一层的表达。雨横风狂摧残下的纷飞落花恰似女主人公的处境、心情，此是一层；然而残花无情，对女主人公的含泪询问置之不理，此又一层；不仅不理，还故意飞过饱含昔日欢乐的秋千，使女主人公的伤心再进一层。这样层层递进揭示思妇的痛苦，正可谓“深深深几许”！

桂枝香·金陵怀古[1]

（北宋）王安石

登临送目，正故国晚秋[2]，天气初肃。千里澄江似练[3]，翠峰如簇。征帆去棹残阳里[4]，背西风、酒旗斜矗。彩舟云淡，星河鹭起[5]，画图难足。

念往昔，繁华竞逐，叹门外楼头[6]，悲恨相续。千古凭高对此，漫嗟荣辱。六朝旧事随流水，但寒烟芳草凝绿[7]。至今商女[8]，时时犹唱，后庭遗曲[9]。

【注释】

[1] 桂枝香：该词牌为王安石首创。

[2] 故国：金陵为六朝（东吴、东晋、宋、齐、梁、陈）古都，故称。

[3] 千里澄江似练：谢朓《晚登三山还望京邑》："余霞散成绮，澄江静如练"。

[4] 棹：船桨一类的工具，也可指船。征帆去棹：来往的船只。征帆，一作"归帆"。

[5] 星河：指长江。

[6] 门外楼头：南朝陈后主耽于女色。隋军兵临陈都建业时，陈后主尚与嫔

妃张丽华作乐。杜牧《台城曲》有“门外韩擒虎，楼头张丽华”之叹，后一般用此典故喻指君主荒淫亡国。

［7］芳草：一作“衰草”。

［8］商女：歌女。

［9］后庭：指相传为陈后主所作之《玉树后庭花》。此曲历来被视为亡国之音，杜牧《泊秦淮》：“商女不知亡国恨，隔江犹唱《后庭花》”。

【导读】

上片写登临所见。起句即从制高点落笔，写词人纵目远望，视线由近到远，自下而上。“送”字极为形象地展现出辽阔、壮丽的深秋之景：长江犹如一条白练滚滚东去，两岸青山如箭簇般直插云间；在斜阳映照下，江面闪着金黄光芒，兰舟来往穿梭，岸边酒旗飘扬，宾客云集。远处船只映着漫天彩霞消失于水天之际，时不时引起白鹭阵阵惊飞。有景有人、有声有色，真是画图难足啊！一个入声字“足”，传递了作者为美景而陶醉、而惊叹的强烈赞赏之情，也为上片画上了一个圆满的句号。

下片写所感。起句一个领字“念”转入了对历史的沉思，紧接着“叹”“嗟”二字连贯而出。作为一个心系国家、力图变革的政治家，六朝古都“繁华竞逐”的背后是纸醉金迷的放纵，是“门外楼头”的荒淫，这不能不引起词人的强烈感慨，同时也引发了词人对当时北宋社会状况的深深忧虑。如果不能引以为鉴，“六朝旧事”的覆辙就有可能重演，但可悲的是，《玉树后庭花》的亡国悲音至今仍响彻金陵城！结句化用杜牧《泊秦淮》“商女不知亡国恨。隔江犹唱后庭花”之句，表达了不尽的悲叹之意。

此词突破了男女相思离别的题材窠臼，以词咏史。词境开阔而寄兴悠远，体现了一个政治家的宽阔胸襟。全词用入声韵，读起来顿挫有力，使词人面对江山美景的壮阔之情和苍凉沉郁的怀古之思得到了更进一步的传达。

临江仙·梦后楼台高锁

（北宋）晏几道[1]

梦后楼台高锁，酒醒帘幕低垂。去年春恨却来时[2]。落花人独立，微雨燕双飞[3]。

记得小苹初见[4]，两重心字罗衣[5]，琵琶弦上说相思。当时明月在，曾照彩云归。

【注释】

［1］晏几道（1038–1110），字叔原，号小山，抚州临川（今江西南昌）人，与其父晏殊合称“二晏”，有《小山词》。

［2］却：再，又。

［3］落花人独立，微雨燕双飞：见于五代翁宏《春残》一诗。

［4］小苹：晏几道早年与一些歌女有过较为密切的交往，其词中常出现莲、鸿、苹、云等女性。

［5］心字罗衣：可理解为绣着心形图案的轻柔衣物。

【导读】

此词写别后相思。全词多用今昔对比手法，情景交融，体现了小晏词“语淡而情深”的特点。

上片写今，为真。起句“梦后”“酒醒”二词互文生意，点出愁思之深。词人表面上写梦后酒醒，实际上是暗示梦境的美好，酒宴的欢愉。也正因此，梦后酒醒所见之“楼台高锁”“帘幕低垂”带来的阻隔感、压抑感越发显得强烈，不可遏制。下一句“去年春恨却来时”揭示出愁之缘由。发生在去年春天的一场难以忘怀的往事，至今仍时时涌现心头。“落花人独立”则是这场春恨的外化。作者独立园中，望落花而神伤，“燕双飞”进一步烘托出孤寂之情。

下片写昔，为幻。过片“记得小苹初见，两重心字罗衣”两句选取记忆中最深刻的初见场景，“记得”二字强调第一次见面留下的深刻印象，“两重心字”暗写昔日两人一见钟情、心心相印之往事。两人相识于一场宴会之中，“琵琶”是两人爱情的见证。在琵琶声中两人的情感得到了交流，然而琵琶歌伎的身份注定了爱情的结局。“当时明月在，曾照彩云归”两句以昔写今。今日明月依旧，却已不见伊人。“彩云”代表着美好，也意味着漂浮不定。当年两人的相逢如彩云般美好令人难忘，但也像彩云般短暂相会后各奔东西那么令人伤感。美好的爱情也只能留存于不尽的刻骨相思之中……

定风波·莫听穿林打叶声

（北宋）苏轼

三月七日，沙湖道中遇雨[1]。雨具先去，同行皆狼狈[2]，余独不觉。已而遂晴，故作此（词）。

莫听穿林打叶声，何妨吟啸且徐行[3]。竹杖芒鞋轻胜马[4]，谁怕？一蓑烟雨任平生。

料峭春风吹酒醒[5]，微冷，山头斜照却相迎。回首向来萧瑟处[6]，归去。也无风雨也无晴。

【注释】

[1] 沙湖：在今湖北省黄冈市东南。

[2] 狼狈：比喻处境艰难、窘迫。

[3] 吟啸：高声吟唱、吟咏。

[4] 芒鞋：草鞋。

[5] 料峭：形容天气微寒，亦用于形容风力寒冷、尖利。

[6] 萧瑟：形容草木被风吹雨打的声音。

【导读】

词作于神宗元丰五年（1082），苏轼贬黄州后第三年。在经历了初贬黄州的痛苦、彷徨之后，天性乐观的苏轼逐渐融合儒释道思想，以旷达的处世态度面对生活。词前有序，词作即是对小序的渲染生发。

上片写遇雨，借以抒写人生信念。开头两句“莫听穿林打叶声，何妨吟啸且徐行”就极富情感色彩。“穿林打叶声”是突如其来的狂风暴雨，也喻示着人生的大风大浪。“穿”“打”二字显示出了打击的强度，应该如何面对？小序中其实已经告诉了我们答案：“余独不觉”。因此，词人用“莫听”旗帜鲜明地表明态度：不要去听，不要去管，外物不足萦怀，走好自己的路就行了。“何妨”是“莫听”的进一步延伸，“吟啸”是富有诗意的生活方式，“徐行”则是无惧风雨的人生信念。人生之中处处有风景，拄着竹杖、穿着草鞋的感觉也比乘马来得轻便、快捷啊！“竹杖芒鞋”既是词人自我形象的描述，也寄寓了词人对归隐田园的理想渴盼。虽然“竹杖芒鞋”的生活充满艰辛，但乐在其中。词人紧接着来了个反问句“谁怕？”再次表明态度：再大的风雨也阻挡不住前行的脚步，即使是穿着蓑衣在风雨之中过一辈子也是如此。这句也正是苏轼一生的写照。

过片写雨过天晴，呼应小序中的“已而遂晴”，结构上也是写景加抒情的模式。风雨再大，也有停歇的时候，就如同春风虽然“料峭”，却也昭示着春天的到来；斜阳虽渐落西山，但仍美景无限。对于这世间的一切，当一分为二来看。“回首”是闯过人生风雨后的平静，“归去”则是“竹杖芒鞋”的心灵皈依，是无喜无悲的一颗平常心。拥有了这颗平常心，面对人生的风雨、阳光都能泰然处之，也就无所谓雨也无所谓晴了。末句“也无风雨也无晴”与上片“一蓑烟雨任平生”遥相呼应，烘托出一个潇洒淡然、无惧风雨、旷达开朗的主人公形象。

踏莎行·郴州旅舍

（北宋）秦观[1]

雾失楼台，月迷津渡[2]。桃源望断无寻处[3]。可堪孤馆闭春寒[4]，杜鹃声里斜阳暮。

驿寄梅花[5]，鱼传尺素[6]。砌成此恨无重数。郴江幸自绕郴山[7]，为谁流下潇湘去。

【注释】

［1］秦观（1049–1100），字太虚、少游，号淮海居士，别号邗（hán）沟居士，高邮（今江苏扬州）人，北宋词人，有《淮海居士长短句》。郴（chēn）州：今属湖南。

［2］津渡：渡口。

［3］桃源：比喻世外乐土，也指隐世避居的地方。

［4］可堪：哪堪，怎能忍受。

［5］驿寄梅花：北魏陆凯《赠范晔诗》："江南无所有，聊寄一枝春"。

［6］鱼传尺素：东汉蔡邕《饮马长城窟行》："呼儿烹鲤鱼，中有尺素书"。后"鱼传尺素"演化成传递书信、表示问候的代名词。

［7］幸自：本自，本来是。

【导读】

北宋绍圣四年（公元 1097），作者因新旧党争先后被贬杭州、通州、郴州、横州，此词写于离开郴州前。

上片起句极富象征意味。“楼台”为欢聚之所，“津渡”为旅途必经之路，然楼台不见，渡口难寻，“失”“迷”二字渲染出一种无助与凄凉的氛围。“桃源”一词或为实景，因为郴州本有桃源洞风景，但理解为理想中与世隔绝、无忧无虑的桃花源更契合词人的情感表达。因为作者用了“断”和“无”这两个带有强烈情感意味的字，于是无助、凄凉遂慢慢向绝望转化。此句所体现的时间为夜晚，而接下来“可堪孤馆闭春寒，杜鹃声里斜阳暮”两句则写黄昏景象。由此推测，前一句所写或为前夜赶路之回忆，或为假想之虚景，其目的均是为了突出独处的悲凉。客馆所处偏僻谓之“孤”，孤馆因春寒而闭更引发了词人内心的凄凉，因而前面加了“可堪”两字。不仅如此，在孤馆外传来的阵阵杜鹃声中，渐渐西落的斜阳更加深了这份痛苦。“斜阳”与“暮”的叠加看似意义重复，实则表现了时间的推移对内心的层层压迫，可谓“变而凄厉矣”！（王国维《人间词话》）

上片以景寓情，下片则借典故进一步抒发凄苦之情。“驿寄梅花”“鱼传尺素”均表示书信往来，然而友人的劝慰对于陷入痛苦深渊的词人而言无疑是徒劳的。层层叠叠的“恨”郁积于胸中，就如砖墙垒砌、无穷无尽，同时这堵墙也把词人与外界隔离开来。于是无处诉说的痛苦，找不到希望的痛苦，这“无重数”的痛苦使词人完全陷入了绝望的境地，发出了“为谁流下潇湘去”的疑问。结句并不只是即景抒情，而是对自己无故被贬的悲慨，是对老天爷不公的质问！一时间，悲怆、无助、凄凉、绝望……种种悲情全化入这滚滚潇湘之水，与李煜“一江春水向东流”（《虞美人》）可谓异曲同工。

青玉案·凌波不过横塘路

（北宋）贺铸[1]

凌波不过横塘路[2]，但目送、芳尘去。锦瑟华年谁与度[3]。月桥花院，琐窗朱户。只有春知处。

碧云冉冉蘅皋暮[4]，彩笔新题断肠句[5]。试问闲愁都几许？一川烟草，满城风絮。梅子黄时雨[6]。

【注释】

[1] 贺铸（1052–1125），字方回，号庆湖遗老，卫州（今河南卫辉）人，北宋词人，有《东山词》。

[2] 凌波：形容女子步履轻盈。曹植《洛神赋》："凌波微步，罗袜生沉尘"。横塘：方塘。一作贺铸退居之处，在苏州城外。

[3] 锦瑟：指饰有彩色花纹的瑟。锦瑟华年：指美好的青春年华，用李商隐《锦瑟》"锦瑟无端五十弦，一弦一柱思华年"句意。

[4] 碧云：彩云。蘅皋：长有杜蘅、芳草的水边高地。

[5] 彩笔：典出《南史·江淹传》："（江淹）尝宿于冶亭，梦一丈夫自称郭璞，谓淹曰：'吾有笔在卿处多年，可以见还。'淹乃探怀中得五色笔一以授之。尔后为诗绝无美句，时人谓之才尽。"此处指才情高妙。

[6] 梅子黄时雨：江南初夏多阴雨天气，恰逢梅子成熟，故称“梅雨”。

【导读】

此词写一场不成功的“邂逅”所引发的“闲愁”，表达了一种可望而不可及的怅惘之情，更有借“香草美人”抒写不得志之苦闷的用心。

上片一开始就奠定了低沉的情感基调。“凌波不过横塘路，但目送、芳尘去”，内心的期待随着佳人的到来和离去经历了一个大起大落的变化，欢喜瞬间化为遗憾和怅惘，一个孤独伥立的主人公形象逐渐浮现，此句可视为实写。接下来三句则为这位主人公情感的幻化。词人浮想联翩，沉浸在自己所营造的幻境之中：谁能与这位正值青春年少的佳人共度人生？美人是否深锁闺中，只有春光为伴？“只有春知处”点出了美人的寂寞孤独。

下片承上片语意连贯而下，继续生发联想。词人化用江淹《休上人怨别》中“日暮碧云合，佳人殊未来”句意暗喻男女情事，又用“五色笔”典故渲染佳人才情高妙却无人欣赏。末句抒写断肠之愁，却以闲状愁，通过三个比喻赋予了这份愁情以复杂、广阔的内涵。“一川烟草”写愁之广阔和朦胧，“满城风絮”状愁之复杂多变，“梅子黄时雨”则既表达了愁的连绵不断，又在更广阔的空间上将城内城外连成一片，写出了无处不在的空阔深广之愁，令人恍然“闲”字乃作者有意为之，它并没有落实为某种具体的愁怀，而是充溢于怀、无法摆脱而又难以言说的，这就使得上片所写的望美人不至的怅惘、下片所写的美人的愁苦具有了更为宽泛的表现意义，不再局限于男女爱情。

联系贺铸一生遭际及作此词时正处于贬官闲居的处境，词作承继楚骚传统，以美人自比抒其坎廪不遇之情的寄托之意也就比较清晰了。

兰陵王·柳

（北宋）周邦彦[1]

柳阴直，烟里丝丝弄碧。隋堤上[2]、曾见几番，拂水飘绵送行色。登临望故国[3]，谁识京华倦客[4]？长亭路，年去岁来，应折柔条过千尺。

闲寻旧踪迹，又酒趁哀弦，灯照离席。梨花榆火催寒食[5]。愁一箭风快，半篙波暖，回头迢递便数驿[6]，望人在天北[7]。

凄恻[8]，恨堆积！渐别浦萦回[9]，津堠岑寂[10]，斜阳冉冉春无极[11]。念月榭携手[12]，露桥闻笛。沉思前事，似梦里，泪暗滴。

【注释】

[1] 周邦彦（1057–1121），字美成，号清真居士，钱塘（今浙江杭州）人，北宋词人，有《片玉集》。

[2] 隋堤：隋朝大运河河堤，此处指汴京附近的汴河河堤。

[3] 故国：故乡，旧游之地。

[4] 京华：京师。

[5] 榆火：唐宋时期朝廷在清明那天取榆柳之火赐百官。寒食：指寒食节，清明节的前一天，需禁烟火，吃冷食。

［6］迢递：形容很遥远的样子。驿：驿站，旧时供传递公文的人中途休息、换马的地方。

［7］望人：送行的人。

［8］凄恻：悲痛，哀伤。

［9］别浦：江河支流的水口。

［10］津：渡口。堠（hòu）：供瞭望、歇宿的哨所。

［11］冉冉：缓慢移动的样子。

［12］榭：建在高台上的敞屋。

【导读】

词作写周邦彦离开京师时的心情，虽以柳为题，却非单纯咏柳之作，更多是借物起兴，抒写离别感伤和身世飘零之叹。其情思并不复杂，却写得反复缠绵，感慨深沉。

词分三叠。第一叠写离别之前。首句写时间。正午时太阳处于正上方，故曰“直”。“烟里丝丝弄碧”点出季节，初春的柳叶由黄转绿，柳叶细长，故曰“丝”。“丝”亦谐“思”。“弄”字多解释为飘舞，也可作拟人解，有挑弄、炫耀的意思。“隋堤上、曾见几番，拂水飘绵送行色”句转入回忆，“几番”写柳所见离情之多，“拂水飘绵”写柳枝蘸水、随风飘舞之姿态，呼应前句“弄碧”二字。“登临望故国，谁识京华倦客”句触景生情，词人回想起几番登临隋堤送别友人时产生的故乡之思，如今换成自己离开，依然江湖漂泊、归乡无望，不由心生疲倦。末句“长亭路，年去岁来，应折柔条过千尺”又转回写柳，这长亭路旁的垂柳被离别的人们折断的枝条估计超过千尺了，可这离别之情却如柳条般折了还生，了无尽期。

第二叠写初别之际。开头“闲寻旧踪迹，又酒趁哀弦，灯照离席”又是回忆，“闲”字表明词人此时已踏上旅途，上船后静下来不由地又想起往日的离别。当时在清明时节分别，如今离开又恰逢寒食将近。“催”字所带来的岁月流逝之感，更添“京华倦客”之哀思。接下来一句“愁一箭风快，半篙波暖，回头迢递便数驿，望人在天北”又转回现实。“一箭风快”写顺风顺水，“半篙波暖”写天气和暖，“迢递便数驿”写船速飞快，这本是令人愉悦之事，但“愁”字领首，“回头”二字穿插其间，又使悲愁之感倍增，因为“望人”犹在天北！

第三叠继续抒写离愁。“堆积”点出愁苦之深，“渐”字领起沿途所见。夕阳残照下静寂冷清的“别浦”再次唤起了词人往日温馨的回忆，然而时光荏苒，春光已逝，往事前尘犹如一场大梦。梦醒时分，唯有独自伤怀落泪了！

全词叙写别情，由柳起兴，先渲染柳之不舍人，再写人之怜惜柳，反复缠绵，烘托出浓郁的离别氛围。词人的思绪在现实与回忆中不断切换，倦客之悲、离别之痛、往日之思交融、纠缠，极吞吐不尽之致。

声声慢·寻寻觅觅

（北宋）李清照[1]

寻寻觅觅，冷冷清清，凄凄惨惨戚戚。乍暖还寒时候[2]，最难将息[3]。三杯两盏淡酒，怎敌他、晚来风急[4]？雁过也，正伤心，却是旧时相识[5]。

满地黄花堆积，憔悴损[6]，如今有谁堪摘[7]？守着窗儿，独自怎生得黑！梧桐更兼细雨[8]，到黄昏、点点滴滴。这次第[9]，怎一个愁字了得！

【注释】

[1] 李清照（1084–1155），号易安居士，章丘（今山东章丘）人，居济南，宋代女词人。

[2] 乍：忽然。

[3] 将息：休息调养。

[4] 晚：此处指后来。

[5] 旧时相识：李清照《一剪梅》："云中谁寄锦书来，雁字回时，月满西楼"。

[6] 损：使蒙受害处。

[7] 堪：可。

[8] 梧桐更兼细雨：白居易《长恨歌》有“秋雨梧桐叶落时”句，温庭筠《更漏子》有“梧桐树，三更雨，不道离情正苦”句。

[9] 次第：情形，光景。

【导读】

靖康之变后，李清照的词风转向悲苦凄郁。此词即为其后期代表作。

起句“寻寻觅觅，冷冷清清，凄凄惨惨戚戚”十四个叠字颇为后人称道，也是李清照的独创。从声律上看，这十四字多唇齿音，符合女子轻柔婉转的声吻。从内容上看，这十四个字掀起了层层情感波澜。首先是“寻寻觅觅”，粗找也好，细找也好，“冷冷清清”的环境早已宣告了寻觅的无果，这更进一步增添了词人内心的痛苦，“凄凄惨惨戚戚”三个叠词表达了这种痛苦的逐层深入。可以说，这十四个叠字为整首词奠定了凄戚的情感基调。接下来词人具体呈现了这一情感内涵，“乍暖还寒”是节候的变化，也是内心复杂情思的体现，故说“最难将息”。古人有卯时不宜饮酒的习俗，但主人公愁情难遣，也只能借酒浇愁。怎奈不仅不能消愁，反而因阵阵急风、飞过的大雁引发了内心的痛楚：想起了大雁失偶后孤独终老的传说；想起了当年“云中谁寄锦书来”(《一剪梅》)的甜蜜，如今却“相思欲寄无从寄”(朱淑真《圈儿词》)；想起了大雁可以自由迁徙，而自己却再无回乡的机会。种种愁苦一时涌上心头，化作了“正伤心”三个字。

下片的视角由远至近，继续掀起情感波澜。王安石《咏菊》有“吹落黄花遍地金”之句，可对于此时的主人公而言，已再也没有“人比黄花瘦”(《醉花阴》)的雅致。满地黄花虽美，可如今自己已是憔悴不堪，无心欣赏了。“有谁”即无人之意。愁情抒写至此，已是极浓极郁。主人公只能枯守西窗，盼望着早日天黑，期盼能在睡梦中忘却痛苦。怎奈梧桐细雨一点一滴打在心间，依旧是彻夜难眠。如此日复一日，这痛苦何时是个尽头？结句“这次第，怎一个愁字了得”情感看似有些直露，但词人用了“一个”这一数量词来修饰愁，顿时化直露为含蓄，一方面用两个仄声字来强调愁，另一方面“一个”愁的表达方式也非常新颖。为什么是“一个”？这“一个”又如何能涵盖愁？这些都启人联想，起到了以少总多、韵流弦外的表达效果。

相见欢·金陵城上西楼

（北宋）朱敦儒[1]

金陵城上西楼[2]，倚清秋。万里夕阳垂地大江流。

中原乱[3]，簪缨散[4]，几时收[5]？试倩悲风吹泪过扬州[6]。

【注释】

[1] 朱敦儒（约1080–约1175），字希真，号岩壑，洛阳（今河南洛阳）人，宋代词人，有词集《太平樵歌》。

[2] 金陵：今南京。西楼：西门上的城楼。

[3] 中原乱：指1127年靖康之变。

[4] 簪缨：古代达官贵人的冠饰，此处借指高官显贵。

[5] 收：此处指收复中原。

[6] 倩：请。扬州：地名，今属江苏，建炎三年（1129）金兵大举南侵，扬州被攻陷，此后扬州屡遭金兵劫掠，成为前线地区，故辛弃疾《永遇乐·京口北固亭怀古》云“四十三年，望中犹记，烽火扬州路”，姜夔《扬州慢》亦有“自胡马窥江去后，废池乔木，犹厌言兵”之句。

【导读】

上片景中寓情。“西楼”既是实指，又是一个富有意蕴的传统诗歌意象，泛指排遣忧伤之地。同时“西”于季节为秋，于方位为太阳下山的方向，故上片起句从西楼入手，引出“清秋”“夕阳”，写词人登上金陵城西门城楼，在萧瑟秋景之中望见夕阳西沉、大江东流，心中无限感伤。此外，“西楼”还暗含向西而望这一层意思。长江在自芜湖至南京一段向东北方向斜流，故词人此时向西望见的是已落入敌手的长江以西、以北地区。结句“夕阳”与“长江”两个意象进一步渲染出浓重的悲凉之情，眼前这已经快要落入地平线的夕阳和缓缓东流的长江水，又何尝不是象征着江河日下的南宋国势呢？

下片即景抒怀，直接抒写国破南逃的浓愁。“中原乱，簪缨散”直指靖康之变。“乱”字概括出当时国土沦丧的现实，“散”字点出统治阶层无心抵抗的妥协心态。面对这突如其来的时代剧变，何时才能收复中原重归故里？词人找不到答案但又心念国事，忧心忡忡！“几时收”既是渴盼收复失地的迫切心理，同时又是对南宋统治者不思恢复的愤懑。结句“试倩悲风吹泪过扬州”点明主旨：风本无所谓悲喜，却因词人之悲而悲。词人所悲何事，不能过扬州也！扬州为当时宋金前线，过扬州即入北方沦陷区，故结句用拟人及夸张手法寄寓大好河山落入敌手的亡国之痛，同时也饱含着词人对沦陷区人民的同情和对故土的怀念，情感悲凉，寄慨深沉。

诉衷情·当年万里觅封侯

（南宋）陆游

当年万里觅封侯[1]，匹马戍梁州[2]。关河梦断何处[3]？尘暗旧貂裘。

胡未灭[4]，鬓先秋，泪空流。此生谁料，心在天山[5]，身老沧洲[6]。

【注释】

［1］当年：指南宋乾道八年（1172）陆游入王炎幕，投身南郑前线一事。万里觅封侯：《后汉书·班超传》载班超出使西域，后被封定远侯。

［2］梁州：今陕西汉中地区，时陆游在汉中任职。

［3］关河：关塞河防，指山川险要处。

［4］胡：西、北少数民族的泛称，此处指金兵。

［5］天山：今新疆境内，此处借指抗金前线。

［6］沧洲：指陆游晚年归隐之所。

【导读】

此词作于陆游晚年。南郑前线的军旅生活是陆游一生最难以忘怀的时期，它不仅是陆游诗风转变的重要契机，也是陆游借以抒写其爱国情怀的最佳题材。

上片一开始就是追忆火热的战斗生活。“当年”点出时间；“万里”写距离之遥远，暗含意志之坚定；“觅封侯”写报国情感之热烈、执着。“匹马”既与前面“万里”相呼应，又与后面的“梁州”形成空间上的对照，有力地烘托出作者的勃勃英姿。接下来笔锋一转，由回忆转到现实，情感也由高涨转向低沉。理想的渴盼只能于梦中重温，梦醒之后却是“尘暗旧貂裘”的无限悲凉，人事消磨，壮志成空。

过片承上继续抒写理想与现实矛盾引发的巨大痛苦。“胡未灭”是作者牵挂一生的未能实现的心愿；“鬓先秋”是对年华老去、功业无成的无奈；“泪空流”更是其无力回天的痛苦与愤懑。这三句情感层层迭进，最后转化成深沉的喟叹——“此生谁料，心在天山，身老沧洲”，这也是词人对自己爱国一生的回顾与总结。这一生求的是出兵西北收复中原，但现实却是被迫退隐、终老沧洲，怎能不令人扼腕痛心、黯然神伤！这份痛苦正是源自其至死还“但悲不见九州同”（陆游《示儿》）的拳拳报国之心。词风既慷慨悲壮又苍凉沉郁，感人至深。

水龙吟·登建康赏心亭

（南宋）辛弃疾[1]

楚天千里清秋，水随天去秋无际。遥岑远目[2]，献愁供恨，玉簪螺髻[3]。落日楼头，断鸿声里，江南游子。把吴钩看了[4]，栏杆拍遍，无人会，登临意。

休说鲈鱼堪脍[5]，尽西风，季鹰归未[6]？求田问舍[7]，怕应羞见，刘郎才气[8]。可惜流年，忧愁风雨，树犹如此[9]！倩何人唤取[10]，红巾翠袖，揾英雄泪[11]！

【注释】

[1] 辛弃疾（1140–1207），字幼安，号稼轩，历城（今山东济南）人，南宋词人，有《稼轩长短句》。赏心亭：亭名，在今江苏省南京市水西门内。

[2] 遥岑（cén）：远山。

[3] 螺髻（jì）：像海螺形状的发髻。

[4] 吴钩：吴地生产的宝剑，诗歌中多为战场杀敌、报效国家的象征。

[5] 脍：把鱼、肉切成薄片。

[6] 季鹰：张翰，西晋文学家。《晋书·张翰传》载有齐王司马冏执政时，

张翰见祸乱方兴，以思家乡莼鲈美味为由辞官之事。

［7］求田问舍：置地买房。

［8］刘郎：指刘备。《三国志·魏书·陈登传》载有许汜在国难之际忙着买田置地，而被陈登、刘备瞧不起之事。

［9］可惜流年，忧愁风雨，树犹如此：《世说新语·言语》："桓温北征经金城，见前为琅邪时种柳，皆已十围，慨然曰：'木犹如此，人何以堪！'攀枝执条，泫然流泪。"

［10］倩（qìng）：请。

［11］揾：擦拭。

【导读】

此词作于辛弃疾建康通判任上（1168–1170）。上片一开始就展现了一幅阔大的江南秋景图。南方的天空天高气爽，地面长江滚滚东流，然而这一切并没舒展词人郁积的内心，因为远眺所见并非只有南方的景色，更还有一江之隔的北方沦陷区。因此，接踵而来的就是一个具有鲜明对比性的画面。作者以拟人手法道出了北方人民所受奴役之苦。"献愁供恨，玉簪螺髻"，连山峰都会献愁供恨，讵论生活在这片大地上的人民了！这一对比就把词人一心收复北方失地，却又无能为力的痛苦表达出来了。于是在落日映照下、断雁鸣叫声中，我们看到了一个不堪其苦的江南游子。这几句亦景亦情，"落日"可视为南宋时局的象征，"断鸿"则喻示着南归词人孤独无助的处境。末句推出了江南游子的特写镜头，"看"是英雄无用武之地的悲凉，"拍"则是下意识的动作，"遍"字进一步强调忧愤之深、之浓。于是满腔的悲愤再也无法遏制，化作了"无人会，登临意"的直接发抒。

词情在上片达到了顶峰，过片则宕开一笔，继续蓄势。"休说鲈鱼堪脍，尽西风，季鹰归未”三句用张翰见秋风起思家乡鲈鱼美味而弃官归隐的典故。在这国难当头之际，词人不愿学张翰弃官归隐而要有所作为，同时这个典故也隐含张翰能归乡而自己家乡却为敌人侵占，故土难回之意。“求田问舍，怕应羞见，刘郎才气”三句用许汜忙着买田置地被刘备指责的典故，表示自己不愿学许汜只图一时安乐，而是要以刘备为效法榜样。“可惜流年，忧愁风雨，树犹如此”三句用桓温北伐的典故，“可惜流年”道出了词人南归后岁月蹉跎，空怀抱负的焦灼无奈。三个典故树立了两个反面形象和两个正面形象，集中、有力地把“登临意”传达出来。“倩何人”的疑问与上片“无人会”相互照应，表达出了英雄的孤独和郁愤。正所谓“丈夫有泪不轻弹，只是未到伤心处”（李开先《宝剑记》），无人理解的悲哀、壮志难酬的悲愤、报国无门的痛苦交织在一起，遂化作“英雄泪”倾泻而出！

摸鱼儿·更能消

（南宋）辛弃疾

淳熙己亥，自湖北漕移湖南，同官王正之置酒小山亭，为赋[1]。

更能消[2]、几番风雨，匆匆春又归去。惜春长怕花开早，何况落红无数。春且住，见说道、天涯芳草无归路。怨春不语。算只有殷勤，画檐蛛网，尽日惹飞絮。

长门事[3]，准拟佳期又误。蛾眉曾有人妒[4]。千金纵买相如赋，脉脉此情谁诉[5]？君莫舞[6]，君不见、玉环飞燕皆尘土[7]！闲愁最苦！休去倚危栏[8]，斜阳正在，烟柳断肠处。

【注释】

[1] 此词作于宋孝宗淳熙六年（1179）。辛弃疾南归后受到朝廷主和派排挤，频繁调任官职，始终无法有所作为。这一年，他又被调离湖北，同僚置酒送别，辛弃疾作此词抒怀寄慨。

[2] 消：忍受。

[3] 长门事：指汉武帝皇后阿娇失宠后被幽闭于长门宫之事。

[4] 蛾眉：指细长而弯的眉毛，泛指美女。屈原《离骚》："众女嫉余之蛾眉

兮，谣诼谓余以善淫。”

［5］脉脉：潜藏于心的深厚情思。

［6］君：指那些妒忌心强的小人。

［7］玉环飞燕：指杨玉环、赵飞燕，以貌美善妒得名。

［8］危栏：高栏。

【导读】

辛弃疾自南归后近二十年辗转任职于各地，一腔报国热情屡受摧残，故常用托物起兴手法抒写内心郁积之情。全词押仄韵，很好地传达出爱国词人心中感伤国事、不满朝廷苟且偷安，以及痛恨小人当道、感叹爱国抱负无处施展的复杂心情。

上片起句以情发端。“更难消”三字似自问也似问天。辛弃疾南归后南宋朝廷对其很不信任，屡屡打压，而其报国之心却始终不懈，这种矛盾产生的痛苦是无法言说的，故以“更能消”吐之。二三两句从意象角度来看，“风雨”常被理解为恶势力的象征，而“春”则多有代表朝廷恩泽的意味。因此，接下来六句所表达的惜春、留春、怨春之思也就容易理解了。尽管春光将逝，但词人仍不放弃挽留的努力。就像那画檐上的蜘蛛，虽然力量微小，但也要坚持不懈地吐丝去黏住飞絮。“算只有”是指虽无同道却依然努力前行的坚定，而“殷勤”二字更表明词人为恢复失地而不懈努力的鲜明态度。

下片宕开一笔，转以典故抒情。“长门事”用“金屋藏娇”典故，以男女情事来比君臣遇合。“佳期又误”即《离骚》中的“初既与余成言兮，后悔遁而有它”；“蛾眉曾有人妒”即“众女嫉余之蛾眉兮，谣诼谓余以善淫”。“玉环飞燕”则是引用杨玉环、赵飞燕的故事。词人用“玉环飞燕”来比拟那些专权误国的小人，“莫舞”“不见”四个仄声字则表达出词人对小人误国的强烈愤慨。然而，词人并没有放任情感洪流的奔腾，而是以“闲愁最苦”四字收住。结句写词人登高远望以图消除内心郁结之情，然而触目所见夕阳西下，于是心中对国事的无限担忧又被斜阳引发。眼前之苍茫暮色恰似南宋之日薄西山，令人不欲望、不忍望，因而先有“休去”之叹，再有“断肠”之痛。

暗香、疏影

（南宋）姜夔[1]

辛亥之冬[2]，予载雪诣石湖[3]。止既月，授简索句，且征新声，作此两曲。石湖把玩不已，使工妓隶习之[4]，音节谐婉，乃名之曰《暗香》《疏影》。

暗香·旧时月色

旧时月色，算几番照我，梅边吹笛。唤起玉人，不管清寒与攀摘。何逊而今渐老[5]，都忘却春风词笔。但怪得竹外疏花，香冷入瑶席。

江国，正寂寂。叹寄与路遥，夜雪初积。翠尊易泣，红萼无言耿相忆。长记曾携手处，千树压西湖寒碧。又片片、吹尽也，几时见得。

疏影·苔枝缀玉

苔枝缀玉，有翠禽小小，枝上同宿[6]。客里相逢，篱角黄昏，无言自倚修竹[7]。昭君不惯胡沙远，但暗忆、江南江北。想佩环、月夜归来，化作此花幽独。

犹记深宫旧事，那人正睡里，飞近蛾绿[8]。莫似春风，不管盈盈，早与安排金屋[9]。还教一片随波去，又却怨、玉龙哀曲。等恁时、重觅幽香，已入小窗横幅。

【注释】

[1] 姜夔（1154–1221），字尧章，号白石道人，饶州鄱阳（今江西省鄱阳县）人，南宋词人，有《白石道人歌曲》。

[2] 辛亥：南宋光宗绍熙二年（1191）。

[3] 石湖：此处指范成大（号石湖居士）。

[4] 隶习：研习，练习。

[5] 何逊：南朝梁诗人，其任扬州法曹时，廨舍有梅花一株，常吟咏之。杜甫《和裴迪登蜀州东亭送客逢早梅相忆见寄》："东阁官梅动诗兴，还如何逊在扬州。"

[6] 苔枝缀玉，有翠禽小小，枝上同宿：用旧题柳宗元《龙城录》卷上所载赵师雄罗浮山遇梅花仙子的故事。

[7] 客里相逢，篱角黄昏，无言自倚修竹：杜甫《佳人》："天寒翠袖薄，日暮倚修竹。"

[8] 犹记深宫旧事，那人正睡里，飞近蛾绿：用《太平御览》卷三十所载梅花落于寿阳公主额上成梅花妆的故事。

[9] 莫似春风，不管盈盈，早与安排金屋：用《汉武故事》所载金屋藏娇的故事。

【导读】

这两首词作为咏梅花的名篇，创作于同一时间，可视为一个整体。作者将众多梅花的典故熔铸其间，以梅花的清寒冷香为主调，抒写了浓烈的情思。其偏好"清冷"的审美趣味与梅花凌寒独开、不与百花争艳的孤寒特性融而为一，比较典型地体现了白石词"幽韵冷香"的艺术风貌。

《暗香》一词上片从时空角度入手，运用今昔对比的手法表现主人公的相思之情。开头两句由“旧时月色”唤起对往昔爱情的美好回忆，幻化出清寒月下与佳人携手同赏梅花的温馨场景。三四两句转入现在，以梅花的清香反衬主人公的形单影只。“但怪得”三字无理而有情，传递出了浓郁的思念之情。过片紧承孤寂之意，逐层展现主人公复杂的内心世界。看着眼前的梅花，有心折梅寄赠，但天涯遥远、路途难通。本想借酒浇愁，可翠绿的酒盏又引发了无限的伤心。抬眼间红萼又映入眼帘，当年的欢聚再次浮现。“长记”写记忆之深刻，“压”字点出了爱情的甜蜜。结尾两句转回现实，记忆中的梅花盛放与今日的萧瑟凋残再次形成对比，“几时见得”与“旧时月色”遥相呼应，道不尽相思之意。

《暗香》一词以梅起兴，重在其“冷香”。《疏影》则赋予梅花人格化特征，重在其“幽独”。如果说《暗香》是对梅花的远距离观照，那么《疏影》就是对梅花姿态的具体描摹和梅花典故的提炼生发。开头两句刻画梅花的姿态，梅花宛如玉石般镶嵌在长满苔须的梅枝上，与树上翠绿色的小禽“枝上同宿”。词人由眼前美丽的梅花联想到赵师雄遇梅花仙子的故事，于是这一株梅花就幻化成独倚修竹的佳人、思乡情切的王昭君、额点梅花的寿阳公主，展现了梅花孤傲、幽独、妩媚的美好姿态，令人顿生怜惜之意，想把梅花像“金屋藏娇”那样呵护。这一连串的联想可谓一气呵成，充分表达了作者对梅花的赞赏、怜惜之情。可是东风无情，美丽的事物终难长久。“还教一片随波去”终是梅花的最后归宿，“几时见得”更是流露出无限的惋惜，进而化为“重觅幽香，已入小窗横幅”的无望与伤痛。

这两首词的主旨历来有多种说法。前人多认为是姜夔为表达家国之恨而作，词中出现的女子暗指随着徽钦二帝被掳北上的嫔妃。但单就小序所言是应范成大所请为歌女演唱而作这一创作目的来说，家国之恨的主旨还是有些牵强。从两词的内容来看，借对梅花的咏叹来表达对往昔情事的留恋，可能更符合词人的创作意图。

八声甘州·灵岩陪庾幕诸公游

（南宋）吴文英[1]

渺空烟四远，是何年、青天坠长星[2]？幻苍崖云树，名娃金屋[3]，残霸宫城。箭径酸风射眼[4]，腻水染花腥[5]。时靸双鸳响[6]，廊叶秋声[7]。

宫里吴王沉醉，倩五湖倦客[8]，独钓醒醒[9]。问苍波无语，华发奈山青。水涵空[10]、阑干高处，送乱鸦斜日落渔汀。连呼酒、上琴台去[11]，秋与云平。

【注释】

[1] 吴文英（约1200–约1260），字君特，号梦窗，晚年又号觉翁，四明（今浙江宁波）人，南宋词人，有《梦窗词》。灵岩：在今苏州西，山上有灵岩寺，相传是夫差为西施所建馆娃宫遗址。庾幕：指幕友僚属。

[2] 青天坠长星：把灵岩山比作彗星坠落而成。

[3] 名娃金屋：指吴王夫差在灵岩山上为西施建馆娃宫。

[4] 箭径：如箭一般直的小路，周必大《吴郡诸山录》："故老言香山产香，山下平田之中有径，直达山头。西施自此采香，故一名采香，亦云箭径，言其直也。"或解为笔直的小溪，范成大《吴郡志·古迹一》："采

香迳，在香山之傍小溪也。吴王种香於香山，使美人泛舟于溪以采香。今自灵岩山望之，一水直如矢，故俗又名箭泾。”

［5］腻水：指女子洗脸的脂粉水。

［6］靸（sǎ）：拖鞋，此处用作动词。

［7］廊：指灵岩山上的响屧廊。范成大《吴郡志·古迹》：“响屧廊在灵岩山寺，相传吴王令西施辈步屧。廊虚而响，故名。”

［8］五湖倦客：指范蠡。

［9］醒醒：清醒。

［10］涵空：天空倒映在水面上，孟浩然《临洞庭》有“涵虚混太清”句。

［11］琴台：位于灵岩山上。

【导读】

此词打破登临怀古之作以写景开端的常见写法，上片第一句就神飞天外，“是何年”的疑问将读者的视线拉回久远的时空，赋予眼前的灵岩山天外来客的形象。紧接着“幻”字化现实为虚幻，开启了凭吊吴宫的怀古主题。词人打通感官界限，幻化出了西施的馆娃宫、夫差的宫城，幻化出采香泾边采香的宫女，甚至感受到吴宫美女洗脸的脂粉水使整座灵岩山都充满了各种腥味，耳边还不时传来西施踩着木屧在响屧廊的脚步声，营造出如幻似真、亦真亦幻的想象世界。过片由景到人，以吴王夫差的沉醉于美色和范蠡的清醒归隐做对比，提醒当权者当引以为鉴。一念及此，词人遂由想象世界回到现实空间。然而眼前所见“乱鸦斜日落渔汀”之景又让词人顿生伤感之情，南宋末期的时局恰如这“乱鸦”“斜日”，衰颓之势已无法避免。这份情怀恰如杜甫之“注目寒江倚山阁”（《缚鸡行》）、辛弃疾之“斜阳正在，烟柳断肠处”（《水龙吟》）。结句亦情亦景，传递出不尽的悲慨。既然一切已然如此，也唯有与酒、与这深秋为伴了。“秋与云平”写深秋、写秋高，亦写寂寥，写悲慨难平！

天净沙·秋思

（元）马致远[1]

枯藤老树昏鸦[2]，小桥流水人家，古道西风瘦马[3]。夕阳西下，断肠人在天涯。

【注释】

[1] 马致远（约1250–约1321），字千里，号东篱（一说名不详，字致远，晚号“东篱”），大都（今北京）人，一说河北东光人，元代剧作家。

[2] 昏鸦：傍晚时的乌鸦。

[3] 古道：年代久远的古驿道。

【导读】

马致远这首散曲历来评价很高，王国维说其“深得唐人绝句妙境”（《人间词话》），周德清甚至誉之“秋思之祖”（《中原音韵·小令定格》）。它将游子滞留异乡不得归的哀愁与深秋衰飒荒凉的景象巧妙地融合在一起，确有“言有尽而意无穷”的表达效果。

小令围绕“断肠”这一情感核心，整整用了十个意象来进行烘托、渲染。前三句词法结构一致，一共使用了九个意象。每三个意象构成一组，烘托某种特定意绪。首句三个意象都蕴含衰败、苍老之意，起奠定情感基调的作用。次句三个意象则象征宁静、安详、美好，明显与前三个意象形成对比。首句写实景，次句写虚景，以想象中代表家乡美好景象的“小桥流水人家”进一步烘托出现实的悲凉，从而引出了第三句对游子形象的刻画：在苍茫荒凉的古驿道上，一个孤独的身影在衰飒的西风中踽踽前行。这三句由远到近、由景到人，又两两相对，把游子内心的孤单无助、悲伤凄苦很好地展现出来。

第四句“夕阳西下”则由近到远，既展现了一幅辽远的时空大背景，又扮演了一个情感导火索的作用。它使游子的思乡情绪完全被引发出来了：时光流逝、功业未成、江湖漂泊、思乡情切……这诸多情感遂化作“断肠”二字，自然地流淌而出。结句断句一般多读为“断肠人/在天涯”，这种读法虽不能说错，但从曲作的情感表达来看，读“断肠/人在天涯”为宜。为何断肠？人在天涯！

山坡羊·潼关怀古

（元）张养浩[1]

峰峦如聚[2]，波涛如怒[3]，山河表里潼关路[4]。望西都[5]，意踌躇[6]。伤心秦汉经行处[7]，宫阙万间都做了土。兴，百姓苦；亡，百姓苦！

【注释】

[1] 张养浩（1269–1329），字希孟，号云庄，济南（今山东济南）人，元代散曲家。

[2] 聚：聚集。

[3] 怒：盛大。波涛如怒：形容波涛汹涌。

[4] 表里：内外。

[5] 西都：指长安。

[6] 踌躇：犹豫，考虑事情。

[7] 经行：行走经过。

【导读】

此曲为张养浩应召前往关中赈灾途中目睹饥民困苦生活有感而作，表达了历史兴衰之感。曲风慷慨沉郁，写法上由景入情，而以议论作结，很好地将写景、抒情、议论结合起来。“兴，百姓苦；亡，百姓苦”的主题具有鲜明的现实政治意义。

开头三句一句一景，由远至近，形象地表达出潼关地理位置的重要性。前两句使用拟人手法，使山水景物显得鲜活灵动。“聚”字表面形容重峦叠嶂之群山，其中又隐含聚拢的中心——“华山”，暗示其地形的险要。“怒”字形容黄河的波涛汹涌，又隐隐为后面的历史感慨做了情感上的铺垫。在这表里山河之间屹立着雄关——“潼关”，潼关自古乃兵家必争之地，是出入长安的重要门户，这自然引起了作者对西都长安的怀古之情。元朝之前，西安曾是大大小小十几个王朝的都城，可如今都已成为历史的陈迹，“意踌躇”之“意”即由此而生发。作者想到秦汉以来统治者为了建设长安，花费了大量的人力、物力、财力，甚至最后葬送了整个王朝，可换来的却是“宫阙万间都做了土”。历史的兴衰沧桑之感至此已弥漫开来，笼罩全篇。按怀古作品的写法，这一句的感慨一出，情感表达已可收结。然而作者并没有停留在对秦汉历史的兴衰之叹上，而是思接千载，将古往今来的一切王朝盛衰绾合起来，结合一路以来所见饥民之遭遇，发出了振聋发聩的呐喊：“兴，百姓苦；亡，百姓苦！”这一呐喊，源自统治阶级与老百姓的尖锐矛盾，源自老百姓的真实境遇，源自作者对老百姓的真切同情，可谓字字千金，字字千钧！

摸鱼儿 · 雁丘词

(金)元好问[1]

乙丑岁赴试并州[2]，道逢捕雁者云："今旦获一雁，杀之矣。其脱网者悲鸣不能去，竟自投于地而死。"予因买得之，葬之汾水之上，垒石为识[3]，号曰"雁丘"。同行者多为赋诗，予亦有《雁丘词》。旧所作无宫商[4]，今改定之。

问世间，情为何物，直教生死相许[5]？天南地北双飞客，老翅几回寒暑[6]。欢乐趣，离别苦，就中更有痴儿女[7]。君应有语：渺万里层云[8]，千山暮雪，只影向谁去？

横汾路，寂寞当年箫鼓，荒烟依旧平楚[9]。招魂楚些何嗟及[10]，山鬼暗啼风雨[11]。天也妒，未信与[12]，莺儿燕子俱黄土。千秋万古，为留待骚人[13]，狂歌痛饮，来访雁丘处。

【注释】

[1] 元好问(1190–1257)，字裕之，号遗山，世称遗山先生，太原秀容(今山西忻州)人，金代文人、历史学家。

[2] 乙丑岁：金章宗泰和五年(公元1205)，时元好问16岁。

[3] 识（zhì）：标志。

[4] 无宫商：指不协音律。

[5] 直教：直致。

[6] 老：形容时间之久。

[7] 就中：这其中。

[8] 渺：辽阔，茫茫然。

[9] 楚：落叶灌木。平楚：指远望树梢齐平。

[10] 招魂：指《楚辞·招魂》。些（suò）：《楚辞》中的句末语气助词。楚些：指楚地招魂歌。嗟：叹息，感叹。及：至，达到。

[11] 山鬼：指《楚辞·九歌·山鬼》。

[12] 未信：不相信。与：通“欤”，感叹词。

[13] 骚人：原指屈原或《楚辞》作者，后泛指诗人。

【导读】

此词记1205年元好问16岁时所见闻大雁殉情之事，后来改定成词。具体改定时间已不可考，但年轻人对爱情的向往仍然清晰可见。在获知大雁的殉情后，年轻的元好问产生了巨大的情感震撼，“情为何物”的疑问不由脱口而出。“问世间”三字问的是天，问的是地，问的也是自身。“直教”二字又进一步挑明了情与生死的关系，把情的巨大威力展现在读者面前。大雁尚且如此，更何况是万物之灵的人类呢？因此这一问，还问的是芸芸众生！“天南”以下开始叙说年轻词人想象中的大雁生活图景。虽然大雁每年都南飞北归，但只要能双宿双飞，自然不畏辛苦。“天南地北”着眼于自由飞翔的广阔空间，“几回寒暑”着眼于携手同游的温馨岁月，这两句写出了“双飞客”生活的甜蜜。他们就如同人类一样，有欢聚，也有离别。但不管是欢聚还是离别，彼此的思念都是一样的。上片结句代殉情大雁抒情，“万里层云”“千山暮雪”与“天南地北”相呼应，“只影”与“双飞客”相呼应，在双宿双飞与形单影只的对比中发出了“向谁去”的呐喊，展现了殉情大雁对伴侣的一片深情。

过片转从历史的追思入手。自己埋葬大雁之地正是昔日汉武帝祭祀后土的地方，但还有多少人能记得这段往事呢？如今自己在此埋葬大雁，大雁殉情的故事是否会千古传诵呢？这几句隐含对比，为下面烘托渲染大雁的殉情意义做了铺垫。“招魂楚些何嗟及，山鬼暗啼风雨”两句借用《楚辞·招魂》和《楚辞·九歌·山鬼》之典，写作者吟诵着招魂歌埋葬大雁，内心充满悲伤，就像那山鬼失去了恋人终日哭泣，进一步烘托出大雁殉情的悲凉。这份矢志不渝的爱情连老天爷都会嫉妒，绝不会像普通的莺儿燕儿那样无人知晓。它们这份爱情必将流传千古，让后代骚客文人为之神伤，为其写文作赋，让更多人来缅怀它们。“天也妒”至全词结束是词人对大雁爱情的热烈礼赞，充分表达了词人对美好爱情的向往和追求。

全词围绕“情”字，运用反问、比喻、对比、象征、用典等多种艺术手段，从现实和历史两个层面叙说了大雁殉情的故事。它既是一曲大雁的颂歌，是对谣谚“雁孤一世”的最佳诠释，更是对“情”的热烈礼赞。

解佩令·自题词集

（清）朱彝尊[1]

十年磨剑，五陵结客[2]，把平生、涕泪都飘尽。老去填词，一半是、空中传恨[3]。几曾围、燕钗蝉鬓[4]。

不师秦七[5]，不师黄九[6]，倚新声、玉田差近[7]。落拓江湖，且分付、歌筵红粉[8]。料封侯、白头无分。

【注释】

［1］朱彝尊（1629–1709），字锡鬯（chàng），号竹垞（chá）、驱芳，晚号小长芦钓鱼师、金风亭长，秀水（今浙江嘉兴市）人，清代文人、藏书家，有《曝书亭集》。词集：指其《江湖载酒集》。

［2］五陵：指长安城外汉代五位皇帝的陵墓所在，后泛指权贵富豪聚集地。

［3］空中传恨：指只为应酬而作的言情词，并无实事。

［4］燕钗蝉鬓：代指美貌女子。

［5］秦七：指北宋词人秦观，兄弟排行第七。

［6］黄九：指北宋词人黄庭坚，兄弟排行第九。

［7］倚新声：指按谱填词。玉田：指南宋词人张炎，号玉田。

［8］红粉：胭脂铅粉，代指歌女。

【导读】

《江湖载酒集》之名源自杜牧“落拓江湖载酒行”(《遣怀》),主要记载了朱彝尊青壮年时期(1656–1679)抗清、辗转幕府的经历,故集中多寄托感怀之作。此词小序为“自题词集”,可视为其五十岁前的自传,刻画了一个胸有英雄志的失意文人形象。

词作上片感慨平生,抒发壮志难酬之情。开头“十年磨剑,五陵结客”八字即塑造了一个壮志凌云的志士形象。朱彝尊年轻时四处联络义士图谋抗清,后来事泄远走江湖,广泛结交豪侠义士。“十年”写时间之长,“五陵”写空间之广,“磨剑”暗示意志之坚,“结客”表现胸襟之阔。“把平生、涕泪都飘尽”情感急转而下,现实的不如意逐渐消磨了理想和追求,慷慨意气逐渐转为悲凉沉郁。但尽管如此,词人也不曾放弃。“老去填词,一半是、空中传恨。几曾围、燕钗蝉鬓”说其作词虽也写男女之情,但多是借男女情事寄托胸中难以言说之“恨”。朱彝尊论词谓:“善言词者,假闺房儿女子之言,通之于《离骚》变雅之义,此尤不得志于时者所宜寄情焉耳。”(《红盐词序》)“一半是、空中传恨”当即指此而言。

下片进一步阐发其作词之旨,抒写失意之情。秦观、黄庭坚是宋词的代表人物,陈师道就曾说“今代词手,惟秦七黄九尔”(《后山诗话》),但朱彝尊却将南宋末的张炎引为同道。原因何在?同样的遗民身份、同样的落魄江湖、同样的词学追求,使朱彝尊与张炎产生了共鸣。朱彝尊五十岁前一直有抗清之志,在康熙十七年(1678)进京赴考时还随身携带亡宋遗民所作之《乐府补题》,在赴考文人中掀起一场唱和之风。“玉田差近”不仅是朱彝尊对张炎词学理想的认同,也是亡国情怀的共鸣。“落拓江湖,且分付、歌筵红粉。料封侯、白头无分”回到现实,情感又复归沉郁。从上片的“几曾围、燕钗蝉鬓”到下片的“且分付、歌筵红粉”,看似是对现实的妥协,然而结句“白头无分”的慨叹又与上片“空中传恨”形成呼应,强烈传达出词人自伤怀抱、无人慰藉之情,颇有“倩何人,唤取红巾翠袖,揾英雄泪”(辛弃疾《水龙吟》)之意。

木兰花令·拟古决绝词柬友

（清）纳兰性德[1]

人生若只如初见，何事秋风悲画扇[2]。等闲变却故人心，却道故人心易变[3]。

骊山语罢清宵半，泪雨霖铃终不怨[4]。何如薄幸锦衣郎[5]，比翼连枝当日愿。

【注释】

［1］纳兰性德（1655–1685），字容若，号楞伽山人，清代词人，有《饮水词》。

［2］何事：为何。秋风悲画扇：典出班婕妤《怨歌行》，赵飞燕设计陷害班婕妤，使其失去汉成帝宠幸。班婕妤作《怨歌行》，以画扇见弃感伤身世。

［3］等闲：随随便便，轻易。故人：第一个“故人”指男子，第二个“故人”指女子。

［4］骊山语罢清宵半，泪雨霖铃终不怨：典出唐明皇李隆基、杨贵妃的故事。骊山语罢：指李、杨二人七月七日之誓愿。雨霖铃：指唐明皇经马嵬坡思念杨贵妃所作之《雨霖铃》曲。

［5］薄幸：薄情，负心。锦衣郎：此处指唐明皇。

【导读】

起句“人生若只如初见”流传广泛，盖因其道出了人们对已然逝去的那一份美好情感的留念。“若只”二字强化了那种惘然与不舍，与小晏“记得小苹初见”（晏几道《鹧鸪天》）的刻骨铭心可谓异曲同工。次句用了班婕妤“秋扇见捐”的典故喻指男女情事的变化。“何事”即为何之意，为什么“出入君怀袖”的两情相悦如今却“弃捐箧笥中”（班婕妤《怨歌行》）？“初见”的美好令女主人公难以接受被抛弃的事实。“何事”与“若只”相呼应，表达出了女主人公对男子负心薄幸行为的无法理解和内心的痛楚。接下来“等闲变却故人心，却道故人心易变”两句进一步以男子的负心行为来表现女主人公的无辜，写男子倒打一耙，明明是自己变心却反过来说女子三心二意，揭露出男子的丑恶嘴脸。上片四句两两对比，强化出往日的美好，凸显出现在的悲凉。

过片选择杨贵妃与唐明皇的爱情故事进行类比。“骊山语罢清宵半”写昔日盟誓——生生世世永为夫妻，“泪雨霖铃终不怨”写唐明皇返京路过马嵬坡黯然神伤而作《雨霖铃》曲。连一个帝王也无法保全他的爱情，更何况自己只是一个小小女子呢？“终不怨”是唐明皇对杨贵妃的态度，也是女主人公对自己这段爱情的表态。“何如”则进一步写出女主人公对负心男子的伤心和失望。唐明皇虽然最终与杨贵妃分开了，但他始终记得昔日与杨贵妃比翼连枝的誓愿，你又怎么比得上唐明皇呢？下片仍以对比手法，用唐明皇的深情反衬出男子的薄情寡义。

古决绝词的内容一般写女子控诉男子的薄情，表示与男子决绝。“柬友”是写给友人信件的意思，故从词题上看，此词是作者以代言体的形式，模仿女子的口吻而作的一首绝交词。但从词作内容来看，女子虽也指责男子的负心行为，但更多的是对往日美好的深深留恋，“何事”“何如”的不断质问传递出其内心的悲怆痛苦，语气哀怨，凄楚动人。

雅俗共赏

紫　玉

《搜神记》[1]

吴王夫差小女名曰紫玉，年十八，才貌俱美。童子韩重[2]，年十九，有道术。女悦之，私交信问[3]，许为之妻。重学于齐、鲁之间[4]，临去，属其父母使求婚。王怒，不与女。玉结气死[5]，葬阊门之外[6]。三年，重归，诘其父母[7]，父母曰："王大怒，女结气死，已葬矣。"

重哭泣哀恸，具牲币往吊于墓前[8]。玉魂从墓出，见重流涕，谓曰："昔尔行之后，令二亲从王相求[9]，度必克从大愿[10]；不图别后遭命奈何！[11]"玉乃左顾，宛颈而歌曰[12]："南山有乌，北山张罗；乌既高飞，罗将奈何[13]！意欲从君，谗言孔多[14]。悲结生疾，没命黄垆[15]。命之不造[16]，冤如之何！羽族之长，名为凤凰。一日失雄，三年感伤；虽有众鸟，不为匹双。故见鄙姿[17]，逢君辉光[18]。身远心近，何当暂忘[19]！"歌毕，歔欷流涕[20]，要重还冢[21]。重曰："死生异路，惧有尤愆[22]，不敢承命[23]。"玉曰："死生异路，吾亦知之，然今一别，永无后期。子将畏我为鬼而祸子乎？欲诚所奉[24]，宁不相信[25]？"重感其言，送之还冢。玉与之饮燕，留三日三夜，尽夫妇之礼[26]。临出，取径寸明珠以送重，曰："既毁其名，又绝其愿[27]，复何言哉！时节自爱[28]。若至吾家，致敬大王。"

重既出，遂诣王自说其事。王大怒曰："吾女既死，而重造讹言[29]，以玷秽亡灵[30]。此不过发冢取物，托以鬼神。"趣收重[31]。重走脱，至玉墓所，诉之。玉曰："无忧！今归白王。"王妆梳，忽见玉，惊愕悲喜，问曰："尔缘何生[32]？"玉跪而言曰："昔诸生韩重来求玉，大王不许，玉名毁义绝，自致身亡。重从远还，闻玉已死，故赍牲币[33]，诣冢吊唁。感其笃终[34]，辄与相见，因以珠遗之，不为发冢，愿勿推治[35]。"夫人闻之，出而抱之。玉如烟然[36]。

【注释】

[1] 本文选自干宝《搜神记》。干宝（？–336），字令升，汝南郡新蔡县（今河南新蔡）人，后迁居海宁（今属浙江），东晋文人。他广搜"古今神祇灵异人物变化"而为《搜神记》，在自序中，他称写作目的是"足以明神道之不诬"，书中记载了许多鬼神怪异之事，作品的故事情节曲折离奇，人物性格鲜明，笔法简练生动，取得了较高的艺术成就，成为魏晋六朝志怪小说的代表作。

[2] 童子：少年。

[3] 信问：音信往来。

[4] 齐、鲁之间：今山东一带。

[5] 结气：气急郁闷。

[6] 阊门：吴国都城姑苏城门。

[7] 诘：追问，追究。

[8] 牲币：原指用来祭祀的牲畜和货币，后来泛指祭祀所用的一般供品。

[9] 令：你的，一种敬辞。令二亲：指韩重的父母。

[10] 度（duó）：揣摩，猜想。克：能。克从大愿：能够实现心愿。

[11] 不图：不料。命：命运，厄运。

[12] 宛颈：转过脖子。

[13] 南山有乌，北山张罗；乌既高飞，罗将奈何：紫云把自己比喻为“乌”，把韩重比喻为“罗”（捕鸟的网），意指二人的有缘无分。

[14] 孔：很。孔多：很多。

[15] 黄垆：也作“黄炉”，意为黄泉。

[16] 造：成就，成功。不造：不好。

[17] 见：显现。鄙姿：鄙陋的身姿。

[18] 逢：迎接。辉光：光辉华彩。

[19] 何当：何时。

[20] 歔（xū）欷（xī）：抽噎声。

[21] 要（yāo）：通“邀”，邀请。

[22] 尤愆（qiān）：罪咎。

[23] 承命：受命，奉命。

[24] 诚：诚心。

[25] 宁：难道。

[26] 尽：完成。

[27] 既毁其名，又绝其愿：意指紫玉的父亲坏了她的名声，又断了她的心愿。

[28] 时节：季节，节令。自重：保重身体。

[29] 讹：讹诈。讹言：谎话。

[30] 玷秽亡灵：玷污死者。

[31] 趣（cù）：催促，急促。收：拘禁。

[32] 缘何：因何，为何。

[33] 赍（jī）：拿着。

［34］笃：忠实。终：末了，最后。笃终：此处指对感情忠贞不渝。

［35］推治：审问治罪，追究。

［36］烟然：像烟一样消散无踪。

【导读】

《紫玉》选自《搜神记》第十六卷，讲述了吴王夫差之女紫玉和平民韩重跨越生死、曲折离奇的爱情故事。吴王夫差在历史上确有其人，但文中作为他女儿的紫玉则是一个虚构的人物形象。这个故事当始于《吴越春秋》中吴王阖闾之女滕玉因日常小事而选择负气自杀的记载，之后经过流传改造，塑造出了这样一个抛弃门第之见、为爱逝去又为爱现身的紫玉形象。

故事的开头，吴王之女紫玉和平民韩重暗自结下情缘，私自约定了婚事。之后韩重选择外出求学，并委托父母向吴王求亲。吴王大怒，拒绝了婚事。紫玉听闻后气结而亡，葬于阊门外。伤心欲绝的韩重前往紫玉墓前祭拜，却见紫玉的魂灵从墓中现身，生死相隔的两人互诉情思。紫玉邀请韩重到墓中，韩重虽然顾虑死生异路，但被紫玉的赤诚之言打动后也随她入了墓。韩重在墓中生活了三天三夜，与紫玉真正完成了夫妻之礼。临别之际，紫玉以一颗大明珠相赠，并请韩重代为向自己的父王致意。吴王听了韩重的话后大为愤怒，他认为韩重一派胡言，所持明珠也不过是掘墓所得，命人将韩重抓起来。侥幸逃脱的韩重来到紫玉墓前，将此事告知了紫玉。在吴王面前，紫玉再度现身为韩重辩白，却在母亲想要拥抱她时像烟一样消散了。

作者笔下的紫玉形象寄托了人们渴望冲破门第束缚、拥有自主爱情的心愿。紫玉生而求爱不得，死后方能完成心愿。吴王之女与一介平民的身份注定了这场爱情只能是一出人间悲剧，唯有跨越生死的异世才能使二人最终如愿以偿。最后的结局悲中有喜、喜中有悲，给人们留下了无尽的欷歔、怅惘。

在叙事手法上，作者用类似记史的笔法，主要通过人物对话来推动故事的发展。文中对于紫玉与韩重的外貌及相恋过程等均无涉及，而把主要的笔墨集中于二人的大段对白。墓前相遇、现身辩白部分大量采用了对话的行文方式，使二人的衷情显得尤为凄婉动人。以人物对话为主与犹如记史的客观记录笔法近乎戏剧的表现形式，使干宝得到了“鬼之董狐”的评价。

此文全篇抒情意味浓厚，尤其是紫玉的两段对话，用诗意的语言表达了自己对韩重浓烈爱情的坚守与对吴王阻挠他们情感的不满，她两次提到“名毁义绝”，表达了她对吴王的怨恨，也体现了她对爱情的强烈渴望，即便是付出了生命的代价，她也没有过一丝后悔。而当母亲想要拥抱她时，她像烟一样消失的举动显然表达了她对父母的抗议，此时，爱情超越了亲情！这样的结局安排，无疑也是颇有意味的。

王子猷居山阴

《世说新语》[1]

王子猷居山阴[2]，夜大雪，眠觉，开室，命酌酒，四望皎然[3]。因起仿偟[4]，咏左思《招隐诗》[5]，忽忆戴安道[6]，时戴在剡[7]，即便夜乘小船就之。经宿方至，造门不前而返[8]。人问其故，王曰："吾本乘兴而行，兴尽而返，何必见戴？"

【注释】

[1] 本文选自刘义庆《世说新语》。刘义庆（403–444），字季伯，彭城（今江苏徐州）人，南朝宋宗室、文人。《世说新语》又名《世说新书》《世说》，今本有三卷三十六门。书中以简练的文字记录了东汉末年至东晋时期一些士族的言行，展示了清谈之风、任诞之风盛行之下魏晋士人们的整体风貌。王子猷：指王徽之，王羲之的第五子，子猷是他的字。

[2] 山阴：今浙江绍兴。

[3] 皎然：明亮洁白的样子。

[4] 仿偟：徘徊，心神不宁而来回走动。

[5] 左思：西晋文人。《招隐诗》：描写了隐士的生活环境，并表达了向往之情。

［6］戴安道：指戴奎，西晋人，博学多才，终身不仕。

［7］剡（shàn）：今浙江嵊县。

［8］造：到。造门：到了门口。

【导读】

这则故事的主人公是王羲之的儿子王子猷。在一个雪夜里，王子猷喝着酒，吟诵着左思的《招隐诗》，突然想起那个选择终身不仕的老朋友戴安道。此时戴安道身处异地，于是王子猷连夜乘坐小船前往拜访。一夜过去，终于到达目的地，王子猷却没有去敲戴安道的屋门，反而选择转身离开。

王子猷这种"乘兴而行，兴尽而返"的风格，正好体现了魏晋士人追求凭心而行、任性而为的思想和行为模式。文章通过一系列简短而多变的动词再现了王子猷的行为举动，文字精练隽永，人物形象跃然纸上。以王子猷为代表的魏晋士人那种个性张扬、言行脱俗的风貌，通过这篇文章也得到了充分的展示。

李娃传

白行简[1]

汧国夫人李娃，长安之倡女也。节行瓌奇[2]，有足称者。故监察御史白行简为传述。

天宝中，有常州刺史荥阳公者，略其名氏，不书。时望甚崇，家徒甚殷。知命之年[3]，有一子，始弱冠矣[4]，隽朗有词藻[5]，迥然不群，深为时辈推伏。其父爱而器之，曰："此吾家千里驹也。"应乡赋秀才举[6]，将行，乃盛其服玩车马之饰，计其京师薪储之费。谓之曰："吾观尔之才，当一战而霸。今备二载之用，且丰尔之给，将为其志也。"生亦自负，视上第如指掌[7]。自毗陵发，月余抵长安，居于布政里。

尝游东市还[8]，自平康东门入[9]，将访友于西南。至鸣珂曲，见一宅，门庭不甚广，而室宇严邃，阖一扉。有娃方凭一双鬟青衣立[10]，妖姿要妙[11]，绝代未有。生忽见之，不觉停骖久之，徘徊不能去。乃诈坠鞭于地，候其从者，敕取之[12]，累眄于娃[13]。娃回眸凝睇，情甚相慕。竟不敢措辞而去。

生自尔意若有失，乃密征其友游长安之熟者[14]，以讯之[15]。友曰："此狭邪女李氏宅也[16]。"曰："娃可求乎？"对曰："李氏颇赡[17]，前与通之者，多贵戚豪族，所得甚广，非累百万，不能动其志也。"生曰："苟患其不谐，虽百万，何惜！"

他日，乃洁其衣服，盛宾从而往。扣其门，俄有侍儿启扃[18]。生曰："此谁之第耶？"侍儿不答，驰走大呼曰："前时遗策郎也。"娃大悦曰："尔姑止之，吾当整妆易服而出。"生闻之私喜。乃引至萧墙间，见一姥垂白上偻[19]，即娃母也。生跪拜前致词曰："闻兹地有隙院，愿税以居[20]，信乎？"姥曰："惧其浅陋湫隘[21]，不足以辱长者所处，安敢言直耶？"

延生于迟宾之馆[22]，馆宇甚丽。与生偶坐[23]，因曰："某有女娇小，技艺薄劣，欣见宾客，愿将见之。"乃命娃出，明眸皓腕，举步艳冶。生遽惊起，莫敢仰视。与之拜毕，叙寒燠[24]，触类妍媚[25]，目所未睹。复坐，烹茶斟酒，器用甚洁。久之日暮，鼓声四动。姥访其居远近。生绐之曰："在延平门外数里[26]。"冀其远而见留也。姥曰："鼓已发矣，当速归，无犯禁[27]。"生曰："幸接欢笑，不知日之云夕。道里辽阔，城内又无亲戚，将若之何？"娃曰："不见责僻陋，方将居之，宿何害焉。"生数目姥，姥曰："唯唯。"生乃召其家僮，持双缣[28]，请以备一宵之馔。娃笑而止之曰："宾主之仪，且不然也。今夕之费，愿以贫窭之家[29]，随其粗粝以进之。其余以俟他辰。"固辞，终不许。

俄徙坐西堂，帷幙帘榻，焕然夺目；妆奁衾枕，亦皆侈丽。乃张烛进馔，品味甚盛。彻馔[30]，姥起。生娃谈话方切，诙谐调笑，无所不至。生曰："前偶过卿门，遇卿适在屏间。厥后心常勤念[31]，虽寝与食，未尝或舍。"娃答曰："我心亦如之。"生曰："今之来，非直求居而已，愿偿平生之志。但未知命也若何？"言未终，姥至，询其故，具以告。姥笑曰："男女之际，大欲存焉。情苟相得，虽父母之命，不能制也。女子固陋，曷足以荐君子之枕席！"生遂下阶，拜而谢之曰："愿以己为厮养[32]。"姥遂目之为郎[33]，饮酣而散。及旦，尽徙其囊橐[34]，因家于李之第。

自是生屏迹戢身[35]，不复与亲知相闻，日会倡优侪类[36]，狎戏游宴。囊中尽空，乃鬻骏乘及其家童[37]。岁余，资财仆马荡然。迩来姥意渐怠，娃情弥笃。

他日，娃谓生曰："与郎相知一年，尚无孕嗣。常闻竹林神者，报应如响，将致荐酹求之[38]，可乎？"生不知其计，大喜。乃质衣于肆，以备牢醴[39]，与娃同谒祠宇而祷祝焉，信宿而返[40]。策驴而后，至里北门，娃谓生曰："此东转小曲中，某之姨宅也，将憩而觐之[41]，可乎？"生如其言。

前行不逾百步，果见一车门。窥其际[42]，甚弘敞。其青衣自车后止之曰："至矣。"生下，适有一人出访曰："谁？"曰："李娃也。"乃入告。俄有一妪至，年可四十余，与生相迎，曰："吾甥来否？"娃下车，妪逆访之曰[43]："何久疎绝[44]？"相视而笑。娃引生拜之，既见，遂偕入西戟门偏院[45]。中有山亭，竹树葱蒨[46]，池榭幽绝。生谓娃曰："此姨之私第耶？"笑而不答，以他语对。俄献茶果，甚珍奇。食顷，有一人控大宛[47]，汗流驰至曰："姥遇暴疾颇甚，殆不识人[48]，宜速归。"娃谓姨曰："方寸乱矣，某骑而前去，当令返乘，便与郎偕来。"生拟随之，其姨与侍儿偶语[49]，以手挥之，令生止于户外，曰："姥且殁矣，当与某议丧事，以济其急，奈何遽相随而去？"乃止，共计其凶仪斋祭之用[50]。

日晚，乘不至。姨言曰："无复命，何也？郎骤往觇之[51]，某当继至。"生遂往，至旧宅，门扃钥甚密，以泥缄之[52]。生大骇，诘其邻人。邻人曰："李本税此而居，约已周矣[53]。第主自收，姥徙居，而且再宿矣。"征徙何处，曰："不详其所。"生将驰赴宣阳，以诘其姨，日已晚矣，计程不能达。乃弛其装服[54]，质馔而食[55]，赁榻而寝[56]，生恚怒方甚，自昏达旦，目不交睫。

质明[57]，乃策蹇而去[58]。既至，连扣其扉，食顷无人应。生大呼数四，有宦者徐出。生遽访之："姨氏在乎？"曰："无之。"生曰："昨暮在此，何故匿之？”访其谁氏之第，曰：“此崔尚书宅。昨者有一人税此院，云迟中表之远至者[59]，未暮去矣。”生惶惑发狂，罔知所措，因返访布政旧邸。

邸主哀而进膳。生怨懑，绝食三日，遘疾甚笃[60]，旬余愈甚。邸主惧其不起，徙之于凶肆之中[61]。绵缀移时[62]，合肆之人共伤叹而互饲之。后稍愈，杖而能起。由是凶肆日假之[63]，令执繐帷[64]，获其直以自给。累月，渐复壮，每听其哀歌，自叹不及逝者，辄呜咽流涕，不能自止。归则效之。生聪敏者也，无何，曲尽其妙，虽长安无有伦比。

初，二肆之佣凶器者[65]，互争胜负。其东肆车舉皆奇丽[66]，殆不敌。唯哀挽劣焉[67]。其东肆长知生妙绝，乃醵钱二万索顾焉[68]。其党耆旧[69]，共较其所能者，阴教生新声[70]，而相赞和[71]。累旬，人莫知之。其二肆长相谓曰：“我欲各阅所佣之器于天门街，以较优劣。不胜者罚直五万，以备酒馔之用，可乎？”二肆许诺，乃邀立符契，署以保证，然后阅之。士女大和会，聚至数万。于是里胥告于贼曹，贼曹闻于京尹[72]。四方之士，尽赴趋焉，巷无居人。

自旦阅之，及亭午，历举辇舉威仪之具，西肆皆不胜，师有惭色。乃置层榻于南隅[73]，有长髯者拥铎而进舉[74]，翊卫数人，于是奋髯扬眉，扼腕顿颡而登舉[75]，乃歌《白马》之词。恃其夙胜[76]，顾眄左右[77]，旁若无人。齐声赞扬之，自以为独步一时，不可得而屈也。有顷，东肆长于北隅上设连榻[78]，有乌巾少年，左右五六人，秉翣而至[79]，即生也。整衣服，俯仰甚徐，申喉发调，容若不胜。乃歌《薤露》之章[80]，举声清越，响振林木。曲度未终，闻者歔欷掩泣。西肆长为众所诮，益惭耻，密置所输之直于前，乃潜遁焉。四座愕眙[81]，莫之测也。

先是，天子方下诏，俾外方之牧[82]，岁一至阙下，谓之入计[83]。时也适遇生之父在京师，与同列者易服章窃往观焉。有老竖[84]，即生乳母婿也[85]，见生之举措辞气，将认之而未敢，乃泫然流涕。生父惊而诘之，因告曰："歌者之貌，酷似郎之亡子。"父曰："吾子以多财为盗所害，奚至是耶？"言讫，亦泣。及归，竖间驰往，访于同党曰："向歌者谁，若是之妙欤？"皆曰："某氏之子。"征其名，且易之矣，竖凛然大惊。徐往，迫而察之。生见竖色动，回翔将匿于众中[86]。竖遂持其袂曰："岂非某乎？"相持而泣，遂载以归。至其室，父责曰："志行若此，污辱吾门，何施面目，复相见也？"乃徒行出，至曲江西杏园东，去其衣服。以马鞭鞭之数百。生不胜其苦而毙[87]，父弃之而去。其师命相狎昵者阴随之[88]，归告同党，共加伤叹。令二人赍苇席瘗焉[89]。至则心下微温。举之，良久气稍通。因共荷而归，以苇筒灌勺饮，经宿乃活。月余，手足不能自举，其楚挞之处皆溃烂[90]，秽甚[91]。同辈患之，一夕，弃于道周。行路咸伤之，往往投其余食，得以充肠。十旬，方杖策而起。被布裘，裘有百结，褴褛如悬鹑[92]。持一破瓯[93]，巡于闾里[94]，以乞食为事。自秋徂冬，夜入于粪壤窟室[95]，昼则周游廛肆[96]。

一旦大雪，生为冻馁所驱，冒雪而出，乞食之声甚苦，闻见者莫不凄恻。时雪方甚，人家外户多不发。至安邑东门，循里垣北转第七八，有一门独启左扉，即娃之第也。生不知之，遂连声疾呼："饥冻之甚。"音响凄切，所不忍听。娃自阁中闻之，谓侍儿曰："此必生也，我辨其音矣。"连步而出。见生枯瘠疥疠[97]，殆非人状。娃意感焉，乃谓曰："岂非某郎也？"生愤懑绝倒，口不能言，颔颐而已[98]。娃前抱其颈，以绣襦拥而归于西厢。失声长恸曰："令子一朝及此，我之罪也。"绝而复苏。姥大骇奔至，曰："何也？"娃曰："某郎。"姥遽曰："当逐之，奈何令至此？"娃敛容却睇曰[99]："不然，此良家子也。当昔驱高车，持金装，至某之室，不逾期而荡尽。且互设诡计，舍而逐之，殆非人行。令其失志，不得齿于人伦。父子之道，天性也。使其情绝，杀而弃之，又困踬若此[100]。天下之人，尽知为某也。生亲戚满朝，一旦当权者熟察其本末，祸将及矣。况欺天负人，鬼神不佑，无自贻其殃也。某为姥子，迨今有二十岁矣。计其赀，不啻直千金。今姥年六十余，愿计二十年衣食之用以赎身，当与此子别卜所诣[101]。所诣非遥，晨昏得以温凊[102]，某愿足矣。”姥度其志不可夺，因许之。给姥之余，有百金。北隅四五家，税一隙院。乃与生沐浴，易其衣服，为汤粥通其肠，次以酥乳润其脏。旬余，方荐水陆之馔[103]。头巾履袜，皆取珍异者衣之。未数月，肌肤稍腴。卒岁，平愈如初。

异时，娃谓生曰：“体已康矣，志已壮矣。渊思寂虑[104]，默想曩昔之艺业，可温习乎？”生思之曰：“十得二三耳。”娃命车出游，生骑而从。至旗亭南偏门鬻坟典之肆[105]，令生拣而市之，计费百金，尽载以归。因令生斥弃百虑以志学，俾夜作昼[106]，孜孜矻矻[107]。娃常偶坐，宵分乃寐[108]。伺其疲倦，即谕之缀诗赋。二岁业大就，海内文籍，莫不该览[109]。生谓娃曰：“可策名试艺矣。”娃曰：“未也，且令精熟，以俟百战。”更一年，曰：“可行矣。”于是遂一上登甲科，声振礼闱[110]。虽前辈见其文，罔不敛衽敬羡，愿友之而不可得。娃曰：“未也。今秀士苟获擢一科第，则自谓可以取中朝之显职，擅天下之美名。子行秽迹鄙，不侔于他士[111]。当砻淬利器[112]，以求再捷，方可以连衡多士，争霸群英。”生由是益自勤苦，声价弥甚。其年遇大比，诏征四方之隽。生应直言极谏策科，名第一，授成都府参军。三事以降，皆其友也。

将之官，娃谓生曰：“今之复子本躯，某不相负也。愿以残年，归养小姥。君当结媛鼎族，以奉蒸尝[113]。中外婚媾，无自黩也[114]。勉思自爱，某从此去矣。”生泣曰：“子若弃我，当自刭以就死。”娃固辞不从，生勤请弥恳。娃曰：“送子涉江，至于剑门，当令我回。”生许诺。

月余，至剑门。未及发而除书至[115]，生父由常州诏入，拜成都尹，兼剑南采访使。浃辰[116]，父到。生因投刺[117]，谒于邮亭。父不敢认，见其祖父官讳，方大惊，命登阶，抚背恸哭移时。曰："吾与尔父子如初。"因诘其由，具陈其本末。大奇之，诘娃安在。曰："送某至此，当令复还。"父曰："不可。"翌日，命驾与生先之成都，留娃于剑门，筑别馆以处之。明日，命媒氏通二姓之好，备六礼以迎之[118]，遂如秦晋之偶。

娃既备礼，岁时伏腊[119]，妇道甚修，治家严整，极为亲所眷尚。后数岁，生父母偕殁，持孝甚至。有灵芝产于倚庐[120]，一穗三秀，本道上闻。又有白燕数十，巢其层甍[121]。天子异之，宠锡加等[122]。终制，累迁清显之任。十年间，至数郡。娃封汧国夫人，有四子，皆为大官，其卑者犹为太原尹。弟兄姻媾皆甲门，内外隆盛，莫之与京[123]。

嗟乎，倡荡之姬，节行如是，虽古先烈女，不能逾也。焉得不为之叹息哉！

予伯祖尝牧晋州，转户部，为水陆运使，三任皆与生为代[124]，故谙详其事。贞元中，予与陇西公佐话妇人操烈之品格[125]，因遂述汧国之事。公佐拊掌竦听[126]，命予为传。乃握管濡翰[127]，疏而存之[128]。时乙亥岁秋八月，太原白行简云。

【注释】

［1］白行简（776–826），字知退，下邽（今陕西渭南）人，唐代文人。

［2］瓌（guī）：通"瑰"，珍奇，此处指人物卓越美好的品性。

［3］知命：五十岁。

［4］弱冠：二十岁左右。

［5］隽郎：俊秀，聪明。

［6］乡赋：即乡贡。由州县荐举叫"乡贡"，应举之人通称"秀才"。

［7］上第：上等，第一，此处指取得好名次。

［8］东市：唐时长安有东市、西市，为商业繁荣区域。

［9］平康：亦称北里，为当时妓女聚居之处。

［10］凭：靠着，倚靠。

［11］要妙：即“要眇”，美好的样子。

［12］敕：命令。

［13］眄（miǎn）：用眼角余光看。

［14］征：寻求，寻访。

［15］讯：打听，问。

［16］狭邪女：妓女。

［17］赡：丰富，富足。

［18］扃（jiōng）：指从外面关门的闩、钩。

［19］垂白：头发将白。上偻：驼背，指年纪大。

［20］税：租赁。

［21］湫（jiǎo）隘（ài）：低洼狭小。

［22］迟（zhì）：接待，招待。迟宾之馆：指招待宾客的处所。

［23］偶坐：同坐，陪坐。

［24］寒燠（yù）：冷热，此处指问候冷暖的客套话。

［25］触类：各种。妍媚：美丽可爱。

［26］绐（dài）：欺骗。延平门：唐长安城外廓城西边最南边的城门。

［27］无：通“勿”。禁：长安实行宵禁制度，坊市四周有围墙，白天定时开放，夜晚不准出入，大街上不能通行。郑生骗李姥自己住在延平门，意即路途遥远，回去可能会犯禁。

［28］缣：双丝细绢。

［29］贫窭（jù）：贫乏，贫穷。

[30] 彻：通“撤”。

[31] 厥：那个，其他。厥后：从那以后。

[32] 厮养：供役使的人。

[33] 目之为郎：古代妇称夫为郎，此处指李姥跟从其女称呼。

[34] 囊橐（tuó）：袋子，此处指行李财物。

[35] 屏迹戢（jí）身：“屏”“戢”均有隐藏之意，此处指郑生在李娃家深居不出。

[36] 侪（chái）类：同类的人。

[37] 鬻（yù）：卖。

[38] 荐：进献，祭献。酹（lèi）：把酒洒在地上。荐酹：祭奠鬼神。

[39] 牢醴（lǐ）：祭奠用的三牲（猪、羊、牛）和美酒。

[40] 信宿：住了两夜。

[41] 觐（jìn）：拜见。

[42] 际：里面，中间。

[43] 逆访：迎上前去问候。

[44] 踈绝：疏远，断绝来往。

[45] 戟（jǐ）门：唐代三品以上官员门前方可立木戟，以示显贵。

[46] 葱蒨（qiàn）：草木清翠茂盛。

[47] 控：骑。大宛：大宛国以出产名马著称，后世亦称骏马为大宛。

[48] 殆：几乎。

[49] 偶语：窃窃私语。

[50] 凶仪：丧葬礼仪。斋祭：斋戒祭祀。

[51] 觇（chān）：看。

[52] 缄（jiān）：封，闭。

[53] 周：周期，此处指租约已满。

[54] 弛：解除。

[55] 质：抵押，做抵押品。

[56] 赁：租借。

[57] 质明：天刚亮的时候。

[58] 蹇：驴的别称。

[59] 迟（zhì）：等待。

[60] 遘（gòu）：遇上，碰上。遘疾：生病。

[61] 凶肆：出售丧葬用物，协助办理丧事的店铺。

[62] 绵缀：即“绵惙”，指病情危急，气息微弱。移时：持续一段时间。

[63] 假：雇佣。

[64] 繐（suì）帷：灵帐。

[65] 佣：出租，出售。凶器：丧葬所用器物。

[66] 车轝（yú）：即“车舆”，车辆。

[67] 哀挽：指挽歌。

[68] 醵（jù）：凑（钱）。

[69] 耆（qí）旧：年高望重者。

[70] 阴：私底下。

[71] 赞和：伴唱。

[72] 贼曹：掌管治安的佐吏。京尹：京兆府尹。

[73] 层榻：高榻。

[74] 铎（duó）：乐器名，即大铃，形如铙。

[75] 颡（sǎng）：前额。顿颡：点着头。

[76] 夙：素来，一向。

[77] 顾眄（miǎn）：回头看。

[78] 连榻：长椅。

[79] 翣（shà）：出殡用的棺饰物。

[80]《薤（xiè）露》：汉代挽歌。

[81] 愕眙（chì）：惊视的样子。

[82] 牧：州牧，刺史。外方之牧：地方官。

[83] 入计：地方官入京接受考核。

[84] 老竖：老仆人。

[85] 壻：同“婿”。

[86] 回翔：转过身。

[87] 踣：扑倒。

[88] 狎昵：亲近。

[89] 赍（jī）：携带。瘗（yì）：埋葬。

[90] 楚挞（tà）：杖打。

[91] 秽：肮脏。

[92] 悬鹑（chún）：比喻衣服破烂。

[93] 瓯：小盆。

[94] 闾里：乡里，民间。

[95] 粪壤窟室：污秽的厕所、地下室。

[96] 廛（chán）肆：街市。

[97] 枯瘠：枯瘦，憔悴。疥疠：（长）恶疮。

[98] 颔（hàn）颐（yí）：点头。

[99] 却睇（dì）：回头看。

[100] 困踬（zhì）：颠沛窘迫。

[101] 卜：选择。

[102] 凊（qìng）：清凉，寒冷。温凊：冬温夏凊的简称，即冬天给父母温被，夏天给父母扇席，此处指早晚问候请安。

［103］水陆之馔：泛指山珍海味。

［104］渊思寂虑：深思静虑。

［105］坟典：三皇五帝之书，后泛指古代典籍。

［106］俾夜作昼：夜以继日。

［107］孜孜矻矻：勤勉不懈。

［108］宵分：夜半。

［109］该览：广泛阅览。

［110］礼闱：礼部。

［111］侔：等，齐。

［112］砻（lóng）淬（cuì）：磨炼（刀刃）。

［113］蒸尝：古代秋冬祭祀的名称，据载“天子诸侯宗庙之祭，春曰礿，夏曰禘，秋曰尝，冬曰烝”（《礼记・王制》）。

［114］黩：玷污。

［115］除书：拜官授职的文书。

［116］浃辰：古代以干支纪日，自子至亥十二日称为“浃辰”。

［117］刺：名帖。投刺：通报姓名以求相见。

［118］六礼：古代婚俗礼仪，包括纳采、问名、纳吉、纳征、请期、亲迎六种礼节。

［119］伏腊：指伏祭和腊祭，或泛指节日。

［120］倚庐：守丧者居住的简陋棚屋。

［121］层甍（méng）：高楼的屋脊。

［122］宠锡：皇帝的恩赐。

［123］京：大。莫之与京：没人可以与他比。

［124］代：卸去职务，由新官接任，亦指继任者。

［125］公佐：李公佐，有《南柯太守传》《谢小娥传》等传奇。

［126］拊掌：拍手。竦（sǒng）听：恭敬地听。

［127］濡翰：蘸墨书写。

［128］疏：分条记录、叙述。

【导读】

小说取材于唐代民间说唱《一枝花话》，“一枝花”为李娃旧名。元稹《酬翰林白学士代书一百韵》诗中“翰墨题名尽，光阴听话移”句下自注“乐天每与予游从，无不书名屋壁。又尝于新昌宅（听）说《一枝花》话，自寅至巳，犹未毕词也”，说明当时民间说唱有关李娃与郑元和的故事情节已极为丰富。在唐人传奇注重逞才使气、重叙事、重情节的风气影响下，白行简把《李娃传》写得极其曲折多变而又缠绵动人。

从结构上看，小说可分两大部分：第一部分由应考、路遇、情迷、计逐、竞歌、鞭笞等情节组成，述荥阳公之子郑生进京赶考，因落入李娃算计而流落凶肆，后又因登台竞歌而遭其父鞭笞，沦为乞丐。第二部分由重逢、调教、连捷、请去、成婚等情节组成，写李娃良心发现，尽心照料郑生，鼓励其应试，最后郑生得上第与李娃成婚。

小说最主要的特点是以情节取胜，一环紧扣一环，紧凑严密。小说一开始就渲染了郑生的家世、才华以及其父对郑生“一战而霸”的期许，为后来写郑生落魄做了铺垫。然后点明郑生进京后居于布政里，布政里往东就是青楼女子聚居的平康里和繁华热闹的东市。郑生逛完东市返回布政里必然途经平康里，故而郑生与李娃的相遇既是偶然也是必然。在李娃容貌的吸引下，年轻、单纯的郑生落入了李娃的算计之中。在郑生“囊中尽空”后，“姥意渐怠，娃情弥笃”突出李娃对郑生的情意，实则为后面计逐郑生埋下伏笔。李娃先是以求子嗣的理由偕同郑生出行，然后回途访姨、突闻母病、李娃乘马独归、郑生中计惶惑发狂等情节连贯而下，营造了紧张、激烈的叙事氛围。接着写郑生大病不起，最终在凶肆中人的帮助下康复，以唱挽歌谋生。然而郑生的平静生活并没有维持太久，东西肆竞歌中郑生艺惊四座，被家中老仆人认出，又引发了荥阳公鞭子事件，致使郑生“不胜其苦而毙”，真可谓高潮迭出，环环相扣。这部分叙事的视角基本停留在郑生身上，详细描写了发生在郑生身上的悲剧，引发了读者的强烈同情。郑生所受的伤害越深，读者对李娃的唯利是图、狡诈冷酷的个性认识也就越深。同时，这种描写方式也为第二部分李娃的转变埋下伏笔。正因为李娃伤害郑生之深，才有李娃目睹郑生“枯瘠疥疠，殆非人状”后的良心发现，才有接下来李娃对郑生的细心照料，鼓励郑生求学等一系列带有赎罪性质的举动。随着郑生的康复和积极向学，故事结局似乎已可预料，可在郑生科场连捷、授官后，李娃告诉郑生“今之复子本躯，某不相负也”，并表示离去之意。即使是面对郑生以死相逼希望她留下的举动，李娃也“固辞不从”。就在这时，破局者出现了，荥阳公听闻此事后改变了对李娃的态度，“命媒氏通二姓之好，备六礼以迎之”。全篇读下来，颇有“从山阴道上行，山川自相映发，使人应接不暇”（南朝宋·刘义庆《世说新语·言语》）之感。

小说另一个特色是塑造了李娃这样一位既老练狡诈，而又良心未泯的复杂人物。李娃出身风尘，深谙吸引、取悦贵公子之道。郑生与李娃第一次相遇，对郑生的偷看，李娃是“回眸凝睇，情甚相慕”。郑生登门拜访，李娃闻之“大悦”，然后盛装见之。当郑生表示倾慕之意时，李娃回应“我心亦如之”。初出家门的郑生就这样落入了李娃的算计之中，逐渐耗尽资财。可是李娃却是“情弥笃”，令郑生对其愈发死心塌地。李娃对郑生是否有真情？表面上看似乎是有，可当李娃设计逐走郑生后，我们恍然大悟，原来这一切都是假的，李娃看中的只是郑生的钱。不仅如此，她还利用郑生对她的一片深情，让自己脱身而出。李娃唯利是图而又阴狠毒辣的特点，在第一部分中得到了充分的体现。小说第二部分写了李娃潜藏在势利、狠毒面具背后的人性。李娃对自己计逐郑生的做法并非无愧于心，当听到郑生乞讨的声音时，李娃的第一反应是“此必生也，我辨其音矣”。郑生的惨状使李娃受到了巨大的心灵冲击，“子一朝及此，我之罪也”的失声长叹暴露了李娃的内心，赎罪心理占据了上风。当李姥建议逐出郑生时，李娃抓住娼家怕官的心理，对李姥晓以利害，“生亲戚满朝，一旦当权者熟察其本末，祸将及矣”，并当机立断赎身，细心照料郑生，鼓励他求学应举。当郑生觉得已有把握应考时，李娃又劝他继续潜心学业，最后郑生考场连捷。这些情节既写出了李娃善良的一面，又进一步展现了其聪慧精明的一面。郑生授官后，李娃更是明确意识到自己与郑生巨大的身份差距，理智提出离去之意。通过这一连串的情节变化，作者令人信服地写出了李娃的转变，把一个性格复杂、形象饱满的青楼女性形象刻画得淋漓尽致。

除了以情节变化来塑造人物形象外，小说还采用了多种表现手段。首先是善于通过人物之间的映衬对比来刻画人物。小说第一部分重点写郑生的遭遇，其目的是反衬李娃的狡诈毒辣。郑生的单纯与李娃的老练、郑生对李娃的一往情深与李娃玩弄郑生于指掌间处处形成鲜明的对比。写郑生歌唱技艺之高超，先写西肆“长髯者……恃其夙胜，顾眄左右，旁若无人”，再写郑生一登场“举声清越，响振林木。曲度未终，闻者歔欷掩泣”。又如几个次要人物的描写，荥阳公前后两次出场，一狠毒、一虚伪，对比鲜明；李姥对郑生从“目之为郎”到“意渐怠”，再到见到沦为乞丐的郑生时“大骇”“当逐之”的表现，既写出了李姥的势利，又和李娃的善良形成对比。其次是用细节描写烘托人物。如郑生第一次见到李娃时，“诈坠鞭于地……累眄于娃”描写还很单纯的郑生对李娃的倾慕。而郑生登门拜访时，“侍儿不答，驰走大呼”的细节亦暗示事先李娃对郑生到访的判断，体现出李娃在这方面的丰富经验。此外，如郑生资财荡尽后“姥意渐怠，娃情弥笃”，以及李娃带郑生访姨时与姨“相视而笑”“笑而不答”等细节，亦对人物的塑造起到了很好的烘托作用。

三国演义·温酒斩华雄

（元末明初）罗贯中[1]

时袁绍得操矫诏[2]，乃聚麾下文武，引兵三万，离渤海来与曹操会盟。操作檄文以达诸郡[3]。檄文曰："操等谨以大义布告天下：董卓欺天罔地，灭国弑君；秽乱宫禁，残害生灵；狼戾不仁，罪恶充积！今奉天子密诏，大集义兵，誓欲扫清华夏，剿戮群凶。望兴义师，共泄公愤；扶持王室，拯救黎民。檄文到日，可速奉行！"操发檄文去后，各镇诸侯皆起兵相应：

第一镇，后将军[4]南阳太守袁术[5]。第二镇，冀州刺史韩馥[6]。第三镇，豫州刺史孔伷[7]。第四镇，兖州刺史刘岱[8]。第五镇，河内郡[9]太守王匡[10]。第六镇，陈留太守张邈[11]。第七镇，东郡太守乔瑁[12]。第八镇，山阳太守袁遗[13]。第九镇，济北相鲍信[14]。第十镇，北海太守孔融[15]。第十一镇，广陵太守张超[16]。第十二镇，徐州刺史陶谦[17]。第十三镇，西凉太守马腾[18]。第十四镇，北平太守公孙瓒[19]。第十五镇，上党太守张杨[20]。第十六镇，乌程侯、长沙太守孙坚[21]。第十七镇，祁乡侯、渤海太守袁绍[22]。

诸路军马，多少不等，有三万者，有一二万者，各领文官武将，投洛阳来。

且说北平太守公孙瓒，统领精兵一万五千，路经德州平原县[23]。正行之间，遥见桑树丛中，一面黄旗，数骑来迎。瓒视之，乃刘玄德也。瓒问曰："贤弟何故在此？"玄德曰："旧日蒙兄保备为平原县令，今闻大军过此，特来奉候，就请兄长入城歇马。"瓒指关、张而问曰："此何人也？"玄德曰："此关羽、张飞，备结义兄弟也。"瓒曰："乃同破黄巾者乎？"玄德曰："皆此二人之力。"瓒曰："今居何职？"玄德答曰："关羽为马弓手，张飞为步弓手[24]。"瓒叹曰："如此可谓埋没英雄！今董卓作乱，天下诸侯共往诛之。贤弟可弃此卑官，一同讨贼，力扶汉室，若何？"玄德曰："愿往。"张飞曰："当时若容我杀了此贼，免有今日之事。"云长曰："事已至此，即当收拾前去。"

玄德、关、张引数骑跟公孙瓒来，曹操接着。众诸侯亦陆续皆至，各自安营下寨，连接二百余里。操乃宰牛杀马，大会诸侯，商议进兵之策。太守王匡曰："今奉大义，必立盟主；众听约束，然后进兵。"操曰："袁本初四世三公[25]，门多故吏，汉朝名相之裔，可为盟主。"绍再三推辞，众皆曰非本初不可，绍方应允。次日筑台三层，遍列五方旗帜，上建白旄[26]黄钺[27]，兵符将印，请绍登坛。绍整衣佩剑，慨然而上，焚香再拜。其盟曰：

汉室不幸，皇纲失统[28]。贼臣董卓，乘衅纵害[29]，祸加至尊，虐流百姓。绍等惧社稷沦丧，纠合义兵，并赴国难。凡我同盟，齐心戮力[30]，以致臣节，必无二志。有渝此盟[31]，俾坠其命[32]，无克遗育[33]。皇天后土，祖宗明灵，实皆鉴之！

读毕歃血[34]。众因其辞气慷慨，皆涕泗横流。歃血已罢，下坛。众扶绍升帐而坐，两行依爵位年齿分列坐定。操行酒数巡，言曰："今日既立盟主，各听调遣，同扶国家，勿以强弱计较。”袁绍曰：“绍虽不才，既承公等推为盟主，有功必赏，有罪必罚。国有常刑，军有纪律，各宜遵守，勿得违犯。”众皆曰惟命是听。绍曰：“吾弟袁术总督粮草，应付诸营，无使有缺。更须一人为先锋，直抵汜水关[35]挑战。余各据险要，以为接应。”

长沙太守孙坚出曰：“坚愿为前部。”绍曰：“文台勇烈，可当此任。”坚遂引本部人马杀奔汜水关来。守关将士，差流星马往洛阳丞相府告急。董卓自专大权之后，每日饮宴。李儒接得告急文书，径来禀卓。卓大惊，急聚众将商议。温侯吕布挺身出曰：“父亲勿虑。关外诸侯，布视之如草芥[36]；愿提虎狼之师，尽斩其首，悬于都门。”卓大喜曰：“吾有奉先，高枕无忧矣！”言未绝，吕布背后一人高声出曰：“割鸡焉用牛刀？不劳温侯亲往。吾斩众诸侯首级，如探囊取物耳！”卓视之，其人身长九尺，虎体狼腰，豹头猿臂；关西[37]人也，姓华，名雄。卓闻言大喜，加为骁骑校尉。拨马步军五万，同李肃、胡轸、赵岑星夜赴关迎敌。

众诸侯内有济北相鲍信，寻思孙坚既为前部，怕他夺了头功，暗拨其弟鲍忠，先将马步军三千，径抄小路，直到关下搦战[38]。华雄引铁骑五百，飞下关来，大喝：“贼将休走！”鲍忠急待退，被华雄手起刀落，斩于马下，生擒将校极多。华雄遣人赍鲍忠首级来相府报捷，卓加雄为都督[39]。

却说孙坚引四将直至关前。那四将？——第一个，右北平土垠人，姓程，名普，字德谋，使一条铁脊蛇矛；第二个，姓黄，名盖，字公覆，零陵[40]人也，使铁鞭；第三个，姓韩，名当，字义公，辽西令支[41]人也，使一口大刀；第四个，姓祖，名茂，字大荣，吴郡富春人也，使双刀。孙坚披烂银铠，裹赤帻[42]，横古锭刀，骑花鬃马，指关上而骂曰：“助恶匹夫，何不早降！”华雄副将胡轸[43]引兵五千出关迎战。程普飞马挺矛，直取胡轸。斗不数合，程普刺中胡轸咽喉，死于马下。坚挥军直杀至关前，关上矢石如雨。孙坚引兵回至梁[44]东屯住，使人于袁绍处报捷，就于袁术处催粮。

或[45]说术曰："孙坚乃江东[46]猛虎；若打破洛阳，杀了董卓，正是除狼而得虎也。今不与粮，彼军必散。"术听之，不发粮草。孙坚军缺食，军中自乱，细作[47]报上关来。李肃为华雄谋曰："今夜我引一军从小路下关，袭孙坚寨后，将军击其前寨，坚可擒矣。"雄从之，传令军士饱餐，乘夜下关。是夜月白风清。到坚寨时，已是半夜，鼓噪直进。坚慌忙披挂上马，正遇华雄。两马相交，斗不数合，后面李肃军到，竟天价放起火来。坚军乱窜。众将各自混战，止有祖茂跟定孙坚，突围而走。背后华雄追来。坚取箭，连放两箭，皆被华雄躲过。再放第三箭时，因用力太猛，拽[48]折了鹊画弓[49]，只得弃弓纵马而奔。祖茂曰："主公头上赤帻射目，为贼所识认。可脱帻与某戴之。"坚就脱帻换茂盔，分两路而走。雄军只望赤帻者追赶，坚乃从小路得脱。祖茂被华雄追急，将赤帻挂于人家烧不尽的庭柱上，却入树林潜躲。华雄军于月下遥见赤帻，四面围定，不敢近前。用箭射之，方知是计，遂向前取了赤帻。祖茂于林后杀出，挥双刀欲劈华雄；雄大喝一声，将祖茂一刀砍于马下。杀至天明，雄方引兵上关。

程普、黄盖[50]、韩当都来寻见孙坚，再收拾军马屯扎。坚为折了祖茂，伤感不已，星夜遣人报知袁绍。绍大惊曰："不想孙文台败于华雄之手！"便聚众诸侯商议。众人都到，只有公孙瓒后至，绍请入帐列坐。绍曰："前日鲍将军之弟不遵调遣，擅自进兵，杀身丧命，折了许多军士；今者孙文台又败于华雄：挫动锐气，为之奈何？"诸侯并皆不语。绍举目遍视，见公孙瓒背后立着三人，容貌异常，都在那里冷笑。绍问曰："公孙太守背后何人？"瓒呼玄德出曰："此吾自幼同舍[51]兄弟，平原令刘备是也。”曹操曰：“莫非破黄巾刘玄德乎？”瓒曰：“然。”即令刘玄德拜见。瓒将玄德功劳，并其出身，细说一遍。绍曰：“既是汉室宗派，取坐来。”命坐。备逊谢。绍曰：“吾非敬汝名爵，吾敬汝是帝室之胄[52]耳。”玄德乃坐于末位，关、张叉手[53]侍立于后。

忽探子来报：“华雄引铁骑下关，用长竿挑着孙太守赤帻，来寨前大骂搦战。”绍曰：“谁敢去战？”袁术背后转出骁将俞涉曰：“小将愿往。”绍喜，便著[54]俞涉出马。即时报来：“俞涉与华雄战不三合，被华雄斩了。”众大惊。太守韩馥曰：“吾有上将潘凤，可斩华雄。”绍急令出战。潘凤手提大斧上马。去不多时，飞马来报：“潘凤又被华雄斩了。”众皆失色。绍曰：“可惜吾上将颜良、文丑未至！得一人在此，何惧华雄！”言未毕，阶下一人大呼出曰：“小将愿往斩华雄头，献于帐下！”众视之，见其人身长九尺，髯长二尺，丹凤眼，卧蚕眉，面如重枣，声如巨钟，立于帐前。绍问何人。公孙瓒曰：“此刘玄德之弟关羽也。”绍问现居何职。瓒曰：“跟随刘玄德充马弓手。”帐上袁术大喝曰：“汝欺吾众诸侯无大将耶？量一弓手，安敢乱言！与我打出！”曹操急止之曰：“公路息怒。此人既出大言，必有勇略；试教出马，如其不胜，责之未迟。”袁绍曰：“使一弓手出战，必被华雄所笑。”操曰：“此人仪表不俗，华雄安知他是弓手？”关公曰：“如不胜，请斩某头。”操教酾[55]热酒一杯，与关公饮了上马。关公曰：“酒且斟下，某去便来。”出帐提刀，飞身上马。众诸侯听得关外鼓声大振，喊声大举，如天摧地塌，岳撼山崩，众皆失惊。正欲探听，鸾铃[56]响处，马到中军，云长提华雄之头，掷于地上。其酒尚温[57]。后人有诗赞之曰：

威镇乾坤第一功，辕门画鼓响冬冬[58]。

云长停盏施英勇[59]，酒尚温时斩华雄。

曹操大喜。只见玄德背后转出张飞，高声大叫："俺哥哥斩了华雄，不就这里杀入关去，活拿董卓，更待何时！"袁术大怒，喝曰："俺大臣尚自谦让，量一县令手下小卒，安敢在此耀武扬威！都与赶出帐去！"曹操曰："得功者赏，何计贵贱乎？"袁术曰："既然公等只重一县令，我当告退。"操曰："岂可因一言而误大事耶？"命公孙瓒且带玄德、关、张回寨。众官皆散。曹操暗使人赍牛酒抚慰三人[60]。

【注释】

[1] 选自罗贯中《三国演义》第五回。罗贯中（约1330–约1400），名本，字贯中，号湖海散人，生平不详，籍贯有五种说法：杭州、庐陵、中原、东原、太原，其中杭州、东原、太原三说最受关注。元末明初著名小说家、戏曲家，现存主要作品有杂剧《赵太祖龙虎风云会》、小说《隋唐两朝志传》《残唐五代史演义》《三遂平妖传》《三国志通俗演义》（简称《三国演义》）等，《水浒传》亦署名罗贯中编次。

[2] 矫诏：伪造或篡改皇帝诏书。

[3] 檄（xí）：中国古代官府下行文书名称之一，用以征召或声讨。

[4] 后将军：古代重要的军事职官名称，位次上卿。

[5] 袁术：字公路。

[6] 冀州刺史韩馥：字文节，应为冀州牧。

[7] 伷（zhòu）：古同“胄”。孔伷：字公绪。

[8] 刘岱：字公山。

[9] 河内郡：汉代置郡，辖今豫北西部，治怀县。

[10] 王匡：字公节。

［11］张邈：字孟卓。

［12］乔瑁：字元伟。东郡：治所在河南濮阳，据《史记·秦始皇本纪》载“五年，将军骜（蒙骜）攻魏，定酸枣、燕、虚、长平、雍丘、山阳城，皆拔之，取二十城。初置东郡”，汉因之。

［13］袁遗：字伯业。

［14］鲍信：字允诚。济北：秦统一后设三十六郡，济北为其一，位于原齐国境内，治所在卢县，今属山东长清东南。

［15］孔融：字文举。北海：汉置，山东旧青州府东部莱州府西部之地，汉代治所在营陵，即今山东省昌乐县东南。

［16］张超：字孟高。广陵：西汉武帝元狩三年（公元前120）改江都国为广陵国，属徐州，治所在广陵县，即今江苏扬州北。

［17］陶谦：字恭祖。徐州：东汉末年治所由郯县（今山东郯城）移至下邳（今江苏邳州市古邳镇）。

［18］马腾：字寿成。西凉太守：东汉时只有凉州，并无西凉，其行政长官为刺史，历史上的马腾也未担任凉州刺史。

［19］公孙瓒：字伯珪。北平太守：东汉无北平，只有右北平郡，是北方防御匈奴的重要边郡之一，名将李广曾任右北平郡太守。东汉时右北平郡治所在土垠（yín），今唐山市丰润东南。下文提到的程普，便是土垠人。历史上公孙瓒曾屯兵于此，但并非此地太守。

［20］张杨：字稚叔。上党郡：秦统一后设三十六郡，上党郡为其一，属并州，治所在长子县，今山西长子县西。

［21］孙坚：字文台。

［22］袁绍：字本初，据《三国志·魏书·袁绍传》记载，袁绍应为邟（kàng）乡侯。邟乡是中国汉代地名，在今河南省汝州市。

［23］德州：隋代地名。平原县：属青州平原郡，见《后汉书·郡国志》。

[24] 弓手：射箭手。马弓手：使用射箭的骑兵。步弓手：使用射箭的步兵。马弓手、步弓手都是很低级的官职。

[25] 四世三公：世代位列高位。此处指袁绍出身家世显赫的东汉名门“汝南袁氏”，从袁绍的高祖父袁安起，四代皆位至三公：高祖父袁安官至司徒，曾祖父袁敞为司空，祖父袁汤累迁司空、司徒、太尉等高位，父亲袁逢为司空、叔父袁隗为太傅。三公：是古代中国地位最尊显的三个官职的合称，西汉今文经学家据《尚书大传》《礼记》等书认为三公指司马、司徒、司空，而古文经学家则依《周礼》以太师、太傅、太保为三公。

[26] 白旄（máo）：用以指挥全军的一种军旗，竿头用牦牛尾装饰，《书经·牧誓》载：“王左杖黄钺，右秉白旄以麾。”

[27] 钺：古代青铜制的兵器，类似斧，比斧大，商及西周时盛行，也有玉石制的，供礼仪、殡葬时作为礼器使用。黄钺（yuè）：用黄金装饰的长柄斧子，为天子仪仗，亦用以征伐。孔颖达疏引《广雅》：“鉞，斧也。斧称黄鉞，故知以黄金饰斧也。”

[28] 皇纲：朝廷的纲纪。皇纲失统：皇朝的法纪紊乱，朝廷失去对国家的控制力。

[29] 衅（xìn）：裂痕，争端。乘衅纵害：乘机任意危害。

[30] 戮力：并力。

[31] 渝（yú）：违背，改变。

[32] 俾（bǐ）：使。坠：失。俾坠其命：丧失性命。

[33] 克：能。无克遗育：没有能留下的子孙，犹言断子绝孙，语本《书·盘庚中》“无遗育”，孔传“育，长也。言不吉之人当割絶灭之，无遗长”。

[34] 歃（shà）：古人一种表示信守誓言的仪式，微饮或在唇上涂上牲畜的

鲜血，以示诚意。

［35］汜（sì）水关：又称虎牢关、虎关、武牢关，是中国八关之首，是洛阳东边门户和重要的关隘，有“一夫当关，万夫莫开”之势，号称“中州之枢”，传说周穆王在此圈养老虎而得名。

［36］芥（jiè）：小草。草芥：比喻轻贱、没有价值的东西。

［37］关：指的是函谷关，秦汉时普遍用函谷关作为区分东、西两大地域的界标，分别称关东、关西。关西：此处泛指函谷关以西地区。

［38］搦（nuò）战：挑战。

［39］都督：汉末三国大量出现，为军中执法和办理事务的武官，逐渐成为军事首长的官名。

［40］零陵：又名芝山、永州，地处潇、湘二水汇合处。

［41］辽西令支：幽州辽西郡令支县，今河北迁安西、迁西和滦县北部地域。

［42］帻（zé）：古代汉族男子包头掩髻的巾帕，即头巾。

［43］轸（zhěn）：原指车厢底部四面的横木，此处为人名。

［44］梁：指梁县，汉时梁县归属河南郡，位于今河南汝州市西北。

［45］或：有人。

［46］江东：指长江以东地区，又称江左。长江自西向东流，在九江到南京间则偏向东北斜流，古称这段江路以东地区为江东，即今长江南岸的安徽、江苏、浙江等地。

［47］细作：间谍，暗探。

［48］拽（zhuài）：拉，牵引。

［49］鹊画弓：以鹊鸟纹装饰的弓。

［50］黄盖：字公覆，生卒年不详，零陵泉陵（今湖南零陵）人。

［51］同舍：原指共居一屋，此处指同学，刘备、公孙瓒都曾师从卢植。

［52］胄（zhòu）：原意指头盔，引申为受保护的帝王或贵族的子孙。

[53] 叉手：叉手礼，又称为交手礼，是一种地位低者向地位高者所行的表示尊敬的见面礼节。除用作见面礼之外，子弟晚辈或下属等人侍立或回话时，也可以两手相交于胸前，以示恭敬。

[54] 著（zhuó）：安排，命令。

[55] 酾（shī）：斟酒。

[56] 鸾（luán）：系在马上的铃铛。

[57] 尚：还。

[58] 辕门：古代将帅军营或官署的外门。画鼓：用颜色涂饰外表的军中战鼓，《渊鉴类函》引《卫公兵法》："夫军城及屯营行军在处，日出日没时，挝鼓一千槌（三百三十槌为一通）。鼓音止，角音动，吹十二声为一叠。角声止，鼓音动。以此三角三鼓而昏明毕。"

[59] 盏：浅而小的杯子，杜甫《酬孟云卿》载"宁辞酒盏空"。停盏：放下酒杯。

[60] 赍（jī）：拿东西给人，送给。

【导读】

"温酒斩华雄"是《三国演义》刻画关羽英雄形象的首篇，虽然只是《三国演义》第5回"发矫诏诸镇应曹公　破关兵三英战吕布"中的短暂一幕，却成为广泛传颂的经典镜头，正所谓"威镇乾坤第一功，辕门画鼓响冬冬"，从此拉开了关羽从普通将领迈向民间传说中超凡入圣的关帝圣君的序幕。

作者步步为营、层层渲染，欲显关羽的神勇绝伦。十八路诸侯集结几十万兵马，成立了讨董联军，推选袁绍为盟主、孙坚为先锋，歃血为盟，誓杀董贼，却出师不利，遇上董卓部将华雄连斩联军数员上将。即使是被称为"江东猛虎"的孙坚，也脱帻而逃，被曹军"用长竿挑着孙太守赤帻，来寨前大骂搦战"，"众皆失色”。在这危急关口，关羽挺身而出，自信请战，此时作者顺势描写了关羽的外貌——“众视之，见其人身长九尺，髯长二尺，丹凤眼，卧蚕眉，面如重枣，声如巨钟，立于帐前”，更显得关羽如神降临，威武不凡。

关羽出场后，作者却将笔墨荡开，不描写刀来剑往的战斗场面，用了虚实结合的手法，虚写战场，实写会场。会场上袁绍调兵遣将，各路探子来报，将战场情况实时播报，而诸侯们的情绪也随之波动。战场上则是虚写，从华雄连番胜绩，到关羽出战，作者始终从容不迫地从侧面描写，关羽在战场上的英姿只能从“众诸侯听得关外鼓声大振，喊声大举，如天摧地塌，岳撼山崩”这一句由声及色地想象。

关羽斩华雄最精彩那一笔便是那一杯酒的聚焦描写。关羽地位卑微却毛遂自荐，从而引发众诸侯的不同反应，袁术大喝曰:“汝欺吾众诸侯无大将耶? 量一弓手，安敢乱言！与我打出！”曹操急止，愿给机会一试。袁绍却说:“使一弓手出战，必被华雄所笑。”操力劝:“此人仪表不俗”，“此人既出大言，必有勇略”，并要为关羽壮行祝酒。关羽却说:“酒且斟下，某去便来。”何等轻松，与之前华雄斩将带来的威慑和紧张，以及请战时引起的歧视和争论，形成了鲜明对比，一句话便流露出关羽胸有成竹、手到擒来的气魄，进而也设下悬念，关羽真能取胜否? 关羽出战后，声势大张与“众皆失惊”又一次对比，再次引起了众人和读者强烈的好奇，“正欲探听，鸾铃响处，马到中军，云长提华雄之头，掷于地上。其酒尚温。”至此，关羽之神威盖世跃然纸上，而这正是作者写关羽能超凡入圣的精髓：不写过程，只写战果；不细刻情态，只传精神，直达遗貌取神的境界。

水浒传·武松醉打蒋门神

（元末明初）施耐庵[1]

当夜武松巴不得天明。早起来洗漱罢，头上裹了一顶万字头巾[2]，身上穿了一领土色布衫[3]，腰里系条红绢搭膊[4]，下面腿絣护膝[5]，八搭麻鞋[6]。讨了一个小膏药，贴了脸上金印[7]。施恩早来请去家里吃早饭的，武松吃了茶饭罢，施恩便道："后槽有马[8]，备来骑去。"武松道："我又不脚小，骑那马怎地？只要依我一件事。"施恩道："哥哥但说不妨，小弟如何敢道不依？"武松道："我和你出得城去，只要还我无三不过望[9]。"施恩道："兄长，如何是无三不过望？小弟不省其意。"武松笑道："我说与你。你要打蒋门神时，出得城去，但遇着一个酒店便请我吃三碗酒。若无三碗时，便不过望子去。这个唤做无三不过望。"施恩听了，想道："这快活林离东门去有十四五里田地，算来卖酒的人家也有十二三家，若要每店吃三碗时，恰好有三十五六碗酒，才到得那里。恐哥哥醉也，如何使得！"武松大笑道："你怕我醉了没本事？我却是没酒没本事。带一分酒便有一分本事，五分酒五分本事，我若吃了十分酒，这气力不知从何而来。若不是酒醉后了胆大，景阳冈上如何打得这只大虫[10]！那时节，我须烂醉了好下手。又有力，又有势！"施恩道："却不知哥哥是恁地。家下有的是好酒，只恐哥哥醉了失事，因此夜来不敢将酒出来请哥哥深饮。待事毕时，尽醉方休。既是哥哥酒后越有本事时，恁地先教两个仆人，自将了家里的好酒、果品、肴馔[11]，去前路等候，却和哥哥慢慢地饮将去。”武松道：“恁么却才中我意。去打蒋门神，教我也有些胆量。没酒时，如何使得手段出来？还你今朝打倒那厮，教众人大笑一场！”施恩当时打点了，叫两个仆人先挑食箩酒担，拿了些铜钱去了。施老管营又暗暗地选拣了一二十条壮健大汉，慢慢的随后来接应，都分付下了。

且说施恩和武松两个离了平安寨，出得孟州东门外来，行过得三五百步，只见官道傍边，早望见一座酒肆，望子挑出在檐前，那两个挑食担的仆人已先在那里等候。施恩邀武松到里面坐下，仆人已先安下肴馔，将酒来筛[12]。武松道：“不要小盏儿吃。大碗筛来。只斟三碗。”仆人排下大碗，将酒便斟。武松也不谦让，连吃了三碗便起身。仆人慌忙收拾了器皿，奔前去了。武松笑道：“却才去肚里发一发！我们去休！”两个便离了这座酒肆，出得店来。此时正是七月间天气，炎暑未消，金风乍起。两个解开衣襟，又行不得一里多路，来到一处，不村不郭，却早又望见一个酒旗儿，高挑出在树林里。来到林木丛中看时，却是一座卖村醪[13]小酒店。但见：古道村坊，傍溪酒店。杨柳阴森门外，荷华旖旎池中。飘飘酒旆[14]舞金风，短短芦帘遮酷日。磁盆架上，白泠泠[15]满贮村醪；瓦瓮灶前，香喷喷初蒸社酝[16]。未必开樽香十里，也应隔壁醉三家。

当时施恩、武松来到村坊酒肆门前，施恩立住了脚问道：“此间是个村醪酒店，哥哥饮么？”武松道：“遮莫酸咸苦涩，是酒还须饮三碗。若是无三，不过帘便了。”两个入来坐下，仆人排了果品按酒。武松连吃了三碗，便起身走。仆人急急收了家火什物，赶前去了。两个出得店门来，又行不到一二里，路上又见个酒店。武松入来，又吃了三碗便走。

话休絮繁。武松、施恩两个一处走着，但遇酒店便入去吃三碗。约莫也吃过十来处酒肆，施恩看武松时，不十分醉。武松问施恩道：“此去快活林还有多少路？”施恩道：“没多了，只在前面。远远地望见那个林子便是。”武松道：“既是到了，你且在别处等我，我自去寻他。”施恩道：“这话最好。小弟自有安身去处。望兄长在意，切不可轻敌。”武松道：“这个却不妨，你只要叫仆人送我，前面再有酒店时，我还要吃。”施恩叫仆人仍旧送武松，施恩自去了。

武松又行不到三四里路，再吃过十来碗酒。此时已有午牌时分，天色正热，却有些微风。武松酒却涌上来，把布衫摊开。虽然带着五七分酒，却装做十分醉的，前颠后偃，东倒西歪，来到林子前，那仆人用手指道：“只前头丁字路口，便是蒋门神酒店。”武松道：“既是到了，你自去躲得远着。等我打倒了，你们却来。”

武松抢过林子背后，见一个金刚大汉，披着一领白布衫，撒开一把交椅，拿着蝇拂子[17]，坐在绿槐树下乘凉。武松看那人时，生得如何，但见：形容丑恶，相貌粗疏。一身紫肉横铺，几道青筋暴起。黄髯斜卷，唇边几阵风生；怪眼圆睁，眉下一双星闪。真是神荼郁垒象[18]，却非立地顶天人。

这武松假醉佯颠，斜着眼看了一看，心中自忖道：“这个大汉，一定是蒋门神了。”直抢过去。

又行不到三五十步，早见丁字路口一个大酒店，檐前立着望竿，上面挂着一个酒望子，写着四个大字，道：“河阳风月”。转过来看时，门前一带绿油栏杆，插着两把销金旗[19]，每把上五个金字，写道：“醉里乾坤大，壶中日月长”。一壁厢[20]肉案、砧头[21]、操刀的家生[22]；一壁厢蒸作馒头烧柴的厨灶。去里面一字儿摆着三只大酒缸，半截埋在地里，缸里面各有大半缸酒。正中间装列着柜身子；里面坐着一个年纪小的妇人，正是蒋门神初来孟州新娶的妾，原是西瓦子里唱说诸般宫调的顶老[23]。那妇人生得如何？眉横翠岫[24]，眼露秋波。樱桃口浅晕微红，春笋手轻舒嫩玉。冠儿小，明铺鱼鱿[25]，掩映乌云；衫袖窄，巧染榴花，薄笼瑞雪。金钗插凤，宝钏围龙。尽教崔护去寻浆，疑是文君重卖酒[26]。

武松看了，瞅着醉眼，迳奔入酒店里来，便去柜身相对一付座头上坐了；把双手按着桌子上，不转眼看那妇人。那妇人瞧见，回转头看了别处。

武松看那店里时，也有五七个当撑[27]的酒保。武松却敲着桌子，叫道："卖酒的主人家在那里？"一个当头的酒保过来，看着武松道："客人，要打多少酒？"武松道："打两角酒[28]。先把些来尝看。"那酒保去柜上叫那妇人舀两角酒下来，倾放桶里，烫一碗过来，道："客人，尝酒。"武松拿起来闻一闻，摇着头道："不好！不好！换将来！"

酒保见他醉了，将来柜上，道："娘子，胡乱换些与他。"那妇人接来，倾了那酒，又舀些上等酒下来。酒保将去，又烫一碗过来。武松提起来呷了一口[29]，叫道："这酒也不好！快换来，便饶你！"酒保忍气吞声，拿了酒去柜边道："娘子，胡乱再换些好的与他，休和他一般见识。这客人醉了，只要寻闹相似，便换些上好的与他罢。"那妇人又舀了一等上色的好酒来与酒保。酒保把桶儿放在面前，又烫一碗过来。

武松吃了道："这酒略有些意思。"问道："过卖[30]，你那主人家姓甚麽？"酒保答道："姓蒋。"武松道："却如何不姓李[31]？"那妇人听了道："这厮那里吃醉了，来这里讨野火麽！"酒保道："眼见得是个外乡蛮子，不省得了，在那里放屁！"武松问道："你说甚麽？"酒保道："我们自说话，客人，你休管，自吃酒。"

武松道："过卖，叫你柜上那妇人下来，相伴我吃酒。"酒保喝道："休胡说！这是主人家娘子！"武松道："便是主人家娘子，待怎地？相伴我吃酒也不打紧！”那妇人大怒，便骂道：“杀才！[32]该死的贼！”推开柜身子，却待奔出来。

武松早把土色布衫脱下，上半截揣在怀里，便把那桶酒只一泼，泼在地上，抢入柜身子里[33]，却好接着那妇人。武松手硬，那里挣扎得。被武松一手接住腰胯，一手把冠儿捏作粉碎，揪住云髻，隔柜身子提将出来，望浑酒缸里只一丢。听得“扑通”的一声响，可怜这妇人正被直丢在大酒缸里。武松托地从柜身前踏将出来。

有几个当撑的酒保，手脚活些个的，都抢来奔武松。武松手到，轻轻地只一提，提一个过来，两手揪住，也望大酒缸里只一丢，桩在里面；又一个酒保奔来，提着头只一掠，也丢在酒缸里；再有两个来的酒保，一拳一脚，却被武松打倒了。先头三个人，在三只酒缸里，那里挣扎得起。后面两个人，在地下爬不动。这几个火家捣子[34]，打得屁滚尿流，乖的走了一个。武松道：“那厮必然去报蒋门神来，我就接将去。大路上打倒他好看，教众人笑一笑。”武松大踏步赶将出来。

那个捣子迳奔去报了蒋门神。蒋门神见说，吃了一惊，踢翻了交椅，丢去蝇拂子，便钻将来。武松却好迎着，正在大阔路上撞见。蒋门神虽然长大，近因酒色所迷，淘虚了身子，先自吃了那一惊，奔将来，那步不曾停住；怎地及得武松虎一般似健的人，又有心来算他。

蒋门神见了武松，心里先欺他醉，只顾赶将入来。说时迟，那时快。武松先把两个拳头去蒋门神脸上虚影一影，忽地转身便走。蒋门神大怒，抢将来，被武松一飞脚踢起，踢中蒋门神小腹上，双手按了，便蹲下去。武松一踅[35]，踅将过来，那只右脚早踢起，直飞在蒋门神额角上，踢着正中，望后便倒。武松追入一步，踏住胸脯，提起这醋钵儿大小拳头，望蒋门神脸上便打。原来说过的打蒋门神扑手，先把拳头虚影一影，便转身，却先飞起左脚，踢中了便转过身来，再飞起右脚。这一扑，有名唤做“玉环步，鸳鸯脚”。这是武松平生的真才实学，非同小可。打得蒋门神在地下叫饶。武松喝道：“若要我饶你性命，只要依我三件事。”蒋门神在地下，叫道：“好汉饶我！休说三件，便是三百件，我也依得！”

武松指定蒋门神，说出那三件事来，有分教，改头换面来寻主，剪发齐眉去杀人。毕竟武松说出那三件事来，且听下回分解。

【注释】

［1］节选自施耐庵《水浒传》第二十九回《施恩重霸孟州道 武松醉打蒋门神》。施耐庵：名子安，一名耳，又名肇瑞，学名惠施，字彦端，号耐庵，或称“钱塘施耐庵”，生平不详，世以为钱塘（今浙江杭州）人，一说祖籍苏州、后迁居江苏兴化，元末明初文人。

［2］万字头巾：头巾名，又叫万字顶头巾。宋代万字巾下宽上窄，形同“萬”字，故名。

［3］布衫：布制的单衣。

［4］搭膊：腰带。红绢搭膊：稍宽的红色绸布的腰带。

［5］腿絣（bīng）：即脚絣，裹腿。

［6］八搭麻鞋：也作八答麻鞋、八踏鞵（xié），元明时流行用麻编织、有八个耳绊可用带系在脚上的一种鞋，云游僧道常穿，便于行远路。

［7］金印：指刺在犯人脸上刺的字，《水浒传》第八回：“原来宋时但是犯人徒流迁徙的，都脸上刺字，怕人恨怪，只换做打金印。”贴了脸上金印：将刺字遮掩，以掩盖武松犯人身份。

［8］后槽：指马房。

［9］望：即酒望，亦称酒旗、酒帘、青旗、锦旆等，是古代酒家悬挂于路边用于招揽生意的锦旗，宋朱翌《猗觉寮杂记》卷下“酒家揭帘，俗谓之

酒望子"，此处指代酒家。

[10] 大虫：老虎。古人用虫泛指动物，并分五类：羽虫为禽，毛虫为兽，甲虫为龟，鳞虫为鱼，倮虫为人，"大"有为首、为长之意，老虎属毛虫类，是兽中之王，因此名之。

[11] 肴馔（zhuàn）：丰盛的饭菜。

[12] 筛：斟。

[13] 醪（láo）：本指酒酿，引申为浊酒。村醪：村酒。

[14] 酒旆（pèi）：亦作"酒斾"，指酒旗。

[15] 白泠泠（líng）清冽貌；澄澈貌。

[16] 酝（yùn）：酿，社酝：与村醪意义相近。

[17] 蝇拂子：即蝇拂，又称拂尘，多以马尾制成，是除尘、驱蝇的工具。

[18] 神荼郁垒（shén shū yù lǜ）：上古传说中的两位神人，因为能制服恶鬼逐渐演变为民间信奉的两位门神，画像丑怪凶狠。

[19] 销金：嵌金色的事物。销金旗：描金的旗子。

[20] 一壁厢：一边，一面。

[21] 砧头：即砧板。

[22] 家生：器物，家具。

[23] 瓦子：也叫瓦舍、瓦市，是城市商业性综合娱乐区。顶老：宋元明时期对歌妓、妓女的戏称。原是西瓦子里唱说诸般宫调的顶老：原来那个妇人是西边瓦舍里卖唱的妓女。

[24] 岫（xiù）：山峰，眉横翠岫，眉毛弯弯如翠峰，形容眉毛长得很美。

[25] 鱼魫（shěn）：即鱼枕，指用鱼头骨、鱼枕骨制器或做窗饰，这里指一种饰冠。

[26] 崔护去寻浆：即崔护觅浆，崔护谒浆，典出崔护题诗《题都城南庄》，有"人面桃花"句，将邂逅写得极美，经过戏曲小说的不断演绎，成

为一见钟情的爱情典故。文君：指卓文君。文君卖酒，也是一见钟情的常用典故。典出《史记·司马相如列传》，指卓文君与司马相如一见钟情之后，二人私奔至临邛，买下酒店卖酒为生。

［27］当撑：当值，值班。

［28］角：饮酒器，量器，《礼记·礼器》云“宗庙之祭，尊者举觯，卑者举角”，《考工记·梓人》引《韩诗》云“一升曰爵，二升曰觚，三升曰觯，四升曰角，五升曰散”，爵的容量是汉制度的一升，约为现在的200毫升。两角酒：四升酒。

［29］呷（xiā）：小口地喝。

［30］过卖：即“跑堂”“堂倌”，旧时民间对餐饮业中服务人员的称呼。

［31］却如何不姓李：这句话有侮辱性质，清代程穆衡著、王开沃增补的《水浒传注略》中记载“见其时妓家姓李者多”，因此武松其实是在寻衅滋事：为何这个酒肆不是妓院？

［32］杀才：骂人的话，该杀的。

［33］柜身子：柜台，一说是柜台中间或者边上供人出入的通道。

［34］火家：伙计。捣子：鄙称，流氓、光棍之类。

［35］踅（xué）：转，折身转去。

【导读】

《水浒传》是中国古典长篇小说四大名著之一，是英雄传奇小说的第一部。全书通过描写梁山好汉被逼上梁山，不断壮大起义规模后接受朝廷招安，以及受招安后被朝廷利用，攻打不受诏安的非法武装，最终英雄消耗殆尽，走向失败的悲剧故事，以现实主义创作态度艺术地再现了中国历史上农民起义从发生、发展直至失败的全过程。梁山好汉的悲剧结局反映了封建社会农民起义的一般规律，具有深刻的认识意义。《水浒传》的艺术成就主要在于运用纯熟的白话描绘了生动的英雄群像，是长篇小说人物形象塑造的一大进步。主要英雄人物个性鲜明，具有完整的人物形象发展的性格演变史。以打虎英雄武松为例，金圣叹把武松列为水浒传一百单八将内排名前三的上上人物，评价极高，这和作者着力刻画是分不开的。

本文所选的片段便是英雄武松的一个经典场面，出自《水浒传》第二十八回《武松威震安平寨 施恩义夺快活林》。武松被发配到孟州，在施恩父子的帮助下逃过了杀威棒，并和施恩结为兄弟。为了报恩，武松欲助施恩夺回快活林。而快活林现为蒋门神所有，蒋门神人如其名，武力高强，自夸“三年上泰岳争交，不曾有对。普天之下，没我一般的了”。对此，施恩父子都如临大敌，武松却毫不在意，甚至要求喝酒，而且无三不过望，一路行来，喝了几十碗酒。“施恩看武松时，不十分醉。”全文紧扣这个“醉”字埋下悬念，作者从武松的视角出发，不厌其烦的细细描写武松如何一路喝酒，施恩如何担心，武松如何暗中观察、借酒挑衅，如何借醉麻痹敌手，最后干脆利落地三招打败蒋门神，以致后来武松血溅鸳鸯楼逃亡时遇张青、孙二娘，孙二娘道:“只听得叔叔打了蒋门神，又是醉了赢他，那一个来往人不吃惊。”可见武松之威名远扬。这个片段精细传神地描绘了武松嫉恶如仇、胸有城府、胆大心细、武艺高强的特征，也体现了《水浒传》叙事简洁生动、语言准确明快的特点。

警世通言·杜十娘怒沉百宝箱

（明）冯梦龙[1]

扫荡残胡立帝畿[2]，龙翔凤舞势崔嵬。
左环沧海天一带，右拥太行山万围。
戈戟九边雄绝塞[3]，衣冠万国仰垂衣[4]。
太平人乐华胥世[5]，永保金瓯共日辉[6]。

这首诗，单夸我朝燕京建都之盛。说起燕都的形势，北倚雄关，南压区夏[7]，真乃金城天府，万年不拔之基。当先洪武爷[8]扫荡胡尘，定鼎金陵[9]，是为南京。到永乐爷从北平起兵靖难[10]，迁于燕都，是为北京。只因这一迁，把个苦寒地面，变作花锦世界。自永乐爷九传至于万历爷，此乃我朝第十一代的天子。这位天子，聪明神武，德福兼全，十岁登基，在位四十八年，削平了三处寇乱。那三处？

日本关白平秀吉[11]，西夏哱承恩[12]，播州杨应龙[13]。

平秀吉侵犯朝鲜，哱承恩、杨应龙是土官谋叛，先后削平。远夷莫不畏服，争来朝贡。真个是：

一人有庆民安乐，四海无虞国太平。

话中单表万历二十年间，日本国关白作乱，侵犯朝鲜。朝鲜国王上表告急，天朝发兵泛海往救。有户部官奏准[14]：目今兵兴之际，粮饷未充，暂开纳粟入监之例[15]。原来纳粟入监的，有几般便宜：好读书，好科举，好中，结末来又有个小小前程结果。以此宦家公子、富室子弟，倒不愿做秀才，都去援例做太学生。自开了这例，两京太学生各添至千人之外[16]。内中有一人，姓李名甲，字干先，浙江绍兴府人氏。父亲李布政所生三儿[17]，惟甲居长。自幼读书在庠[18]，未得登科，援例入于北雍。因在京坐监[19]，与同乡柳遇春监生同游教坊司院内[20]，与一个名姬相遇。那名姬姓杜名媺，排行第十，院中都称为杜十娘，生得：

浑身雅艳，遍体娇香。两弯眉画远山青，一对眼明秋水润。脸如莲萼，分明卓氏文君；唇似樱桃，何减白家樊素[21]。可怜一片无瑕玉，误落风尘花柳中。

那杜十娘自十三岁破瓜[22]，今一十九岁，七年之内，不知历过了多少公子王孙，一个个情迷意荡，破家荡产而不惜。院中传出四句口号来，道是：

坐中若有杜十娘，斗筲之量饮千觞[23]。
院中若识杜老媺，千家粉面都如鬼[24]。

却说李公子，风流年少，未逢美色，自遇了杜十娘，喜出望外，把花柳情怀[25]，一担儿挑在他身上。那公子俊俏庞儿，温存性儿，又是撒漫的手儿[26]，帮衬的勤儿[27]，与十娘一双两好，情投意合。十娘因见鸨儿贪财无义，久有从良之志；又见李公子忠厚志诚，甚有心向他。奈李公子惧怕老爷，不敢应承。虽则如此，两下情好愈密，朝欢暮乐，终日相守，如夫妇一般，海誓山盟，各无他志。真个：

恩深似海恩无底，义重如山义更高。

再说杜妈妈，女儿被李公子占住，别的富家巨室，闻名上门，求一见而不可得。初时李公子撒漫用钱，大差大使，妈妈胁肩谄笑，奉承不暇。日往月来，不觉一年有馀，李公子囊箧渐渐空虚，手不应心，妈妈也就怠慢了。老布政在家闻知儿子嫖院，几遍写字来唤他回去。他迷恋十娘颜色，终日延挨。后来闻知老爷在家发怒，越不敢回。古人云："以利相交者，利尽而疏。"那杜十娘与李公子真情相好，见他手头愈短，心头愈热。妈妈也几遍教女儿打发李甲出院，见女儿不统口[28]，又几遍将言语触突李公子，要激怒他起身。公子性本温克，词气愈和。妈妈没奈何，日逐只将十娘叱骂道："我们行户人家[29]，吃客穿客，前门送旧，后门迎新，门庭闹如火，钱帛堆成垛。自从那李甲在此，混帐一年有馀，莫说新客，连旧主顾都断了，分明接了个钟馗老[30]，连小鬼也没得上门。弄得老娘一家人家，有气无烟，成什么模样！"

杜十娘被骂，耐性不住，便回答道："那李公子不是空手上门的，也曾费过大钱来。"妈妈道："彼一时，此一时。你只教他今日费些小钱儿，把与老娘办些柴米，养你两口也好。别人家养的女儿便是摇钱树，千生万活；偏我家晦气，养了个退财白虎[31]，开了大门七件事，般般都在老身心上。倒替你这小贱人白白养着穷汉，教我衣食从何处来？你对那穷汉说：有本事出几两银子与我，到得你跟了他去，我别讨个丫头过活却不好？”十娘道：“妈妈，这话是真是假？”妈妈晓得李甲囊无一钱，衣衫都典尽了，料他没处设法。便应道：“老娘从不说谎，当真哩。”十娘道：“娘，你要他许多银子？”妈妈道：“若是别人，千把银子也讨了，可怜那穷汉出不起，只要他三百两，我自去讨一个粉头代替[32]。只一件，须是三日内交付与我。左手交银，右手交人。若三日没有银时，老身也不管三七二十一，公子不公子，一顿孤拐[33]，打那光棍出去。那时莫怪老身！”十娘道：“公子虽在客边乏钞，谅三百金还措办得来。只是三日忒近，限他十日便好。”妈妈想道：“这穷汉一双赤手，便限他一百日，他哪里来银子。没有银子，便铁皮包脸，料也无颜上门。那时重整家风，媺儿也没得话讲。”答应道：“看你面，便宽到十日。第十日没有银子，不干老娘之事。”十娘道：“若十日内无银，料他也无颜再见了。只怕有了三百两银子，妈妈又翻悔起来。”妈妈道：“老身年五十一岁了，又奉十斋[34]，怎敢说谎？不信时与你拍掌为定。若翻悔时，做猪做狗。”

从来海水斗难量，可笑虔婆意不良[35]；
料定穷儒囊底竭，故将财礼难娇娘。

是夜，十娘与公子在枕边，议及终身之事。公子道：“我非无此心。但教坊落籍[36]，其费甚多，非千金不可。我囊空如洗，如之奈何！”十娘道：“妾已与妈妈议定，只要三百金，但须十日内措办。郎君游资虽罄[37]，然都中岂无亲友可以借贷？倘得如数，妾身遂为君之所有，省受虔婆之气。”公子道：“亲友中为我留恋行院，都不相顾。明日只做束装起身，各家告辞，就开口假贷路费，凑聚将来，或可满得此数。”起身梳洗，别了十娘出门。十娘道：“用心作速，专听佳音。”公子道：“不须分付。”

公子出了院门，来到三亲四友处，假说起身告别，众人倒也欢喜。后来叙到路费欠缺，意欲借贷。常言道："说着钱，便无缘。"亲友们就不招架。他们也见得是，道李公子是风流浪子，迷恋烟花，年许不归，父亲都为他气坏在家。他今日抖然要回，未知真假。倘或说骗盘缠到手，又去还脂粉钱，父亲知道，将好意翻成恶意，始终只是一怪，不如辞了干净。便回道："目今正值空乏，不能相济，惭愧！惭愧！"人人如此，个个皆然，并没有个慷慨丈夫，肯统口许他一十、二十两。李公子一连奔走了三日，分毫无获，又不敢回决十娘，权且含糊答应。到第四日又没想头，就羞回院中。平日间有了杜家，连下处也没有了[38]，今日就无处投宿。只得往同乡柳监生寓所借歇。

柳遇春见公子愁容可掬，问其来历。公子将杜十娘愿嫁之情，备细说了。遇春摇首道："未必，未必。那杜嫩曲中第一名姬[39]，要从良时，怕没有十斛明珠[40]，千金聘礼。那鸨儿如何只要三百两？想鸨儿怪你无钱使用，白白占住他的女儿，设计打发你出门。那妇人与你相处已久，又碍却面皮，不好明言。明知你手内空虚，故意将三百两卖个人情，跟你十日。若十日没有，你也不好上门。便上门时，他会说你笑你，落得一场亵渎[41]，自然安身不牢，此乃烟花逐客之计。足下三思，休被其惑。据弟愚意，不如早早开交为上[42]。"公子听说，半晌无言，心中疑惑不定。遇春又道："足下莫要错了主意。你若真个还乡，不多几两盘费，还有人搭救；若是要三百两时，莫说十日，就是十个月也难。如今的世情，那肯顾缓急二字的！那烟花也算定你没处告债，故意设法难你。"公子道："仁兄所见良是。"口里虽如此说，心中割舍不下。依旧又往外边东央西告，只是夜里不进院门了。公子在柳监生寓中，一连住了三日，共是六日了。

杜十娘连日不见公子进院，十分着紧，就叫小厮四儿街上去寻。四儿寻到大街，恰好遇见公子。四儿叫道："李姐夫，娘在家里望你。"公子自觉无颜，回复道："今日不得功夫，明日来罢。"四儿奉了十娘之命，一把扯住，死也不放。道："娘叫咱寻你。是必同去走一遭。"李公子心上也牵挂着十娘，没奈何，只得随四儿进院。见了十娘，嘿嘿无言[43]。十娘问道："所谋之事如何？"公子眼中流下泪来。十娘道："莫非人情淡薄，不能足三百之数么？"公子含泪而言，道出二句：

"不信上山擒虎易，果然开口告人难。

一连奔走六日，并无铢两[44]，一双空手，羞见芳卿，故此这几日不敢进院。今日承命呼唤，忍耻而来，非某不用心，实是世情如此。"十娘道："此言休使虔婆知道。郎君今夜且住，妾别有商议。"十娘自备酒肴，与公子欢饮。睡至半夜，十娘对公子道："郎君果不能办一钱耶？妾终身大事，当如何也？"公子只是流涕，不能答一语。

渐渐五更天晓。十娘道："妾所卧絮褥内藏有碎银一百五十两，此妾私蓄，郎君可持去。三百金，妾任其半，郎君亦谋其半，庶易为力[45]。限只四日，万勿迟误。"十娘起身将褥付公子，公子惊喜过望，唤童儿持褥而去。径到柳遇春寓中，又把夜来之情与遇春说了。将褥拆开看时，絮中都裹着零碎银子，取出兑时果是一百五十两。遇春大惊道："此妇真有心人也。既系真情，不可相负。吾当代为足下谋之。"公子道："倘得玉成，决不有负[46]。"当下柳遇春留李公子在寓，自出头各处去借贷。两日之内，凑足一百五十两交付公子道："吾代为足下告债，非为足下，实怜杜十娘之情也。"

李甲拿了三百两银子，喜从天降，笑逐颜开，欣欣然来见十娘，刚是第九日，还不足十日。十娘问道："前日分毫难借，今日如何就有一百五十两？”公子将柳监生事情，又述了一遍。十娘以手加额道：“使吾二人得遂其愿者，柳君之力也。”两个欢天喜地，又在院中过了一晚。次日，十娘早起，对李甲道：“此银一交，便当随郎君去矣。舟车之类，合当预备。妾昨日于姊妹中借得白银二十两，郎君可收下为行资也。”公子正愁路费无出，但不敢开口，得银甚喜。说犹未了，鸨儿恰来敲门叫道：“孅儿，今日是第十日了。”公子闻叫，启户相延道：“承妈妈厚意，正欲相请。”便将银三百两放在桌上。鸨儿不料公子有银，嘿然变色，似有悔意。十娘道：“儿在妈妈家中八年，所致金帛，不下数千金矣。今日从良美事，又妈妈亲口所订，三百金不欠分毫，又不曾过期。倘若妈妈失信不许，郎君持银去，儿即刻自尽。恐那时人财两失，悔之无及也。”鸨儿无词以对，腹内筹画了半晌，只得取天平兑准了银子，说道：“事已如此，料留你不住了。只是你要去时，即今就去。平时穿戴衣饰之类，毫厘休想！”说罢，将公子和十娘推出房门，讨锁来就落了锁。此时九月天气。十娘才下床，尚未梳洗，随身旧衣，就拜了妈妈两拜。李公子也作了一揖。一夫一妇，离了虔婆大门。

鲤鱼脱却金钩去，摆尾摇头再不来。

公子教十娘且住片时：“我去唤个小轿抬你，权往柳荣卿寓所去，再作道理。”十娘道：“院中诸姊妹平昔相厚，理宜话别。况前日又承他借贷路费，不可不一谢也。”乃同公子到各姊妹处谢别。姊妹中惟谢月朗、徐素素与杜家相近，尤与十娘亲厚。十娘先到谢月朗家。月朗见十娘秃髻旧衫，惊问其故。十娘备述来因。又引李甲相见。十娘指月朗道：“前日路资，是此位姐姐所贷，郎君可致谢。”李甲连连作揖。月朗便教十娘梳洗，一面去请徐素素来家相会。十娘梳洗已毕，谢、徐二美人各出所有，翠钿金钏[47]，瑶簪玉珥[48]，锦袖花裙，鸾带绣履，把杜十娘装扮得焕然一新，备酒作庆贺筵席。月朗让卧房与李甲杜媺二人过宿。次日，又大排筵席，遍请院中姊妹。凡十娘相厚者，无不毕集。都与他夫妇把盏称喜。吹弹歌舞，各逞其长，务要尽欢。直饮至夜分。十娘向众姊妹一一称谢。众姊妹道："十姊为风流领袖，今从郎君去，我等相见无日。何日长行，姊妹们尚当奉送。"月朗道："候有定期，小妹当来相报。但阿姊千里间关[49]，同郎君远去，囊箧箫条[50]，曾无约束[51]，此乃吾等之事。当相与共谋之，勿令姊有穷途之虑也。"众姊妹各唯唯而散。

是晚，公子和十娘仍宿谢家。至五鼓。十娘对公子道："吾等此去，何处安身？郎君亦曾计议有定着否？"公子道："老父盛怒之下，若知娶妓而归，必然加以不堪，反致相累。辗转寻思，尚未有万全之策。"十娘道："父子天性，岂能终绝。既然仓猝难犯，不若与郎君于苏杭胜地，权作浮居[52]，郎君先回，求亲友与尊大人面前劝解和顺，然后携妾于归[53]，彼此安妥。"公子道："此言甚当。"

次日，二人起身辞了谢月朗，暂往柳监生寓中，整顿行装。杜十娘见了柳遇春，倒身下拜，谢其周全之德："异日我夫妇必当重报。"遇春慌忙答礼道："十娘钟情所欢，不以贫窭易心[54]，此乃女中豪杰。仆因风吹火[55]，谅区区何足挂齿！"三人又饮了一日酒。

次早，择了出行吉日，雇请轿马停当[56]。十娘又遣童儿寄信，别谢月朗。临行之际，只见肩舆纷纷而至[57]，乃谢月朗与徐素素拉众姊妹来送行。月朗道："十姊从郎君千里间关，囊中消索，吾等甚不能忘情。今合具薄赆[58]，十姊可检收，或长途空乏，亦可少助。"说罢，命从人挈一描金文具至前，封锁甚固，正不知什么东西在里面。十娘也不开看，也不推辞，但殷勤作谢而已。须臾，舆马齐集，仆夫催促起身。柳监生三杯别酒，和众美人送出崇文门外，各各垂泪而别。正是：

他日重逢难预必，此时分手最堪怜。

再说公子同杜十娘行至潞河[59]，舍陆从舟，却好有瓜州差使船转回之便，讲定船钱，包了舱口。比及下船时，李公子囊中并无分文馀剩。你道杜十娘把二十两银子与公子，如何就没了？公子在院中嫖得衣衫蓝缕，银子到手，未免在解库中取赎几件穿着[60]，又制办了铺盖，剩来只够轿马之费。公子正当愁闷，十娘道："郎君勿忧，众姊妹合赠，必有所济。"乃取钥开箱。公子在旁自觉惭愧，也不敢窥觑箱中虚实。只见十娘在箱中取出一个红绢袋来，掷于桌上道："郎君可开看之。"公子提在手中，觉得沉重。启而观之，皆是白银，计数整五十两。十娘仍将箱子下锁，亦不言箱中更有何物。但对公子道："承众姊妹高情，不惟途路不乏，即他日浮寓吴越间，亦可稍佐吾夫妻山水之费矣。"公子且惊且喜道："若不遇恩卿，我李甲流落他乡，死无葬身之地矣！此情此德，白头不敢忘也。"自此每谈及往事，公子必感激流涕。十娘亦曲意抚慰，一路无话。

不一日，行至瓜洲[61]，大船停泊岸口，公子别雇了民船，安放行李。约明日侵晨，剪江而渡[62]。其时仲冬中旬，月明如水，公子和十娘坐于舟首。公子道："自出都门，困守一舱之中，四顾有人，未得畅语。今日独据一舟，更无避忌。且已离塞北，初进江南，宜开怀畅饮，以舒向来抑郁之气，恩卿以为何如？"十娘道："妾久疏谈笑，亦有此心，郎君言及，足见同志耳。"公子乃携酒具于船首，与十娘铺毡并坐，传杯交盏。饮至半酣，公子执卮对十娘道[63]："恩卿妙音，六院推首[64]。某相遇之初，每闻绝调，辄不禁神魂之飞动。心事多违，彼此郁郁，鸾鸣凤奏[65]，久矣不闻。今清江明月，深夜无人，肯为我一歌否？"十娘兴亦勃发，遂开喉顿嗓，取扇按拍，呜呜咽咽，歌出元人施君美《拜月亭》

杂剧上“状元执盏与婵娟”一曲[66]，名《小桃红》。真个：

声飞霄汉云皆驻，响入深泉鱼出游。

却说他舟有一少年，姓孙名富，字善赉，徽州新安人氏。家资巨万，积祖扬州种盐[67]。年方二十，也是南雍中朋友。生性风流，惯向青楼[68]买笑，红粉追欢[69]，若嘲风弄月[70]，倒是个轻薄的头儿。事有偶然，其夜亦泊舟瓜洲渡口，独酌无聊。忽听得歌声嘹亮，凤吟鸾吹，不足喻其美。起立船头，伫听半晌，方知声出邻舟。正欲相访，音响倏已寂然。乃遣仆者潜窥踪迹，访于舟人。但晓得是李相公雇的船，并不知歌者来历。孙富想道：“此歌者必非良家，怎生得他一见？”辗转寻思，通宵不寐。捱至五更，忽闻江风大作。及晓，彤云密布，狂雪飞舞。怎见得，有诗为证：

千山云树灭，万径人踪绝。扁舟蓑笠翁，独钓寒江雪[71]。

因这风雪阻渡，舟不得开。孙富命艄公移船，泊于李家舟之旁。孙富貂帽狐裘，推窗假作看雪。值十娘梳洗方毕，纤纤玉手，揭起舟旁短帘，自泼盂中残水，粉容微露，却被孙富窥见了，果是国色天香。魂摇心荡，凝眸注目，等候再见一面，杳不可得。沉思久之，乃倚窗高吟高学士《梅花诗》二句[72]，道：

雪满山中高士卧，月明林下美人来。

李甲听得邻舟吟诗，舒头出舱，看是何人。只因这一看，正中了孙富之计。孙富吟诗，正要引李公子出头，他好乘机攀话。当下慌忙举手，就问："老兄尊姓何讳？"李公子叙了姓名乡贯，少不得也问那孙富。孙富也叙过了。又叙了些太学中的闲话，渐渐亲熟。孙富便道："风雪阻舟，乃天遣与尊兄相会，实小弟之幸也。舟次无聊[73]，欲同尊兄上岸，就酒肆中一酌，少领清诲[74]，万望不拒。"公子道："萍水相逢，何当厚扰？"孙富道："说那里话！四海之内，皆兄弟也。"喝教艄公打跳[75]，童儿张伞，迎接公子过船，就于船头作揖。然后让公子先行，自己随后，各各登跳上涯。

行不数步，就有个酒楼，二人上楼，拣一副洁净座头，靠窗而坐。酒保列上酒肴。孙富举杯相劝，二人赏雪饮酒。先说些斯文中套话，渐渐引入花柳之事。二人都是过来之人，志同道合，说得入港[76]，一发成相知了。

孙富屏去左右，低低问道："昨夜尊舟清歌者何人也？"李甲正要卖弄在行，遂实说道："此乃北京名姬杜十娘。"孙富道："既系曲中姊妹，何以归兄？"公子遂将初遇杜十娘，如何相好，后来如何要嫁，如何借银讨她，始末根由，备细述了一遍。孙富道："兄携丽人而归，固是快事，但不知尊府中能相容否？"公子道："贱室不足虑[77]。所虑者，老父性严，尚费踌躇耳。"孙富将机就机，便问道："既是尊大人未必相容，兄所携丽人，何处安顿？亦曾通知丽人，共作计较否？"公子攒眉而答道："此事曾与小妾议之。"孙富欣然问道："尊宠必有妙策[78]。"公子道："他意欲侨居苏杭，流连山水。使小弟先回，求亲友宛转于家君之前[79]。俟家君回嗔作喜，然后图归，高明以为何如？"孙富沉吟半晌，故作愀然之色，道："小弟乍会之间，交浅言深，诚恐见怪。"公子道："正赖高明指教，何必谦逊？"孙富道："尊大人位居方面[80]，必严帷薄之嫌[81]，平时既怪兄游非礼之地，今日岂容兄娶不节之人？况且贤亲贵友，谁不迎合尊大人之意者？兄枉去求他，必然相拒。就有个不识时务的进言于尊大人之前，见尊大人意思不允，他就转口了。兄进不能和睦家庭，退无词以回复尊宠。即使留连山水，亦非长久之计。万一资斧困竭[82]，岂不进退两难！”

公子自知手中只有五十金，此时费去大半，说到资斧困竭，进退两难，不觉点头道是。孙富又道：“小弟还有句心腹之谈，兄肯俯听否？”公子道：“承兄过爱，更求尽言。”孙富道：“疏不间亲，还是莫说罢。”公子道：“但说何妨。”孙富道：“自古道：‘妇人水性无常。’况烟花之辈，少真多假。他既系六院名姝，相识定满天下；或者南边原有旧约，借兄之力，挈带而来，以为他适之地[83]”公子道：“这个恐未必然。”孙富道：“即不然，江南子弟，最工轻薄，兄留丽人独居，难保无逾墙钻穴之事[84]。若挈之同归，愈增尊大人之怒。为兄之计，未有善策。况父子天伦，必不可绝。若为妾而触父，因妓而弃家，海内必以兄为浮浪不经之人。异日妻不以为夫，弟不以为兄，同袍不以为友[85]，兄何以立于天地之间？兄今日不可不熟思也！”

公子闻言，茫然自失，移席问计：“据高明之见，何以教我？”孙富道：“仆有一计，于兄甚便。只恐兄溺枕席之爱[86]，未必能行，使仆空费词说耳！”公子道：“兄诚有良策，使弟再睹家园之乐，乃弟之恩人也。又何惮而不言耶？”孙富道：“兄飘零岁馀，严亲怀怒，闺阁离心[87]，设身以处兄之地，诚寝食不安之时也。然尊大人所以怒兄者，不过为迷花恋柳，挥金如土，异日必为弃家荡产之人，不堪承继家业耳。兄今日空手而归，正触其怒。兄倘能割衽席之爱，见机而作，仆愿以千金相赠。兄得千金，以报尊大人，只说在京授馆[88]，并不曾浪费分毫，尊大人必然相信。从此家庭和睦，当无间言[89]。须臾之间，转祸为福。兄请三思，仆非贪丽人之色，实为兄效忠于万一也！”李甲原是没主意的人，本心惧怕老子，被孙富一席话，说透胸中之疑，起身作揖道："闻兄大教，顿开茅塞。但小妾千里相从，义难顿绝，容归与商之。得妾心肯，当奉复耳。"孙富道："说话之间，宜放婉曲。彼既忠心为兄，必不忍使兄父子分离，定然玉成兄还乡之事矣。"二人饮了一回酒，风停雪止，天色已晚。孙富教家僮算还了酒钱，与公子携手下船。正是：

逢人且说三分话，未可全抛一片心。

却说杜十娘在舟中，摆设酒果，欲与公子小酌，竟日未回，挑灯以待。公子下船，十娘起迎。见公子颜色匆匆，似有不乐之意，乃满斟热酒劝之。公子摇首不饮，一言不发，竟自床上睡了。十娘心中不悦，乃收拾杯盘，为公子解衣就枕，问道："今日有何见闻，而怀抱郁郁如此？"公子叹息而已，终不启口。问了三四次，公子已睡去了。十娘委决不下，坐于床头而不能寐。到夜半，公子醒来，又叹一口气。十娘道："郎君有何难言之事，频频叹息？"公子拥被而起，欲言不语者几次，扑簌簌掉下泪来。十娘抱持公子于怀间，软言抚慰道："妾与郎君情好，已及二载，千辛万苦，历尽艰难，得有今日。然相从数千里，未曾哀戚。今将渡江，方图百年欢笑，如何反起悲伤？必有其故。夫妇之间，死生相共，有事尽可商量，万勿讳也。"

公子再四被逼不过，只得含泪而言道："仆天涯穷困，蒙恩卿不弃，委曲相从，诚乃莫大之德也。但反复思之，老父位居方面，拘于礼法，况素性方严，恐添嗔怒，必加黜逐[90]。你我流荡，将何底止[91]？夫妇之欢难保，父子之伦又绝。日间蒙新安孙友邀饮，为我筹及此事，寸心如割。"十娘大惊道："郎君意将如何？"公子道："仆事内之人，当局而迷。孙友为我画一计颇善，但恐恩卿不从耳！"十娘道："孙友者何人？

计如果善，何不可从？”公子道：“孙友名富，新安盐商，少年风流之士也。夜间闻子清歌，因而问及。仆告以来历，并谈及难归之故，渠意欲以千金聘汝[92]。我得千金，可借口以见吾父母，而恩卿亦得所天[93]。但情不能舍，是以悲泣。”说罢，泪如雨下。

十娘放开两手，冷笑一声道：“为郎君画此计者，此人乃大英雄也！郎君千金之资，既得恢复，而妾归他姓，又不致为行李之累，发乎情，止乎礼，诚两便之策也。那千金在哪里？”公子收泪道：“未得恩卿之诺，金尚留彼处，未曾过手。”十娘道：“明早快快应承了他，不可错过机会。但千金重事，须得兑足交付郎君之手，妾始过舟，勿为贾竖子所欺[94]。”

时已四鼓，十娘即起身挑灯梳洗道：“今日之妆，乃迎新送旧，非比寻常。”于是脂粉香泽，用意修饰，花钿绣袄，极其华艳，香风拂拂，光采照人。

装束方完，天色已晓。孙富差家童到船头候信。十娘微窥公子，欣欣似有喜色，乃催公子快去回话，及早兑足银子。公子亲到孙富船中，回复依允。孙富道：“兑银易事，须得丽人妆台为信。”公子又回复了十娘，十娘即指描金文具道：“可便抬去。”孙富喜甚，即将白银一千两，送到公子船中。十娘亲自检看，足色足数，分毫无爽。乃手把船舷，以手招孙富。孙富一见，魂不附体。十娘启朱唇，开皓齿道：“方才箱子可暂发来，内有李郎路引一纸[95]，可检还之也。”孙富视十娘已为瓮中之鳖，即命家童送那描金文具，安放船头之上。

十娘取钥开锁，内皆抽屉小箱[96]。十娘叫公子抽第一层来看，只见翠羽明珰[97]，瑶簪宝珥，充牣于中[98]，约值数百金。十娘遽投之江中。李甲与孙富及两船之人，无不惊诧。又命公子再抽一箱，乃玉箫金管；又抽一箱，尽古玉紫金玩器，约值数千金。十娘尽投之于水中。岸上之人，观者如堵。齐声道：“可惜可惜！”正不知什么缘故。最后又抽一箱，箱中复有一匣。开匣视之，夜明之珠，约有盈把。其他祖母绿、猫儿眼[99]，诸般异宝，目所未睹，莫能定其价之多少。众人齐声喝采，喧声如雷。十娘又欲投之于江。李甲不觉大悔，抱持十娘恸哭，那孙富也来劝解。

十娘推开公子在一边，向孙富骂道："我与李郎备尝艰苦，不是容易到此，汝以奸淫之意，巧为谗说，一旦破人姻缘，断人恩爱，乃我之仇人。我死而有知，必当诉之神明，尚妄想枕席之欢乎！"又对李甲道："妾风尘数年，私有所积，本为终身之计。自遇郎君，山盟海誓，白首不渝。前出都之际，假托众姊妹相赠，箱中韫藏百宝，不下万金。将润色郎君之装，归见父母，或怜妾有心，收佐中馈[100]，得终委托，生死无憾。谁知郎君相信不深，惑于浮议，中道见弃，负妾一片真心。今日当众目之前，开箱出视，使郎君知区区千金，未为难事。妾椟中有玉，恨郎眼内无珠。命之不辰[101]，风尘困瘁，甫得脱离，又遭弃捐。今众人各有耳目，共作证明，妾不负郎君，郎君自负妾耳！"于是众人聚观者无不流涕，都唾骂李公子负心薄倖[102]。公子又羞又苦，且悔且泣，方欲向十娘谢罪。十娘抱持宝匣，向江中一跳。众人急呼捞救。但见云暗江心，波涛滚滚，杳无踪影。可惜一个如花似玉的名姬，一旦葬于江鱼之腹！

三魂渺渺归水府，七魄悠悠入冥途。

当时旁观之人，皆咬牙切齿，争欲拳殴李甲和那孙富。慌得李孙二人，手足无措，急叫开船，分途遁去。李甲在舟中，看了千金，转忆十娘，终日愧悔，郁成狂疾，终身不痊。孙富自那日受惊，得病卧床月余，终日见杜十娘在旁诟骂，奄奄而逝。人以为江中之报也。

却说柳遇春在京坐监完满，束装回乡，停舟瓜步[103]。偶临江净脸，失坠铜盆于水，觅渔人打捞。及至捞起，乃是个小匣儿。遇春启匣观看，内皆明珠异宝，无价之珍。遇春厚赏渔人，留于床头把玩。是夜梦见江中一女子，凌波而来，视之，乃杜十娘也。近前万福，诉以李郎薄幸之事。又道："向家承君慷慨，以一百五十金相助，本意息肩之后[104]，徐图报答。不意事无终始。然每怀盛情，悒悒未忘。早间曾以小匣托渔人奉致，聊表寸心，从此不复相见矣。"言讫，猛然惊醒，方知十娘已死，叹息累日。

后人评论此事，以为孙富谋夺美色，轻掷千金，固非良士；李甲不识杜十娘一片苦心，碌碌蠢才，无足道者。独谓杜十娘千古女侠，岂不能觅一佳侣，共跨秦楼之凤[105]，乃错认李公子，明珠美玉，投于盲人，以致恩变为仇，万种恩情，化为流水，深可惜也！有诗叹云：

不会风流莫妄谈，单单情字费人参[106]。
若将情字能参透，唤作风流也不惭。

【注释】

[1] 选自冯梦龙《警世通言》卷三十二。冯梦龙（1574–1646），字犹龙、耳犹、子犹，号龙子犹、茂苑外史、顾曲散人、姑苏词奴、平平阁主人、墨憨斋主人等，苏州府长洲县（今江苏苏州）人，明代文人、戏曲家。

[2] 胡：古代对北方或西域少数民族的泛称。残胡：此处指元代统治者。帝畿（jī）：即京畿，此处指北京。

[3] 九边：又称九镇、明朝九边、九边重镇，是明朝弘治年间沿长城防线陆续设立的九个军事重镇，即辽东、蓟州、宣府、大同、太原、延绥、宁

夏、固原、甘肃。

[4] 衣冠万国：万国的使臣前来朝拜。垂衣：指垂拱而治，常用以称颂帝王无为而治，典出《尚书·武成》："谆信明义，崇德报功，垂拱而天下治。"

[5] 华胥：指理想国，见《列子·黄帝》：黄帝曾梦游华胥之国，"其国无帅长，自然而已；其民无耆欲，自然而已；不知乐生，不知恶死，故无夭殇；不知亲己，不知疏物，故无爱憎；不知背逆，不知向顺，故无利害。"

[6] 金瓯：金盆，典出《南史·朱异传》："我国家犹若金瓯，无一伤缺。"后用"金瓯"比喻国土的完整。

[7] 区夏：诸夏之地，指黄河流域。

[8] 洪武爷：指明太祖朱元璋，因其年号为洪武（1368–1398）。

[9] 定鼎：指古代帝王定都，传禹铸九鼎，以象九州，历商至周，置鼎于国都，因称定立国建国为"定鼎"。

[10] 永乐爷：指明成祖朱棣，因其年号为永乐（1403–1424）。靖难：本义为平定变乱，此处指燕王朱棣打着"靖难"的旗号率兵南下，发动政变，夺取其侄建文帝的皇位。

[11] 关白：关白是日本国宰相之称。平秀吉：即丰臣秀吉。日本关白平秀吉：此处指朝鲜之役，即万历二十年（1592）日本宰相丰臣秀吉派兵侵略朝鲜，次年被明朝援兵打败之事。

[12] 西夏：即宁夏。哱（bō）承恩：宁夏游击将军哱拜的儿子，哱拜以副总兵衔致仕，其子哱承恩袭职。西夏哱承恩：此处指宁夏之役，又称哱拜之乱，即万历二十年（1592）哱拜父子发起的叛乱，后被击败。

[13] 播州：今贵州遵义。杨应龙：明代贵州播州世袭土司，杨氏地方政权第二十九代统治者。播州杨应龙：此处指播州之役，即万历二十八年

（1600）平杨应龙之乱。

［14］户部：中国古代官署名，中央六部之一，主管全国户籍财粮赋税等。

［15］监：即国子监，元明清三朝设立的教育行政管理机构和国家最高学府，又称“国学”“太学”。纳粟入监：指明代宗朱祁钰开始推行的“例监”制度，即可以通过捐纳粟米或银子进入国子监。

［16］两京太学生：即北京、南京国子监监生，其中南京的国子监（太学）称南雍，北京的国子监（太学）称北雍。

［17］布政：布政使，主管一省民政和财赋的地方官。

［18］庠（xiáng）：古代的学校。

［19］坐监：在国子监读书。

［20］教坊司：明代政府机构，始于唐代的教坊，隶属礼部，主管音乐舞蹈演出和歌舞专业人员培训的机关，拥有乐师和女乐（官妓），因此也做妓院的代称。

［21］白家樊素：唐代诗人白居易家的歌女，语出唐孟棨《本事诗·事感》：“白尚书（居易）姬人樊素善歌，妓人小蛮善舞，尝为诗曰：樱桃樊素口，杨柳小蛮腰。”

［22］破瓜：指女子破身。

［23］斗（dǒu）筲（shāo）：斗和筲容量小，古代十升为斗，一斗二升为筲。用来比喻人的气量窄、见识短，语出《论语》：“斗筲之人，何足算也？”此处指酒量小。

［24］粉面：傅粉的脸，此处指代美人。

［25］花柳：旧时代将涉足妓院称为寻花问柳。

［26］撒漫的手儿：指随意挥霍金钱。

［27］帮衬：帮忙。勤：次数多。帮衬的勤儿：此处指经常献殷勤。

［28］不统口：不改口。

[29] 行户人家：即行院，旧时妓院的代称。

[30] 钟馗老：即钟馗，传说钟馗为人正直，死后成神，能驱鬼邪。

[31] 退财白虎：破财凶神之意，俗语也称为“丧门白虎”。《协纪辨方》卷三引《人元秘枢经》：“白虎者，岁中凶神也，常居岁后四辰。”

[32] 粉头：妓女的别称。

[33] 孤拐：脚踝，此处指一种击打踝骨的惩罚措施。

[34] 十斋：佛教语，出自地藏经，即于每月初一、八、十四、十五、十八、二十三、二十四、二十八、二十九、三十等十日持斋修行。

[35] 虔婆：中国古代妇女传统职业“三姑六婆”中的一种，“三姑六婆”据元代陶宗仪《辍耕录》卷十三指：“三姑者，尼姑、道姑、卦姑也；六婆者，牙婆、媒婆、师婆、虔婆、药婆、稳婆也。”虔婆是开设妓院或在色情交易中牵线搭桥的妇人，此处指鸨母。

[36] 落籍：脱籍，从乐籍上除名，旧时特指官妓从良，此处指用金钱为妓女赎身，以脱离娼籍。

[37] 罄（qìng）：本义指器中空，引申为尽、耗尽、空。

[38] 下处：下榻之处。

[39] 曲中：即妓院中。唐宋时妓女居所叫坊曲，语出明杨慎《词品·坊曲》：“唐制，妓女所居曰坊曲。《北里志》有南曲、北曲，如今之南院、北院。”

[40] 斛（hú）：旧指量器，也是容器单位，十斗一斛。宋朝开始改为五斗一斛。

[41] 亵渎：冒犯，羞辱。

[42] 开交：放手，分手。

[43] 嘿（mò）：同“默”。

[44] 铢两：特指极少的银两钱财。铢与两都是很小的重量单位，一铢为一

两的二十四分之一。

[45] 为力：成功，奏效。庶易为力：也许可以容易办成。

[46] 玉成：成全，促成。

[47] 翠钿：用翠玉镶嵌的首饰。金钏（chuàn）：金手镯。

[48] 瑶簪：玉簪。宝珥：珠玉耳饰。

[49] 间关：指旅途艰难又遥远。

[50] 囊（náng）箧（qiè）：即囊笥，袋子与箱笼。

[51] 曾无约束：没有捆扎束缚的东西，一指物质上完全没有准备。将丝缠绕成一束称为“约”，缠绕好的丝即为“束”。与上文“囊箧萧条”相对应。

[52] 浮居：不固定，临时居所。

[53] 于归：女子出嫁，出自《诗·周南·桃夭》“之子于归，宜其室家。”

[54] 贫窭（jù）：贫乏，贫穷。

[55] 因风吹火：顺着风势吹火，比喻乘便行事，出力不多。常用作谦辞。出自宋释道原《景德传灯录》卷十三：“因风吹火，用力不多。”。

[56] 雇倩：雇请。

[57] 肩舆：轿子。

[58] 赆（jìn）：离别时赠送的财物。

[59] 潞河：又称白河，为北运河上游，位于北京市通州区内，设有水路南下登船的码头。

[60] 解库：典当铺。

[61] 瓜州：古镇，位于今江苏省扬州市南，是运河入江之口。

[62] 剪江而渡：即横渡长江。

[63] 卮（zhī）：酒杯。

[64] 六院：明初南京著名的妓院有六家，后成妓院代称。

[65] 鸾鸣凤奏：形容弹奏、演唱美妙动听。

[66]《拜月亭》杂剧：指南戏《拜月亭记》，相传为元代施惠所作。

[67] 积祖：历代。种盐：制盐，此处指做盐商、经营盐业。

[68] 南雍：明代设在南京的国子监。雍，辟雍，古之大学。

[69] 青楼：妓院的别称。红粉：女性化妆用的胭脂水粉，借指年轻女性、美女，此处指妓女。

[70] 嘲风弄月：原指创作思想内容贫乏，只局限于描写风云月露等景象，此处指亵玩妓女的风月之事，和下文“花柳之事”意思相近。

[71] 千山云树灭，万径人踪绝。扁舟蓑笠翁，独钓寒江雪：与柳宗元《江雪》的第一、第三句有出入，原句为“千山鸟飞绝”“孤舟蓑笠翁”。

[72] 高学士：指明初诗人高启，他受诏入朝修《元史》，授翰林院编修，为翰林学士，故称“高学士”。

[73] 舟次：船上，行船途中。

[74] 少领清诲：敬辞，领教您清雅的教诲。

[75] 跳：船上的跳板。打跳：搭跳板。

[76] 入港：指言语投契。

[77] 贱室：对自己妻子的谦称。

[78] 尊宠：对别人姬妾或外室的尊称。

[79] 家君：对别人称呼自己的父亲。

[80] 位居方面：指担任地方的军政长官，李甲之父是布政使，为一省的高官。

[81] 帷薄：帐幕和草帘，都是隔离内外的物品，借指内室。帷薄之嫌：指不合封建礼法的男女交往。必严帷薄之嫌：一定会严守男女之间的封建礼防。

[82] 资斧：货财器用，指日常生活费用。

[83] 适：嫁。他适：指女子改嫁他人。

[84] 逾墙钻穴：跳墙钻洞，旧指偷情、通奸之事。

[85] 袍：衣服。同袍：原指战友，可泛指同学、同年等，此处指朋友，语出《诗经·秦风·无衣》"岂曰无衣，与子同袍"。

[86] 枕席之爱：夫妻之爱，与下文"衽席之爱"同义。

[87] 闺阁：此处指李甲家中的妻子。

[88] 授馆：教书。

[89] 间：罅隙。间言：嫌隙之言，挑拨离间的话。

[90] 黜逐：驱逐。

[91] 底止：终止，了结。

[92] 渠：他。

[93] 所天：所依靠的人，可指君主或储君、父亲及丈夫，此处指丈夫，如晋潘岳《寡妇赋》"少丧父母，适人而所天又殒。"

[94] 贾（gǔ）：做买卖。竖子：小子，对人的蔑称。贾竖子：做买卖的小子。

[95] 路引：古代的通行凭证。

[96] 抽替：抽屉，抽斗。

[97] 翠羽：翠鸟的羽毛。明珰：珠玉耳饰。翠羽明珰：泛指珍贵华丽的饰品。

[98] 牣（rèn）：满。

[99] 祖母绿：一种名贵的通体透明的绿宝石。猫儿眼：指具有猫眼效应的金绿宝石，也是稀有而名贵的宝石。

[100] 收佐中馈：即接纳为妾帮助正妻管理家务。"主中馈"指妇女在家里主管供膳诸事，因此"中馈"由家务劳动引申借指妻室，"佐中馈"即为妾室。

[101] 不辰：不得其时，出自《诗·大雅·桑柔》"我生不辰，逢天僤怒。"

[102] 薄倖：薄情。

[103] 瓜步：瓜步镇，位于南京市瓜步山下。

[104] 息肩：放下担子让肩头休息，比喻停留休息，此处指安定下来。

[105] 共跨秦楼之凤：比喻求得佳偶，生活和美。典出西汉刘向《列仙传》：春秋时萧史善吹箫，娶秦穆公之女弄玉为妻，萧声召来凤鸟，秦穆公为作凤台，即秦楼，一旦二人共乘凤凰升天而去。

[106] 参（cān）：探究，领悟。

【导读】

本篇是“三言”中也是明代拟话本小说中最优秀的作品之一，代表了古代短篇小说成就的高峰。“杜十娘”的故事发生于明代万历年间，明宋懋澄《九籥集》卷五《负情侬传》记述详尽，是一篇文言传奇。其他笔记如《九籥别集》《情种》《文苑楂橘》及明刘心学《史外丛谈》等都有转载，冯梦龙据此改编创作了这篇小说。

作品围绕着妓女杜十娘一波三折的从良之路展开。杜十娘洞悉人性、心思缜密、处处筹谋，精心选择了忠厚、志诚的世家公子李甲，以为终身有托，不料最终依然以悲剧收场。杜十娘的爱情悲剧意义不仅在于对人性弱点的展示和反思，更在于其深刻的社会性。杜十娘的死直接原因是识人不淑，但深层原因是封建社会的娼妓制度、婚姻制度、等级制度、世俗偏见和市侩势力对女性的迫害和摧残。底层女性希望依托爱情、婚姻和金钱的力量，改变现状、跨越阶层、获得幸福与自由的努力最终失败了。刚烈的杜十娘以死相殉，怒沉百宝箱，举身赴江水，将情节推向了高潮，而美丽、聪慧、傲气的杜十娘也由此在文学史上留下了浓墨重彩的一笔。

作者对杜十娘寄予了深切的同情，为了塑造这个独特的女性形象，悉心结构全篇，以百宝箱（即文中的描金文具）为线索，安排了借银赎身、殷勤相送、雪夜瓜州、愤怒沉江、善恶得报等情节，在日常生活一言一行的描述中逐渐展现了不同人物心理的变化和矛盾。小说以人物心理的内在动力推动情节，展现了作者高超深厚的功力，也体现了小说创作从追求传奇性到逐渐深入人物内心的发展。小说语言明快、晓畅而生动，雅俗共赏，影响深远。如清乾隆年间有梅窗主人改编的《百宝箱传奇》，后京剧、鼓词、弹词、评剧等不同剧种都搬演此故事。

儒林外史·马二先生游西湖

（清）吴敬梓[1]

马二先生上船一直来到断河头，问文瀚楼的书坊，乃是文海楼一家，到那里去住。住了几日，没有甚么文章选，腰里带了几个钱，要到西湖上走走。

这西湖乃是天下第一个真山真水的景致。且不说那灵隐的幽深，天竺的清雅，只这出了钱塘门，过圣因寺，上了苏堤，中间是金沙港，转过去就望见雷峰塔，到了净慈寺，有十多里路，真乃五步一楼，十步一阁，一处是金粉楼台，一处是竹篱茅舍，一处是桃柳争妍，一处是桑麻遍野。那些卖酒的青帘高扬，卖茶的红炭满炉，士女游人，络绎不绝，真不数“三十六家花酒店，七十二座管弦楼”[2]。

马二先生独自一个，带了几个钱，步出钱塘门，在茶亭里吃了几碗茶，到西湖沿上牌楼跟前坐下。见那一船一船乡下妇女来烧香的，都梳着挑鬓头[3]，也有穿蓝的，也有穿青绿衣裳的，年纪小的都穿些红绸单裙子。也有模样生的好些的，都是一个大团白脸，两个大高颧骨；也有许多疤、麻、疥、癞的。一顿饭时，就来了有五六船。那些女人后面都跟着自己的汉子，掮着一把伞，手里拿着一个衣包，上了岸散往各庙里去了。马二先生看了一遍，不在意里，起来又走了里把多路。望着湖沿上接连着几个酒店，挂着透肥的羊肉，柜合上盘子里盛着滚热的蹄子、海参、糟鸭、鲜鱼，锅里煮着馄饨，蒸笼上蒸着极大的馒头。马二先生没有钱买了吃，喉咙里咽唾沫，只得走进一个面店，十六个钱吃了一碗面。肚里不饱，又走到间壁一个茶室吃了一碗茶，买了两个钱处片嚼嚼，倒觉得有些滋味。吃完了出来，看见西湖沿上柳阴下系着两只船，那船上女客在那里换衣裳，一个脱去元色外套，换了一件水田披风；一个脱去天青外套，换了一件玉色绣的八团衣服；一个中年的脱去宝蓝缎衫，换了一件天青缎二色金的绣衫。那些跟从的女客，十几个人也都换了衣裳。这三位女客，一位跟前一个丫鬟，手持黑纱团香扇替他遮着日头，缓步上岸，那头上珍珠的白光，直射多远，裙上环佩叮叮当当的响。马二先生低着头走了过去，不曾仰视。

往前走过了六桥，转个弯，便象些村乡地方，又有人家的棺材厝基，中间走了一二里多路，走也走不清，甚是可厌。马二先生欲待回家，遇着一走路的，问道："前面可还有好顽的所在？"那人道："转过去便是净慈、雷峰，怎么不好顽？"马二先生又往前走。走到半里路，见一座楼台盖在水中间，隔着一道板桥，马二先生从桥上走过去，门口也是个茶室，吃了一碗茶。里面的门锁着，马二先生要进去看，管门的问他要了一个钱，开了门放进去。里面是三间大楼，楼上供的是仁宗皇帝的御书，马二先生吓了一跳，慌忙整一整头巾，理一理宝蓝直裰，在靴桶内拿出一把扇子来当了笏板，恭恭敬敬朝着楼上，扬尘舞蹈，拜了五拜。拜毕起来，定一定神，照旧在茶桌子上坐下。傍边有个花园，卖茶的人说是布政司房里的人在此请客，不好进去。那厨房却在外面，那热汤汤的燕窝、海参，一碗碗在跟前捧过去，马二先生又羡慕了一番。

出来过了雷峰，远远望见高高下下许多房子，盖着琉璃瓦，曲曲折折无数的朱红栏杆。马二先生走到跟前，看见一个极高的山门，一个直匾，金字，上写着"敕赐净慈禅寺"。山门傍边一个小门，马二先生走了进去，一个大宽展的院落，地下都是水磨的砖，才进二道山门，两边廊上都是几十层极高的阶级。那些富贵人家的女客，成群逐队，里里外外，来往不绝，都穿的是锦绣衣服，风吹起来，身上的香一阵阵的扑人鼻子。马二先生身子又长，戴一顶高方巾，一幅乌黑的脸，腆着个肚子，穿着一双厚底破靴，横着身子乱跑，只管在人窝子里撞。女人也不看他，他也不看女人。前前后后跑了一交，又出来坐在那茶亭内——上面一个横匾，金书“南屏”两字，——吃了一碗茶。柜上摆着许多碟子：橘饼、芝麻糖、粽子、烧饼、处片、黑枣、煮栗子。马二先生每样买了几个钱的，不论好歹，吃了一饱。马二先生也倦了，直着脚跑进清波门，到了下处关门睡了。因为走多了路，在下处睡了一天。

第三日起来，要到城隍山走走。城隍山就是吴山，就在城中，马二先生走不多远，已到了山脚下。望着几十层阶级，走了上去，横过来又是几十层阶级，马二先生一气走上，不觉气喘。看见一个大庙门前卖茶，吃了一碗。进去见是吴相国伍公之庙，马二先生作了个揖，逐细的把匾联看了一遍，又走上去，就像没有路的一般，左边一个门，门上钉着一个匾，匾上“片石居”三个字，里面也像是个花园，有些楼阁。马二先生步了进去，看见窗棂关着，马二先生在门外望里张了一张，见几个人围着一张桌子，摆着一座香炉，众人围着，像是请仙的意思。马二先生想道：“这是他们请仙判断功名大事，我也进去问一问。”站了一会，望见那人磕头起来，傍边人道：“请了一个才女来了。”马二先生听了暗笑。又一会，一个问道：“可是李清照？”又一个问道：“可是苏若兰？”又一个拍手道：“原来是朱淑贞！”马二先生道：“这些甚么人？料想不是管功名的了，我不如去罢。”

又转过两个弯，上了几层阶级，只见平坦的一条大街，左边靠着山，一路有几个庙宇；右边一路，一间一间的房子，都有两进。屋后一进窗子大开着，空空阔阔，一眼隐隐望得见钱塘江，那房子也有卖酒的，也有卖耍货的，也有卖饺儿的，也有卖面的，也有卖茶的，也有测字算命的。庙门口都摆的是茶桌子，这一条街，单是卖茶就有三十多处，十分热闹。

马二先生正走着，见茶铺子里一个油头粉面的女人招呼他吃茶，马二先生别转头来就走，到间壁一个茶室泡了一碗茶，看见有卖的蓑衣饼，叫打了十二个钱的饼吃了，略觉有些意思。走上去，一个大庙，甚是巍峨，便是城隍庙。他便一直走进去，瞻仰了一番。过了城隍庙，又是一个弯，又是一条小街，街上酒楼、面店都有，还有几个簇新的书店。店里帖着报单，上写："处州马纯上先生精选《三科程墨持运》于此发卖。"马二先生见了欢喜，走进书店坐坐，取过一本来看，问个价钱，又问："这书可还行？"书店人道："墨卷只行得一时[4]，那里比得古书。"

马二先生起身出来，因略歇了一歇脚，就又往上走。过这一条街，上面无房子了，是极高的个山冈，一步步上去走到山冈上，左边望着钱塘江，明明白白。那日江上无风，水平如镜，过江的船，船上有轿子，都看得明白。再走上些，右边又看得见西湖，雷峰一带、湖心亭都望见，那西湖里打鱼船，一个一个如小鸭子浮在水面。马二先生心旷神怡，只管走了上去，又看见一个大庙门前摆着茶桌子卖茶，马二先生两脚酸了，且坐吃茶。吃着，两边一望，一边是江，一边是湖，又有那山色一转围着，又遥见隔江的山，高高低低，忽隐忽现。马二先生叹道："真乃'载华岳而不重，振河海而不泄，万物载焉'[5]！"吃了两碗茶。肚里正饿，思量要回去路上吃饭，恰好一个乡里人捧着许多烫面薄饼来卖，又有一篮子煮熟的牛肉，马二先生大喜，买了几十文饼和牛肉，就在茶桌子上尽兴一吃。吃得饱了，自思趁着饱再上去。

【注释】

［1］节选自吴敬梓《儒林外史》第十四回。吴敬梓（1701–1754），字敏轩，号粒民，安徽全椒人，祖籍浙江温州，自称“秦淮寓客”“文木老人”，清代文人。

［2］管弦：亦作“筦弦”，泛指乐器或管弦乐。管弦楼：指青楼。三十六家花酒店，七十二座管弦楼：其中的“三十六”“七十二”为虚数，极写西湖为花柳繁华之地，此句化自《西游记》第九回描写长安城“三州花似锦，八水绕城流。三十六条花柳巷，七十二座管弦楼”。

［3］挑鬓头：指用骨针支起两鬓使其隆起的一种发型。

［4］墨卷：指刻录的取中试卷，清代顾炎武《日知录·程文》载：“至本朝，先亦用士子程文刻録，后多主司所作，遂又分士子所作之文，别谓之墨卷。”

［5］华岳：即华山。振：整顿，整治，引申为约束。载华岳而不重，振河海而不泄，万物载焉：出自《中庸·第二十六章》，意为土地广博深厚，世上万物都可承载。

【导读】

《儒林外史》是中国小说史上少有的几部出类拔萃的煌煌巨制之一，是唯一一部真正意义上的古典讽刺小说。正如鲁迅先生在《中国小说史略》中所评：“迨吴敬梓《儒林外史》出，乃秉持公心，指擿时弊，机锋所向，尤在士林。其文又戚而能谐，婉而多讽，于是说部中乃始有足称讽刺之书。”《儒林外史》的结构也不同于一般的长篇小说，亦如鲁迅先生所言“仅驱使各种人物，行列而来，事与其来俱起，亦与其去俱讫，虽云长篇，颇同短制”。虽然没有贯穿始终的中心人物与主要事件，但依然以人物刻画为重心，淡化故事情节，弱化戏剧性的矛盾冲突，通过精细的白描写寻常细事以再现生活，塑造众多的儒生形象，展现士林全貌。

本文所选取片段，正能体现《儒林外史》的这些特点。第十四回和第十五回集中笔墨写了马二先生的故事。马二先生仗义救助蘧公孙，花光了积蓄，手头拮据，独自到西湖游山玩水，遇上了骗子洪憨仙。马二先生在西湖游玩的这一大段文字，对于情节的推进并无帮助，但作者用平静得近乎枯淡的笔墨，精细地刻画了一个善良却迂腐、被科举程文损害了对美的感知的老儒生，揭露了科举制度对知识分子精神世界的残害。马二先生到人间胜景西湖一游，玩了半天只说出一句四书里面的原文抒发感慨。他对任何美景都没有上心，茫茫然一路大嚼，没有任何触动，只顾往人多的地方逛，凑个热闹。作者着意写了马二先生几次看女子，最后“女人也不看他，他也不看女人”，平安无事地从人群中穿过……作者的笔触不动声色却暗含褒贬，将马二先生善良无害又平庸乏味的内心展示得透彻无余。

红楼梦·林黛玉进贾府

（清）曹雪芹[1]

且说黛玉自那日弃舟登岸时，便有荣国府打发了轿子并拉行李的车辆久候了。这林黛玉常听得母亲说过，他外祖母家与别家不同。他近日所见的这几个三等仆妇，吃穿用度，已是不凡了，何况今至其家。因此步步留心，时时在意，不肯轻易多说一句话，多行一步路，惟恐被人耻笑了他去。自上了轿，进入城中，从纱窗向外瞧了一瞧，其街市之繁华，人烟之阜盛[2]，自与别处不同。又行了半日，忽见街北蹲着两个大石狮子，三间兽头大门，门前列坐着十来个华冠丽服之人。正门却不开，只有东西两角门有人出入。正门之上有一匾，匾上大书“敕造宁国府[3]”五个大字。黛玉想道：“这必是外祖之长房了。”想着，又往西行，不多远，照样也是三间大门，方是荣国府了。却不进正门，只进了西边角门。那轿夫抬进去，走了一射之地，将转弯时，便歇下退出去了。后面的婆子们已都下了轿，赶上前来。另换了三四个衣帽周全十七八岁的小厮上来[4]，复抬起轿子。众婆子步下围随至一垂花门前落下。众小厮退出，众婆子上来打起轿帘，扶黛玉下轿。林黛玉扶着婆子的手，进了垂花门[5]，两边是抄手游廊[6]，当中是穿堂[7]，当地放着一个紫檀架子大理石的大插屏[8]。转过插屏，小小的三间厅，厅后就是后面的正房大院。正面五间上房，皆雕梁画栋，两边穿山游廊厢房[9]，挂着各色鹦鹉、画眉等鸟雀。台矶之上[10]，坐着几个穿红着绿的丫头，一见他们来了，便忙都笑迎上来，说："刚才老太太还念呢，可巧就来了。"于是三四人争着打起帘笼[11]，一面听得人回话："林姑娘到了。"

黛玉方进入房时，只见两个人搀着一位鬓发如银的老母迎上来，黛玉便知是他外祖母。方欲拜见时，早被他外祖母一把搂入怀中，心肝儿肉叫着大哭起来。当下地下侍立之人，无不掩面涕泣[12]，黛玉也哭个不住。一时众人慢慢解劝住了，黛玉方拜见了外祖母。此即冷子兴所云之史氏太君，贾赦、贾政之母也。当下贾母一一指与黛玉："这是你大舅母，这是你二舅母，这是你先珠大哥的媳妇珠大嫂子[13]。"黛玉一一拜见过。贾母又说："请姑娘们来。今日远客才来，可以不必上学去了。"众人答应了一声，便去了两个。

不一时，只见三个奶嬷嬷并五六个丫鬟[14]，簇拥着三个姊妹来了。第一个肌肤微丰，合中身材，腮凝新荔[15]，鼻腻鹅脂[16]，温柔沉默，观之可亲。第二个削肩细腰，长挑身材，鸭蛋脸面，俊眼修眉，顾盼神飞，文彩精华，见之忘俗。第三个身量未足，形容尚小[17]。其钗环裙袄，三人皆是一样的妆饰。黛玉忙起身迎上来见礼，互相厮认过[18]，大家归了坐。丫鬟们斟上茶来。不过说些黛玉之母如何得病，如何请医服药，如何送死发丧。不免贾母又伤感起来，因说："我这些儿女，所疼者独有你母，今日一旦先舍我而去，连面也不能一见，今见了你，我怎不伤心！"说着，搂了黛玉在怀，又呜咽起来。众人忙都宽慰解释，方略略止住。

众人见黛玉年貌虽小，其举止言谈不俗，身体面庞虽怯弱不胜，却有一段自然的风流态度，便知他有不足之症[19]。因问："常服何药，如何不急为疗治？"黛玉道："我自来是如此，从会吃饮食时便吃药，到今日未断，请了多少名医修方配药，皆不见效。那一年我三岁时，听得说来了一个癞头和尚，说要化我去出家，我父母固是不从。他又说：‘既舍不得他，只怕他的病一生也不能好的了。若要好时，除非从此以后总不许见哭声；除父母之外，凡有外姓亲友之人，一概不见，方可平安了此一世。’疯疯癫癫，说了这些不经之谈[20]，也没人理他。如今还是吃人参养荣丸。”贾母道：“正好，我这里正配丸药呢。叫他们多配一料就是了。”

一语未了，只听后院中有人笑声，说：“我来迟了，不曾迎接远客！”黛玉纳罕道：“这些人个个皆敛声屏气，恭肃严整如此，这来者系谁，这样放诞无礼[21]？”心下想时，只见一群媳妇丫鬟围拥着一个人从后房门进来。这个人打扮与众姑娘不同，彩绣辉煌，恍若神妃仙子：头上戴着金丝八宝攒珠髻[22]，绾着朝阳五凤挂珠钗[23]；项上戴着赤金盘螭璎珞圈[24]；裙边系着豆绿宫绦[25]，双衡比目玫瑰佩[26]；身上穿着缕金百蝶穿花大红洋缎窄褃袄[27]，外罩五彩刻丝石青银鼠褂[28]；下着翡翠撒花洋绉裙[29]。一双丹凤三角眼，两弯柳叶吊梢眉，身量苗条，体格风骚[30]，粉面含春威不露，丹唇未启笑先闻。黛玉连忙起身接见。

贾母笑道：“你不认得他，他是我们这里有名的一个泼皮破落户儿[31]，南省俗谓作‘辣子’，你只叫他‘凤辣子’就是了。”黛玉正不知以何称呼，只见众姊妹都忙告诉他道：“这是琏嫂子。”黛玉虽不识，也曾听见母亲说过，大舅贾赦之子贾琏，娶的就是二舅母王氏之内侄女，自幼假充男儿教养的，学名王熙凤。黛玉忙陪笑见礼，以“嫂”呼之。

这熙凤携着黛玉的手，上下细细打量了一回，仍送至贾母身边坐下，因笑道：“天下真有这样标致的人物，我今儿才算见了！况且这通身的气派，竟不象老祖宗的外孙女儿，竟是个嫡亲的孙女，怨不得老祖宗天天口头心头一时不忘。只可怜我这妹妹这样命苦，怎么姑妈偏就去世了！”说着，便用帕拭泪。贾母笑道：“我才好了，你倒来招我。你妹妹远路才来，身子又弱，也才劝住了，快再休提前话！”这熙凤听了，忙转悲为喜道：“正是呢！我一见了妹妹，一心都在他身上了，又是喜欢，又是伤心，竟忘记了老祖宗。该打，该打！”又忙携黛玉之手，问：“妹妹几岁了？可也上过学？现吃什么药？在这里不要想家，想要什么吃的、什么玩的，只管告诉我，丫头老婆们不好了，也只管告诉我。”一面又问婆子们：“林姑娘的行李东西可搬进来了？带了几个人来？你们赶早打扫两间下房，让他们去歇歇。”

说话时，已摆了茶果上来，熙凤亲为捧茶捧果。又见二舅母问他：“月钱放过了不曾[32]？”熙凤道：“月钱已放完了。才刚带着人到后楼上找缎子，找了这半日，也并没有见昨日太太说的那样的。想是太太记错了？”王夫人道：“有没有，什么要紧。”因又说道：“该随手拿出两个来给你这妹妹去裁衣裳的，等晚上想着叫人再去拿罢，可别忘了。”熙凤道：“这倒是我先料着了，知道妹妹不过这两日到的，我已预备下了，等太太回去过了目好送来。”王夫人一笑，点头不语。

当下茶果已撤，贾母命两个老嬷嬷[33]带了黛玉去见两个母舅[34]。时贾赦之妻邢氏忙亦起身，笑回道：“我带了外甥女过去，倒也便宜[35]。”贾母笑道：“正是呢，你也去罢，不必过来了。”邢夫人答应了一声“是”字，遂带了黛玉与王夫人作辞，大家送至穿堂前。

出了垂花门，早有众小厮们拉过一辆翠幄青紬车[36]。邢夫人携了黛玉，坐在上面，众婆子们放下车帘，方命小厮们抬起，拉至宽处，方驾上驯骡，亦出了西角门，往东过荣府正门，便入一黑油大门中，至仪门前方下来。众小厮退出，方打起车帘，邢夫人搀着黛玉的手，进入院中。黛玉度其房屋院宇[37]，必是荣府中花园隔断过来的。进入三层仪门[38]，果见正房厢庑游廊[39]，悉皆小巧别致，不似方才那边轩峻壮丽[40]，且院中随处之树木山石皆有。一时进入正室，早有许多盛妆丽服之姬妾丫鬟迎着，邢夫人让黛玉坐了，一面命人到外面书房去请贾赦。一时人来回话说："老爷说了：'连日身上不好，见了姑娘彼此倒伤心，暂且不忍相见。劝姑娘不要伤心想家，跟着老太太和舅母，即同家里一样。姊妹们虽拙，大家一处伴着，亦可以解些烦闷。或有委屈之处，只管说得，不要外道才是[41]。'"黛玉忙站起来，一一听了。再坐一刻，便告辞。邢夫人苦留吃过晚饭去，黛玉笑回道："舅母爱惜赐饭，原不应辞，只是还要过去拜见二舅舅，恐领了赐去不恭，异日再领，未为不可。望舅母容谅。"邢夫人听说，笑道："这倒是了。"遂令两三个嬷嬷用方才的车好生送了姑娘过去，于是黛玉告辞。邢夫人送至仪门前，又嘱咐了众人几句，眼看着车去了方回来。

一时黛玉进了荣府，下了车。众嬷嬷引着，便往东转弯，穿过一个东西的穿堂，向南大厅之后，仪门内大院落，上面五间大正房，两边厢房鹿顶耳房钻山[42]，四通八达，轩昂壮丽，比贾母处不同。黛玉便知这方是正经正内室，一条大甬路[43]，直接出大门的。进入堂屋中，抬头迎面先看见一个赤金九龙青地大匾，匾上写着斗大的三个大字，是"荣禧堂"，后有一行小字"某年月日，书赐荣国公贾源"，又有"万几宸翰之宝[44]"。大紫檀雕螭案上，设着三尺来高青绿古铜鼎，悬着待漏随朝墨龙大画[45]，一边是金蜼彝[46]，一边是玻璃盒[47]。地下两溜十六张楠木交椅[48]。又有一副对联，乃乌木联牌[49]，镶着錾银的字迹[50]，道是："座上珠玑昭日月，堂前黼黻焕烟霞[51]。"下面一行小字，道是："同乡世教弟勋袭东安郡王穆莳拜手书。"

原来王夫人时常居坐宴息，亦不在这正室，只在这正室东边的三间耳房内。于是老嬷嬷引黛玉进东房门来。临窗大炕上铺着猩红洋罽[52]，正面设着大红金钱蟒靠背，石青金钱蟒引枕[53]，秋香色金钱蟒大条褥[54]。两边设一对梅花式洋漆小几。左边几上文王鼎，匙箸香盒[55]，右边几上汝窑美人觚[56]，觚内插着时鲜花卉，并茗碗痰盒等物。地下面西一溜四张椅上，都搭着银红撒花椅搭，底下四副脚踏。椅之两边，也有一对高几，几上茗碗瓶花俱备。其余陈设，自不必细说。老嬷嬷们让黛玉炕上坐，炕沿上却有两个锦褥对设，黛玉度其位次，便不上炕，只向东边椅子上坐了。本房内的丫鬟忙捧上茶来。黛玉一面吃茶，一面打量这些丫鬟们[57]，装饰衣裙，举止行动，果亦与别家不同。

茶未吃了，只见一个穿红绫袄青缎掐牙背心的丫鬟走来笑说道："太太说，请林姑娘到那边坐罢。"老嬷嬷听了，于是又引黛玉出来，到了东廊三间小正房内。正房炕上横设一张炕桌，桌上磊着书籍茶具，靠东壁面西设着半旧的青缎靠背引枕。王夫人却坐在西边下首，亦是半旧的青缎靠背坐褥。见黛玉来了，便往东让。黛玉心中料定这是贾政之位。因见挨炕一溜三张椅子上，也搭着半旧的弹墨椅袱，黛玉便向椅上坐了。王夫人再四携他上炕，他方挨王夫人坐了。

王夫人因说："你舅舅今日斋戒去了[58]，再见罢。只是有一句话嘱咐你：你三个姊妹倒都极好，以后一处念书认字学针线，或是偶一顽笑，都有尽让的。但我不放心的最是一件：我有一个孽根祸胎，是家里的'混世魔王'，今日因庙里还愿去了，尚未回来，晚间你看见便知了。你只以后不要睬他，你这些姊妹都不敢沾惹他的。"

黛玉亦常听得母亲说过，二舅母生的有个表兄，乃衔玉而诞，顽劣异常，极恶读书，最喜在内帏厮混[59]，外祖母又极溺爱，无人敢管。今见王夫人如此说，便知说的是这表兄了。因陪笑道："舅母说的，可是衔玉所生的这位哥哥？在家时亦曾听见母亲常说，这位哥哥比我大一岁，小名就唤宝玉，虽极憨顽，说在姊妹情中极好的。况我来了，自然只和姊妹同处，兄弟们自是别院另室的，岂得去沾惹之理？"王夫人笑道："你不知道原故。他与别人不同，自幼因老太太疼爱，原系同姊妹们一处娇养惯了的。若姊妹们有日不理他，他倒还安静些，纵然他没趣，不过出了二门，背地里拿着他两个小幺儿出气[60]，咕唧一会子就完了。若这一日姊妹们和他多说一句话，他心里一乐，便生出多少事来。所以嘱咐你别睬他。他嘴里一时甜言蜜语，一时有天无日，一时又疯疯傻傻，只休信他。”

黛玉一一的都答应着。只见一个丫鬟来回：“老太太那里传晚饭了。”王夫人忙携黛玉从后房门由后廊往西，出了角门，是一条南北宽夹道。南边是倒座三间小小的抱厦厅[61]，北边立着一个粉油大影壁[62]，后有一个半大门，小小一所房室。王夫人笑指向黛玉道：“这是你凤姐姐的屋子，回来你好往这里找他来，少什么东西，你只管和他说就是了。”这院门上也有四五个才总角的小厮[63]，都垂手侍立。王夫人遂携黛玉穿过一个东西穿堂，便是贾母的后院了。于是，进入后房门，已有多人在此伺候，见王夫人来了，方安设桌椅。贾珠之妻李氏捧饭[64]，熙凤安箸，王夫人进羹。

贾母正面榻上独坐，两边四张空椅，熙凤忙拉了黛玉在左边第一张椅上坐了，黛玉十分推让。贾母笑道：“你舅母你嫂子们不在这里吃饭。你是客，原应如此坐的。”黛玉方告了座，坐了。贾母命王夫人坐了。迎春姊妹三个告了座方上来。迎春便坐右手第一，探春左第二，惜春右第二。旁边丫鬟执着拂尘、漱盂、巾帕。李、凤二人立于案旁布让[65]。外间伺候之媳妇丫鬟虽多，却连一声咳嗽不闻。

寂然饭毕，各有丫鬟用小茶盘捧上茶来。当日林如海教女以惜福养身，云饭后务待饭粒咽尽，过一时再吃茶，方不伤脾胃。今黛玉见了这里许多事情不合家中之式，不得不随的，少不得一一改过来，因而接了茶。早见人又捧过漱盂来，黛玉也照样漱了口。盥手毕，又捧上茶来，这方是吃的茶。贾母便说：“你们去罢，让我们自在说话儿。”王夫人听了，忙起身，又说了两句闲话，方引凤、李二人去了。贾母因问黛玉念何书。黛玉道：“只刚念了《四书》[66]。”黛玉又问姊妹们读何书。贾母道：“读的是什么书，不过是认得两个字，不是睁眼的瞎子罢了！”

一语未了，只听外面一阵脚步响，丫鬟进来笑道：“宝玉来了！”黛玉心中正疑惑着：“这个宝玉，不知是怎生个惫懒人物[67]，懵懂顽童[68]？倒不见那蠢物也罢了。”心中想着，忽见丫鬟话未报完，已进来了一位年轻的公子：头上戴着束发嵌宝紫金冠，齐眉勒着二龙抢珠金抹额[69]，穿一件二色金百蝶穿花大红箭袖[70]，束着五彩丝攒花结长穗宫绦，外罩石青起花八团倭缎排穗褂[71]，登着青缎粉底小朝靴。面若中秋之月，色如春晓之花。鬓若刀裁，眉如墨画，面如桃瓣，目若秋波。虽怒时而若笑，即嗔视而有情[72]。项上金螭璎珞，又有一根五色丝绦，系着一块美玉。黛玉一见，便吃一大惊，心下想道：“好生奇怪，倒像在那里见过一般，何等眼熟到如此！”只见这宝玉向贾母请了安，贾母便命：“去见你娘来。”宝玉即转身去了。一时回来，再看，已换了冠带：头上周围一转的短发，都结成小辫，红丝结束，共攒至顶中胎发，总编一根大辫，黑亮如漆，从顶至梢，一串四颗大珠，用金八宝坠角[73]；身上穿着银红撒花半旧大袄，仍旧带着项圈、宝玉、寄名锁[74]、护身符等物；下面半露松花撒花绫裤腿，锦边弹墨袜，厚底大红鞋。越显得面如敷粉，唇若施脂，转盼多情，语言常笑。天然一段风韵，全在眉梢；平生万种情思，悉堆眼角。看其外貌最是极好，却难知其底细。后人有《西江月》二词，批宝玉极恰，其词曰：

无故寻愁觅恨，有时似傻如狂。纵然生得好皮囊，腹内原来草莽[75]。
潦倒不通世务，愚顽怕读文章。行为偏僻性乖张，那管世人诽谤！
富贵不知乐业，贫穷难耐凄凉。可怜辜负好韶光，于国于家无望。

天下无能第一，古今不肖无双。寄言纨绔与膏粱[76]：莫效此儿形状！

贾母因笑道："外客未见，就脱了衣裳，还不去见你妹妹。"宝玉早已看见多了一个姊妹，便料定是林姑妈之女，忙来作揖，厮见毕，归坐。细看形容，与众各别：两弯似蹙非蹙笼烟眉[77]，一双似喜非喜含情目。态生两靥之愁，娇袭一身之病。泪光点点，娇喘微微。闲静时如娇花照水，行动处似弱柳扶风。心较比干多一窍，病如西子胜三分[78]。宝玉看罢，因笑道："这个妹妹，我曾见过的。"贾母笑道："可又是胡说，你又何曾见过他。"宝玉笑道："虽然未曾见过他，然我看着面善，心里就算是旧相认识的，今日只作远别重逢，亦未为不可。"贾母笑道："更好，更好。若如此更相和睦了。"

宝玉便走近黛玉身边坐下，又细细打量一番，因问："妹妹可曾读书？"黛玉道："不曾读，只上了一年学，些须认得几个字。"宝玉又道："妹妹尊名是那两个字？"黛玉便说了名。宝玉又问表字。黛玉道："无字。"宝玉笑道："我送妹妹一个妙字，莫若'颦颦'二字极妙[79]。"探春便问何出。宝玉道："《古今人物通考》上说，西方有石名黛，可代画眉之墨。况这林妹妹眉尖若蹙，用取这两个字，岂不两妙。"探春笑道："只恐又是你的杜撰[80]。"宝玉笑道："除《四书》，外杜撰的太多，偏只我是杜撰不成？"又问黛玉："可也有玉没有？"众人不解其语。黛玉便忖度着因他有玉，故问我有也无，因答道："我没有那个。想来那玉亦是一件罕物，岂能人人有的。"宝玉听了，登时发作起痴狂病来，摘下那玉，就狠命摔去，骂道："什么罕物！连人之高低不择，还说通灵不通灵呢！我也不要这劳什子了！"吓得众人一拥争去拾玉。贾母急的搂了宝玉道："孽障！你生气，要打骂人容易，何苦摔那命根子！"宝玉满面泪痕，泣道：

“家里姊姊妹妹都没有，单我有，我说没趣。如今来了这么一个神仙似的妹妹也没有，可知这不是个好东西。”贾母忙哄他道：“你这妹妹原有这个来的，因你姑妈去世时，舍不得你妹妹，无法可处，遂将他的玉带了去。一则全殉葬之礼，尽你妹妹的孝心；二则你姑妈之灵，亦可权作见了女儿之意。因此他只说没有这个，不便自己夸张之意。你如今怎比得他，还不好生慎重戴上，仔细你娘知道了。”说着便向丫鬟手中接来，亲与他戴上。宝玉听如此说，想一想，竟大有情理，也就不生别论了。

当下奶娘来请问黛玉之房舍。贾母便说：“今将宝玉挪出来，同我在套间暖阁儿里[81]，把你林姑娘暂安置碧纱厨里[82]。等过了残冬，春天再与他们收拾房屋，另作一番安置罢。”宝玉道：“好祖宗，我就在碧纱厨外的床上很妥当，何必又出来，闹的老祖宗不得安静。”贾母想了一想，说“也罢了”。每人一个奶娘并一个丫头照管，馀者在外间上夜听唤。一面早有熙凤命人送了一顶藕合色花帐并几件锦被缎褥之类。

黛玉只带了两个人来。一个是自幼奶娘王嬷嬷；一个是十岁的小丫头，亦是自幼随身的，名唤雪雁。贾母见雪雁甚小，一团孩气，王嬷嬷又极老，料黛玉皆不遂心省力的，便将自己身边一个二等丫头名唤鹦哥者，与了黛玉。外亦如迎春等例，每人除自幼乳母外，另有四个教引嬷嬷；除贴身掌管钗钏盥沐两个丫鬟外，另有五六个洒扫房屋来往使唤的小丫头。当下王嬷嬷与鹦哥陪侍黛玉在碧纱厨内；宝玉之乳母李嬷嬷并大丫鬟名唤袭人者，陪侍在外大床上。

原来这袭人亦是贾母之婢，本名珍珠。贾母因溺爱宝玉，生恐宝玉之婢无竭力尽忠之人，素喜袭人心地纯良，肯尽职任，遂与了宝玉。宝玉因知他本姓花，又曾见旧人诗句上有“花气袭人”之句，遂回明贾母，即更名袭人。这袭人亦有些痴处：伏侍贾母时，心中眼中只有一个贾母；今与了宝玉，心中眼中又只有一个宝玉。只因宝玉性情乖僻，每每规谏，宝玉不听，心中着实忧郁。

是晚宝玉李嬷嬷已睡了，他见里面黛玉和鹦哥犹未安歇，他自卸了妆，悄悄地进来，笑问："姑娘怎还不安歇？"黛玉忙让道："姐姐请坐。"袭人在床沿上坐了。鹦哥笑道："林姑娘正在这里伤心，自己淌眼抹泪的，说'今儿才来了，就惹出你家哥儿的狂病来。倘或摔坏了那玉，岂不是因我之过'。因此便伤心。我好容易劝好了。"袭人道："姑娘快休如此。将来只怕比这更奇怪的笑话儿还有呢。若为他这种行止，你多心伤感，只怕你伤感不了呢。快别多心！"黛玉道："姐姐们说的，我记着就是了。究竟不知那玉是怎么个来历？上头还有字迹？"袭人道："连一家子也不知来历。听得说落草[83]时从他口里掏出来的，上面有现成的穿眼。等我拿来你看便知。"黛玉忙止道："罢了。此刻夜深了，明日再看不迟。"大家又叙了一回，方才安歇。

【注释】

［1］选自曹雪芹《红楼梦》第三回。曹雪芹（约 1715– 约 1763），名霑，字梦阮，号雪芹、芹溪、芹圃。祖籍有三种说法：辽宁辽阳、河北丰润、辽宁铁岭，出生于江宁（今南京），清代文人。选文以人民文学出版社 1991 年版一百二十回校注本为底本，此版本回目为："贾雨村夤缘复旧职，林黛玉抛父进京都"。夤（yín）：攀附，巴结。夤缘：本指攀附上升，后比喻攀附权贵以求晋升。

［2］阜（fù）盛：兴盛，旺盛。

［3］敕（chì）造：奉皇帝之命建造。

［4］小厮：未成年的男性仆从。

［5］垂花门：古代中国民居建筑院落内部重要的门，以此分隔了内宅与外宅

（前院），因其门上垂柱常刻有花瓣联（莲）叶等图案，故称为垂花门。

[6] 抄手游廊：院门内两侧环抱的走廊，连接垂花门、厢房和正房。

[7] 穿堂：前后院落之间供人穿行的厅房。

[8] 大插屏：指放在穿堂中的屏风，具有装饰、遮蔽视线的作用，避免进入穿堂便直见正房。

[9] 穿山游廊：又叫钻山游廊，指从房子的山墙上开门接起的走廊。厢房：在正房前面两旁的房屋。

[10] 台矶（jī）：台阶。

[11] 帘笼：泛指门窗的帘子。

[12] 涕泣：流泪，哭泣。

[13] 先：已去逝。先珠大哥：指贾珠。

[14] 奶嬷嬷：奶妈。

[15] 腮凝新荔：腮如新鲜的荔枝一样红润。

[16] 腻：光滑细腻。

[17] 形容：形体容貌。

[18] 厮（sī）：互相。

[19] 不足之症：中医病症名，泛指各种虚症，俗称“先天不足”。

[20] 不经：近乎荒诞，没有根据。

[21] 纳罕：诧异，惊奇。

[22] 攒：原意是用各种零件拼装，此处指聚集、凑集。金丝八宝攒（cuán）珠髻：用金丝穿绕珍珠和镶嵌玛瑙、碧玉等八宝等制成的珠花发髻。

[23] 绾（wǎn）：盘绕，系结。朝阳五凤挂珠钗：五凤形长钗，凤口各衔一串珍珠。

[24] 项：颈子。螭（chī）：无角龙。盘螭：螭龙两两盘卷。璎（yīng）珞（luò）圈：联缀起来的珠玉项圈。赤金盘螭璎珞圈：纯金盘龙形制的

珠玉项圈。

[25] 绦（tāo）：丝线编织成的花边或扁平的带子，可装饰衣物。

[26] 衡：通“珩”，佩玉上部的横杠，用以系璜和冲牙。双衡比目玫瑰佩：双鱼形的玫瑰色玉佩。

[27] 褃（kèn）：上衣腋下接缝的位置。缕金百蝶穿花大红洋缎窄褃袄：用金线绣出百蝶穿花图案的大红洋缎紧身袄。

[28] 银鼠：又叫伶鼬、白鼠、倭伶鼬，古代银鼠皮是宫廷朝贡的御用品，是上流社会所崇尚的珍贵皮毛。银鼠褂：银鼠皮毛所制的大褂。

[29] 撒花：即散花。洋绉（zhòu）：清卫杰《蚕桑萃编》卷七“即湖绉，经纬用纯生丝，织成后下机，再为炼染”，康雍乾时期没有绉料进口，而是当时凡物之极贵重，皆谓之“洋”，见陈作霖《炳烛里谈》。翡翠撒花洋绉裙：翠绿色的散落小碎花组图案的绉料裙子。

[30] 风骚：俊俏美好。

[31] 泼皮破落户儿：原指家道中落、没有正当生活来源的无赖，此处是贾母对凤姐戏谑的称呼，形容其性格泼辣。

[32] 月钱：按月给付的钱款，即佣人的工资和主子的零花钱。

[33] 老嬷嬷：老年妇女。

[34] 母舅：母亲的弟兄，俗称“舅舅”。

[35] 便（biàn）宜：方便。

[36] 翠幄（wò）：翠绿帐幔。紬（chóu）：绸。青紬车：有的版本写作“青油车”，即指为了防水而刷清桐油或其他油漆的木质车辆。

[37] 度（duó）：推测。

[38] 仪门：即礼仪之门，明清时指官署或府邸大门内的第二重正门。

[39] 厢庑（wǔ）：正房前面两旁的廊屋。

[40] 轩峻：宽敞高大。

[41] 外道：见外，客气。

[42] 鹿顶：指东西房和南北房连接转角的地方。耳房：正房两侧加盖的小房子，因如同两只小耳朵，故称“耳房”。钻山：指在山墙上开门洞，与相邻的房子或游廊相接。

[43] 甬（yǒng）路：院落中用砖石铺的路。

[44] 万几：日理万机。宸（chén）：北极星，指代皇帝。翰：墨迹，书法。万几宸翰之宝：即皇帝的印文。

[45] 漏：古代计时器用铜壶滴漏的方式，代指时间。待漏：指大臣等待上朝。随朝：按照大臣的班列朝见皇帝。龙：皇帝的象征。待漏随朝墨龙大画：寓意上朝觐见皇帝的大画。

[46] 蜼（wěi）：长尾猿。彝：古代盛酒的器具，也泛指宗庙常用的祭器。金蜼彝：一种有长尾猴图案的青铜礼器，是贵重的陈列品。

[47] 盒（hǎi）：较大的盛酒器。

[48] 交椅：椅足呈交叉状的椅子，起源于马扎，是一种带靠背的马扎。

[49] 联牌：刻写对联的木牌。

[50] 錾（zàn）：雕，刻。錾银：银雕。

[51] 珠玑：珍珠，也常借喻诗文优美精彩。昭：显著。昭日月：即与日月齐辉。黼（fǔ）：半黑半白的斧形图案。黻（fú）：指“亞”形图案。黼黻：泛指礼服（多指官服）上绣的华美花纹，常借指爵禄、华美的文辞等。座上珠玑昭日月，堂前黼黻焕烟霞：互文的修辞手法，即座上之人和堂前之客佩戴的珠玉与日月齐辉，衣服的纹饰如烟霞般鲜明绚丽。

[52] 罽（jì）：毛织的毡子。

[53] 金钱蟒：又称绣球花纹，因花朵似绣球而得名。引枕：坐时可搭胳膊、卧时可枕头下的一种圆墩形的枕头。

[54] 秋香色：暗黄色。条褥：长褥子。

[55] 文王鼎：周代传国国鼎，后世多指陈设用的仿古器，此处指小型仿古香炉。匙箸：火勺和火筷，用来掏取香灰和拨弄香料炭火。香盒：盛香料的盒子。

[56] 觚（gū）：古代一种饮酒器，也可作礼器。美人觚：因为觚的外型长身细腰、形如美人而得名，也有的认为印有美人图案，所以称为美人觚。

[57] 打谅：打量。

[58] 斋戒：在祭祀或大典前，整洁身心，摒除杂念，以示诚敬。

[59] 帷：幕帐。内帷：内室，女子居处。

[60] 小幺（yāo）儿：此处指小仆人，旧称官府中跑腿的小差役，清阮葵生《茶馀客话》卷十八："政府小史，效奔走之役，呼曰小幺。"

[61] 倒座：与正房相对的房屋，坐南朝北，常作客房。抱厦厅：又称"抱厦"，指回绕堂屋后面的小屋。

[62] 影壁：置于门内或门外以作屏障或装饰的墙壁，又称照壁、影墙、照墙。

[63] 总角：为收发所结的两个发髻形如两角，故称"总角"，此处代指八九岁至十三四岁的少年。

[64] 李氏：即李纨。

[65] 布让：向客人分食、劝餐。

[66] 四书：指《大学》《中庸》《论语》《孟子》，是历代儒生研修的核心用书，尤其是朱熹所注《四书》是元明清三代科举的考试必读书。

[67] 惫（bèi）懒：涎皮赖脸，调皮。

[68] 懵（měng）懂：头脑不清，不明事理。

[69] 抹额：束在额前的巾带，也称额带、头箍、发箍、眉勒、脑包，明代

较盛行，一般多饰以刺绣或珠玉，可起到束发、保暖、装饰的作用。

[70] 箭袖：即箭衣，便于骑射和劳作的窄袖衣服。

[71] 石青：接近黑色的深蓝色。起花八团：衣面上缂丝或绣成的八个彩团的图案，因这八个图案凸出衣面，故称。倭：即日本。倭缎：明宋应星《天工开物》卷二倭缎条“凡倭缎制起东夷”,《大清会典》载“江宁织造局岁织倭缎六百匹，近则苏州等处亦织之”，故为极珍贵之织物，与平民无缘。排穗：亦作“排须”，指衣服下缘排缀之穗状流苏。石青起花八团倭缎排穗褂：此处指清代贵族的一种礼服。

[72] 嗔（chēn）：生气。

[73] 坠角：坠于朝珠、房帐等物下端，起下垂固定作用的饰物，此处指辫子末梢所坠的小饰品。

[74] 寄名锁：旧时怕小孩夭亡，给寺院或者道观一定的财物，给神佛当寄名弟子，再用锁形饰物挂在颈间，表示借神佛之令锁住小孩性命，故称为“寄名锁”。

[75] 草莽：丛生的杂草，此处用来比喻不学无术。

[76] 纨：细绢。绔：通“裤”。纨（wán）绔（kù）：原指富贵人家才穿得起的细绢裤子，泛指华丽的衣着，因此常用来借指富家子弟。膏粱：肥肉和细粮，泛指精美的食物，指代富贵生活，此处同样借指富家子弟。

[77] 蹙（cù）：皱。两弯似蹙非蹙笼烟眉：林黛玉眉尖若皱，如含一缕轻烟。

[78] 比干：商纣王时的忠臣，传说比干有“七窍玲珑心”。西子：即西施，春秋越国美女，有“西子捧心”一说，指美女病态更加娇美。心较比干多一窍，病如西子胜三分：比比干更聪明，比西施更具病态美。

[79] 颦（pín）：皱眉。

[80] 杜撰：臆造，虚构。

[81] 暖阁儿：在套间内再隔小房间，内设炕褥，可设炉取暖。

[82] 碧纱橱：卧室内部用四至十二扇落地窗间隔出来的一个小空间。

[83] 落草：指婴儿出生。

【导读】

《红楼梦》的前五回是全书的序幕，从不同角度为情节的展开作了铺垫。《林黛玉进贾府》选自《红楼梦》第三回，是全书序幕的组成部分之一。本回书略写贾雨村谋得金陵应天府一职，为第四回埋下伏笔；详写林黛玉进贾府，以她的行踪为线索，从林黛玉的视角，将第二回冷子兴介绍贾府的演说形象化，第一次全面、具体地描写了小说的主要环境——贾府；介绍了一大批重要的贾府人物，如贾母、王熙凤、贾宝玉等，以及深具意义的情节——宝黛初见，从而开启故事发展的真正序幕。

作者在描写贾府这一典型环境的时候，随着黛玉的足迹，移步换景，逐步展开贾府的画卷。既有整体概览，展现贾府整体布局，也有局部工笔描绘，如通过贾府外观之宏伟体现其显赫尊崇的地位：“街北蹲着两个大石狮子，三间兽头大门，门前列坐着十来个华冠丽服之人。……正门之上有一匾，匾上大书‘敕造宁国府’五个大字。”黛玉进正房则详细描绘了“荣禧堂”及耳房的陈设，匾额字画、古铜鼎、金蜼彝、洋罽、靠背、引枕、条褥、小几、香盒、美人觚等，显示主人的高贵奢华；而东廊小正房内“半旧”的引枕、坐褥、椅袱，暗示着贾府烈火烹油的繁华后面渐显颓势的危机。

贾府出场的人物众多，作者用了多种方式方法来刻写，显得头绪纷繁却一丝不乱，人物众多却个个形象鲜明。重要人物详写，浓墨重彩地介绍，如王熙凤未见其人、先闻其声，在人人都“敛声屏气，恭肃严整”的场合却放声谈笑，难怪黛玉对她的放诞无礼暗自心惊，也暗示了她在贾府中特殊的地位。接下来一句

“粉面含春威不露，丹唇未启笑先闻”既是王熙凤外貌的描写，同时也暗示了凤辣子的性格特点。一句“转悲为喜”立刻将凤姐的才干、伪善等多面性格立体呈现。

再如贾宝玉，作者反复铺垫，先抑后扬，引起悬念。第二回冷子兴先概述他的痴狂乖张、怪言怪行。本回宝玉出场前，王夫人告诫黛玉“以后不要睬他”，因为自己这个儿子是“孽根祸胎”“混世魔王”，“他嘴里一时甜言蜜语，一时有天无日，一时又疯疯傻傻”，“姊妹都不敢沾惹他”。在黛玉，其实也在读者心理形成了宝玉是一个“惫懒人物，懵懂顽童”“蠢物”的负面形象。这就和宝玉正式出场形成了巨大的反差，黛玉“吃一大惊”，没想到宝玉是一位“面若中秋之月，色如春晓之花，鬓若刀裁，眉如墨画，面如桃瓣，目若秋波。虽怒时而若笑，即嗔视而有情”的英俊不凡的公子。

同时，宝黛初见，也借宝玉之眼，描写了黛玉神仙一般的气质，并呼应了第一回的木石前盟的神话，虽是初见，二人却都感到了似曾相识，这一世注定是要为还泪而来，因此一见面宝玉便为黛玉摔玉，黛玉便为宝玉而哭，预示了两人难以割舍的情缘只能以悲剧告终。而略写的人物虽然一笔带过，但也个性突出，如三“春”姐妹虽是一样的妆饰，可是气质却完全不同。第一个迎春，肌肤微丰，“温柔沉默，观之可亲”，暗示她是个性格懦弱的老好人；第二个是探春，“俊眼修眉，顾盼神飞，文彩精华，见之忘俗”，和她精明能干的性格相符；第三个是惜春，“身量未足，形容尚小”，因为她还小，还看不出性情，而没有性情就是惜春的性情，孤僻冷漠，“心冷嘴冷”。

另外，语言炉火纯青，高度的口语化、个性化，如写王熙凤未见其人、先闻其声的那一句:“我来迟了，不曾迎接远宾！”音效宛然，立现目前。写王熙凤外貌:“一双丹凤三角眼，两弯柳叶吊梢眉，身量苗条，体格风骚，粉面含春威不露，丹唇未启笑先闻。”写黛玉:“两弯似蹙非蹙笼烟眉，一双似喜非喜含情目。态生两靥之愁，娇袭一身之病。泪光点点，娇喘微微。闲静时如娇花照水，行动处似弱柳扶风。心较比干多一窍，病如西子胜三分。”均是经典，文采斐然，臻于化境。

窦娥冤（第三折）

（元）关汉卿[1]

（外扮监斩官上[2]，云）下官监斩官是也。今日处决犯人，着做公的把住巷口[3]，休放往来人闲走。（净扮公人鼓三通[4]、锣三下科。刽子磨旗[5]、提刀，押正旦带枷上[6]）（刽子云）行动些，行动些，监斩官去法场上多时了！（正旦唱）

〔正宫〕〔端正好〕没来由犯王法[7]，不堤防遭刑宪[8]，叫声屈动地惊天！顷刻间游魂先赴森罗殿[9]，怎不将天地也生埋怨？

〔滚绣球〕有日月朝暮悬，有鬼神掌着生死权[10]，天地也，只合把清浊分辨[11]，可怎生糊突了盗跖、颜渊[12]？为善的受贫穷更命短，造恶的享富贵又寿延。天地也，做得个怕硬欺软[13]，却元来也这般顺水推船[14]。地也，你不分好歹何为地？天也，你错勘贤愚枉做天！哎，只落得两泪涟涟。

（刽子云）快行动些，误了时辰也。（正旦唱）

〔倘秀才〕则被这枷纽的我左侧右偏[15]，人拥的我前合后偃[16]，我窦娥向哥哥行有句言[17]。（刽子云）你有甚么话说？（正旦唱）前街里去心怀恨，后街里去死无冤，休推辞路远。

（刽子云）你如今到法场上面，有甚么亲眷要见的，可教他过来，见你一面也好。（正旦唱）

〔叨叨令〕可怜我孤身只影无亲眷，则落得吞声忍气空嗟怨。（刽子云）难道你爷娘家也没的？（正旦云）止有个爹爹，十三年前上朝取应去了，至今杳无音信。（唱）早已是十年多不睹爹爹面。（刽子云）你适才要我往后街里去[18]，是甚么主意？（正旦唱）怕则怕前街里被我婆婆见。（刽子云）你的性命也顾不得，怕他见怎的？（正旦云）俺婆婆若见我披枷带锁赴法场餐刀去呵[19]，（唱）枉将他气杀也么哥[20]，枉将他气杀也么哥！告哥哥，临危好与人行方便。

（卜儿哭上科[21]，云）天那，兀的不是我媳妇儿[22]！（刽子云）婆子靠后！（正旦云）既是俺婆婆来了，叫他来，待我嘱付他几句话咱。（刽子云）那婆子，近前来，你媳妇要嘱付你话哩。（卜儿云）孩儿，痛杀我也！（正旦云）婆婆，那张驴儿把毒药放在羊肚儿汤里，实指望药死了你，要霸占我为妻。不想婆婆让与他老子吃，倒把他老子药死了。我怕连累婆婆，屈招了药死公公，今日赴法场典刑。婆婆，此后遇着冬时年节，月一十五，有瀽不了的浆水饭[23]，瀽半碗儿与我吃；烧不了的纸钱，与窦娥烧一陌儿[24]。则是看你死的孩儿面上！（唱）

〔快活三〕念窦娥葫芦提当罪愆[25]，念窦娥身首不完全，念窦娥从前已往干家缘[26]。婆婆也，你只看窦娥少爷无娘面。

〔鲍老儿〕念窦娥伏侍婆婆这几年，遇时节将碗凉浆奠[27]；你去那受刑法尸骸上烈些纸钱[28]，只当把你亡化的孩儿荐[29]。（卜儿哭科，云）孩儿放心，这个老身都记得。天那，兀的不痛杀我也！（正旦唱）婆婆也，再也不要啼啼哭哭，烦烦恼恼，怨气冲天。这都是我做窦娥的没时没运，不明不暗，负屈衔冤。

（刽子做喝科，云）兀那婆子靠后，时辰到了也。（正旦跪科）（刽子开枷科）（正旦云）窦娥告监斩大人，有一事肯依窦娥，便死而无怨。（监斩官云）你有甚么事？你说。（正旦云）要一领净席，等我窦娥站立；

又要丈二白练[30]，挂在旗枪上[31]：若是我窦娥委实冤枉，刀过处头落，一腔热血休半点儿沾在地下，都飞在白练上者。（监斩官云）这个就依你，打甚么不紧[32]。（刽子做取席站科，又取白练挂旗上科）（正旦唱）

〔耍孩儿〕不是我窦娥罚下这等无头愿[33]，委实的冤情不浅；若没些儿灵圣与世人传，也不见得湛湛青天[34]。我不要半星热血红尘洒，都只在八尺旗枪素练悬。等他四下里皆瞧见，这就是咱苌弘化碧[35]，望帝啼鹃[36]。

（刽子云）你还有甚的说话？此时不对监斩大人说，几时说那？（正旦再跪科，云）大人，如今是三伏天道，若窦娥委实冤枉，身死之后，天降三尺瑞雪，遮掩了窦娥尸首。（监斩官云）这等三伏天道[37]，你便有冲天的怨气，也召不得一片雪来，可不胡说！（正旦唱）

〔二煞〕你道是暑气暄[38]，不是那下雪天；岂不闻飞霜六月因邹衍[39]？若果有一腔怨气喷如火，定要感的六出冰花滚似绵[40]，免着我尸骸现；要什么素车白马[41]，断送出古陌荒阡[42]！

（正旦再跪科，云）大人，我窦娥死的委实冤枉，从今以后，着这楚州亢旱三年[43]！（监斩官云）打嘴！那有这等说话！（正旦唱）

〔一煞〕你道是天公不可期，人心不可怜，不知皇天也肯从人愿。做甚么三年不见甘霖降[44]？也只为东海曾经孝妇冤[45]，如今轮到你山阳县[46]。这都是官吏每无心正法[47]，使百姓有口难言！

（刽子做磨旗科，云）怎么这一会儿天色阴了也？（内做风科[48]，刽子云）好冷风也！（正旦唱）

〔煞尾〕浮云为我阴，悲风为我旋，三桩儿誓愿明题遍[49]。（做哭科，云）婆婆也，直等待雪飞六月，亢旱三年呵，（唱）那其间才把你个屈死的冤魂这窦娥显！

（刽子做开刀，正旦倒科）（监斩官惊云）呀，真个下雪了，有这等异事！（刽子云）我也道平日杀人，满地都是鲜血，这个窦娥的血都飞在那丈二白练上，并无半点落地，委实奇怪。（监斩官云）这死罪必有冤枉。早两桩儿应验了，不知亢旱三年的说话，准也不准？且看后来如何。左右，也不必等待雪晴，便与我抬他尸首，还了那蔡婆婆去罢。（众应科，抬尸下）

【注释】

［1］选自关汉卿《窦娥冤》第三折。关汉卿（约1234–约1300），名不详，字汉卿，号已斋（又作一斋、已斋叟），元大都（今北京）人，有籍贯大都（今北京市）、解州（今山西运城）和祁州（今河北安国）等说，元代剧作家、文人，元杂剧奠基人，与白朴、马致远、郑光祖并称"元曲四大家"。关汉卿兼擅散曲，现存小令49首（一说57首），套数十多套，风格清新刚健。

［2］外：即外末，元杂剧角色名。正末是男主角，外末则是正末以外、次要的男角色，明清传奇中逐渐演变为专指扮演老年男子的角色行当。

［3］做公的：公差。

［4］净：从宋元南戏和北杂剧开始有此名目，从宋杂剧和金院本的喜剧角色副净演变而来。宋元南戏和北杂剧的净出现分化趋势，一方面继承了副净的插科打诨、滑稽调笑的传统；另一方面则向正剧人物转化，表现性格鲜明、气质独特的人物。此处指扮演性情恶劣、举止粗野的人物。

［5］磨（mó）旗：摇旗，挥动旗子开路，典出宋孟元老《东京梦华录》卷七《驾登宝津楼诸军呈百戏》："先一人空手出马，谓之'引马'；次一人磨旗出马，谓之'开道旗'。"

［6］正旦：元杂剧戏曲角色行当名，即女主角，此处指窦娥。

［7］没来由：没有原因，无端。

［8］不提防：不注意，没想到，也作“不堤防”。

［9］森罗殿：指阴间最高统治者阎罗王所处的宝殿，又名“森罗宝殿”。

［10］日月:隐喻皇帝。鬼神:隐喻官吏。有日月朝暮悬，有鬼神掌着生死权：参见王季思主编《中国十大古典悲剧集》此曲眉批:“窦娥呼天抢地的哭号，对等级社会提出了最有力的控诉”。

［11］只合：本应，本该。

［12］盗跖（zhí）：名柳下跖，是春秋末年奴隶起义的领袖，是当时著名的大盗，暴虐却得善终。颜渊：孔子最得意的弟子，72 贤人之一，却贫困、短命。

［13］做得个：俗语，落得个，有“出人意料”之意。

［14］元来：即原来。

［15］纽：同“扭”。左侧右偏：形容带枷走路不便，左右摇晃的样子。

［16］前合后偃（yǎn）：即前合后仰，身体前后晃动，站立不稳。

［17］哥哥：对男性的客气称呼。行：宋代和元代口语里用在称谓词后面，相当于“这边”“那边”或者“这里”“那里”。哥哥行（háng）：哥哥那里。

［18］适才：刚才，方才。

［19］餐刀：吃刀，即砍头。

［20］也么哥：衬词，没有具体意义，此处二句重叠，句尾均以“也么哥”作结，是〔叨叨令〕曲牌的固定格式。

［21］卜儿：宋元俗语，指老娘或老妇人，宋元戏曲中扮演老妇人也称“卜儿”。

［22］兀的：怎么，表示感叹。

［23］瀽（jiǎn）：泼，倾倒。浆水饭：在关中也叫“水饭”，即在稀米汤中加入菜及调料，是关中人在饥荒年代常吃的一种饭食，此处指用浆水饭

浇奠以祭祀亡者。

[24] 陌：通“百”，数词，此处指一百个纸钱。一陌儿：一百钱。

[25] 葫芦提：宋元口语，糊里糊涂，亦作“葫芦题”。当：承受，承担。愆（qiān）：罪过。罪愆：罪恶，罪过。

[26] 干家缘：操劳家务。

[27] 遇时节：逢年过节。凉浆：冷菜汤。

[28] 烈：烧。

[29] 荐；祭献，超度亡魂。

[30] 白练：白色绢条，喻指像白绢一样的东西。

[31] 旗枪：旗杆顶，古代旗杆顶端常有枪形的金属饰物，故有此称。

[32] 打甚么不紧：有什么要紧；不要紧，没什么关系。

[33] 罚：发誓。无头愿：没由头、没头没脑的誓愿。

[34] 湛湛：清明澄澈的样子。也不见得湛湛青天：也显不出天理昭彰。

[35] 苌弘：人名，周朝时期刘文公的大夫，忠诚尽责，后被冤杀，传说其血三年化为碧玉。苌弘化碧：出自《庄子·外物》“人主莫不欲其臣之忠，而忠未必信，故伍员流于江，苌弘死于蜀，藏其血三年而化为碧”，形容为正义事业蒙受冤屈。

[36] 望帝啼鹃：相传战国时蜀王杜宇称帝，号望帝，死不瞑目，化为杜鹃鸟，啼声凄切，出自汉李膺《蜀志》：“望帝称王于蜀，得荆州人鳖灵，便立以为相。后数岁，望帝以其功高，禅位于鳖灵。望帝修道，化为杜鹃鸟，亦曰子规鸟，至春则啼，闻者凄恻。”

[37] 三伏：初伏、中伏、末伏的统称。天道：天气。三伏天道：一年中最热的天气。

[38] 暄：此处指炎热。暑气暄：热气蒸腾。

[39] 飞霜六月因邹衍：《昭明文选》卷三十九《上书启·上书·诣建平王

上书》:“昔者贱臣叩心，飞霜击于燕地。”李善《文选注》:“《淮南子》曰：邹衍尽忠于燕惠王，惠王信谮而系之。邹衍仰天而哭，正夏而天为之降霜。”后用作忠臣受冤屈的典故。

［40］六出冰花：即雪花，因雪花有六角而得名。

［41］素车白马：送葬用的车马，典出《后汉书·范武传》：山阳人范式跟汝南人张劭友好，劭去世后将下葬，式“素车白马，号哭而来”，后常借指吊丧、送丧之意。

［42］断送：送葬。断送出：发送往。古陌荒阡：人迹罕至、荒凉的野外，古代田间小路东西为“陌”，南北为“阡”，“阡陌”泛指田野。断送出古陌荒阡：代指送葬。

［43］亢旱：大旱，旱情严重。

［44］霖：连续几天的雨，《左传·隐九年》载：“凡雨自三日以往为霖。”甘霖：久旱后下的好雨。

［45］东海曾经孝妇冤：指“东海孝妇”故事（见《汉书·于定国传》），写东海孝妇蒙冤而死，其冤屈令郡中大旱三年，后刘向《说苑》、干宝《搜神记》亦有记载。

［46］山阳县：江苏淮安县的旧称，今江苏淮安市淮安区。

［47］每：们。

［48］内：指后台。

［49］题：说，谈及。题遍：即说完。

【导读】

《窦娥冤》，全名《感天动地窦娥冤》，是关汉卿杂剧代表作，也是中国古典悲剧的典范。剧作描写了窦娥一生的悲剧，是孤女、童养媳、寡妇、死囚的一生：幼失父母，高利贷的剥削下小小年纪就被卖抵债，成为了童养媳，长大成亲后却又丧夫成为寡妇。想守节侍奉婆婆，却遭到泼皮流氓的欺压诬陷。仗着心上无事，想见官辨清白，遇到的却是贪官污吏的毒刑和判决。这些接连的不幸和灾难吞噬了她的青春和生命，构成了“感天动地”的大悲剧。

第三折是悲剧冲突的最高潮。窦娥被送上法场行刑，其善良和不屈体现得淋漓尽致。在押赴刑场途中，善良的窦娥担心年迈的婆婆看见她披枷带锁伤心，请差役绕道而行。刑场上，窦娥指天骂地，正是对最高统治者及整个封建体系的控诉，是人民长期压抑的愤怒情绪的宣泄和反抗精神的体现。面对残酷的社会现实，作者运用了浪漫主义手法——窦娥发下的三桩誓愿实现了，这寄托了作者鲜明的爱憎，反映了人民惩治奸邪的愿望，喻示人民的抗争必胜，显示正义的强大力量，同时也反衬出社会的黑暗，使人物拥有了一种崇高的悲剧力量感，具有震撼人心的艺术力量。

西厢记·长亭送别

（元）王实甫[1]

（夫人长老上云）今日送张生赴京，十里长亭，安排下筵席。我和长老先行，不见张生小姐来到。〔旦、末、红同上〕（旦云）今日送张生上朝取应，早是离人伤感，况值那暮秋天气，好烦恼人也呵！悲欢聚散一杯酒，南北东西万里程。（唱）

〔正宫·端正好〕[2]碧云天，黄花地[3]，西风紧，北雁南飞。晓来谁染霜林醉？总是离人泪[4]。

〔滚绣球〕恨相见得迟，怨归去得疾。柳丝长玉骢难系[5]，恨不倩疏林挂住斜晖[6]。马儿迍迍[7]的行，车儿快快的随，却告了相思回避，破题儿又早别离[8]。听得道一声“去也”，松了金钏[9]；遥望见十里长亭，减了玉肌。此恨谁知[10]？

（红云）姐姐今日怎么不打扮？（旦云）你那知我的心里呵！（唱）

〔叨叨令〕见安排着车儿、马儿，不由人熬熬煎煎的气；有甚么心情花儿、靥儿[11]，打扮的娇娇滴滴的媚；准备着被儿、枕儿，则索昏昏沉沉的睡；从今后衫儿、袖儿，都揾做重重叠叠的泪[12]。兀的不闷杀人也么哥！兀的不闷杀人也么哥[13]！久已后书儿、信儿，索与我凄凄惶惶的寄[14]。

（做到了科，见夫人科）（夫人云）张生和长老坐，小姐这壁坐，红娘将酒来。张生，你向前来，是自家亲眷，不要回避。俺今日将莺莺与你，到京师休辱没了俺孩儿，挣揣一个状元回来者[15]。（末云）小生托夫人余荫，凭着胸中之才，视官如拾芥耳[16]。（洁[17]云）夫人主见不差，张生不是落后的人。（把酒了，坐）（旦长吁科）（唱）

〔脱布衫〕下西风黄叶纷飞，染寒烟衰草萋迷。酒席上斜签着坐的，蹙愁眉死临侵地[18]。

〔小梁州〕我见他阁泪汪汪不敢垂[19]，恐怕人知。猛然见了把头低，长吁气，推整素罗衣[20]。

〔幺篇〕虽然久后成佳配，奈时间怎不悲啼[21]。意似痴，心如醉，昨宵今日，清减了小腰围。

（夫人云）小姐把盏者！（红递酒，旦把盏长吁科，云）请吃酒！（唱）

〔上小楼〕合欢未已，离愁相继。想着俺前暮私情，昨夜成亲，今日别离。我谂知这几日相思滋味[22]，却原来比别离情更增十倍。

〔幺篇〕年少呵轻远别，情薄呵易弃掷[23]。全不想腿儿相挨，脸儿相偎，手儿相携。你与俺崔相国做女婿，妻荣夫贵[24]，但得一个并头莲[25]，煞强如状元及第。

（夫人云）红娘把盏者！（红把酒科）（旦唱）

〔满庭芳〕供食太急，须臾对面，顷刻别离。若不是酒席间子母每当回避，有心待与他举案齐眉[26]。虽然是厮守得一时半刻，也合着俺夫妻每共桌而食。眼底空留意，寻思起就里，险化做望夫石。

（红云）姐姐不曾吃早饭，饮一口儿汤水。（旦云）红娘，甚么汤水咽得下！（唱）

〔快活三〕将来的酒共食，尝着似土和泥：假若便是土和泥，也有些土气息、泥滋味。

〔朝天子〕暖溶溶玉醅，白泠泠似水[27]，多半是相思泪。眼面前茶饭怕不待要吃[28]，恨塞满愁肠胃。“蜗角虚名，蝇头微利[29]”，拆鸳鸯在两下里。一个这壁，一个那壁，一递一声长吁气。

（夫人云）辆起车儿[30]，俺先回去，小姐随后和红娘来。（下）（末辞洁科）（洁云）此一行别无话儿，贫僧准备买登科录看[31]，做亲的茶饭少不得贫僧的。先生在意，鞍马上保重者！从今经忏无心礼，专听春雷第一声[32]。（下）（旦唱）

〔四边静〕霎时间杯盘狼籍，车儿投东，马儿向西。两意徘徊，落日山横翠。知他今宵宿在那里？有梦也难寻觅。

（旦云）张生，此一行得官不得官，疾早便回来。（末云）小生这一去，白夺一个状元，正是：“青霄有路终须到[33]，金榜无名誓不归”。（旦云）君行别无所赠，口占一绝[34]，为君送行：“弃掷今何在，当时且自亲。还将旧来意，怜取眼前人。”（末云）小姐之意差矣，张珙更敢怜谁？谨赓一绝[35]，以剖寸心：“人生长远别，孰与最关亲？不遇知音者，谁怜长叹人？”（旦唱）

〔耍孩儿〕淋漓襟袖啼红泪，比司马青衫更湿[36]。伯劳东去燕西飞[37]，未登程先问归期。虽然眼底人千里，且尽生前酒一杯。未饮心先醉[38]，眼中流血，心内成灰。

〔五煞〕到京师服水土，趁程途节饮食，顺时自保揣身体[39]。荒村雨露宜眠早，野店风霜要起迟！鞍马秋风里，最难调护，最要扶持。

〔四煞〕这忧愁诉与谁？相思只自知，老天不管人憔悴。泪添九曲黄河溢，恨压三峰华岳低[40]。到晚来闷把西楼倚，见了些夕阳古道，衰柳长堤。

〔三煞〕笑吟吟一处来，哭啼啼独自归。归家若到罗帏里，昨宵个绣

衾香暖留春住[41]，今夜个翠被生寒有梦知。留恋你别无意，见据鞍上马[42]，阁不住泪眼愁眉。

（末云）有甚言语嘱咐小生咱？（旦唱）

〔二煞〕你休忧“文齐福不齐”，我则怕你“停妻再娶妻”[43]。休要“一春鱼雁无消息”！我这里“青鸾有信频须寄”[44]，你却休“金榜无名誓不归”。此一节君须记：若见了那异乡花草，再休似此处栖迟[45]。

（末云）再谁似小姐？小生又生此念？（旦唱）

〔一煞〕青山隔送行，疏林不做美[46]，淡烟暮霭相遮蔽。夕阳古道无人语，禾黍秋风听马嘶。我为甚么懒上车儿内，来时甚急，去后何迟？

（红云）夫人去好一会，姐姐，咱家去！（旦唱）

〔收尾〕四围山色中，一鞭残照里。遍人间烦恼填胸臆，量这些大小车儿如何载得起[47]？

（旦、红下）（末云）仆童赶早行一程儿，早寻个宿处。泪随流水急，愁逐野云飞[48]。（下）

【注释】

［1］选自王实甫《西厢记》第4本第3折，俗称“长亭送别”“长亭”或“送别”，金圣叹批本称为“哭宴”。王实甫，生卒年不详，天一阁本《录鬼簿》称他名德信，大都（今北京市）人，元代剧作家、文人。本折以《古本戏曲丛刊》影印明弘治本为底本，并参校人民文学出版社王季思主编《全元戏曲》本。

［2］正宫·端正好：曲有宫调和曲牌，即乐曲的调式和曲调的名称。“正宫”是宫调名，“端正好”是曲牌名。

［3］黄花：指菊花。碧云天，黄花地：语出范仲淹《苏幕遮》“碧云天，黄叶地，秋色连波，波上寒烟翠。”

［4］晓来谁染霜林醉？总是离人泪：意即总是离人带血的泪将早晨的枫林染红。

［5］柳丝：指垂柳枝条细长如丝，常用来比喻离情愁绪，如唐白居易《杨柳枝词》八首之八：“人言柳叶似愁眉，更有愁肠似柳丝”。玉骢（cōng）：即玉花骢，毛色青白的骏马，后泛指骏马，此处指张生所乘之马。柳丝长玉骢难系：柳丝虽长却系不住骏马，意谓情虽长却留不住张生，此处是莺莺想象之辞，与下一句“恨不倩疏林挂住斜晖”均表达她难舍张生之意。

［6］倩（qìng）：请，央求。恨不倩疏林挂住斜晖：祈求疏林挂住斜阳，使时间停留。

［7］迍（zhūn）：行动迟缓，艰难不进的样子。

［8］却：犹恰，刚刚。破题儿：科举考试的文章需要在起首处释题，即用几句话点破题意，后亦以此称诗赋起句，元曲中常用“破题”比喻开始或第一次。

［9］钏（chuàn）：臂环的古称，指用珠子串起来做成的镯子。此句“松了金钏”与下句“减了玉肌”对举，是夸张手法，均指为离愁迅速消瘦。

［10］恨：此处指遗憾、不满意。

［11］靥（yè）儿：原指酒窝，旧指女子在脸颊点搽妆饰，如段成式《酉阳杂俎·鲸》“近代妆尚靥，如射月曰黄星靥”。此处“花儿、靥儿”即指花钿。

［12］揾（wèn）：拭，擦。

［13］兀的不：岂不是，这不是，表示感叹，也作“兀得不”“窝的不”。闷杀：闷死。也么哥：戏曲中的衬词，无意义。

[14] 索：需。凄凄惶惶：悲伤不安的样子。

[15] 争（zhèng）揣（chuài）：努力争取、夺得。

[16] 芥：小草。视官如拾芥：把取得官职看得像从地上拾取一根小草那样轻而易举，不费力气。

[17] 洁：即洁郎，也作“杰郎”，元代民间对出家人的俗称，此处指普救寺住持法本长老。

[18] 签：插。斜签着坐：侧身半坐，封建时代晚辈在长辈面前不能实坐。临侵：词尾，表示程度，元明曲中多见。死临侵地：死板板地，没精打采的样子。

[19] 阁泪：含泪，出自宋代夏竦《鹧鸪天·镇日无心扫黛眉》“尊前只恐伤郎意，阁泪汪汪不敢垂”。阁泪汪汪不敢垂：眼睛里充满泪水却不敢任其流出，此句与后文“阁不住愁眉泪眼”相呼应。

[20] 推：借口，此处有“假装”的意思。推整素罗衣：装作整理衣裳，此处明朝王伯良校注曰：“‘阁泪汪汪’，莺指己言，恐人之知，故阁泪而不敢垂。偶然被人看见，故把头低，而推整素罗衣也。”即莺莺看到张生的样子，不禁热泪盈眶，却忍泪不敢流出，低头装作整理衣裳。但金圣叹认为这是指莺莺眼中的张生“恐怕人知”，而“阁泪汪汪不敢垂”。

[21] 时间：此时。

[22] 谂（shěn）：知道，知悉。

[23] 弃掷：抛弃。

[24] 妻荣夫贵：原为“夫荣妻贵”，指丈夫荣耀，妻子也随之尊贵，出自《仪礼·丧服》“夫尊于朝，妻贵于室矣。”此处反其义用之，意谓张生为崔相国女婿，夫凭妻贵，可以不必远行去求取功名。

[25] 并头莲：亦“并蒂莲”或“并蒂芙蓉”，指两朵莲花并排长在同一茎上，常用来形容恩爱的夫妻。

[26] 举案齐眉：亦作“齐眉举案”“孟光举案”，典出《后汉书·梁鸿传》“为人赁舂，每归，妻为具食，不敢于鸿前仰视，举案齐眉。”指妻子尊重丈夫，后世常以此形容夫妻互相敬爱。

[27] 玉醅（pēi）：美酒。白泠（líng）泠：清冽澄澈的样子。暖溶溶玉醅，白泠泠似水：此处指莺莺无心饮食，美酒也感觉如同无味的白水。

[28] 不待要：不想，不打算。怕不待要吃：不想吃。

[29] 蜗角虚名，蝇头微利：出自《庄子·则阳》“有国于蜗之左角者，曰触氏；有国于蜗之右角者，曰蛮氏，时相与争地而战，伏尸数万，逐北旬有五日而后反”。蜗角与蝇头均极细极微，互文对举，喻为细微的浮名小利。

[30] 辆：用作动词，犹“驾”，意为套好。

[31] 登科录：科举时代登载录取进士姓名的名册。

[32] 经忏：即道教、佛教经文和忏悔文，此处指佛教经文。春雷第一声：进士试于春正、二月举行，故以此喻中第消息。“从今经忏”二句为法本的下场诗。

[33] 青霄路：通往青天的路，比喻高位或致身青云之路。

[34] 绝：指绝句，不打草稿。口占一绝：即兴赋诗之意。

[35] 赓（gēng）：续。此处指和诗一首。

[36] 淋漓襟袖啼红泪：典出王嘉《拾遗记·魏》，薛灵芸被选入宫，别父母“泪下霑衣。至升车就路之时，以玉唾壶承泪，壶则红色。既发常山，及至京师，壶中泪凝如血”，后因此称美人泪为红泪。比司马青衫更湿：化用白居易《琵琶行》诗句“座中泣下谁最多，江州司马青衫湿”。

[37] 伯劳：一种善鸣的小鸟，又名䴗或鴂。伯劳东去燕西飞：此句化自《玉台新咏．歌词二首》其一（《乐府诗集》卷六十八作《东飞伯劳歌》

古词）“东飞伯劳西飞燕，黄姑织女时相见。”

[38] 未饮心先醉：出自刘禹锡《酬令狐相公杏园花下饮有怀见寄》“未饮心先醉，临风思倍多。”

[39] 趁程途：赶路。趁程途节饮食：路途中节制饮食。揣：估量，踹量。顺时自保揣身体：估量自己的身体情况，按季节变化保重身体。

[40] 泪添九曲黄河溢：意指愁之多能使九曲黄河都泛滥。三峰：指西岳华山的三个主峰莲花峰、仙人掌、落雁峰。恨压三峰华岳低：意指愁之重能将华岳三峰都压低。

[41] 绣衾（qīn）：绣花被子。

[42] 据鞍：跨鞍。

[43] 停妻再娶妻：抛弃未离异的妻子再娶妻。

[44] 青鸾：即青鸟，神话传说中为西王母报信的使者，后代指书信或传信的使者。

[45] 栖迟：留连，滞留。

[46] 疏林不做美：与前文“恨不倩疏林挂住斜晖”相照应，可见作者文思之缜密。

[47] 量：推测，估量。量这些大小车儿如何载得起：化用李清照《武陵春·春晚》“只恐双溪舴艋舟，载不动许多愁”。

[48] 泪随流水急，愁逐野云飞：互文见义，意谓见流水、秋云都引起思念而愁生泪落。

【导读】

“长亭送别”是王实甫《西厢记》中最为精彩的片段之一，前两折为“酬简”和“拷红”。崔莺莺和张生私定终身被老夫人发现，震怒之下拷问红娘，这是剧情发展的一个高潮。紧张之际，红娘抓住老夫人理亏之处，指责老夫人言而无信在先，四两拨千斤解了围，让老夫人不得不承认既成现实："待经官呵，玷辱家门。罢罢！俺家无犯法之男，再婚之女，与了这厮罢。"眼见冲突得以平息，莺莺和张生即将得成所愿，老夫人却又以"俺三辈儿不招白衣女婿"为由，强迫张生"明日便上朝取应去"，两人的爱情又生波折，面临痛苦的离别。"长亭送别"这折戏正是描写这一场发生在长亭的送别，由莺莺主唱，通过十九支曲文，展现了一幅情景交融的深秋离别画卷，细腻深刻地揭示了莺莺深情幽微的内心世界，是塑造莺莺形象的重场戏。

本折按时间顺序可以分为三个部分：赴长亭途中、长亭别宴、长亭分别。展现了莺莺随着时间的流逝不断起伏的情感节律：从赴长亭途中反复吟诵的不舍、离愁（"早是离人伤感，况值那暮秋天气，好烦恼人也呵！"），到宴席上对张生的不尽的依恋（"昨夜成亲，今日离别"）、试探（"弃掷今何在，当时且自亲。还将旧来意，怜取眼前人。"）、担忧（"我则怕你'停妻再娶妻'"）与叮嘱（"趁程途节饮食，顺时自保揣身体"），到分别时反复地叮咛（"青鸾有信频须寄"、休要"金榜无名誓不归"、"若见了那异乡花草，再休似此处栖迟"），再到分别后的孤独怅望、愁绪满怀（"青山隔送行，疏林不做美""遍人间烦恼填胸臆，量这些大小车儿如何载得起"），多侧面地再现了人物生动、复杂的情感，细致入微地刻画了一个将爱情置于功名之上的深情女子痛苦幽深的心理世界。而作者将这样缠绵悱恻的幽微心绪融情入景，既善于提炼生活中的白描俊语，又擅长化用优美诗句，秋色与愁绪浑然一体，情境相衬，使得"长亭送别"一折凝结成一个包含着深秋、暮色、长亭与含蓄、感伤、离愁的完整意境的千古经典诗剧片段。

牡丹亭·惊梦

（明）汤显祖[1]

〔绕池游〕（旦上）梦回莺啭[2]，乱煞年光遍[3]。人立小庭深院。（贴）炷尽沉烟[4]，抛残绣线[5]，恁今春关情似去年[6]。

〔乌夜啼〕（旦）晓来望断梅关[7]，宿妆残[8]。（贴）你侧着宜春髻子[9]，恰凭栏。（旦）剪不断，理还乱[10]，闷无端[11]。（贴）已吩咐催花莺燕借春看。（旦）春香，可曾叫人扫除花径？（贴）吩咐了。（旦）取镜台衣服来（贴取镜台衣服上）“云髻罢梳还对镜，罗衣欲换更添香[12]。”镜台衣服在此。

〔步步娇〕（旦）袅晴丝[13]，吹来闲庭院，摇漾春如线。停半晌、整花钿[14]。没揣菱花[15]，偷人半面，迤逗的彩云偏[16]。（行介）步香闺怎便把全身现！

（贴）今日穿插的好。

〔醉扶归〕（旦）你道翠生生出落的裙衫儿茜[17]，艳晶晶花簪八宝填[18]，可知我常一生儿爱好是天然[19]。恰三春好处无人见[20]。不提防沉鱼落雁鸟惊喧，则怕的羞花闭月花愁颤。

（贴）早茶时了，请行。（行介）你看：画廊金粉半零星，池馆苍苔一片青。踏草怕泥新绣袜[21]，惜花疼煞小金铃[22]（旦）不到园林，怎知春色如许！

〔皂罗袍〕原来姹紫嫣红开遍[23]，似这般都付与断井颓垣[24]。良辰美景奈何天，赏心乐事谁家院[25]！恁般景致，我老爷和奶奶再不提起。**（合）朝飞暮卷[26]，云霞翠轩；雨丝风片，烟波画船——锦屏人忒看的这韶光贱[27]！**

（贴）是花都放了[28]，那牡丹还早。

〔好姐姐〕（旦）遍青山啼红了杜鹃[29]，荼蘼外烟丝醉软[30]。春香呵，牡丹虽好，他春归怎占的先[31]！（贴）成对儿莺燕呵。（合）闲凝眄[32]，生生燕语明如翦[33]，呖呖莺歌溜的圆[34]。

（旦）去罢。（贴）这园子委是观之不足也[35]。（旦）提他怎的！（行介）

〔隔尾〕观之不足由他缱[36]，便赏遍了十二亭台是枉然[37]。倒不如兴尽回家闲过遣[38]。

（作到介）（贴）开我西阁门，展我东阁妆床[39]。瓶插映山紫[40]，炉添沉水香[41]。小姐，你歇息片时，俺瞧老夫人去也。（下）（旦叹介）默地游春转，小试宜春面[42]。春呵，得和你两留连，春去如何遣？咳！恁般天气，好困人也。春香那里？（作左右瞧介）（又低首沉吟介）天呵，春色恼人，信有之乎！常观诗词乐府，古之女子，因春感情，遇秋成恨，诚不谬矣。吾今年已二八，未逢折桂之夫；忽慕春情，怎得蟾宫之客[43]？昔日韩夫人得遇于郎[44]，张生偶逢崔氏[45]，曾有《题红记》、《崔徽传》二书。此佳人才子，前以密约偷期[46]，后皆得成秦晋[47]。（长叹介）吾生于宦族，长在名门。年已及笄[48]，不得早成佳配，诚为虚度青春，光阴如过隙耳。（泪介）可惜妾身颜色如花，岂料命如一叶乎[49]！

〔山坡羊〕没乱里春情难遣[50]，蓦地里怀人幽怨。则为俺生小婵娟，拣名门一例、一例里神仙眷。甚良缘，把青春抛的远！俺的睡情谁见？则索因循腼腆[51]。想幽梦谁边，和春光暗流转？迁延，这衷怀那处言！

淹煎，泼残生[52]**，除问天！**

身子困乏了，且自隐几而眠[53]。（睡介）（梦生介）（生持柳枝上）“莺逢日暖歌声滑，人遇风情笑口开。一径落花随水入，今朝阮肇到天台[54]。”小生顺路儿跟著杜小姐回来，怎生不见？（回看介）呀，小姐，小姐。（旦作惊起介）（相见介）（生）小生那一处不寻访小姐来，却在这里！（旦作斜视不语介）（生）恰好花园内，折取垂柳半枝。姐姐，你既淹通书史，可作诗以赏此柳枝乎？（旦作惊喜欲言又止介）（背想）这生素昧平生，何因到此？（生笑介）小姐，咱爱杀你哩！

〔**山桃红**〕则**为你如花美眷，似水流年，是答儿闲寻遍**[55]。在**幽闺自怜**。小姐，和你那答儿讲话去。（旦作含笑不行）（生作牵衣介）（旦低问）那边去？（生）**转过这芍药栏前，紧靠著湖山石边**。（旦低问）秀才，去怎的？（生低答）和你把**领扣松，衣带宽，袖梢儿揾著牙儿苫也**[56]，则待你**忍耐温存一晌眠**[57]。（旦作羞）（生前抱）（旦推介）（合）**是那处曾相见，相看俨然，早难道这好处相逢无一言**[58]？

（生强抱旦下）（末扮花神束发冠红衣插花上）“催花御史惜花天[59]，检点春工又一年。蘸客伤心红雨下[60]，勾人悬梦彩云边。”吾乃掌管南安府后花园花神是也。因杜知府小姐丽娘，与柳梦梅秀才，后日有姻缘之分。杜小姐游春感伤，致使柳秀才入梦。咱花神专掌惜玉怜香，竟来保护他，要他云雨十分欢幸也。

〔**鲍老催**〕（末）**单则是混阳蒸变，看他似虫儿般蠢动把风情搧。一般儿娇凝翠绽魂儿颤**[61]。**这是景上缘**[62]**，想内成，因中见。呀，淫邪展污了花台殿**[63]。**咱待拈片落花儿惊醒他**。（向鬼门丢花介）[64]**他梦酣春透了怎留连？拈花闪碎的红如片**。

秀才，才到的半梦儿，梦毕之时，好送杜小姐仍归香阁。吾神去也。（下）

〔**山桃红**〕（生、旦携手上）（生）**这一霎天留人便，草藉花眠。**小姐可好？（旦低头介）（生）**则把云鬓点，红松翠偏。**小姐休忘了呵，见了你紧相偎，慢厮连，恨不得肉儿般团成了片，逗的个日下胭脂雨上鲜。（旦）秀才，你可去呵？是那处曾相见？相看俨然，早难道这好处相逢无一言？

（生）姐姐，你身子乏了，将息将息。（送旦依前作睡介）（轻拍旦介）姐姐，俺去了。（作回顾介）姐姐，你可十分将息，我再来瞧你那。"行来春色三分雨，睡去巫山一片云。"（生下）（旦作惊醒，低叫介）秀才，秀才，你去了也？（又作痴睡介）

（老旦上）"夫婿坐黄堂[65]，娇娃立绣窗。怪他裙衩上，花鸟绣双双。"孩儿，孩儿，你为甚瞌睡在此？（旦作醒，叫秀才介）咳也！（老旦）孩儿怎的来？（旦作惊起介）奶奶到此！（老旦）我儿，何不做些针指[66]，或观玩书史，舒展情怀？因何昼寝于此？（旦）孩儿适花园中闲玩，忽值春暄恼人，故此回房。无可消遣，不觉困倦少息。有失迎接，望母亲恕儿之罪。（老旦）孩儿，这后花园中冷静，少去闲行。（旦）领母亲严命。（老旦）孩儿，学堂看书去。（旦）先生不在，且自消停[67]。（老旦叹介）女孩儿长成，自有许多情态，且自由他。正是："宛转随儿女，辛勤做老娘。"（下）

（旦长叹介）（看老旦下介）哎也，天那！今日杜丽娘有些侥幸也。偶到后花园中，百花开遍，睹景伤情。没兴而回，昼眠香阁。忽见一生，年可弱冠[68]，丰姿俊妍。于园中折得柳丝一枝，笑对奴家说："姐姐既淹通书史，何不将柳枝题赏一篇？"那时待要应他一声，心中自忖，素昧平生，不知名姓，何得轻与交言。正如此想间，只见那生向前说了几句伤心话儿，将奴搂抱去牡丹亭畔，芍药栏边，共成云雨之欢。两情和合，真个是千般爱惜，万种温存。欢毕之时，又送我睡眠，几声"将息"。正待自送那生出门，忽值母亲来到，唤醒将来。我一身冷汗，乃是南柯一梦[69]。忙身参礼母亲，又被母亲絮了许多闲话。奴家口虽无言答应，心内思想梦中之事，何曾放怀？行坐不宁，自觉如有所失。娘呵，你叫我学堂看书去，知他看那一种书消闷也？（作掩泪介）

〔绵搭絮〕雨香支片[70]，才到梦儿边。无奈高堂，唤醒纱窗睡不便。泼新鲜冷汗粘煎，闪的俺心悠步亸[71]，意软鬟偏。不争多费尽神情[72]，坐起谁饮则待去眠[73]。

（贴上）“晚妆销粉印，春润费香篝[74]。”小姐，薰了被窝睡罢。

〔尾声〕（旦）困春心游赏倦，也不索香薰绣被眠。天呵，有心情那梦儿还去不远。

春望逍遥出画堂，间梅遮柳不胜芳。

可知刘阮逢人处？回首东风一断肠。

【注释】

［1］选自汤显祖《牡丹亭》第十出。汤显祖（1550–1616），字义仍，号海若、若士，别号清远道人，江西临川（今抚州市）人，清代剧作家、文人。戏曲作品主要有《紫钗记》《牡丹亭》(《还魂记》)《南柯记》《邯郸记》等四种，合称《临川四梦》，或《玉茗堂四梦》。另有诗文著述，现辑为《汤显祖集》。《惊梦》由〔绕池游〕和〔山坡羊〕两套曲组成。〔绕池游〕以下六支曲子为一套，又被称为“游园”。〔山坡羊〕以下为一套被称为“惊梦”，因此人们常以“游园惊梦”称此出戏。

［2］啭（zhuàn）：指鸟宛转动听的鸣叫声。

［3］乱煞：缭乱。年光：春光。遍：到处。乱煞年光遍：意为到处是令人缭乱的春光。

［4］炷：燃烧。沉烟：沉香燃烧的烟，借指点燃的沉香。

［5］抛残绣线：此处指沉香燃尽余烟袅袅，像抛出的绣线。

［6］恁（nèn）：怎么，为什么。关情：牵动人心的情致，即春情。似：用于比较的介词，超过，胜过。

［7］梅关：在本剧故事发生处江西省南安府（大庾）的南面，因梅花多而得名，宋代蔡挺曾在此设梅关。

［8］宿妆：残妆，旧妆。

［9］宜春髻子：立春日习俗，妇女剪彩色绸丝作燕子状，上贴“宜春”二字，戴在髻上，此处指春妆发型。

［10］剪不断，理还乱：语出南唐后主李煜词《相见欢》，表现杜丽娘因幽居而产生的苦闷。

［11］无端：无故。

［12］云髻罢梳还对镜，罗衣欲换更添香：出自唐代诗人薛逢的《宫词》，形容宫女精心梳妆打扮期待君王恩宠的情形，此处借此描写杜丽娘用心打扮的情态。

［13］袅（niǎo）：即袅袅，细长柔软，随风飘荡的样子。晴丝：即游丝，春天昆虫所吐的飘荡在空中的细丝，此处还谐音“情思”。

［14］花钿（diàn）：古代妇女的额饰。

［15］没揣：不料，蓦然。菱花：借指菱花镜，泛指镜子。

［16］迤（yǐ）逗：叠韵连绵词，引惹，挑逗。彩云：此处喻指美丽的发髻。

［17］翠生生：色彩鲜丽，如苏轼诗“一朵妖红翠欲流”（《苏诗编注集成》卷十一《和述古冬日牡丹》四首）。出落的：显出，衬托得。茜（qiàn）：深红色。

［18］艳晶晶：光彩绚烂。花簪八宝填：各种珠宝镶嵌装饰的发簪。

［19］爱好（hǎo）：爱美。天然：天性使然。

[20] 三春好处：指春光美好，以此比喻自己的青春美貌。

[21] 泥（nì）：原意指涂抹，此处意指玷污。

[22] 惜花疼煞小金铃：据《天宝遗事》云："宁王……于后园中纫红丝为绳，密缀金铃，系于花梢之上。每有鸟鹊翔集，则令园吏掣铃索以警之。盖惜花之故也。"此处沿用此意，为了驱散鸟雀，常扯动丝绳，以至拉疼小金铃，以此极写深切的惜花之情。

[23] 姹（chà）：美丽娇艳。姹紫嫣红：形容花色鲜艳明丽。

[24] 颓（tuí）：倒塌。垣（yuán）：墙。

[25] 良辰美景奈何天，赏心乐事谁家院：出自南朝宋谢灵运《拟魏太子邺中集诗》序："天下良辰、美景、赏心、乐事，四者难并。"

[26] 朝飞暮卷：此处借用王勃《滕王阁》"画栋朝飞南浦云，朱帘暮卷西山雨。"诗意，与以下三句多侧面描写花园美景。

[27] 锦屏，锦绣屏风，一般在闺房中用此隔离外界。锦屏人：幽居闺房之人。忒：太，过于。韶光：美好的时光，此处指春光。

[28] 是：所有的。

[29] 啼红了杜鹃：开遍了红色的杜鹃花，据《蜀王本纪》《华阳国志》等书载，蜀王杜宇失国后精魄所化为杜鹃，杜鹃泣血悲啼，血滴在花瓣上，花红似血，即为杜鹃花。

[30] 荼（tú）荼蘼（mí）：蔷薇科，花白味香，春末夏初开花，此处指荼蘼架。烟丝：柳丝。

[31] 牡丹虽好，他春归怎占的先：唐代作者皮日休《牡丹》诗"落尽残红始吐芳，佳名唤作百花王。竞夸天下无双艳，独立人间第一香"，此处反用其意，牡丹虽艳冠百花，但春尽方才开花，怎能占春花第一？实为杜丽娘借此抒发青春被耽误的怨恨。

[32] 眄（miǎn）：斜眼看。

［33］生生：脆生生。翦：同“剪”。生生燕语明如翦：形容燕鸣声清脆，明快如剪。

［34］呖呖：拟声词，此处指黄莺清脆宛转的叫声。

［35］委：确实。观之不足：看之不足，即看之不厌。

［36］缱（qiǎn）：留恋。

［37］十二：虚指，形容数量多，泛指园中所有景物。

［38］遣，消遣，消磨时光。过遣：过活，打发日子。

［39］开我西阁门，展我东阁床：语出《木兰诗》“开我东阁门，坐我西阁床。”

［40］映山紫：映山红，即杜鹃花的一种。

［41］沉水香：即沉香。

［42］宜春面：指立春时节妇女所化新的妆面。参看注释［9］。

［43］折桂之夫：登科及第的夫婿，语出《晋书·郤诜传》：“武帝于东堂会送，问诜曰：‘卿自以为如何？’诜对曰：‘臣鉴贤良对策，为天下第一，犹桂林之一枝，昆山之片玉。’”下句“蟾宫之客”与之同义，同为应考得中。

［44］韩夫人得遇于郎：宋代刘斧《青琐高议》前集卷五《流红记》记载了一个传奇故事：唐僖宗时，宫女韩氏在红叶上题诗，置于御沟中流出，为于佑所拾，亦以红叶题诗，流入宫中，恰被韩氏拾得，后二人结为夫妻。明代王骥德改编为戏曲《题红记》，见王骥德《曲律·杂论》第三十九下。

［45］张生偶逢崔氏：即唐元稹《莺莺传》（《会真记》）所述张生和崔莺莺的爱情故事，元代王实甫将其改编为著名杂剧《西厢记》。下文《崔徽传》讲述妓女崔徽和裴敬中的爱情故事（见《丽情集》），于此无涉，《崔徽传》疑为《莺莺传》笔误。

［46］偷期：偷偷约会，幽会。

［47］秦晋：即秦晋之好，指联姻，典出春秋时代秦、晋两国不止一代相互嫁娶，后世因此泛指联姻为秦晋之好。得成秦晋：得成夫妻。

［48］及笄（jī）：成年，到了适婚的年龄，古代女子十五岁成年以笄束发，因此成年叫及笄，见《礼记·内训》。

［49］岂料命如一叶句：出自元好问之词《鹧鸪天·薄命妾》"颜色如花画不成，命如叶薄可怜生。"

［50］没乱里：心绪烦乱。

［51］索：要，须。腼腆：害羞。

［52］淹煎：受煎熬，遭磨折。泼残生：苦命。

［53］隐：凭，靠。隐几而眠：倚靠着几案睡。

［54］阮肇到天台：意即见到意中人，见南朝刘义庆《幽明录》所载刘晨和阮肇在天台山遇到仙女的故事。

［55］是，凡是。是答儿：到处。下文"那答儿"，指那边、那处。

［56］苫（shàn）：遮盖。

［57］一晌：一会儿。

［58］早难道：难道，表达语气较强。

［59］催花御史惜花天：指花神，语出《说郛》卷二十七《云仙散录》引《玉尘集》："（唐）穆宗，每宫中花开，则以重顶帐蒙蔽栏槛，置惜花御史掌之。"

［60］蘸：沾。蘸客伤心红雨下：指红雨（落花）沾身，令人伤心。

［61］单则是混阳蒸变……魂儿颤：从花神视角形容柳杜二人幽会。

［62］景上缘：比喻姻缘短暂，如影如梦。

［63］展污：玷污，弄脏。

［64］鬼门：一作古门，戏台上演员的上、下场的门。

［65］黄堂：太守，此处指杜丽娘的父亲，他是南安太守。

［66］针指：同“针黹（zhǐ）”，指针线活，常和“女红”连用。

［67］消停：停止，休息。

［68］弱冠：成年，古代男子二十岁行冠礼以示成年，典出《礼记·曲礼》：“人生十年曰幼，学；二十曰弱，冠；三十曰壮，有室……。”

［69］南柯一梦：唐传奇故事，见李公佐《南柯太守传》：淳于棼梦见自己娶了大槐安国公主，任南柯郡太守，享尽荣华，宦海浮沉，醒来才发现不过是一场梦，大槐安国不过是槐树下的蚁穴，所谓南柯郡就是大槐树南边的树枝。后来比喻空欢喜、大梦一场。

［70］雨香云片：指梦中的幽会。

［71］闪的俺：弄得我，害得我。亸（duǒ）：下垂。步亸：脚步挪不动。

［72］不争多：差不多，几乎，就要。

［73］忺（xiān）：高兴，惬意。

［74］香篝：即薰笼，薰香用的器具。

【导读】

作为戏曲史上的巅峰之作《牡丹亭》，《惊梦》是本剧中最脍炙人口的一出戏，在全剧中也起到举足轻重的作用。在情节发展上，它是杜丽娘由生到死的关键。“游园”是杜丽娘冲破封建牢笼的第一步，因为美好春光的强烈刺激，才引出下半出“惊梦”，也才有了《寻梦》《写真》《诘病》《闹病》等一系列的戏剧情节。

《惊梦》也是刻画杜丽娘形象的重头戏，尤其是“游园”即〔绕池游〕以下的六支曲子最为著名。它们细致入微地描写了杜丽娘的复杂心态及转变。前三支曲子写杜丽娘将走出囚笼般的闺房，步入春光灿烂的后花园。喜中带忧，拥抱春色的欣喜中有初出闺阁的羞涩犹疑。后三支曲子描写杜丽娘游园过程中，由喜转忧的心理过程。“姹紫嫣红开遍，似这般都付与断井颓垣”，明媚春光中杜丽娘青春觉醒，但终日幽居，徒唤奈何，伤春因此转为自伤。这六支曲子曲文典雅绮丽，情景交融。而“惊梦”即〔山坡羊〕一套曲的前两支，则把杜丽娘难以压抑的热情和梦想，以及“如花美眷，似水流年”的幽怨感伤，渲染得如诗如泣。〔山桃红〕以下写与柳梦梅欢会，用花神上场的浪漫主义的象征手法，秾丽浪漫，乐而不淫。总之，《惊梦》一出十分成功地揭示了杜丽娘这个在封建礼教长期压抑下逐步觉醒的怀春少女的特殊心态及细微的心理变化，也形象地体现了汤显祖在《牡丹亭》题记中所说的“情不知所起，一往而深。生者可以死，死可以生。生而不可与死，死而不可复生者，皆非情之至也”的至情观。

桃花扇·沉江

（清）孔尚任[1]

〔**锦缠道**〕（外扮史可法，毡笠急上）（回头望介）**望烽烟，杀气重，扬州沸喧；生灵尽席卷**[2]**，这屠戮皆因我愚忠不转。兵和将，力竭气喘，只落了一堆尸软**。俺史可法率三千子弟，死守扬州，那知力尽粮绝，外援不至。北兵今夜攻破北城，俺已满拚自尽[3]。忽然想起明朝三百年社稷，只靠俺一身撑持，岂可效无益之死，舍孤立之君。故此缒下南城[4]，直奔仪真[5]，幸遇一只报船，渡过江来。（指介）那城阙隐隐，便是南京了；可恨老腿酸软，不能走动，如何是好。（惊介）呀！何处走来这匹白骡，待俺骑上，沿江跑去便了。（骑骡，折柳作鞭介）**跨上白骡鞯**[6]**，空江野路，哭声动九原**[7]**。日近长安远**[8]**，加鞭，云里指宫殿。**

（副末扮老赞礼背包裹跑上）残年还避乱，落日更思家。（外撞倒副末介）（副末）呵哟哟！几乎滚下江去。（看外介）你这位老将爷好没眼色！（外下骡扶起介）得罪，得罪！俺且问你，从那里来的？（副末）南京来的。（外）南京光景如何？（副末）你还不知么，皇帝老子逃去两三日了。目下北兵过江，满城大乱，城门都关的。（外惊介）呵呀，这等去也无益矣！（大哭介）皇天后土，二祖列宗，怎的半壁江山也不能保住呀。（副末惊介）听他哭声，倒像是史阁部[9]。（问介）你是史老爷么？（外）下官便是。你如何认得？（副末）小人是太常寺一个老赞礼[10]，曾在太平门外伺候过老爷的。（外认介）是呀！那日恸哭先帝，便是老兄了。（副末）不敢。请问老爷，为何这般狼狈！（外）今夜扬州失陷，才从城头缒下来的。（副末）要向那里去？（外）原要南京保驾，不想圣上也走了。（顿足哭介）

〔普天乐〕撇下俺断篷船，丢下俺无家犬；叫天呼地千百遍，归无路，进又难前。（登高望介）那滚滚雪浪拍天，流不尽湘累怨[11]。（指介）有了，有了！那便是俺葬身之地。**胜黄土，一丈江鱼腹宽展。**（看身介）俺史可法亡国罪臣，那容的冠裳而去。（摘帽，脱袍、靴介）**摘脱下袍靴冠冕。**（副末）我看老爷竟像要寻死的模样。（拉住介）老爷三思，不可短见呀！（外）你看茫茫世界，留着俺史可法何处安放？**累死英雄，到此日看江山换主，无可留恋。**

（跳入江翻滚下介）[12]（副末呆望良久，抱靴、帽、袍服哭叫介）史老爷呀，史老爷呀！好一个尽节忠臣，若不遇着小人，谁知你投江而死呀！（大哭介）（丑扮柳敬亭[13]，携生忙上）偷生辞狱吏，避乱走天涯。（末扮陈贞慧[14]，小生扮吴应箕[15]，携手忙上）日日争门户，今年傍那家。（生呼介）定兄，次兄，日色将晚，快些走动。（末、小生）来了。（丑）我们出狱，不觉数日，东藏西躲，终无栖身之地。前面是龙潭江岸[16]，大家商量，分路逃生罢！（末）是，是。（见副末介）你这位老兄，为何在此恸哭？（副末）俺也是走路的，适才撞见史阁部老爷投江而死，由不的伤心哭他几声。（生）史阁部怎得到此？（副末）今夜扬州城陷，逃到此间，闻的皇帝已走，跺了跺脚[17]，跳下江去了。（生）那有此事？（副末指介）这不是脱下的衣服、靴、帽么！（丑看介）你看衣裳里面，浑身朱印。（生）待俺认来。（读介）“钦命总督江北等处兵马内阁大学士兼兵部尚书印”。（生惊哭介）果然是史老先生。（末）设上衣冠，大家哭拜一番。（副末设衣冠介）（众拜哭介）

〔古轮台〕（合）走江边，满腔愤恨向谁言。老泪风吹面，孤城一片，望救目穿。使尽残兵血战，跳出重围，故国苦恋，谁知歌罢剩空筵。长江一线，吴头楚尾路三千[18]。尽归别姓，雨翻云变。寒涛东卷，万事付空烟。精魂显，大招声逐海天远[19]。

（生拍衣冠大哭介）（丑）阁部尽节，成了一代忠臣。相公不必过哀，大家分手罢！（生指介）你看一望烟尘，叫小生从那里归去？（末）我两人绕道前来，只为送兄过江；今既不能北上，何不随俺南行。（生）这纷纷乱世，怎能终始相依。倒是各人自便罢！（小生）侯兄主意若何？（生）我和敬亭商议，要寻一深山古寺，暂避数日，再图归计。（副末）我老汉正要向栖霞山去[20]，那边地方幽僻，尽可避兵，何不同往？（生）这等极妙了。（末、小生）侯兄既有栖身之所，我们就此作别罢！（拜别介）伤心当此日，会面是何年。（末、小生掩泪下）（生问副末介）你到栖霞山中，有何公干？（副末）不瞒相公说，俺是太常寺一个老赞礼，只因太平门外哭奠先帝之日，那些文武百官，虚应故事；我老汉动了一番气恼，当时约些村中父老，捐施钱粮，趁着这七月十五日[21]，要替崇祯皇帝建一个水陆道场[22]。不料南京大乱，好事难行，因此携着钱粮，要到栖霞山上，虔请高僧[23]，了此心愿。（丑）好事，好事！（生）就求携带同行便了！（副末）待我收拾起这衣服、靴、帽着。（丑）这衣服、靴、帽，你要送到何处去？（副末）我想扬州梅花岭[24]，是他老人家点兵之所，待大兵退后，俺去招魂埋葬，便有史阁部千秋佳城了[25]。（生）

如此义举，更为难得。（副末背袍、靴等，生、丑随行介）

〔余文〕山云变，江岸迁，一霎时忠魂不见，寒食何人知墓田[26]。

（副末）千古南朝作话传，（丑）伤心血泪洒山川；
（生）仰天读罢招魂赋[27]，（副末）扬子江头乱暝烟[28]。

【注释】

[1] 孔尚任（1648–1718），字聘之，又字季重，号东塘（《随园诗话》作东堂），别号岸堂、云亭山人，山东曲阜人，孔子六十四代孙，清初作者、戏曲家。《沉江》选自《桃花扇》第三十八出。

[2] 生灵尽席卷：百姓被屠杀殆尽。

[3] 拚：同“拼”。满拚自尽：不顾一切决意要自杀。

[4] 缒（zhuì）：用绳子拴住由上往下送。缒下：缘绳而下。

[5] 仪真：古县名，今江苏仪征市。

[6] 鞯（jiān）：马鞍下的垫子。

[7] 九原：九州大地。

[8] 长安：泛指帝都城，此处指南京。日近长安远：指晋明帝司马绍儿时的故事，典出南朝宋刘义庆《世说新语·夙惠》：“因问明帝：‘汝意谓长安何如日远？’答曰：‘日远。不闻人从日边来，居然可知。’……更重问之，乃答曰：‘日近。’”比喻向往京城而无法达到，多寓事业不遂、功名难就。此处用于表达急于赶回南京的心情。

[9] 史阁部：此处指史可法，因他在南明弘光朝官拜礼部尚书兼东阁大学士，故称“史阁部”。

［10］赞礼：指赞礼郎。明清太常寺设有赞礼郎官职，掌管祀典赞导事宜。

［11］湘累：指屈原。颜师古注："诸不以罪死曰累，荀息、仇牧皆是也。屈原赴湘死，故曰湘累也。"

［12］此处与史实有出入。扬州城陷在乙酉四月二十五日，弘光出逃在五月十一日，此时史可法已逝。而其死说法不一。计六奇《明季南略》载，城破后，清兵"拥可法见豫王，长揖正言不屈，遂遇害"。又载"然豫王入南京，五月二十二日癸卯，即令建史可法祠，优恤其家。是王之重史必在正言不屈，而缒城潜去之说非也"。李清《南渡录》卷六载，"可法，或云被执，叩之不应，见杀，或云不知所之"。陈去病《五石脂》载，淮安府山阳人张玙若，字伯玉，史可法扬州开府时，张伯玉以布衣参公军，后作文祭史公曰："公居无如何之时，值不可为之地，而极不得已之心。当夫天崩地圮，日月摧冥，不死于城头，而死于乱军，无骨可葬，无墓可封，天也人也？亦公自审于天人之际而为之也！"

［13］柳敬亭（1587–1670），原姓曹，名永昌，字葵宇，后易名敬亭，号逢春，外号"柳麻子"，南直隶扬州府通州余西场（今江苏省南通市通州区余西古镇）人。著名说书艺人，扬州评话的开山鼻祖。与复社中人交往密切，后进左良玉幕府。明亡后，江湖漂泊，穷困而死。

［14］陈贞慧（1604–1656），字定生，江苏宜兴人。明末清初散文家，复社重要成员，与冒襄、侯方域、方以智，合称"明末四公子"，明亡后，归隐家乡。

［15］吴应箕（1594–1645），字次尾，号楼山，明末著名文学家，抗清英雄，复社重要成员。明亡后起兵抗清，兵败被擒，英勇就义，其家人百余口和义军将士全部殉难。

［16］龙潭江岸：地名，在南京城东，长江南岸。

［17］跢：即“跺”字。

［18］吴头楚尾：指春秋时吴、楚两国交界的地方，现江西北部，因为处于吴地长江的上游，楚地长江的下游，首尾相接，故称。此处泛指南明国土。

［19］大招：即《大招》,《楚辞》名篇，相传为屈原或景差所作。有说《招魂》是屈原招怀王之魂,《大招》是招怀王之父威王之魂，按辈分排故名“大招”。此处指招魂或悼念之词。

［20］栖霞山：又称摄山，在南京市栖霞区，南朝时山中建有“栖霞精舍”，因此得名，有“一座栖霞山，半部金陵史”之称。

［21］七月十五日：农历七月十五日是道教的中元节，佛教称为盂兰盆节，民间俗称为鬼节，在这一天要祭奠亡灵。

［22］水陆：指概括六道众生的生存环境。水陆道场：即水陆法会，又称水陆、悲济会等，是施斋拜佛以超度水陆众鬼的一种隆重而盛大的佛事仪式。

［23］虔：恭敬，诚敬。

［24］梅花岭：在扬州古城北边广储门外。史可法有“遗言：‘我死当葬梅花岭上。’至是，德威求公之骨不可得，乃以衣冠葬之”(《梅花岭记》)。现梅花岭上有史可法的衣冠冢。

［25］千秋佳城：指坟墓。

［26］寒食：即寒食节。清明前两天，需禁火三天，只吃冷食，所以称为寒食节，也是祭扫的日子。

［27］招魂赋：即《招魂赋》,《楚辞》名篇，是战国时期楚国作者屈原（一说宋玉）所作。

［28］暝烟：傍晚昏暗的烟云。

【导读】

《桃花扇》系清代传奇名作，可谓是古典戏曲最后一部杰作。全剧四十二出，是“借离合之情，写兴亡之感”(《桃花扇·试一出先声》)的历史悲剧。传奇以明末复社文人侯方域与秦淮名妓李香君的爱情故事为线索展开故事，反映了南明弘光王朝灭亡的一段历史，展示了侯方域、吴次尾、陈定生等复社清流同阮大铖、马士英等权奸之间的斗争。剧中的基本史实和主要人物，作者都经过严谨的考证。正如孔尚任在《桃花扇凡例》中说:“稍有点染，亦非乌有子虚之笔。”务在说明“三百年之基业，隳于何人、败于何事，消于何年，歇于何地”，总结历史经验教训，以“惩创人心，为末世之一救”(《桃花扇小引》)。

本文所选为《桃花扇》第三十八出《沉江》，写史可法壮烈殉国。正面描写和侧面烘托相结合，既写史可法为国驰驱、毅然殒身，又写老赞礼、侯方域等人哭祭，着力渲染了苍凉惨烈的历史氛围。曲词慷慨悲凉，歌颂了史可法悲壮赴义的爱国主义精神和不屈的灵魂。历史上的史可法并非沉江而死，但作者有意如此安排，正如《明清传奇鉴赏辞典》中所说,《沉江》实际上就是《桃花扇》全剧的结束。作为明王朝精神代表的史可法，选择了死亡。随着史可法一步步坚决地迈向死亡，南明王朝也一起沉入历史的深处，变为遗迹。文中不仅有英雄殉国的壮烈激昂，更有“万事付空烟”的哀切的兴亡之叹。

后 记

本书的编写初衷主要是想为中国文学史的教学提供一个读本。由于教学时数的不足，很多经典作品的阅读必须在课后进行，而通行的中国古代文学作品选篇幅较大，且多以注释为主，缺少对作品内容、艺术的引导品读，这也在一定程度上影响了学生对作品的阅读兴趣。因此，编选一本适合教学实际与学生能力水平的教材就显得很有必要。其次，从师范生培养的角度出发，加强高校与中学的对接合作，了解中学古诗文的教学实际也是编选文学经典篇目必须考虑的问题。为此，我们与福州延安中学语文教研组达成合作意向，请他们从基础教育语文教学的角度对篇目编选提出建议，对教材编写提供资料和信息方面的协助。在高校和中学共同教研合作的基础上，我们最终完成了《中国文学经典选读》的编选撰写工作。由于个人能力及篇幅的限制，作品选编的代表性、涵盖范围及导读的水平等方面必然还存在很多欠缺，不足之处还请读者多批评指正。

本书是闽江学院通识教育选修核心课程《中国文学经典》项目最终成果，由闽江学院人文学院资助出版。成书过程中得到教务处和人文学院领导的大力支持，在此一并致谢。

全书文稿撰写分工及字数情况如下：

王丽芬：先秦至六朝诗、文、赋，及魏晋小说，共计十二万五千字。

陈毓文：唐宋至近代诗、词、文、赋，及《论语》选文、《史记》选文、唐代传奇选文，共计二十万字。

秦　榕：元明清戏曲、小说，共计十万五千字。

陈毓文

2021.7.28